ROBERT BRYNDZA
Seelendunkel

Weitere Titel des Autors:

So blutig die Nacht
So eiskalt der Tod

Über den Autor:

Robert Bryndza ging zunächst zur Schauspielschule und arbeitete als Schauspieler, bevor er seine Liebe zum Schreiben zu seinem Beruf machte. Heute ist er ein internationaler Bestsellerautor, dessen Romane sich bislang vier Millionen Mal verkauft haben und in 29 Sprachen übersetzt wurden. Er ist Brite, lebt jedoch heute gemeinsam mit seinem Ehemann in der Slowakei. Weitere Informationen finden Sie unter www.robertbryndza.com.

ROBERT BRYNDZA

SEELEN DUNKEL

THRILLER

Aus dem Englischen von
Michael Krug

lübbe

Dieser Titel ist auch als Hörbuch und E-Book erschienen

Die Bastei Lübbe AG verfolgt eine nachhaltige Buchproduktion. Wir verwenden Papiere aus nachhaltiger Forstwirtschaft und verzichten darauf, Bücher einzeln in Folie zu verpacken. Wir stellen unsere Bücher in Deutschland und Europa (EU) her und arbeiten mit den Druckereien kontinuierlich an einer positiven Ökobilanz.

Vollständige Taschenbuchausgabe

Deutsche Erstausgabe

Für die Originalausgabe:
Copyright © 2021 by Raven Street Ltd
Titel der englischen Originalausgabe: »Darkness Falls«
Originalverlag: Thomas & Mercer, Seattle
Für die deutschsprachige Ausgabe:
Copyright © 2022 by Bastei Lübbe AG, Köln
Textredaktion: Ann-Catherine Geuder, Lübeck
Umschlaggestaltung: Massimo Peter-Bille unter Verwendung von
Illustrationen von © shutterstock: Attitude | Lynne Nicholson |
George Fairbairn | Paul Stapleton
Satz: hanseatenSatz-bremen, Bremen
Gesetzt aus der Palatino
Druck und Verarbeitung: GGP Media GmbH, Pößneck
Printed in Germany
ISBN 978-3-404-18886-4

2 4 5 3 1

Sie finden uns im Internet unter
luebbe.de
Bitte beachten Sie auch: lesejury.de

Für Nanna May

Prolog

Samstag, 7. September 2002

Joanna Duncan verließ das Bürogebäude und überquerte die Straße, den Kopf gegen den Regen gesenkt. Der Mann, der sie aus einem Auto beobachtete, fand den Regen gut. Mit eingezogenen Köpfen und aufgespannten Regenschirmen bekamen die Menschen weniger von ihrer Umgebung mit.

Joanna bewegte sich mit schnellen Schritten auf das alte, mehrgeschossige Parkhaus Deansgate zu. Sie war zierlich, hatte gewelltes, schulterlanges blondes Haar und markante, beinah gnomenhafte Gesichtszüge, trotzdem alles andere als hässlich. Vielmehr besaß sie die kantige Schönheit einer Kriegergöttin und trug einen langen schwarzen Mantel zu braunen Cowboystiefeln aus Leder. Er wartete einen vorbeifahrenden Bus ab, bevor er aus seiner Parklücke lenkte. Der Bus spritzte schmutziges Wasser auf, wodurch der Mann Joanna vorübergehend aus den Augen verlor. Er schaltete die Scheibenwischer ein. Sie befand sich in der Nähe der Bushaltestelle, an der bereits eine Menschentraube wartete.

Um 17:40 Uhr ließ das hektische Treiben der Stadt allmählich nach. Kunden verließen die demnächst schließenden Geschäfte und traten den Heimweg an. Der Bus erreichte die Haltestelle und blieb stehen. Als Joanna dahinter die Straße überquerte, beschleunigte er an ihr vorbei und ließ sich vom Bus abschirmen.

Der graue Betonklotz der Parkgarage sollte in wenigen Monaten abgerissen werden. Joanna gehörte zu den Letzten, die ihr Auto noch dort abstellten. Das Parkhaus lag in der Nähe des Büros, in dem sie arbeitete, und sie war stur. Diese Sturheit kam ihm beim Umsetzen seines Plans zugute.

Als er nach rechts in die Einfahrt zum Parkhaus einbog, sah er Joanna am Bus vorbeigehen. Die Rampe schraubte sich nach oben. Leicht schwindlig vom Fahren in Kreisen traf er in der dritten Etage ein. Joannas blauer Ford Sierra parkte als einziges Fahrzeug auf der Ebene in der Mitte einer leeren Reihe. Das schwach beleuchtete Parkhaus wies in regelmäßigen Abständen breite, unverglaste Fensteröffnungen ins Freie auf. Im schwindenden Licht fand leichter Sprühregen den Weg herein und verdunkelte den bereits feuchten Beton.

Er parkte links neben dem Aufzugschacht und dem Treppenhaus. Da die Fahrstühle nicht funktionierten, würde sie über die Treppe kommen. Nachdem er den Motor ausgeschaltet hatte, stieg er aus und eilte zu einem der Fenster mit Blick auf die Hauptstraße. Er sah gerade noch ihren Kopf, als sie die Straße zum Parkhaus überquerte. Mit schnellen Schritten kehrte er zum Auto zurück, lehnte sich hinein und öffnete den Kofferraum. Er holte eine kleine Tüte aus dickem schwarzem Plastik heraus.

Joanna erwies sich als schnell, denn er hatte die Tüte kaum vorbereitet, als er bereits das Schrammen ihrer Schuhe im Treppenhaus hörte. Es verlief nicht wie geplant, also musste er spontan sein. Am Eingang zum

Treppenhaus ging er in Stellung. Sobald Joanna oben ankam und heraustrat, zog er ihr die Tüte über den Kopf, riss sie nach hinten und benutzte die Griffe, um den Kunststoff um ihren Hals festzuziehen.

Joanna schrie auf, taumelte und ließ ihre große Handtasche fallen. Er zog die Tüte enger. Das Plastik lag bündig über ihrem Schädel an und wölbte sich an Mund und Nase, während sie krampfhaft zu atmen versuchte.

Er packte ihr Haar und die Plastiktüte zusammen, zog fester, und sie ließ ein ersticktes Stöhnen vernehmen.

Von den Fenstern wehte eine kalte Brise herüber, er spürte Regen in den Augen. Joanna fuchtelte mit den Händen und röchelte, während sie versuchte, an dem dicken Plastik zu kratzen. Obwohl er wesentlich größer war, kostete es ihn alle Kraft, sie unter Kontrolle zu behalten und nicht das Gleichgewicht zu verlieren.

Ihn erstaunte immer wieder, wie lang es dauerte, bis ein Mensch erstickte. Für Fernsehdramen war der wahre Lebenswille zu zeitraubend. Nachdem Joanna eine Minute lang vergeblich an dem glatten Kunststoff über ihrem Kopf gekratzt hatte, wechselte sie die Taktik und ging zum Angriff über. Sie landete zwei kräftige Schläge in seine Rippen und zielte mit einem Tritt, dem er ausweichen konnte, auf seinen Schritt.

Er schwitzte vor Anstrengung, als er eine Hand von der Plastiktüte löste, um Joanna herumgriff und sie so vorn an der Kehle packte, dass die Tüte zu einer Schlinge wurde, die ihren Tod beschleunigte.

Joanna strampelte in der Luft, bevor sie ein schreckliches, rasselndes Stöhnen vernehmen ließ, als würde sich ihr Körper abschalten. Nach einem letzten Schaudern erschlaffte sie. Einen Moment lang baumelte sie noch in seinem Griff, dann ließ er sie los. Ihr Körper landete mit einem widerlich dumpfen Aufprall auf dem Betonboden. Schweißgebadet rang er nach Luft. Als er hustete, hallte das Geräusch in dem riesigen leeren Raum wider. Im Parkhaus stank es nach Urin und Feuchtigkeit. Er spürte die kalte Luft auf der Haut und sah sich um. Schließlich kniete er sich hin, verknotete die Plastiktüte an Joannas Genickansatz und schleifte ihren Körper zu seinem Auto hinüber. Dort legte er sie in die Lücke zwischen seinem Wagen und der Außenwand des Aufzugsschachts. Er öffnete den Kofferraum und hob ihren schlaffen Körper auf, indem er einen Arm unter ihre Beine schob, den anderen unter ihre Schultern. Beinah wie ein Bräutigam, der seine Frischangetraute über die Schwelle trug. Nachdem er sie in den Kofferraum gelegt hatte, verhüllte er sie mit einer Decke und schloss den Deckel. Mit einem Anflug von Panik stellte er fest, dass ihre Handtasche noch auf dem Boden neben der Treppe lag. Er schnappte sie sich und kehrte zum Auto zurück. Die Tasche enthielt ihren Laptop, ein Notizbuch und ihr Mobiltelefon. Er überprüfte die Anrufliste und die Textnachrichten des Handys, bevor er es ausschaltete und gründlich mit einem Tuch abwischte. Dann eilte er zu Joannas Fahrzeug und legte das Telefon darunter.

Eine Minute lang untersuchte er mit einer Taschenlampe sorgfältig die Stelle, an der er Joanna gepackt hatte, um nachzusehen, ob sie irgendetwas fallen lassen hatte, doch er entdeckte nichts.

Anschließend stieg er in sein Auto und saß einige Momente lang in der Stille da.

Was jetzt? Sie muss verschwinden. Ihr Körper. Ihr Computer. Sämtliche DNA-Beweise müssen vernichtet werden.

Ihm kam eine Idee. Sie schien gewagt zu sein, riskant. Aber wenn es funktionierte ... Er ließ den Motor an und fuhr davon.

1

DREIZEHN JAHRE SPÄTER

Dienstag, 5. Mai 2015

»Wie teuer wird die Reparatur?«, fragte Kate Marshall und beobachtete, wie Derek, der betagte Handwerker, gemächlich den kaputten Fensterrahmen ausmaß. Sie standen neben einem Wohnwagen des Typs Airstream, Baujahr 1950. Die Vormittagssonne schimmerte auf der gekrümmten Dachkante. Kate kniff die Augen zusammen und schob die Sonnenbrille runter.

»Wir reden hier von *runden* Scheiben«, erklärte Derek in seinem breiigen kornischen Akzent. Er tippte mit der Kante seines Maßbands auf den Rahmen. »Die Reparatur wird teuer.«

»Wie teuer?«

Kurz schwieg er und atmete tief durch den Mund ein. Derek schien außerstande zu sein, irgendeine Frage ohne eine nervtötend lange Pause zu beantworten. Er spielte mit dem oberen Gebiss in seinem Mund. »Fünfhundert.«

»Myra haben Sie für die Reparatur eines dieser runden Fenster zweihundert Pfund berechnet«, sagte Kate.

»Sie hat damals mit ihrem Krebs eine schwere Zeit durchgemacht. Rundes Glas ist nun mal mehr Arbeit für einen Glaser. Der Griff ist ins Glas eingelassen.«

Myra war neun Jahre lang mit Kate befreundet gewesen. Sie hatten sich nahegestanden. Ihr plötzlicher Tod vor achtzehn Monaten war ein Schock gewesen.

»Sehr löblich, dass Sie Myra entgegengekommen sind, aber fünfhundert Pfund sind entschieden zu viel. Ich kann auch woanders hingehen.«

Derek verschob erneut das Gebiss im Mund. Flüchtig zeichnete sich der rosa Zahnfleischrand der Prothese zwischen seinen Lippen ab. Kate nahm die Sonnenbrille ab, sah ihm in die Augen und schaute nicht mehr weg.

»Wird zwar eine Woche dauern, weil das Glas speziell geschnitten werden muss und so, aber sagen wir zweihundertfünfzig.«

»Danke.«

Derek hob seine Werkzeugtasche auf, und sie kehrten zusammen den Hang hinunter über den Wohnwagenplatz zurück zur Straße. Gleichmäßig über das Gelände verteilt standen acht Einheiten unterschiedlicher Bauart, vom modernen weißen Modell aus Kunststoff bis hin zum ältesten, einem Holzwohnwagen mit ausgeblichenem Anstrich in Rot und Grün. Die Wohnwagen wurden an Leute vermietet, die zum Wandern oder Surfen herkamen. Jeder wartete mit mehreren Zimmern und einer kleinen Küche auf, einige der neueren besaßen sogar ein Bad. Der Campingplatz rangierte zwar am unteren Ende der Komfortskala, dennoch erfreute er sich vor allem bei Surfern großer Beliebtheit, weil er als preiswerte Unterkunft nur einen kurzen Spaziergang vom Strand entfernt lag, der zu den besten Surfplätzen in Devon und Cornwall zählte. In einer Woche standen die Ferien vor der Tür, und es fühlte sich an, als würde der Frühling Einzug halten. An den Bäumen der Umgebung sprossen Blätter, der Himmel präsentierte sich strahlend blau.

Sie erreichten die kurze Betontreppe hinunter zur Straße. Kate bot Derek den Arm als Stütze an, aber er ignorierte sie und quälte sich lieber langsam die Stufen hinunter. Kate begleitete ihn zu seinem Auto. Schweigend öffnete er den Kofferraum und hievte seine Werkzeugtasche hinein. Dann schaute er zu ihr auf. So trüb seine blauen Augen sein mochten, sein Blick wirkte durchdringend.

»War wohl 'ne ziemliche Überraschung, dass Myra Ihnen ihr Haus und ihr Geschäft vermacht hat, könnte ich mir vorstellen.«

»Ja.«

»Und ihrem Sohn hat sie nichts vermacht ...« Derek gab einen tadelnden Laut von sich und schüttelte den Kopf. »Ich weiß, sie haben sich nicht nahegestanden, aber wie ich immer sage: Blut ist dicker als Wasser.«

Kate war völlig davon überrumpelt worden, dass Myra alles ihr hinterlassen hatte. Bei Myras Sohn und dessen Frau hatte es für Zorn gesorgt, in der Gegend für eine Menge Klatsch und abfällige Bemerkungen.

»Sie haben ja meine Nummer. Geben Sie mir Bescheid, wenn die Scheibe fertig ist«, sagte Kate, die keine Lust hatte, das Gespräch fortzusetzen.

Derek wirkte verärgert darüber, dass Kate ihm nicht mehr zugestehen wollte.

Er nickte knapp, stieg in sein Auto, fuhr davon und ließ sie in einer schwarzen Rauchwolke zurück.

Hustend wischte sie sich über die Augen, bevor sie das leise Klingeln ihres Handys hörte. Sie eilte über die

Straße zu einem gedrungenen quadratischen Gebäude. Das Erdgeschoss beherbergte den noch über den Winter geschlossenen Laden des Campingplatzes. Kate stieg eine Treppe an der Seite des Gebäudes hinauf in den ersten Stock und betrat die kleine Wohnung, in der Myra gelebt hatte. Mittlerweile nutzte Kate sie als Büro.

Entlang der Rückseite des Gebäudes erstreckte sich eine Fensterreihe mit Blick auf den Strand. Die gerade herrschende Ebbe hatte schwarze, algenbewachsene Felsen freigelegt. Rechts bildete eine Reihe von aufragenden Klippen den Rand der Bucht. Dahinter lag das Universitätsstädtchen Ashdean, das man an diesem klaren, sonnigen Tag deutlich ausmachen konnte. Als Kate den Schreibtisch erreichte, verstummte das Telefon.

Der verpasste Anruf stammte von einer Festnetznummer mit einer Vorwahl, die sie nicht kannte. Sie wollte gerade zurückrufen, als eine Nachricht auf dem Anrufbeantworter erschien. Kate hörte sie ab. Eine ältere Frau mit kornischem Akzent hatte sie hinterlassen. Sie klang nervös und sprach stockend.

»Hallo ... Ich habe Ihre Nummer online gefunden ... Also, ich hab gesehen, dass Sie gerade Ihre eigene Privatdetektei eröffnet haben ... Mein Name ist Bev Ellis. Ich rufe wegen meiner Tochter an, Joanna Duncan. Sie war Journalistin und wird seit fast dreizehn Jahren vermisst ... Sie ist einfach verschwunden. Die Polizei hat nie herausgefunden, was mit ihr passiert ist, aber sie *ist* verschwunden. Nicht durchgebrannt oder so ... Dazu hatte sie keinen Grund, bei ihr ist alles wunderbar gelaufen. Ich möchte jemanden engagieren, der herausfinden kann, was mit ihr passiert ist. Was aus ihrer Leiche geworden ist.« An der Stelle wurde die Stimme brüchig. Die Frau verstummte kurz, holte tief Luft und schluckte laut. »Bitte rufen Sie mich zurück.«

Kate hörte sich die Nachricht erneut an. So, wie die Stimme der Frau klang, hatte sie der Anruf offenbar eine Menge Überwindung gekostet. Kate öffnete ihren Laptop, um den Fall zu googeln. Dann zögerte sie. Es erschien ihr besser, diese Frau sofort zurückrufen. In der Nähe von Exeter gab es zwei alteingesessene Detekteien mit schicken Websites und Büros, an die sie sich ebenfalls wenden könnte.

Bevs Stimme klang immer noch zittrig, als sie ans Telefon ging. Kate entschuldigte sich dafür, dass sie den Anruf verpasst hatte, und sprach der Frau ihr Beileid zum Verlust ihrer Tochter aus.

»Danke«, sagte Bev.

»Wohnen Sie in der Gegend?«, erkundigte sich Kate, während sie nach »Joanna Duncan vermisst« googelte.

»Wir sind in Salcombe. Etwa eine Stunde entfernt.«

»Salcombe ist wirklich schön«, meinte Kate, während sie die Suchergebnisse überflog, die auf dem Bildschirm erschienen waren. Zwei Artikel vom September 2002 in den *West Country News* verkündeten:

Verzweifelter Aufruf einer Mutter nach Zeugen bezüglich des Verschwindens ihrer Tochter, der Lokaljournalistin Joanna Duncan, in der Nähe des Zentrums von Exeter.

Wo ist Jo?
Telefon beim Auto im Parkhaus Deansgate gefunden

In einem anderen Artikel der *Sun* hieß es:

Lokaljournalistin aus West Country verschwunden

»Ich wohne hier bei meinem Lebensgefährten Bill«, erklärte Bev. »Wir sind schon seit Jahren zusammen, aber ich bin erst vor Kurzem bei ihm eingezogen. Vorher hab ich in der Moorside-Siedlung am Stadtrand von Exeter gewohnt ... Ist völlig anders dort.«
Eine weitere Schlagzeile vom 1. Dezember 2002, in der erwähnt wurde, dass Joanna seit fast drei Monaten als vermisst galt, erregte Kates Aufmerksamkeit.

Fast alle Artikel benutzten das gleiche Foto von Joanna Duncan, das sie am Strand vor blauem Himmel und makellos weißem Sand zeigte. Sie hatte strahlend blaue Augen, hohe Wangenknochen, eine ausdrucksstarke Nase und leicht vorstehende Schneidezähne. Auf dem Foto lächelte sie. Hinter ihrem linken Ohr steckte eine große rote Nelke, in der Hand hielt sie eine halbierte Kokosnuss mit einem Cocktailschirm darin.

»Joanna war also Journalistin?«, fragte Kate.

»Ja. Für die *West Country News*. Sie war auf dem Weg nach oben. Wollte nach London ziehen und für eine der Boulevardzeitungen arbeiten. Sie hat ihre Arbeit geliebt. Hatte eben erst geheiratet. Jo und ihr Mann Fred wollten Kinder ... Sie ist am Samstag, dem 7. September, verschwunden. Davor war sie in Exeter bei der Arbeit. Gegen halb sechs ist sie gegangen. Einer ihrer Kollegen hat gesehen, wie sie das Gebäude verlassen hat. Von dort sind es höchstens fünfhundert Meter bis zum Parkhaus. Aber irgendwo auf dem Weg dorthin ist etwas passiert. Sie hat sich einfach in Luft aufgelöst ... Ihr Auto haben wir im Parkhaus gefunden. Ihr Telefon hat darunter gelegen. Die Polizei hat gar nichts. Keine Verdächtigen. Fast dreizehn Jahre lang haben die Behörden weiß Gott was gemacht. Und dann hat man mir letzte Woche telefonisch mitgeteilt, dass der Fall nach zwölf Jahren jetzt zu den Akten gelegt wird. Die haben den Versuch aufgegeben, Jo zu finden. Aber ich muss wissen, was mit ihr passiert ist. Mir ist bewusst, dass sie wahrscheinlich tot ist. Trotzdem will ich sie finden und ordentlich bestatten. Ich habe im *National Geographic* einen Artikel darüber gelesen, wie Sie die Leiche einer jungen Frau gefunden haben, die vor zwanzig Jahren verschwunden ist ... Dann habe ich Sie gegoogelt und gesehen, dass Sie gerade Ihre eigene Detektei eröffnet haben. Ist das richtig?«

»Ja«, bestätigte Kate.

»Mir gefällt, dass Sie eine Frau sind. Ich habe mich so viele Jahre mit Polizisten herumgeschlagen, die mich von oben herab behandelt haben«, sagte Bev. Ihre Stimme schwoll dabei trotzig an. »Können wir uns treffen? Ich kann zu Ihnen ins Büro kommen.«

Kate warf einen Blick auf das, was als ihr »Büro« herhalten musste. Der dafür genutzte Raum war Myras Wohnzimmer gewesen. Den Boden bedeckte noch der alte gemusterte Teppich aus den 1970er Jahren, als Schreibtisch diente ein ausgeklappter Esstisch. An einer Wand standen Flaschen mit Desinfektionsmittel für Urinale und Packungen mit Papierhandtüchern für den Campingplatz. Oben an einer großen Korktafel an der Wand hing ein Zettel mit der Aufschrift *Aktive Fälle*, ansonsten war die Tafel leer. Seit dem Abschluss des letzten Auftrags, einer Überprüfung des Hintergrunds eines jungen Mannes für seine künftige Arbeitgeberin, hatte die Detektei nichts zu tun gehabt. Myra hatte Kate ihren Besitz mit der Auflage vermacht, dass sie ihren Job aufgeben und ihr Ziel verfolgen musste, eine eigene Detektei zu gründen. Mittlerweile waren sie seit neun Monaten im Geschäft, doch es erwies sich als schwierig, den Betrieb zu einem gewinnbringenden Unterfangen auszubauen.

»Was halten Sie davon, wenn ich mit meinem Kollegen Tristan Harper zu Ihnen komme?«, schlug Kate vor.

Tristan war Kates Partner bei der Detektei. Heute ging er seinem anderen Job nach. Drei Tage die Woche arbeitete er an der Ashdean University als Forschungsassistent.

»Richtig. Ich erinnere mich an Tristan aus dem Artikel im *National Geographic* ... Also, ich hätte morgen Zeit. Aber wahrscheinlich sind Sie da schon hoffnungslos ausgebucht.«

»Lassen Sie mich nur eben mit Tristan sprechen und unseren Terminkalender überprüfen. Danach rufe ich Sie gleich zurück«, versprach Kate.

Als sie nach dem Gespräch den Hörer auflegte, pochte ihr Herz vor Aufregung wild.

2

Als Kate ihr Telefonat beendete, saß Tristan Harper gerade in dem kleinen verglasten Büro seiner Schwester bei der Barclays Bank in der Hauptstraße von Ashdean.

»Na schön. Bringen wir's hinter uns«, sagte er und schob die Plastikmappe mit seinem Hypothekenantrag über den Schreibtisch. Er hatte ein flaues Gefühl im Magen.

»Was meinst du?«

»Dein Verhör über meine Finanzen.«

»Wärst du auch so angezogen, wenn ich eine Fremde wäre, mit der du über einen neuen Hypothekenantrag redest?«, fragte Sarah, schlug die Mappe auf und sah ihren Bruder über den Schreibtisch hinweg an.

»Das ist meine Arbeitskleidung«, erwiderte Tristan und blickte auf sein schickes weißes T-Shirt mit V-Ausschnitt, seine Jeans und seine Turnschuhe hinab.

»Bisschen leger für ein wichtiges Gespräch bei einer Bank«, meinte sie tadelnd und rückte ihre graue Jacke und die blaue Bluse zurecht. Sarah war achtundzwanzig, drei Jahre älter als Tristan, aber manchmal kam es ihm vor, als müsste der Altersunterschied mindestens zwanzig Jahre betragen.

»Also, beim Reinkommen sind mir nicht allzu viele Leute im dreiteiligen Anzug in der Schlange zum Geldabheben aufgefallen. Außerdem sind die Turnschuhe 'ne limitierte Auflage von Adidas.«

»Und wie viel haben sie gekostet?«

»Genug. Die waren eine Investition. Sind sie nicht umwerfend?«, fragte er grinsend.

Sarah verdrehte die Augen und nickte. »Ja, sie sind ziemlich cool.«

Tristan war groß und besaß eine schlanke, muskulöse Statur. Tätowierungen bedeckten seine Unterarme. Durch den V-Ausschnitt seines T-Shirts lugte der Kopf des Adlers auf seiner Brust heraus. Bruder und Schwester sahen sich ähnlich, besaßen dieselben sanften braunen Augen. Tristan trug das kastanienbraune, gelockte Haar mittlerweile schulterlang und zerzaust. Sarah hingegen band ihr Haar stets streng zurück und bändigte es adrett mit einem Glätteisen.

Es klopfte an der Glastür, und ein kleiner Mann mit beginnender Glatze betrat in Anzug und Krawatte das Büro.

»Hat sie schon mit dem Verhör begonnen?«, erkundigte er sich. »Sie wollte extra eine Lampe mitbringen und auf den Schreibtisch stellen, damit sie dir ins Gesicht leuchten kann!«

Es war Gary, Sarahs Ehemann und Leiter der Bankfiliale. Tristan stand auf und umarmte seinen Schwager.

»Gary! Jetzt sei nicht so albern«, sagte Sarah, stimmte aber in das Grinsen der beiden Männer mit ein. »Ich stelle dieselben Fragen wie bei jedem anderen Hypothekenbewerber.«

»Jetzt sieh sich einer an, wie lang dein Haar ist. Ich wünschte, meines würde noch so wachsen«, sagte Gary und tätschelte seine wachsende kahle Stelle.

»Mir gefällt er mit kurzen Haaren viel besser«, merkte Sarah an.

»Willst du einen Kaffee, Tris?«

»Bitte.«

»Schwarz wäre wunderbar, danke, Gary«, sagte Sarah. Als er das Büro wieder verließ, holte sie den Hypothekenantrag heraus, überflog ihn, blätterte um und seufzte.

»Was ist?«, fragte Tristan.

»Ich sehe nur gerade den Hungerlohn, den du bei deinem Teilzeitjob an der Universität verdienst.« Sarah schüttelte den Kopf.

»Ich hab meinen Vertrag mit der Detektei und den mit meinem neuen Mieter«, sagte Tristan. Sarah spähte in den Plastikordner, zog die beiden Dokumente heraus und blätterte sie mit skeptischer Miene durch.

»Wie viel Arbeit hat *Kate* für dich?«

Tristan entging keineswegs, dass seine Schwester Kates Namen immer mit einem missbilligenden Tonfall aussprach.

»Ich habe als Partner in die Detektei investiert«, erwiderte Tristan irritiert. »Die Detektei zahlt an uns beide einen Pauschalbetrag, unabhängig von der Arbeit. Steht alles im Vertrag.«

»Und hat die Detektei derzeit Aufträge?«, fragte sie und schaute zu ihm auf.

Tristan zögerte. »Nein.«

Sarah zog die Augenbrauen hoch, bevor sie wieder in den Unterlagen las. Tristan hätte sich gern gerechtfertigt, aber er wollte keinen weiteren Streit vom Zaun brechen. In den neun Monaten seit der Gründung der Detektei mit Kate hatten sie vier Fälle übernommen. Zwei Frauen hatten sie damit beauftragt, Beweise für die Untreue ihrer Ehemänner zu sammeln. Der Besitzer eines Büromateriallieferanten in Exeter hatte sie ersucht herauszufinden, ob eine seiner Angestellten Ware aus dem Lager stahl und verkaufte, was die Frau tat. Und sie hatten für eine Geschäftsfrau aus der Gegend eine ausführliche Hintergrundprüfung eines jungen Mannes durchgeführt, den sie einstellen wollte.

Gary erschien mit einem kleinen Tablett voller Kaffeebecher aus Plastik an der Tür und stützte den Ellbogen auf die Klinke. Tristan stand auf und öffnete die Tür.

»Die Detektei hat unregelmäßige Einnahmen, und du hast noch keine Steuererklärung abgegeben«, sagte Sarah. Dabei hielt sie den Vertrag der Detektei Kate Marshall zwischen Daumen und Zeigefinger, als wäre er eine schmutzige Unterhose. Gary stellte die Becher mit dampfendem Kaffee auf den Schreibtisch.

»Außerdem bezieht die Detektei Einnahmen aus dem Campingplatz«, sagte Tristan.

»Also lässt Kate dich Bettwäsche wechseln und chemische Toiletten leeren, wenn in der Detektei nicht viel zu tun ist?«

»Wir haben zusammen ein Unternehmen gegründet, Sarah. Es braucht seine Zeit, so was aufzubauen. Kates Sohn Jake kommt in ein paar Wochen von der Uni. Über den Sommer hilft er uns, den Wohnwagenplatz zu betreiben.«

Sarah schüttelte den Kopf. Ihre Einstellung gegenüber Kate war schon immer feindselig gewesen, aber seit Tristan seinen Job an der Universität auf Teilzeit zurückgeschraubt hatte, um in der frischgebackenen Detektei zu arbeiten, hatte sich Sarahs Abneigung noch gesteigert. In ihren Augen brachte Kate ihren Bruder um einen sicheren Arbeitsplatz mit guten Sozialleistungen. Er wünschte, Sarah würde Kate als seine Freundin und

Geschäftspartnerin akzeptieren. Kate war klug und verlor nie ein abfälliges Wort über Sarah – die umgekehrt keine Gelegenheit ausließ, um über Kate und ihre zahlreichen Unzulänglichkeiten herzuziehen. Tristan konnte den Beschützerinstinkt seiner Schwester nachvollziehen. Ihr Vater hatte die Familie verlassen, als sie noch klein waren, und beim Tod ihrer Mutter war Sarah achtzehn gewesen, Tristan fünfzehn. Deshalb hatte Sarah bereits in sehr jungen Jahren die Rolle der Ernährerin und Mutter übernehmen müssen.

»Tristan hat jetzt 'nen Untermieter. Nicht wahr, Tris?«, sagte Gary, um die Stimmung aufzulockern. »Das ist ein feines Zusatzeinkommen.«

»Ja. Der Mietvertrag ist da drin«, bestätigte Tristan.

»Wie läuft's mit dem Yeti?«, erkundigte sich Gary. Tristan lächelte. Bei seinem neuen Untermieter Glenn bedeckte dunkle Behaarung jede sichtbare Hautpartie, zusätzlich zu einem dichten, buschigen Bart.

»Er ist ein anständiger Kerl. Sehr ordentlich. Die meiste Zeit bleibt er in seinem Zimmer. Er redet nicht viel«, antwortete Tristan.

»Also nicht dein Typ?«

»Nein, ich mag Kerle mit zwei Augenbrauen.«

Gary lachte. Sarah schaute von den Unterlagen auf.

»Gary. Da er seine Vollzeitstelle an der Universität aufgegeben hat, wird's schwierig, mit seinem Einkommen eine neue Hypothek für die Wohnung zu bewilligen ...«

Gary ging um den Schreibtisch herum und berührte sanft die Schultern seiner Frau.

»Lass uns mal sehen. Weißt du, mit ein bisschen Gary-Magie ist alles machbar«, sagte er. Sie stand auf und überließ ihm den Platz auf dem Stuhl. Er rief den Hypothekenantrag auf seinem Bildschirm auf.

»Hast Glück, dass dein Schwager Filialleiter bei einer Bank ist«, merkte Sarah an. Tristans Handy klingelte in seiner Tasche, und er holte es heraus. Das Display zeigte Kates Namen. »Wer ist es? Das hier ist wichtig.«

»Es ist Kate. Ich mach's kurz.« Damit stand Tristan auf und verließ das kleine Büro.

Als er den Korridor hinunterging, hörte er Sarahs Stimme sagen: »Bei Kate sieht's gut aus. Sie hat zumindest keine Hypothek auf *ihr* Haus ...«

»Hallo«, meldete sich Tristan am Telefon. »Warte kurz. Ich bin in der Bank.« Er ging an der Warteschlange vor den Kassenschaltern vorbei durchs Foyer und hinaus auf den Bürgersteig.

»Ist alles gut gelaufen?«, erkundigte sich Kate.

»Sarah und Gary sehen sich gerade alles an.«

»Soll ich später anrufen?«

»Nein. Passt schon.«

Kate klang aufgeregt, als sie ihm von ihrem Telefonat mit Bev Ellis erzählte.

»Könnte es ein hochkarätiger ungeklärter Fall sein?«, fragte Tristan.

»Ja. Sieht allerdings kompliziert aus. Über Joanna Duncans Verschwinden wurde in *Crimewatch* berichtet, und die Polizei hat nach zwölf Jahren immer noch kaum Anhaltspunkte.«

»Glaubst du, die Frau kann sich längere Ermittlungen leisten?«

»Keine Ahnung. Ich hab gegoogelt. Die Presse hat Bev als alleinerziehende Mutter mit geringem Einkommen hingestellt.«

»Verstehe.«

»Aber du weißt ja, wie gern die Presse die Tatsachen verdreht oder aufbauscht. Sie ist unlängst nach Salcombe gezogen, zu ihrem langjährigen Lebensgefährten. Ihre Adresse liegt in der Millionärsgegend. Ich würde morgen gern hinfahren und mich mit ihnen treffen. Bist du dabei?«

»Klar.«

Tristan beendete das Telefonat und verspürte vor Aufregung ein Kribbeln. Als er sich umdrehte, sah er Sarah durch den Vordereingang der Bank herauskommen.

»Du schuldest Gary ein Bier«, verkündete sie und verschränkte die Arme über der blauen Bluse, um sich gegen den Wind zu schützen. »Er hat deine Umschuldung bewilligt *und* dir einen viel besseren Festzinssatz für fünf Jahre gegeben. So sparst du achtzig Pfund im Monat.«

»Das ist super«, erwiderte er und umarmte sie erleichtert. »Danke, Schwesterherz.«

»Was hat *Kate* gewollt?«

»Könnte sein, dass wir einen neuen Auftrag haben. Ein Vermisstenfall. Morgen treffen wir uns mit der Klientin.«

Sarah nickte und lächelte. »Das ist gut. Weißt du, Tris, es macht mir keinen Spaß, streng zu dir zu sein. Ich will nur, dass es dir gut geht. Immerhin hab ich Ma versprochen, dass ich mich um dich kümmern werde. Und als ich diese Wohnung gekauft habe, hat zum ersten Mal jemandem aus unserer Familie etwas gehört. Du musst dafür sorgen, dass du die Hypothek weiterhin zahlen kannst.«

»Ich weiß, und das werde ich«, beteuerte er.

»Irgendwann, wenn du alles abbezahlt hast, gehört die Wohnung dir, dann bist du gut versorgt.«

»*Oder* ich lerne einen umwerfenden Millionär kennen, der mich im Sturm erobert«, scherzte Tristan.

Sarah sah die Hauptstraße suchend in beide Richtungen entlang und betrachtete die umherlaufenden, armselig wirkenden Einheimischen. »Siehst du irgendwelche Millionäre in Ashdean?«

»Exeter ist ja nicht weit ...«

Sarah verdrehte die Augen und lachte. »Wo trefft ihr euch mit dieser neuen Klientin?«

»In Salcombe. Sie wohnt dort in einem großen Haus mit Blick auf die Bucht.«

»Tja. Löst den Fall mal lieber nicht zu schnell, wenn sie euch stundenweise bezahlt.«

3

Kate schlief in jener Nacht nicht gut. Das bevorstehende Treffen ging ihr nicht aus dem Kopf. Hatte Bev Ellis noch andere Privatdetektive kontaktiert? Wie viel genau hatte sie im Internet über Kate herausgefunden? Es war alles öffentlich zugänglich. Ein Mausklick, und die Google-Suchergebnisse sprachen für sich selbst.

Sie wälzte sich im Bett hin und her, während ihr all ihre Tiefschläge aus der Vergangenheit im Kopf herumspukten. Kate war eine junge Beamtin bei der Polizei in London gewesen, als sie herausgefunden hatte, dass ihr hochrangiger Kollege Peter Conway für die Vergewaltigung und Ermordung von vier jungen Frauen im Großraum London verantwortlich zeichnete. Zu allem Überfluss hatte sie eine Affäre mit Peter gehabt und war von ihm schwanger gewesen, als sie den Fall geknackt hatte. Die Berichte der Boulevardpresse waren damals reißerisch und unter der Gürtellinie. Der Skandal hatte ihrer Karriere bei der Polizei ein Ende bereitet. Danach hatte sie mit Alkoholsucht zu kämpfen gehabt. Was letztlich dazu geführt hatte, dass ihre Eltern das Sorgerecht für Kates und Peters Sohn Jake erhielten, als der Junge sechs Jahre alt war.

Kate war an die Südküste gezogen, um ihr Leben neu zu ordnen. Die vergangenen elf Jahre hatte sie als Dozentin für Kriminologie an der Ashdean University gearbeitet.

Während jener Zeit war Myra ihr Fels in der Brandung

gewesen, eine gute Freundin und ihre Sponsorin bei den Anonymen Alkoholikern. Kate fand, sie war es sich selbst und Myra schuldig, die Detektei zum Erfolg zu führen.

Um fünf Uhr morgens stand Kate auf und ging zum täglichen Frühschwimmen im Meer. Es beruhigte sie, durch das stille Wasser zu gleiten, während weit und breit nur ein paar Möwen in der Ferne krächzten. Und als die Morgendämmerung einsetzte, schillerte der Himmel in Blau-, Rosa- und Goldtönen.

Kate wartete vor dem Haus, als Tristan mit seinem blauen Mini Cooper vorfuhr.

»Morgen. Hab dir Kaffee mitgebracht.« Er hielt ihr einen Becher von Starbucks hin, als sie die Beifahrertür öffnete und einstieg.

»Wunderbar. Doppelter Espresso?«, fragte sie und genoss die vom Becher abstrahlende Wärme an den kalten Händen.

»Dreifacher. Ich hab nicht allzu gut geschlafen.«

Er trug einen dunkelblauen Anzug mit weißem, am Kragen offenem Hemd, und Kate ging durch den Kopf, wie gut er aussah. Sie hatte sich Gedanken darüber gemacht, was sie anziehen sollte, und sich für eine dunkle Jeans mit weißer Bluse sowie eine elegante königsblaue Jacke aus leichter Wolle entschieden. Kate trank einen Schluck Kaffee und genoss die Wirkung des Koffeins.

»Prima. Ich hab nämlich auch nicht gut geschlafen.«

»Bei dem Fall bin ich nervös«, gestand Tristan, als sie am Wohnwagenplatz vorbeifuhren. »Ich komme mir immer noch wie ein Grünschnabel vor.«

»Das musst du nicht. Bev Ellis will unbedingt herausfinden, was mit ihrer Tochter passiert ist. Und wir sind diejenigen, die sie aufspüren können. Richtig?«

Tristan nickte. »Ja.«

»Also, dann gibt es keinen Grund, nervös zu sein«, sagte Kate. Das hatte sie sich selbst beim Schwimmen und beim Vorbereiten auf das Treffen eingetrichtert, und sie stand kurz davor, es zu glauben.

»Hast du Joanna Duncan im Internet recherchiert?«, fragte Tristan. »Niemand hat eine Ahnung, was mit ihr passiert ist. Sie ist am späten Nachmittag an einem belebten Samstag aus dem Parkhaus in der High Street von Exeter verschwunden. Ist irgendwie unheimlich. Dass sie sich praktisch in Luft aufgelöst hat.«

»Nachdem ich mich durch die Artikel über ihr Verschwinden gearbeitet hatte, bin ich auf interessante Informationen über ihre Karriere als Enthüllungsjournalistin gestoßen«, erwiderte Kate. »Sie hat einen Artikel über den damaligen örtlichen Parlamentsabgeordneten Noah Huntley veröffentlicht. Er hat Bestechungsgelder für die Vergabe von Aufträgen der Stadtverwaltung angenommen. Die Boulevardpresse hat die Story landesweit aufgegriffen. Das hat eine Nachwahl ausgelöst, bei der er schließlich seinen Sitz verloren hat.«

»Wann war das?«, fragte Tristan.

»Sechs Monate vor ihrem Verschwinden, im März 2002. Wird interessant, von Bev zu erfahren, an welchen anderen Storys ihre Tochter damals gearbeitet hat.«

Der Tag wurde rasch wärmer, und zum ersten Mal in diesem Jahr brauchten sie die Autoheizung nicht. Sie fuhren einige Kilometer die atemberaubend schöne Juraküste entlang. Kate betrachtete das nie als selbstverständlich. Im Vergleich zum Rest von Großbritannien mutete die Gegend beinah wie Kalifornien an. Schließlich fuhren sie auf die Autobahn auf, der sie die nächsten vierzig Minuten lang folgten, bevor sie die Ausfahrt für Salcombe nahmen und wieder zur Küste gelangten. Die Straße schlängelte sich zur Bucht hinunter, und die Häuser wurden zunehmend prächtiger. Fischerboote und Jachten lagen im ruhigen, glasklaren Meer, in dem sich die Sonne und der blaue Himmel spiegelten.

Tristans Navi zeigte an, dass sie nach rechts auf eine schmale Privatstraße abbiegen sollten. Die Bäume lichteten sich, und sie erreichten eine hohe weiße Mauer mit einem Tor. Tristan ließ das Fenster auf seiner Seite runter und drückte einen Knopf an einer Gegensprechanlage.

»Was hat sie gesagt, womit Bill die Brötchen verdient?«, fragte er.

»Hat sie nicht erwähnt. Muss wohl was Lukratives sein, würde ich sagen«, erwiderte Kate.

»Und er legt Wert auf Privatsphäre. Sieh dir nur die riesigen Bäume an.« Er zeigte auf eine Reihe mächtiger Tannen hinter der Mauer. Ein Knistern drang aus der Gegensprechanlage.

»Hallo. Ich kann Sie sehen. Kommen Sie rein«, sagte Bevs Stimme über den Lautsprecher. Das Tor öffnete sich, indem es lautlos nach rechts glitt. Kate schaute auf und erblickte eine in eine Glaskuppel an einem der Torpfeiler eingebaute Überwachungskamera. Sie folgten einer gewundenen, gepflasterten Zufahrt, die leicht bergauf durch einen gepflegten Garten mit Palmen, Feigenbäumen und verschiedenen immergrünen Gewächsen führte. Den Weg säumten Beete mit gleichmäßig gepflanzten Tulpen in Rot, Weiß, Gelb und Violett, alle kurz vor dem Erblühen. Die Zufahrt verlief an der Hausseite entlang, bevor sie scharf nach links abbog und in einen gepflasterten Parkplatz mündete. Aus der Nähe glich die Rückseite des Gebäudes einem riesigen minimalistischen weißen Kasten. Hinten gab es keine Fenster, nur eine kleine Tür aus Eichenholz.

Kaum waren Tristan und Kate ausgestiegen, öffnete sich die Tür. Bev Ellis erschien mit einem sehr großen Mann. Kate fiel auf, dass er den 1,80 Meter großen Tristan um einen halben Kopf überragte. Bev reichte ihm kaum bis zur Schulter. Die Frau wies eine starke Ähnlichkeit mit ihrer Tochter auf. Wie Joanna war sie gertenschlank und besaß dieselbe ausdrucksstarke Nase, volle Lippen, markante Wangenknochen und blaue Augen. Allerdings war Bevs Haut blass und rau, und sie hatte ausgeprägte Tränensäcke. Der kurze, etwas zu dunkel gefärbte Bubikopf betonte ihre abstehenden Ohren. Sie trug rosa Crocs, eine Jeans und eine speckige grüne Fleecejacke. Womit sie an dem Ort völlig fehl am Platz wirkte, wie eine Lottogewinnerin oder eine arme Verwandte auf Besuch. Kate verbannte den unfreundlichen Gedanken rasch aus dem Kopf.

Bill sah jünger aus als Bev, schlank und muskulös, mit dichtem grauem, zu einem Bürstenschnitt gestutztem Haar. Er trug ein ausgebleichtes Rolling-Stones-T-Shirt mit einer goldenen Halskette darüber, dazu verwaschene Jeans mit zerrissenen Knien. Unten lugten nackte Füße aus der Hose. Sein freundliches Gesicht mit rötlichem Teint zierten wunderschöne grüne Augen.

»Hallo«, grüßte Bev. Sie streckte Kate eine zittrige Hand entgegen. »Das ist Bill. Ich würde ihn ja gern als meinen festen Freund bezeichnen, aber darüber sind wir wohl hinaus, ha-ha. Wir sind schon ewig zusammen.«

»Freut mich, Sie kennenzulernen, Kate, und Sie auch,

Tristan«, sagte Bill und schüttelte ihnen nacheinander die Hand. Im Vergleich zu Bev wirkte er ruhig. Kates verbliebene Befürchtungen, vorverurteilt zu werden, lösten sich in Luft auf.

»Ich hoffe, Sie haben problemlos hergefunden.« Bevor Kate etwas erwidern konnte, fuhr Bev fort: »Aber natürlich haben Sie das. Sie sind ja hier! Kommen Sie rein.«

Die Eingangstür führte geradewegs in einen großen offenen Wohnbereich. Eine raumhohe Glasfront verlief entlang der Vorderseite und bot eine Aussicht auf eine Terrasse und die Bucht. Die Böden bestanden aus weißem Marmor mit zarten goldenen und schwarzen Einschlüssen. Nur wenige Möbel verteilten sich über den großflächigen Raum. Auf der linken Seite befand sich ein großer Betonkamin. Ein langes weißes Ledersofa stand auf einem weißen Teppich vor einem Flachbildfernseher über dem Kamin.

Rechts schloss eine geräumige minimalistische Küche an, ganz in Weiß und ohne irgendetwas auf den Arbeitsflächen. Kate fragte sich, wie lange Bev schon hier lebte. Sie schien eine plapperhafte, nervöse Person zu sein. Kates Erfahrung nach stopften plapperhafte, nervöse Menschen ihren Wohnraum gern mit Möbeln und Nippes voll, was ihr Bedürfnis widerspiegelte, Stille auszufüllen.

»Verdammt, was für eine Aussicht!«, rief Tristan begeistert aus und trat näher zur Fensterfront. Der weitläufige Panoramablick über die Bucht und das Meer wurde von keinem anderen Haus unterbrochen. In der Ferne erstreckten sich die hügeligen Felsen der Juraküste in blauen Dunst hinein. »Tut mir leid. Entschuldigen Sie meine Ausdrucksweise.«

»Schon gut, mein Lieber. Ich glaube, meine ersten Worte, als ich's zum ersten Mal gesehen habe, waren ›heilige Scheiße!‹«, verriet Bev. Als betretene Stille eintrat, errötete Bev. »Setzen Sie sich. Ich mache Tee und Kaffee«, fügte sie hinzu und deutete aufs Sofa.

Kate und Tristan ließen sich nieder und beobachteten, wie Bill und Bev alles vorbereiteten. Bev hatte Mühe, die weißen Schranktüren zu öffnen, die bündig abschlossen und keine Griffe besaßen. Und zweimal verwechselte sie eine Tür mit dem Kühlschrank.

»Wie lange wohnt sie schon hier?«, murmelte Tristan. Kate schüttelte den Kopf und beschäftigte sich damit, ihr Notizbuch und ihren Stift herauszuholen.

Wenige Minuten später brachten Bill und Bev eine große Pressfilterkanne und eine dreistöckige Etagere mit Muffins und Keksen. Bill setzte sich mit dem Rücken zum Kamin auf den Boden. Bev ließ sich auf der Armlehne eines Sessels neben ihm nieder.

»Macht's Ihnen was aus, wenn wir mitschreiben?«, erkundigte sich Kate und deutete auf ihr Notizbuch. »Nur, damit uns nichts entgeht.«

»Nein, nur zu«, antwortete Bill. Bev drückte den Stempel der Filterkanne nach unten und schenkte den Kaffee ein. Plötzlich herrschte im Raum schwere Stille. Bevs Hände zitterten so heftig, dass Bill übernehmen und Kate und Tristan ihre Tassen reichen musste.

»Schon gut«, sagte er beschwichtigend, beugte sich vor und streichelte Bevs Bein. Sie ergriff seine Hand. Im Vergleich zu seiner nahm sich ihre winzig und vogelartig aus.

»Tut mir leid. Mir graut davor, darüber zu reden«, erklärte sie, zog die Hand zurück und wischte sie sich an der Hose ab. »Ich weiß nicht mal, wo ich anfangen soll.«

»Erzählen Sie uns einfach erst mal von Joanna«, schlug Kate vor. »Wie war sie so?«

»Ich habe sie immer Jo genannt.« Bev wirkte überrascht, dass ihr eine so simple Frage gestellt wurde. »Sie war ein wunderbares Baby. Ich hatte eine einfache Schwangerschaft. Auch eine schnelle Geburt. Und sie war so brav und ruhig. Ihr Vater war ein älterer Mann, mit dem ich eine Zeit lang zusammen war. Er war sechsundzwanzig, ich siebzehn. Als Jo zwei war, ist er gestorben. Herzinfarkt. Ungewöhnlich für einen so jungen Kerl. Er hatte einen Herzfehler, von dem er nichts wusste. Wir hatten nicht geheiratet, und Jo hat ihn nie wirklich kennengelernt. Ich hab sie allein aufgezogen. Wir haben uns sehr nahegestanden. Als sie älter wurde, waren wir eigentlich eher wie Freundinnen.«

»Welchen Job hatten Sie?«, fragte Kate.

»Ich war Reinigungskraft bei Reed, der Firma, die Büros vermietet. Die hatten zwei große Anlagen in Exeter und Exmouth ... Ich hatte jahrelang eine Sozialwohnung auf dem Moorside Estate. Dann hab ich eine Wohnung näher bei der Stadt gemietet. Hier bin ich erst vor zwei Monaten eingezogen. Da hat mir mein Vermieter nämlich mitgeteilt, dass er meine Wohnung verkauft. Das hier gehört alles Bill.«

Er schaute auf und lächelte sie an. »Es ist jetzt genauso sehr dein Zuhause wie meins.«

Bev nickte, zog ein zerfleddertes Taschentuch aus ihrem Ärmel und wischte sich die Augen ab.

»Wie lange sind Sie beide schon zusammen?«, erkundigte sich Tristan.

»Meine Güte. Mit Unterbrechungen ... wie lange? Dreißig Jahre? Wir haben nie geheiratet. Hat uns gefallen, unsere Freiräume zu haben«, antwortete Bev. Bill nickte. Sie errötete wieder, und Kate fand, dass die Äußerung hohl klang. Einstudiert.

»Wollte Jo schon immer Journalistin werden?«, fragte sie.

»Ja. Als sie elf war, gab's so eine spezielle Schreibmaschine für Kinder. Die Petite 990. Hat wie eine richtige funktioniert. Erinnern Sie sich an die Werbung? Darin hat dieses kleine wie Dolly Parton angezogene Mädchen darauf getippt, während dazu der Song ›9 to 5‹ gedudelt hat.«

»Ich erinnere mich daran«, sagte Kate. »Wann war das?«

»1985.«

Kate stellte eine schnelle Berechnung an. Wenn Joanna 1985 elf Jahre alt war, musste sie 1974 geboren sein. Was bedeutete, dass sie achtundzwanzig war, als sie 2002 verschwand.

»Das war ja vier Jahre vor meiner Geburt«, warf Tristan ein und hob die Hand. Alle lachten, und die Spannung im Raum ließ ein wenig nach.

»Kaum hatte Jo die Werbung gesehen, wollte sie die Schreibmaschine unbedingt zu Weihnachten haben, nur war der Preis damals für mich ein Vermögen – dreißig Pfund! Ich hab zu ihr gesagt: ›Wozu willst du denn eine Schreibmaschine? Die endet ja doch schon nach ein paar Tagen im Schrank und setzt Staub an.‹ Und Jo hat geantwortet: ›Ich kann damit Zeitungsreporterin werden.‹ Also hab ich die dreißig Pfund zusammengekratzt, hab gebettelt und geborgt, hauptsächlich von Bill ...«

Er lächelte bei der Erinnerung und nickte.

»Ich habe Jo die Schreibmaschine zu Weihnachten geschenkt. Und sie hat Wort gehalten. Jede Woche hat sie ein Mitteilungsblatt getippt, mit lauter albernen Belanglosigkeiten, die uns passiert sind oder die sich in der Schule zugetragen haben. Sie hat nie aufgehört zu schreiben und Fragen zu stellen ... Jo war klug. Hat die Aufnahmeprüfung fürs Gymnasium bestanden. Danach hat sie Journalismus an der Exeter University studiert und als Reporterin bei der *West Country News* angefangen. Damals hat die Zeitung noch eine halbe Million Exemplare täglich verkauft ... Sie hatte sich in London bei einer der überregionalen Zeitungen beworben und sogar ein Vorstellungsgespräch bekommen ...« Bev verstummte kurz. »Und dann ist sie verschwunden.«

»Hatte sich Joannas Verhalten in den Monaten oder Wochen vor ihrem Verschwinden verändert? War sie deprimiert oder wegen irgendetwas besorgt?«

»Nein. Sie war rundum glücklich.«

»Und Sie haben sie zu der Zeit oft gesehen?«

»Mehrmals die Woche. An den meisten Tagen haben wir mehr als einmal telefoniert. Sie hatte gerade mit ihrem Mann Fred ein Haus in Upton Pyne gekauft, einem kleinen Dorf am Stadtrand von Exeter.«

»Was haben Sie von Fred gehalten?«

»Fred war – *ist* – ein bezaubernder Bursche. Er war es nicht«, sagte Bev sofort. »Er war den ganzen Tag zu Hause. Dafür gibt es eine Menge Zeugen. Er hat ihr Haus gestrichen, hat auf einer Leiter gestanden ... Viele Leute im Dorf haben ihn dabei gesehen und ihm ein wasserdichtes Alibi gegeben.«

»Ist im Vorfeld ihres Verschwindens irgendetwas Ungewöhnliches passiert?«, hakte Kate nach.

»Nein.«

»Woran hat sie zu der Zeit gearbeitet? Ich hab gelesen, dass sie Enthüllungsjournalistin war.«

»Sie hat an vielen Storys gearbeitet«, antwortete Bev und sah Bill an.

»Aber an nichts, weswegen sie jemand umbringen oder entführen würde«, sagte er.

»Sie ist am Samstag, dem 7. September, zur Arbeit gegangen und hat das Büro gegen halb sechs verlassen. Es war nur ein kurzer Fußmarsch zu ihrem Auto, aber irgendwo unterwegs ist sie verschwunden. Bill und ich waren an dem Tag in Killerton, ungefähr eine Autostunde entfernt. Am Nachmittag sind wir zurückgekommen. Bill hat noch bei dem Bürogebäude in Exeter vorbeigeschaut, das seine Firma zu der Zeit umgebaut hat. Ich bin nach Hause. Gegen sieben hat mich dann Fred angerufen und gesagt, dass Jo noch nicht nach Hause gekommen sei. Wir haben herumtelefoniert. Niemand wusste, wo sie sein könnte. Schließlich hat Fred mich abgeholt, und wir haben angefangen, nach ihr zu suchen. Die Polizei wollte sie in den ersten vierundzwanzig Stunden nicht als Vermisste behandeln, also haben wir die Krankenhäuser in der Gegend abgeklappert und das Parkhaus in der Nähe ihres Büros überprüft. Ihr Auto war noch dort. Ihr Mobiltelefon haben wir ausgeschaltet unter dem Wagen gefunden. Es waren keine Fingerabdrücke drauf. Nicht mal ihre. Deshalb ging die Polizei davon aus, dass ihr Entführer das Gerät ausgeschaltet und die Fingerabdrücke abgewischt hat.«

»War es das Parkhaus Deansgate, das man einige Monate später abgerissen hat?«, fragte Tristan dazwischen.

»Ja. Dort sind jetzt Wohnungen«, sagte Bev.

»Joanna – Jo – hat als Enthüllungsjournalistin dabei mitgeholfen, einen örtlichen Abgeordneten, Noah Huntley, des Betrugs zu überführen. Das war im März 2002, sechs Monate vor ihrem Verschwinden, richtig?«, ergriff Kate das Wort.

»Ja. Jos Story wurde von den nationalen Zeitungen aufgegriffen. Das hat eine Nachwahl ausgelöst, und Noah Huntley hat seinen Sitz verloren. Aber das war im Mai, vier Monate, bevor Joanna verschwunden ist.«

»Und nach dem Verlust seines Mandats hat er sich einen Job in der Privatwirtschaft geangelt, bei dem er wesentlich mehr verdient hat, als er als Abgeordneter je bekommen hätte«, sagte Bill und schüttelte angewidert den Kopf.

»Hat Joanna an einer anderen Story gearbeitet, die sie in Gefahr gebracht haben könnte?«, fragte Kate.

»Nein, das glauben wir nicht«, erwiderte Bev und schaute zu Bill. Er schüttelte den Kopf. Bev fuhr fort. »Jo hat zwar nicht viel über die Storys erzählt, an denen sie gearbeitet hat, aber es war nichts darunter, worüber ihr Redakteur besorgt gewesen wäre ... Mit diesem Noah Huntley hat die Polizei geredet. Ich glaube, es war eher ein Akt der Verzweiflung, weil man sonst keine Verdächtigen hatte. Aber nach dem Erscheinen des Artikels hatte er kein Motiv dafür, Jo etwas anzutun, außerdem hatte er ein Alibi.«

»Gab es viele Zeugen, die Jo vor ihrem Verschwinden noch gesehen haben?«, fragte Kate.

»Ein paar Leute haben sich gemeldet und ausgesagt,

sie hätten sie aus dem Gebäude der Zeitung kommen gesehen. Eine alte Dame erinnert sich, dass sie an der Bushaltestelle in Richtung Deansgate vorbeigegangen ist. Die Polizei hat ein Foto einer Überwachungskamera an der Hauptstraße sichergestellt, an der sie an dem Abend gegen zwanzig vor sechs vorbeigekommen ist, aber es weist vom Parkhaus weg. Niemand weiß, was danach passiert ist. Es ist, als hätte sie sich in Luft aufgelöst.«

In der längeren Stille, die eintrat, bemerkte Kate zum ersten Mal das Ticken einer Uhr im Hintergrund. Bill stellte seine Tasse auf dem Tisch ab.

»Hören Sie. Bev bedeutet mir alles«, begann er. »Ich sehe sie schon viel zu lange leiden. Natürlich kann ich nichts tun, um Jo zu ersetzen. Aber falls sie ermordet wurde, will ich dabei helfen, sie zu finden, damit Bev sie bestatten kann ...« Bev blickte auf das Taschentuch hinab, das sie auf dem Schoß knotete. Tränen liefen ihr über die faltigen Wangen. »Mir ist klar, dass Ihre Ermittlungen nicht nur ein paar Stunden dauern werden, falls ich Sie beauftrage. Ich bin bereit, für Ihre Zeit zu bezahlen, aber ich stelle Ihnen nicht einfach einen Blankoscheck aus. Sind wir uns da einig?«

»Natürlich«, gab Kate zurück. »Wir geben nie falsche Versprechungen ab, aber bisher haben wir noch jeden Fall gelöst, den wir übernommen haben.«

Bill nickte, dann stand er auf. »Kommen Sie bitte mit, ich möchte Ihnen etwas zeigen.«

4

Hinter der makellos weißen, kahlen Küche folgte ein breiter Flur mit fünf Türen. Alle waren geschlossen. In dem Gang herrschte schwache Beleuchtung.

Sechs oder sieben gerahmte Schwarz-Weiß-Fotos nackter Frauen säumten die Wände. Tristan war nicht prüde, trotzdem fand er die Aufnahmen auf dem Weg durch den Korridor recht schockierend. Bill ging voraus, gefolgt von Bev, dann Tristan und Kate. Die Models waren kunstvoll in Szene gesetzt, aber es handelte sich um überaus freizügige Fotos. Eines zeigte eine Nahaufnahme einer Vagina, daneben die Hand eines Mannes, die eine ungeschälte Banane hielt.

Tristan drehte sich fragend zu Kate um. Sie zog eine Augenbraue hoch. Als er sich wieder nach vorn drehte, stellte er fest, dass Bev ihren Blickwechsel bemerkt hatte. Sie lachte nervös.

»Bill ist Kunstsammler«, erklärte sie. »Das sind alles limitierte Drucke. Eine Menge Geld wert. Von einem sehr renommierten Künstler. Wie heißt er noch mal?«

Bev schien sehr daran gelegen zu sein, dass sie die Bilder an der Wand für Kunst und nicht für Pornografie hielten. Tristan fragte sich, ob Bev bei ihrem Einzug dagegen protestiert hatte, dass sie an den Wänden hingen.

»Arata Hayashi. Ein überaus innovativer bildender Künstler aus Japan. Ich wurde zu einer seiner Ausstellungen eingeladen, als ich letztes Jahr geschäftlich dort war«, erklärte Bill.

»In welcher Branche sind Sie?«, erkundigte sich Tristan.

»Bauwesen. Angefangen habe ich mit Bürogebäuden. In letzter Zeit sind wir zu Straßenbau übergegangen. Mir gehört eine Firma, die alle möglichen Materialien für große Autobahnbauprojekte liefert.«

»Bills Firma hat erst neulich die M4 neu asphaltiert«, warf Bev stolz ein.

Tristan überlegte, wie lang sich die M4 erstreckte – über etwa dreihundert Kilometer, von London bis nach Südwales. Dafür brauchte es eine Menge Zement und Asphalt.

Bill öffnete die Tür am Ende des Korridors. Sie führte zu seinem Arbeitszimmer. Im Vergleich zum restlichen Haus wirkte es dunkel, wies viele schwere Holzmöbel und Bücherregale auf, außerdem an einer Wand einen Waffenschrank mit einer Reihe von Schrotflinten hinter der polierten Glastür.

Über dem Schreibtisch hing ein großer Hirschkopf. Tristan verspürte beim Anblick des offenen Mauls und der kläglichen Augen einen Anflug von Traurigkeit. Er wollte Bill gerade fragen, ob er jagte, als er Pappkartons mit polizeilichen Beweismitteln bemerkte, die sich neben einem schwarzen Marmorkamin stapelten. Jeder wies ein Etikett mit der Aufschrift *Fallakte Joanna Duncan* und einer Nummer auf.

»Sind das offizielle Akten der Polizei?«, fragte Kate und ging zu dem Stapel hinüber.

»Ja«, bestätigte Bill.

Tristan sah, wie Kate die Stirn runzelte.

»Bill hat sie für mich besorgt«, warf Bev ein, als hätte er sie einfach online für sie bestellt.

»Mir ist schon untergekommen, dass die Polizei den Angehörigen eines Opfers erlaubt, Teile einer Fallakte einzusehen. Unter Aufsicht im Revier ... Aber ich hab noch nie erlebt, dass Fallakten ... was? Verliehen werden?« Fragend sah Kate mit hochgezogener Augenbraue Bill an.

»Ja. Ich habe sie für drei Monate«, erwiderte er.

»Offiziell?«

Bill ging zum Schreibtisch, ergriff davon einen Zettel und reichte ihn Kate. Tristan trat neben sie und stellte fest, dass es sich um einen offiziellen Brief von Superintendent Allen Cowen von der für Devon und Cornwall zuständigen Polizei handelte. In dem Schriftstück wurde Bill für sein Schreiben und seine Spenden an einen Wohltätigkeitsfonds der Polizei namens Golden Lantern gedankt. Außerdem stand darin, dass ihm als Anerkennung für seine Unterstützung der Familien gefallener Polizeibeamter Zugriff auf die Akten des ungeklärten Falls Joanna Duncan gewährt wurde, um sie für zivile Ermittlungen zu nutzen.

»Mittlerweile wird der Fall nicht mehr bearbeitet und gilt als ungeklärt. Das Schreiben bestätigt die Einwilligung der Polizei zur Einsichtnahme in die Akten«, kommentierte Bill.

Tristan ging zu den Kisten hinüber. Er zählte zwanzig.

»Haben Sie die Akten schon durchgesehen?«, fragte er.

»Ja«, antwortete Bill.

»Hat die Polizei Jos Laptop und ihre Unterlagen von der Arbeit mitgenommen?«, fragte Kate.

»Nein. Wir glauben, dass Jo ihren Laptop und ihre

Notizbücher bei sich hatte, als sie verschwunden ist«, sagte Bev. »Man hat die Sachen nie gefunden.«

»Die Polizei hat ein paar andere Arbeitsunterlagen und Dokumente mitgenommen, die Jo auf ihrem Schreibtisch hatte. Sie befinden sich in den Akten. Sind aber nur vage Notizen über Storys, an denen sie gearbeitet hat«, fügte Bill hinzu.

Abermals trat ausgedehnte Stille ein. Im Arbeitszimmer war es warm und stickig, außerdem ging vom Hirschkopf ein Wildaroma aus, von dem Tristan flau im Magen wurde.

»Ich hab versucht, alles zu sichten. Dachte mir, es würde mir helfen und Antworten liefern. Aber da ist so viel drin«, sagte Bev schließlich. »Alles nur Fragen. Zu viele Fragen und keine Antworten … Was mir beweist, dass die Polizei wirklich keinen blassen Schimmer hatte. Ich brauche einen Drink … tut mir leid«, fügte sie hinzu, ging zu einer Globusbar rechts vom Schreibtisch und öffnete sie. Eine Auswahl von Flaschen kam darin zum Vorschein. Sie schenkte großzügig Whiskey in ein Kristallglas, nippte daran und wischte sich mit zitternden Händen den Mund ab.

»Kann ich Ihnen beiden etwas zu trinken anbieten?«, fragte Bill, der sich zu Bev stellte und sich selbst einen Whiskey einschenkte, um die Situation zu entschärfen. Eine kurze Pause entstand, dann lehnte Tristan schnell ab. Das Kristallglas war so groß, dass Bev es mit beiden Händen halten musste.

»Also, ich bin nicht gut darin zu verhandeln oder Spielchen zu treiben«, sagte sie. »Ich muss wissen, ob Sie den Fall übernehmen und für mich herausfinden, was mit Jo passiert ist. In den Akten da ist so viel drin – Zeugenaussagen, der zeitliche Ablauf, den die Polizei für die Stunden vor ihrem Verschwinden zusammengestellt hat.«

Bev zog den Stuhl hinter dem Schreibtisch hervor und ließ sich darauf plumpsen. Sie wirkte erschöpft. Tristan sah Kate an. Er selbst wollte den Fall schon übernehmen, als Kate ihn in der Bank angerufen hatte. Sie nickte.

»In Ordnung. Wir sind dabei«, verkündete Kate. »Ich habe Kontakte zur Polizei und zu Forensikern. Und die Fallakten zu haben, ist ein riesiger Vorteil.«

»Oh, das macht mich so glücklich«, sagte Bev. »Danke.« Tristan sah ihr an, wie stark ihr die Gefühle über den Verlust ihrer Tochter zusetzten.

»Legen wir vorerst sechs Monate fest«, schlug Bill vor. »Dann sehen wir uns an, wo Sie bis dahin stehen.« Er schüttelte erst Kate die Hand darauf, dann Tristan. Bev stand auf, kam herüber und umarmte sie beide. Tristan roch den Alkohol in ihrem Atem.

»Danke. Vielen Dank«, sagte Bev.

»Wir werden alles tun, was wir können, um Jo zu finden«, versprach Kate.

Bev nickte, dann brach sie in Tränen aus und stellte sich neben Bill, der schützend den Arm um sie legte.

»Können wir die Akten mitnehmen?«, erkundigte sich Tristan.

»Ich helfe Ihnen, sie zu Ihrem Auto zu tragen«, bot Bill an.

»Ich kann kaum ertragen, sie im Haus zu haben. Ich kriege davon Gänsehaut«, sagte Bev. »Bitte. Nehmen Sie alles mit.«

5

Am nächsten Morgen begannen Kate und Tristan, die Akten des Falls Joanna Duncan durchzusehen. Außerdem hatten sie vor, sämtliche Dokumente zu scannen. Es würde zwar zeitaufwändig, aber später auch hilfreich sein, wenn sie beide elektronischen Zugang zu den Akten hätten. Es wäre außerdem gut, eine Sicherungskopie zu haben. Sie mochten die Erlaubnis der Polizei zur Nutzung der Akten haben, aber der Amtsschimmel konnte wankelmütig sein. Die Behörde konnte den gewährten Zugriff jederzeit widerrufen.

In der ersten Kiste fand Tristan eine Kassette bei der Akte mit der offiziellen Aussage von Joannas Ehemann Fred Duncan.

»Ist auf 12. September 2002 datiert«, las er vom handgeschriebenen Etikett an der Seite der Kunststoffhülle ab. »Fünf Tage, nachdem Joanna verschwunden ist.«

»Sind bei den anderen Aussagen vom Beginn der Ermittlungen auch Kassetten dabei?«, fragte Kate. Tristan blätterte durch die anderen Aktenmappen aus der ersten Kiste.

»Die hier sehen nach schriftlichen Aussagen von Joannas Familie, Freunden und Arbeitskollegen aus. Keine Kassetten«, antwortete Tristan.

»Also hat man zu Beginn der Ermittlungen nur Joannas Ehemann zu einem offiziellen Verhör vorgeladen. Die nächsten Verwandten sind in der Regel die ersten Verdächtigen.«

»Wie lang ist eine Audiokassette? Mir ist noch nie eine untergekommen.« Tristan drehte die Plastikhülle in den Händen.

»Verdammt, fühle ich mich neben dir alt«, sagte Kate grinsend. Sie nahm die Kassette entgegen und betrachtete sie. »Die hier hat dreißig Minuten auf jeder Seite, und es steht drauf, dass es die Nummer eins von nur einer ist. Also war es keine lange Befragung.«

Kate stand auf und ging zu dem Aktenschrank, der einen alten, von Myra geerbten Radiorecorder beherbergte. Sie nahm die Kassette aus der Hülle und legte sie in das Gerät ein. Dann startete sie die Audioaufnahme ihres Handys, schaltete den Kassettenspieler ein und legte das Telefon daneben.

Vom Band ertönten zwei Stimmen. Ein gewisser DCI Featherstone – ein älterer Mann mit rauer Stimme – und Fred Duncan, der mit starkem kornischem Akzent sprach.

»Sie haben gesagt, Sie hätten am 7. September den ganzen Tag das Haus gestrichen, in dem Sie mit Joanna im Dorf Upton Pyne wohnen. Ihr Nachbar Arthur Malone hat uns erzählt, dass kurz nach zwei Uhr nachmittags eine junge Frau in Ihr Haus gegangen ist. Aber er hat nicht gesehen, wie sie es verlassen hat«, sagte DCI Featherstone auf dem Band. »Wer war sie?«

»Eine Nachbarin. Famke«, sagte Fred.

»*Famke* – klingt ausländisch. Wie ist ihr Zuname?«

»Van Noort.« Es ging eine Weile hin und her, während Fred die Umstände für DCI Featherstone schilderte. »Der Name ist holländisch. Sie ist Au-pair-Mädchen bei einer Familie ein paar Häuser weiter.«

»Leute in Ihrer Gegend haben Au-pairs?«, fragte Featherstone mit spöttischem Unterton in der Stimme.

»Ja. Ein Arzt und seine Frau. Paulson. Dr. Trevor Paulson. Keine Ahnung, wie seine Frau heißt. Ihnen gehört die große Villa am Ende des Dorfs. Famke kümmert sich um ihre Kinder«, sagte Fred.

»Und können Sie die Namen buchstabieren?«

»Die Namen der Kinder?«

»Nein. Die von dem Arzt und dem Au-pair-Mädchen.« Featherstone klang irritiert. Es folgte ein weiteres Hin und Her.

»Warum hat dieses Au-pair-Mädchen Sie besucht?«, wollte Featherstone wissen. Eine lange Pause entstand.

»Was glauben Sie wohl?«, gab Fred schließlich zurück.

»Sie müssen es für die Aufzeichnung aussprechen.«

Fred seufzte gedehnt.

»Für Sex«, sagte er. »Sie ist für Sex vorbeigekommen. Sie ist ein paar Stunden geblieben und dann hinten durch den Garten wieder raus.«

»Am Ende Ihres Gartens führt ein Gehweg vorbei?«

»Ja. So ist sie gegangen.«

»Und Famke wird das bestätigen?«

»Ja. Bitte gehen Sie nicht zu hart mit ihr um. Sie ist noch jung ... Aber natürlich nicht zu jung«, fügte Fred rasch hinzu.

»Wie haben Sie die Frau kennengelernt?«, fragte Featherstone.

»Eines Tags im Laden an der Ecke ... hat sie mir so einen Blick zugeworfen«, antwortete Fred. »Seit wir ins Dorf gezogen sind, bin ich arbeitslos. Und fühle mich ziemlich beschissen.«

»Warum fühlen Sie sich so?«

»Jo und ich haben unlängst eine Hypothek aufgenommen, und ich kann nichts dazu beitragen.«

»Also verdient Joanna bei der *West Country News* in Exeter gut?«

»Ja.«

»Das muss für Spannungen gesorgt haben«, meinte Featherstone. In seiner Stimme schwang ein ködernder Ton mit.

»Was denken Sie denn?«, schoss Fred zurück.

»Das gibt Ihnen ein Motiv. Ihre Frau stirbt. Sie kassieren ihre Lebensversicherung und bezahlen damit die Hypothek ab.«

»Wissen Sie, ob sie tot ist? Hat man ihre Leiche gefunden?«, fragte Fred mit brüchiger Stimme.

Stille trat ein und dauerte fast eine halbe Minute lang an. Kate überprüfte den Kassettenspieler, ob er noch lief.

»Wie oft haben Sie sich mit dieser Famke zum Sex getroffen?«, fragte Featherstone schließlich.

»Drei oder vier Mal in den letzten Monaten. Es ist kein Verbrechen, eine Affäre zu haben.«

»Natürlich nicht, Mr Duncan. Weiß Joanna, dass Sie sich mit dem örtlichen Au-pair-Mädchen im Bett vergnügen, während sie unterwegs bei der Arbeit ist, um die Hypothek bezahlen zu können?«

Wieder entstand eine lange Pause.

»Nein«, antwortete Fred kleinlaut. »Aber das ist alles so bescheuert. Ich bin so dämlich gewesen. Ehrlich, ich will nur, dass sie wohlbehalten nach Hause kommt. Wenn sie nur nach Hause kommt, gestehe ich ihr alles.«

»Fällt Ihnen jemand ein, der ihr etwas antun wollen könnte?«, fragte Featherstone.

»Nein.«

»Könnte sie selbst eine Affäre haben? Immerhin gehen Sie auch fremd.«

»Was? Nein. Nein, sie ist besessen von ihrem Job. Ihre gesamte Zeit verbringt sie entweder mit mir, ihrer Mutter oder bei der Arbeit. Sie hat mal von einer Frau bei der Arbeit erzählt, die eine Affäre mit einem Kollegen hatte, und wie abfällig alle über sie geredet haben.«

»Wer war das?«

»Rita Hocking, eine andere Journalistin bei der *West Country News*.«

»Ihre Frau könnte durchgebrannt sein.«

»Wie soll ich darauf antworten? Das ist keine Frage. Verdammt, Sie sind die Polizei! Sie sollten mehr als das draufhaben ... Jo würde nicht einfach gehen. Sie würde nie ihre Mutter verlassen. Die beiden stehen sich sehr nah. Manchmal zu nah.«

Wieder trat eine längere Stille ein, bevor DCI Featherstone begann, Freds offizielle Aussage durchzugehen. Kate hielt das Band und die Aufzeichnung ihres Handys an.

»Warum hat Bev uns nichts von Freds Affäre erzählt?«

»Vielleicht will sie sich die Vorstellung bewahren, dass sie zusammen glücklich gewesen sind«, meinte Tristan. »Sie hat auch nicht erwähnt, dass man Fred verhört hat. Die Polizei dachte, er hätte ein Motiv.«

»Der Nachbar und Famke haben ihm ein Alibi verschafft. Ist es da drin?«

Tristan blätterte in den Akten und fand einen Zettel. »Ja ... Sie hat bei der Polizei eine schriftliche Erklärung abgegeben ... Laut ihrer Aussage ist sie kurz nach zwei Uhr nachmittags bei Fred eingetroffen und etwa zwei Stunden geblieben, bis kurz nach vier Uhr.« Er überflog die unterzeichnete Aussage. »Dann ist sie durch die Hintertür raus, hat den Fußweg hinter der Häuserreihe genommen und ist nach Hause gegangen.«

»Wie weit ist Upton Pyne von Exeter entfernt?«, fragte Kate.

»Nicht weit. Bisschen mehr als sechs Kilometer«, antwortete Tristan, während er durch die anderen Akten in der Kiste blätterte.

»Fred hatte an dem Tag, an dem Joanna verschwunden ist, ein Alibi bis vier Uhr nachmittags. Aber Bev hat uns erzählt, dass Joanna an dem Tag erst um halb sechs Uhr die Arbeit verlassen hat ...«

»Freds Nachbar Arthur Malone hat bei der Polizei ausgesagt, dass er Fred am 7. September immer wieder mal gesehen hat und dass Freds Auto erst später am Abend, gegen halb acht, vor dem Haus verschwunden ist ...«

»Um die Zeit hat Fred angefangen, sich Sorgen zu machen, weil Joanna noch nicht von der Arbeit zu Hause war. Er ist nach Exeter zu Bev gefahren«, sagte Kate.

Tristan sah eine weitere Akte durch und stieß einen leisen Pfiff aus. Er hielt einen Kontaktabzug mit vier Bildern einer Überwachungskamera hoch.

»Was ist das?«, fragte Kate.

»Die Polizei hat eine Aussage von Noah Huntley aufgenommen, dem Abgeordneten, über den Joanna ihren Enthüllungsbericht veröffentlicht hat«, sagte er. »Das sind Fotos davon, wie sie sich bei einer Tankstelle getroffen haben.«

Kate nahm den Kontaktabzug von Tristan entgegen. »Sieh dir den Zeitstempel an. Die Überwachungsbilder sind auf den dreiundzwanzigsten August 2002 datiert«, sagte sie.

»Zwei Wochen vor Joannas Verschwinden.«

»Und die Bilder stammen von der Texaco-Tankstelle in Upton Pyne. Warum sollte sich Joanna zwei Wochen vor ihrem Verschwinden so nah bei sich zu Hause mit Noah Huntley treffen?«

»Noah Huntley erwähnt in seiner Aussage, dass Joanna um ein Treffen mit ihm gebeten hat, weil sie sich für eine Stelle bei der *Daily Mail* beworben hatte, wo er im Vorstand war. Sie wollte sich vergewissern, dass zwischen ihnen kein böses Blut herrscht«, sagte Tristan. »Auch er hatte ein Alibi für die Zeit, als Joanna verschwunden ist. Er war in seinem Haus in Frankreich.«

Tristan reichte Kate die offizielle Aussage von Noah Huntley.

»Wir müssen mit Fred reden und uns seine Sicht der Dinge anhören. Bev hat von all dem nichts erwähnt. Ich frage mich, was sie uns sonst noch verschwiegen hat.«

6

Fred Duncan erklärte sich bereit, am folgenden Montagnachmittag mit Kate und Tristan zu sprechen. Er wohnte noch im selben Haus wie früher mit Joanna in Upton Pyne, einem Dorf am Stadtrand von Exeter, zwanzig Minuten von Ashdean entfernt.

Das Haus lag an einer schmalen Gasse, deren Häuser und Cottages alle ein Stück weit von der Straße zurückgesetzt waren und von hohen roten Backsteinmauern und Hecken begrenzt wurden. Es sah völlig anders aus als das verwahrloste, verdreckte kleine Gebäude, das sie in den Akten auf Fotos gesehen hatten. Das Strohdach und die Fenster schienen neu zu sein. Das Mauerwerk war sandgestrahlt worden, um die Flecken von jahrelanger Smogeinwirkung zu beseitigen und die ursprüngliche tiefrote Farbe der Ziegel wieder zum Vorschein zu bringen. Den großen Vorgarten umgab eine hohe Mauer aus rotem Backstein mit gekrümmter Oberkante, und er wurde von einem riesigen Baum beherrscht, der die kahlen Äste wie einen Baldachin ausbreitete. Trotz der warmen Frühlingssonne fühlte sich die Luft im Schatten der Äste kühl an.

Kate drückte auf die Türklingel. Ein entferntes Bimmeln ertönte. Wenige Augenblicke später öffnete Fred die Tür. Die Fotos in den Akten zeigten einen dünnen, drahtigen Mann mit Baseballmütze, legerer Kleidung und dunklen Stoppeln im Gesicht. Der Mann vor ihnen wirkte füllig, gesund und wies leichte Sonnenbräune auf. Er lief barfuß und war glatt rasiert, trug das schüttere Haar kurz gestutzt. Auf Kate wirkte er wie ein New-Age-Guru. Über einer lockeren weißen Leinenhose lugte durch ein weites, am Kragen offenes Leinenhemd eine behaarte Brust heraus, an der eine Kette mit Rosenkranzperlen und einem kleinen Silberkreuz ruhte.

»Hallo, willkommen«, grüßte er mit einem breiten Lächeln. »Bitte die Schuhe ausziehen. Möchten Sie Pantoffeln?«, fügte er hinzu und deutete auf eine rustikale Holzkiste neben der Tür, gefüllt mit identischen Schafsfellpantoffeln. Kate und Tristan zogen beide die Schuhe aus, verzichteten jedoch auf die Pantoffeln.

»Ich hab die Fußbodenheizung aufgedreht, Sie sollten es also auch in Socken warm genug haben«, sagte er. »Meine Frau Tameka wollte nicht hier sein.« Er führte sie in die Küche. »Sie ist mit unserer kleinen Anika in die Stadt gefahren.«

An der Wand über dem Küchentisch hing eine Collage mit Hochzeitsfotos. Ganz oben prunkte ein großes Gruppenfoto von Freds Hochzeit. Es schien sich um eine traditionelle indische Feier mit wohl über hundert Gästen gehandelt zu haben. Fred und seine käsigen, betagten Eltern stachen aus Tamekas indischen Angehörigen und Freunden hervor. Zwei Bilder zeigten Fred und Tameka in farbenfroher traditionell indischer Kluft. Sie war größer als Fred und auffallend schön.

»Wann haben Sie geheiratet?«, erkundigte sich Kate.

»Wir hatten unlängst unseren dritten Hochzeitstag«, antwortete Fred. »Tameka hat eine große Familie. Viele Verwandte sind aus Mumbai hergekommen. Möchten Sie Kaffee? Ich habe nur Sojamilch«, fügte er hinzu. »Wir sind Veganer.«

»Ich trinke ihn schwarz«, sagte Tristan.

»Ich auch«, schloss Kate sich ihm an.

»Nehmen Sie Platz.« Fred deutete auf einen langen Holztisch neben einem Terrassenfenster mit je einer Bank auf jeder Seite.

Kate und Tristan ließen sich auf der dem Fenster zugewandten Bank nieder. Den großen Garten hinter dem Haus sprenkelten kleine Birken. Ein leicht gewundener Weg aus weißem Kies führte zu einer großen Holzkonstruktion mit Glaswänden am Ende des Areals. Im Inneren befanden sich keine Möbel, nur dunkelgrüne Matten auf dem Boden.

»Das ist Tamekas Yogastudio«, erklärte Fred. Kate bemerkte das Tor in der Mauer am hinteren Ende des Gartens. Tristan fiel es auch auf. Er warf ihr einen Seitenblick zu und zog eine Augenbraue hoch. Es handelte sich um das Tor, das Famke für ihre Affäre benutzt hatte.

Fred kam mit drei dampfenden Espressotassen auf einem kleinen Tablett zum Tisch. »Tameka ist Ashtanga-Yogalehrerin und unterrichtet von zu Hause aus.«

»Arbeiten Sie mittlerweile?«, fragte Kate, nahm zwei Tassen vom Tablett und reichte Tristan eine. »In den Akten steht, dass Sie arbeitslos waren, als Joanna verschwunden ist.«

»Ja, ich arbeite mittlerweile«, antwortete er mit einem Anflug von Sarkasmus in der Stimme. »Ich bin Website-Designer. Wir arbeiten beide von zu Hause aus und können uns gemeinsam um Anika kümmern.« Er zog eine Packung Kekse aus der Tasche seiner ausgebeulten Hose, öffnete sie mit den Zähnen und breitete die Plastikpackung auf der Tischplatte aus. Die Kekse fielen heraus. »Verdammt, das hab ich mir nicht zu Ende überlegt, was?«, murmelte er und ging in die Küche zurück, suchte in den Schränken nach einem Teller. Kate spürte, dass er mit dem Zubereiten und Anrichten von Essen und der Küche generell nicht vertraut war. Er kam mit einem Teller zurück und verteilte die Kekse darauf. Danach beseitigte er sorgfältig die Krümel und vergewisserte sich, dass er keine übersehen hatte. Tameka führte offenbar ein strenges Regiment.

»Also«, sagte er, als er ihnen gegenüber Platz nahm. »Joanna ...«

»Ja. Bev hat gesagt, sie hätte sich mit Ihnen in Verbindung gesetzt«, begann Kate.

»Richtig. Sie hat mir eine Textnachricht geschickt«, bestätigte Fred. »Glauben Sie, dass Sie Joanna finden?«

»Das hoffe ich«, antwortete Kate. »Befürworten Sie Bevs Entscheidung, private Ermittler zu engagieren?«

Fred rieb sich die Augen. »Ich bin nicht dagegen. Ich habe um Joanna getrauert. Und ich schätze mich glücklich, dass es mir gelungen ist, nach vorn zu schauen. Das musste ich für meine geistige Gesundheit. Ich glaube, Bev hängt immer noch dort fest, wo sie an dem Abend war, als Joanna verschwunden ist. Wenn ich nur darüber rede, kriege ich eine Gänsehaut. Sehen Sie sich meine Hände an, sie zittern ...« Er streckte sie aus. Der Mann hatte lange, dünne Finger, aber leicht knollige Fingerspitzen.

»Ist es schwierig, immer noch hier zu leben? In demselben Haus, in dem Sie mit Joanna gewohnt haben?«, fragte Tristan.

»Ich bin erst seit drei Jahren wieder hier. Ein Jahr nach Joannas Verschwinden habe ich das Haus vermietet und bin in eine Wohnung in Exeter gezogen.«

»Warum haben Sie es vermietet?«, hakte Kate nach.

»Allein konnte ich mir die Hypothek nicht leisten. Ich musste vermieten. Es gibt kein Gesetz, das regelt, was mit den Vermögenswerten verschwundener Personen passiert. Wir hatten die Hypothek gemeinsam, aber ohne Joannas Unterschrift konnte ich sie nicht ändern. Erst acht Jahre später sind wir ... bin *ich* zum Gericht gegangen, um Joanna in Abwesenheit für tot erklären zu lassen. Vermutlich tot.«

Bei der Erinnerung wirkte seine Miene gequält.

»Sie haben erst *wir* gesagt und es dann in *ich* korrigiert«, merkte Kate an.

»Bev war dagegen. Sie hat mir vorgeworfen, ich würde Joanna aufgegeben. Aber am Ende hat sie sich damit abgefunden. Wir haben einen Totenschein bekommen und konnten eine Bestattung abhalten. Meine Ehe wurde annulliert. Was Joanna in das Haus hier gesteckt hatte, habe ich ausbezahlt. Das Geld habe ich Bev gegeben.«

»Was hat Bill davon gehalten?«

»Bill neigt dazu, sich Bevs Meinung anzuschließen. Er ist ihr treu ergeben ... Sie kümmern sich umeinander. Bev hat eine schlimme Zeit durchgemacht, als sie mit Joannas Vater zusammen war. Er war gewalttätig und kontrollsüchtig. Bill ist das Gegenteil – ruhig, verlässlich. Aber nach dem Tod von Joannas Vater hat sich Bev geschworen, nie wieder zu heiraten oder ihre Unabhängigkeit für einen Mann aufzugeben. Eigentlich dachte ich, nach all den Jahren wären sie trotzdem längst verheiratet. Dass sie zusammengezogen sind, ist vielleicht ein Schritt in die Richtung ... Bill ist ein anständiger Kerl. Er hat mir mit Geld ausgeholfen, nachdem

Joanna verschwunden war. Und kaum hatte man Joanna schließlich für tot erklärt, hat er den Platz auf dem Friedhof neben dem Grab von Bevs Mutter gekauft und für einen wunderschönen Grabstein bezahlt ...« Abrupt verstummte er. »Wir haben eine Strähne von Joannas Haar begraben.«

Kate dachte an die Begegnung mit Bev und Bill und daran, wie Bev von Joanna gesprochen hatte, als könnte sie noch am Leben sein. Von all dem hatte sie nichts erwähnt. Fred trank einen Schluck Kaffee, bevor er fortfuhr.

»Sechs Monate nachdem Joanna für tot erklärt worden war, habe ich Tameka kennengelernt. Sechs Monate danach hab ich ihr einen Antrag gemacht, und sie wurde schwanger. Wir wollten an einem schönen Ort leben, und inzwischen ist das hier eine nette Gegend mit einer guten Schule. Wir haben das Haus komplett renoviert. Neue Böden, neues Dach. Wir haben die Küche hier angebaut und oben zwei weitere Zimmer mit eigenem Bad. Der Garten ist umgestaltet worden ... Gegenüber früher erkennt man das Haus nicht wieder. Merkwürdigerweise hat es auch bei den Nachbarn geholfen«, fügte er hinzu.

»Inwiefern?«, bohrte Kate nach.

Fred zog eine Augenbraue hoch.

»Wie Sie wahrscheinlich wissen, hat mich die Polizei verhört, aber damit hatte es sich. Mein Alibi kam damals von Famke, einer Nachbarin, mit der ich eine Affäre hatte. Deshalb glauben immer noch viele Nachbarn, ich hätte Joanna irgendwie ›beseitigt‹. Beim Umbau haben wir praktisch das ganze Haus in seine Einzelteile zerlegt. Die Böden raus, die Wände bis auf die Ziegelsteine bloßgelegt. Wir haben den Garten für eine neue Erdwärmepumpe aufgegraben, und weil das Dorf inzwischen an das Hauptabwassersystem angeschlossen ist, haben wir die alte Klärgrube entfernt ... Jemand im Dorf hat tatsächlich die Polizei angerufen, als man gesehen hat, wie der Tank mit einem Kran aus dem Garten gehoben wurde. Keine Ahnung, wer. Die Beamten sind aufgekreuzt und wollten einen Blick hineinwerfen, bevor er weggebracht wurde. Dabei hatte man ihn schon überprüft. Dreimal über die Jahre. War gut, ihn loszuwerden und neu anzufangen. Damit verstummen jetzt hoffentlich die Gerüchte, ich hätte Joanna umgebracht und unter den Dielen versteckt oder im Garten vergraben.«

»Haben Sie noch Kontakt mit Famke?«, fragte Tristan.

Fred runzelte die Stirn. »Natürlich nicht. Nein.«

»Wissen Sie, wo sie ist?«

»Zuletzt hab ich gehört, dass sie zurück in die Niederlande ist, aber das ist schon Jahre her«, antwortete Fred.

»Was hat Bev zu Ihrer Affäre gesagt?«

»Was glauben Sie wohl? Lange Zeit war sie stinkwütend auf mich, aber inzwischen haben wir Frieden geschlossen ...« Eine lange Pause entstand. »Wir schicken uns gegenseitig Weihnachtskarten.«

»Meine Bank schickt mir auch jedes Jahr eine Weihnachtskarte«, sagte Kate.

»Na schön. Ja. Wir stehen uns nicht mehr sonderlich nahe«, räumte Fred ein. »Aber das war nur zu erwarten. Joanna war der Leim, der uns zusammengehalten hat.«

Er nippte an seinem Kaffee.

»An dem Tag, an dem Joanna verschwunden ist, waren Sie den ganzen Tag hier. Ihr Nachbar hat Sie beim Arbeiten im Garten gesehen, und dazwischen waren Sie ...« Kate zögerte. »Hier im Haus? Mit Famke?«

»Ja.«

»Sie sind erst kurz vor acht weg?«

»Richtig. Als Joanna nicht von der Arbeit nach Hause gekommen ist, hab ich's auf ihrem Handy versucht, aber es war ausgeschaltet. Gegen sieben hab ich Bev angerufen, nur wusste sie nicht, wo Joanna war. Bev hat bei Joannas Freundin Marnie nachgefragt, die auch keine Ahnung hatte. Joanna hatte keinen großen Freundeskreis, und mit Kollegen von der Arbeit hat sie sich nie privat getroffen. Sie wollte direkt nach Hause kommen, deshalb waren wir besorgt ... Unser erster Gedanke war ein Autounfall. Bev hat auch bei der Polizei angerufen. War keine große Hilfe. Man hat ihr nur gesagt, sie soll sich nach vierundzwanzig Stunden noch mal melden. Danach hat Bev mich gefragt, ob ich sie abholen könnte, also bin ich zu ihr gefahren. Sie wollte in den beiden örtlichen Krankenhäusern nachsehen, aber zuerst sind wir zum Parkhaus Deansgate.«

»Warum?«, fragte Kate.

»Dort hat Joanna immer geparkt. Es sollte abgerissen werden. Nicht mehr viele Leute haben ihr Auto dort abgestellt, weil es zu viele zwielichtige Typen und Junkies angezogen hat. Wir haben ihr geraten, an der Corn Exchange zu parken, obwohl es dort teurer und weiter weg von ihrem Büro war. Sie hat sich hartnäckig geweigert und ist weiterhin bei Deansgate geblieben. Als wir beim Parkplatz eingetroffen sind, bin ich die Ebenen hinaufgefahren, um nachzusehen. Da haben wir Joannas Auto gefunden. Ihr Handy hat ausgeschaltet darunter gelegen. Von da an wurde es echt finster ... Die Polizei hat einen Vermisstenfall angelegt.«

»Hatte Joanna irgendwelche Feinde?«, fragte Kate.

»Nein. Sie hatte zwar nicht viele Freunde und ist für sich geblieben, aber sie hat niemanden gehasst und wurde umgekehrt von niemandem gehasst«, erwiderte Fred.

»Sechs Monate vor ihrem Verschwinden hat Joanna einen Enthüllungsbericht über den örtlichen Abgeordneten Noah Huntley geschrieben. Ihr Artikel hat eine Nachwahl ausgelöst, und er hat seinen Sitz verloren«, sagte Kate.

Fred lächelte. »Das hat mich so stolz gemacht. Ist immer schön zu sehen, wenn ein Tory 'nen ordentlichen Arschtritt bekommt. Aber zu wissen, dass Joanna den Mistkerl ertappt und zur Rechenschaft gezogen hat ... An dem Punkt hätte sie den Sprung wagen und bei einer der landesweiten Boulevardzeitungen anheuern sollen.«

»Warum hat sie's nicht getan?«, fragte Tristan.

Fred schwieg einen Moment und rieb sich das Gesicht. Kurz sackte er zurück, bevor er sich wieder aufrechter hinsetzte.

»Ist alles ein bisschen viel, das Ganze aufzuwärmen. Es war meinetwegen«, gestand er. Er sah zu Boden und biss sich auf die Unterlippe. Kate warf Tristan einen Blick zu; kurz dachte sie, Fred würde zu weinen anfangen. Schließlich stieß er tief die Luft aus. »Ich war damals in keiner guten Verfassung. Arbeitslos, orientierungslos. Joanna wollte nach London ziehen, das Haus hier vermieten und sich bei einem der Boulevardblätter bewerben. Eine der überregionalen Zeitungen hatte Interesse an ihr bekundet. Ich hab mich damals geweigert und gesagt, dass ich nicht wegwill. Heute bereue ich das zutiefst. Wenn wir gegangen wären, könnte sie noch am Leben sein.«

Kate holte eine Mappe aus der Tasche.

»Wir haben Sie gefragt, ob Joanna Feinde hatte. Könnte man Noah Huntley als Feind einstufen? Immerhin hat Joannas Artikel seine Karriere in der Politik beendet«, sagte sie.

»Das war Monate, bevor sie verschwunden ist«, erwiderte Fred.

»Wir haben Zugang zu den Originalakten der Polizei. Haben Sie gewusst, dass sich Noah Huntley nach Joannas Verschwinden freiwillig einer polizeilichen Befragung gestellt hat?«, sagte Kate.

»Nein. Wusste ich nicht. Wann hat man ihn verhaftet?«, wollte Fred wissen. Seine Überraschung über die Information schien echt zu sein.

»Man hat ihn nicht verhaftet. Er war nicht tatverdächtig. Und man hat erst neun Monate nach Joannas Verschwinden mit ihm geredet: am 14. Juni 2003«, sagte Kate. »Die Polizei hat um ein Gespräch mit ihm ersucht, nachdem Aufnahmen einer Überwachungskamera aufgetaucht waren, die Joanna und ihn zwei Wochen vor ihrem Verschwinden zeigen.«

Überrascht lehnte sich Fred zurück. »Sie hat zwar davon gesprochen, dass sie einen Folgebericht über Noah Huntley schreiben wollte, aber sie hat nie erwähnt, dass sie sich mit ihm getroffen hat.«

»Was für einen Folgebericht?«, hakte Kate nach.

»Bei den Ermittlungen über die Aufträge der öffentlichen Hand ist ihr auch zu Ohren gekommen, dass er sich gern nach Einbruch der Dunkelheit mit Männern getroffen, sie mit dem Auto aufgegabelt hat.«

»Warum hat sie davon in ihrem ursprünglichen Artikel nichts erwähnt?«

»Sie hatte nicht genug Beweise. Ihr Redakteur wollte nicht, dass es von der Korruptionsgeschichte ablenkt.«

»Hat sie mit Ihnen über ihre Arbeit gesprochen?«, fragte Tristan.

»Nach der Veröffentlichung schon. Aber während sie an einer Story gearbeitet hat, wollte sie nicht darüber reden, erst recht nicht bei heiklen Themen … Moment, was für ein Überwachungsvideo ist von einem Treffen der beiden aufgetaucht?«

»Sie haben hier ganz in der Nähe an der Hauptstraße nach Exeter eine Texaco-Tankstelle«, sagte Kate. »Neun Monate nach Joannas Verschwinden wurde sie von einem Bewaffneten mit einer abgesägten Schrotflinte überfallen. Die Polizei hat die Überwachungsaufzeichnungen angefordert. Aus irgendeinem Grund waren die Aufnahmen von einem neun Monate zurückliegenden Abend dabei. Dem Beamten, der das Material protokolliert hat, ist Joannas Kennzeichen aufgefallen. Er hatte an dem Fall gearbeitet, und es war ihm im Gedächtnis geblieben. Dann hat er gesehen, dass der Zeitstempel des Videos kurz nach acht Uhr abends am 23. August 2002 war.«

»Das ergibt keinen Sinn«, meinte Fred. »Joanna hat oft scherzhaft gesagt, Noah Huntley wäre nach der Veröffentlichung ihrer Story wohl der Letzte gewesen, der sie auch nur ansehen, geschweige denn mit ihr geredet hätte.«

»Wir haben auf der Karte nachgesehen. Die Tankstelle liegt an der Hauptstraße, der A377 nach Exeter. Ist Joanna über die Strecke von Upton Pyne zur Arbeit gefahren?«

»Ja.«

Kate öffnete die Mappe, entnahm ihr vier Standbilder der Überwachungsaufnahmen und legte sie auf den Tisch. Das erste Foto zeigte Joannas Auto, einen blauen Ford Sierra, auf einem der zum Parken reservierten Plätze seitlich an der Tankstelle. Es stand der Kamera zugewandt, und man konnte Joanna deutlich durch die Windschutzscheibe erkennen. Allein. Auf dem zweiten Foto stieg Noah Huntley – groß, dunkles Haar mit ausgeprägt spitzem Ansatz – gerade auf der Beifahrerseite ein. Auf dem dritten Standbild sah man die beiden ins Gespräch vertieft. Das vierte Bild zeigte Noah Huntley beim Aussteigen aus Joannas Auto. Die gesamte Begegnung erstreckte sich über einen Zeitraum von fünfzehn Minuten. Fred starrte sprachlos auf die Fotos.

»Was hat Noah Huntley der Polizei über das Treffen erzählt?«, fragte er schließlich.

»Er hat ausgesagt, dass er im Vorstand der *Daily Mail* war und gelegentlich auch als Kolumnist für die Zeitung geschrieben hat. Joanna war mit der *Mail* in Kontakt. Die Zeitung wollte sie gern in ihrem Team haben, und sie wollte sich mit Huntley treffen, um sich zu vergewissern, dass er ihr keine Steine in den Weg legen würde«, erklärte Kate.

Fred schüttelte den Kopf.

»Das ist Schwachsinn. Sie hätte sich nie im Leben bei jemandem wie ihm angebiedert.«

»Wir haben sämtliche Akten des Falls durchgesehen, und die Polizei bestätigt, dass es stimmt – Joanna hat sich bei der *Daily Mail* beworben. Verwirrung hat darüber geherrscht, warum die Tankstelle die Aufzeichnung aufbewahrt hat. Normalerweise werden die Bänder nach einem Monat gelöscht und wiederverwendet«, sagte Kate. »Der Betreiber hat angegeben, dass es da wohl einen Fehler beim Umgang mit den Bändern gegeben hat. Aber nachdem sich Huntleys Aussage bestätigt hatte, ist die Polizei der Sache nicht weiter nachgegangen.«

»Fällt Ihnen ein anderer Grund ein, warum sich Joanna mit ihm getroffen haben könnte?«, fragte Kate.

»Keine Ahnung«, erwiderte Fred. »Ich hab immer gedacht, ich hätte Joanna gekannt. Aber je mehr Zeit vergeht, desto fremder wird sie mir.«

7

»Das ist die Tankstelle«, sagte Tristan und zeigte nach vorn zu einem Texaco-Schild. Nach dem Treffen mit Fred wollte Kate den Weg abfahren, den Joanna früher zur Arbeit in Exeter genommen hatte. Von Upton Pyne waren es keine zwei Kilometer bis zur Tangente, und die Tankstelle folgte nach weiteren anderthalb Kilometern. Kate verlangsamte das Auto, als sie vorbeifuhren. Die Tankstelle lag abgeschieden da, umgeben von Bäumen und offenen Feldern. Eine Frau tankte gerade unter dem riesigen Vordach.

»Ich glaub nicht, dass sich Joanna mit Noah Huntley hier getroffen hat, um über einen möglichen beruflichen Interessenkonflikt zu reden«, sagte Kate. »Sie hatte ein Handy, und Noah Huntley wohl auch. Warum sollte sie sich dafür abends persönlich mit ihm treffen?«

Mittlerweile schrumpfte die Tankstelle im Rückspiegel, und die Straße schlängelte sich durch eine abgelegene hügelige Landschaft.

»Und es scheint, als hätte er einen ziemlichen Weg auf sich genommen, um sich hier mit ihr zu treffen«, meinte Tristan. »Noah Huntley ist zurück nach London gezogen, nachdem er seinen Sitz im Parlament verloren hatte.«

Eine Weile fuhren sie schweigend. Kate grübelte vor sich hin und stellte sich vor, wie Joanna am Morgen des 7. Septembers zur Arbeit fuhr. War es ein völlig normaler Tag gewesen?

Fünf Minuten später verließen sie die Autobahn und fuhren ins Stadtzentrum von Exeter. Als sie in die schmale Hauptstraße einbogen, verlangsamte Kate die Geschwindigkeit, um sich an einem Bus vorbeizuzwängen, vor dem eine Reihe missmutig wirkender Rentner aufs Einsteigen wartete.

Ein paar Kurierfahrräder schlängelten sich durch den Verkehr. Kate hielt an einer roten Ampel an.

»Okay. Hier hatte die *West Country News* ihre Büros«, sagte Tristan und deutete auf ein fünfstöckiges Gebäude zu ihrer Linken, das mittlerweile eine Filiale der Kaufhauskette John Lewis beherbergte.

»Als Joanna die Arbeit gegen halb sechs verlassen hat, war es noch recht belebt auf der Straße. Später Samstagnachmittag. Die Geschäfte haben um die Zeit allmählich zugemacht, aber die Pubs und Bars werden sich gefüllt haben«, sagte Kate und spähte zwischen dem Verkehr hindurch zu der Reihe von Geschäften und vier Lokalen entlang der Hauptstraße. Die Ampel schaltete auf Grün. Kate fuhr an und musste das Auto zwischen zwei Bussen hindurchmanövrieren. Sie schaute nach rechts und links. Von der Hauptstraße zweigten mehrere Seitenstraßen ab. Sie wirkten vergleichsweise ruhig und wiesen einige Laderampen für die Geschäfte auf.

»Also müssen etliche Leute in der Nähe gewesen sein. Trotzdem hat niemand gesehen, was mit ihr passiert ist«, sagte Tristan und folgte ihrem Blick.

Kate drückte aufs Gas, bis sie zu einer weiteren Ampel gelangten. Rechts befand sich ein großer Wohnblock, auf dessen Fassade in schnörkeliger Schrift *Anchor House Apartments* stand.

»Und da hat das alte Parkhaus Deansgate gestanden«, kommentierte Kate, während ihnen ein Gewirr von Leuten die Sicht versperrte. »Gott, das ist ja bloß ein Katzensprung zu den ehemaligen Büros der Zeitung.«

Tristan zog die Mappe aus Kates Tasche und entnahm ihr eines der Fotos aus der Fallakte. Es stammte von einer Überwachungskamera ein Stück von der Kreuzung entfernt, an der sie warteten. Und es handelte sich um das letzte bekannte Foto von Joanna. Sie trug darauf einen langen schwarzen Mantel und braune Cowboystiefel aus Leder. Das schulterlange, gewellte blonde Haar hatte sie in der Mitte gescheitelt. Abgesehen von einem Paar, das sich ein Stück hinter ihr mit dem Rücken zur Kamera gebückt einen Regenschirm teilte, befand sich niemand auf dem Bürgersteig.

»Sie sieht gestresst aus.« Tristan hielt das Foto hoch. Joanna hatte die Stirn in Falten und umklammerte mit beiden Händen den Griff der Tasche über ihrer Schulter. Sie schien tief in Gedanken versunken zu sein.

»Genau hier wird sie die Straße überquert haben«, sagte Kate und beobachtete ein paar Fußgänger, die auf die andere Seite eilten. »Wie hat das Parkhaus ausgesehen? Hatte es einen Eingang hier auf der Straße?«

»Ja. In der Mitte, ein kleines Stück weiter, war die Einfahrt.« Tristan deutete auf den Wohnblock. »Und rechts davon eine kleine Tür für Fußgänger.«

Die Ampel schaltete auf Grün, und Kate rollte an dem Wohntrakt vorbei. »Das Parkhaus war ein potthässlicher, ständig feuchter Betonklotz«, fuhr Tristan fort. »Meine Mutter hat nicht oft dort geparkt, aber wenn, dann hatte ich jedes Mal Angst. Im Treppenhaus haben sich Junkies herumgetrieben. Es war unheimlich, wenn man nach Einbruch der Dunkelheit zu seinem Auto zurückgehen musste. Fenster gab es keine, nur Öffnungen in regelmäßigen Abständen an den Betonseiten. Es hatte sechs Geschosse. Im Verlauf der Jahre sind etliche Menschen runtergesprungen und haben hier auf der Straße Selbstmord begangen. Als es abgerissen wurde, haben die meisten Leute schon das NCP-Parkhaus am anderen Ende der Einbahnstraße benutzt – wir kommen gleich daran vorbei. Oder das Einkaufszentrum Guildhall am anderen Ende der Hauptstraße.«

»Wenn Joanna auf dem Foto so weit gekommen ist, dass sie die Straße überqueren konnte, dann könnte sie logischerweise von jemandem gepackt oder angegriffen worden sein, der das Parkhaus als Deckung genutzt hat. Der Verkehr auf der Hauptstraße ist so laut, dass es möglicherweise niemand gehört hätte, wenn drinnen jemand schreit«, meinte Kate mit einem Blick zu dem Überwachungsfoto auf Tristans Schoß. Die Vorstellung, dass Joanna auf diesem Bild nur wenige Augenblicke von ihrem Schicksal entfernt gewesen sein könnte, ließ sie erschaudern.

Sie erreichten das obere Ende der Hauptstraße, wo sich ein kleiner Park befand. Die Kathedrale daneben schien geradezu aus dem Boden zu wachsen, als die Einbahnstraße mit einer Rechtskurve in die Market Street überging, vorbei am NCP-Parkhaus und dem Corn Exchange Theater.

»Es kommt mir so riskant vor, sie an einem Ort wie diesem zu entführen«, dachte Kate laut nach. »Joanna hat in Upton Pyne gewohnt, einem winzigen Kaff draußen in der Provinz, und ist zum Arbeiten in die Stadt gependelt. Wollte ich jemanden verschwinden lassen, ich würde es nicht mitten in Exeter neben einer stark frequentierten Einbahnstraße und belebten Fußgängerzone tun. Ich würde mir das Opfer auf dem Land schnappen, dort mit dem Auto von der Straße abdrängen. Wir sind auf der Strecke von Upton Pyne nach Exeter kaum anderen Fahrzeugen begegnet, und 2002 wird sie noch weniger befahren gewesen sein.«

»Es hat damals keine auf die Ausfahrt oder Einfahrt des Parkhauses gerichteten Überwachungskameras gegeben, oder?«, fragte Tristan.

»Nein. Nur die Kamera, die dieses letzte Bild von Joanna aufgenommen hat. Die nächste ist am Corn Exchange um die Ecke.«

»Man könnte in etliche Seitenstraßen abbiegen, bevor man zum Corn Exchange kommt.«

Mittlerweile verließen sie das Zentrum und steuerten zurück in Richtung Ashdean. Die Fallakte enthielt so viele Unterlagen, die wollte sich Kate noch mal ansehen. Es dauerte seine Zeit, sämtliche Einzelheiten zu erfassen.

»Ich will ihre Kollegen bei der *West Country News* aufspüren«, kündigte Kate an. »Und ihren Redakteur. Ich glaub kaum, dass DCI Featherstone ihn hart genug bedrängt hat, was die Frage angeht, woran Joanna um die Zeit ihres Verschwindens gearbeitet hat. Soweit ich das aus den Befragungsprotokollen in den Akten ersehen kann, hat man nie wieder mit ihm gesprochen ... Wie heißt er noch mal?«

»Ashley Harris«, sagte Tristan.

»Richtig. Außerdem müssen wir mit Jos Freundin Marnie reden. Und mit Famke. Sie könnte uns weitere Erkenntnisse darüber liefern, wie es um Freds und Joannas Ehe bestellt war. Und Freds Alibi ist ein wenig lückenhaft.«

Tristan sah Kate an. »Glaubst du wirklich, Fred könnte es getan haben?«

»Vorerst will ich alles in Betracht ziehen.« Kate zeigte auf das Foto, das Tristan immer noch auf dem Schoß hatte. »In den Akten steht, dass sich Joanna um 17:30 Uhr von ihrem Computer abgemeldet hat. Der Zeitstempel auf dem Foto ist 17:41 Uhr. Was, wenn Fred sie mit dem Auto abgeholt hat? Sie wäre bereitwillig eingestiegen ... Es könnte ihm gelungen sein, ihr Telefon fallen zu lassen, ohne dass sie es bemerkt hat ... Okay, der Teil ist unklar. Aber falls sie bei ihm eingestiegen ist, hätte er knapp zehn Kilometer einsame Landschaft gehabt, um ihre Leiche zu entsorgen, bevor er nach Hause zurückgefahren ist. Ist ja nicht weit von Upton Pyne nach Exeter.«

»Der Nachbar hat ausgesagt, dass Freds Auto bis halb acht an dem Abend nicht wegbewegt wurde. Und da ist er losgefahren, um nach Joanna zu suchen«, gab Tristan zu bedenken.

»Mist. Ja. Stimmt. Holen wir uns was zu essen, und dann wieder ran an die Akten.«

8

Tristan kam an dem Abend um sieben nach Hause. Er hatte den Nachmittag mit Kate durchgearbeitet und den zeitlichen Ablauf von Joannas letztem Tag rekonstruiert. Von Famke konnten sie zwar keine Kontaktdaten finden, aber es war ihnen gelungen, den Arzt ausfindig zu machen, bei dem Famke als Au-pair gearbeitet hatte. Mittlerweile hatte er eine Praxis in Surrey, und sie hatten ihn per E-Mail angeschrieben.

Tristans Erdgeschosswohnung lag an der Strandpromenade von Ashdean. Er liebte es, dass er nur die Straße zu überqueren brauchte, um am Strand spazieren zu gehen, aber an seinen Mitbewohner musste er sich erst noch gewöhnen.

Glenn befand sich bereits in der Küche und rührte in einem Wok auf dem Herd ein dampfendes Pfannengericht um. Er war ein großer, massiger Kerl mit kantigen Gesichtszügen, dichten, buschigen Augenbrauen und einem permanenten Bartschatten. Mit neutraler Miene hatte er etwas Bedrohliches, aber als er Tristan sah, setzte er ein Grinsen auf, wodurch er schlagartig wie ein großer, knuddeliger Teddybär wirkte.

»Alles klar, Kumpel? Ich bin hier fast fertig«, sagte er.

»Was kochst du denn Feines?«, erkundigte sich Tristan. Der Geruch von Gewürzen und Fleisch ließ ihm das Wasser im Mund zusammenlaufen.

»Jamie Oliver.«

»Den hast du ja ganz schön klein gehackt.«

»Nein, ich meine, das Rezept für Schweinefleisch mit gebratenem Gemüse ist von ihm«, erwiderte Glenn, der den Witz nicht zu kapieren schien. »Ich denke, ich könnte es auf zwei Portionen strecken.«

»Nein, danke. Ich ziehe wieder los und treffe mich mit jemandem auf einen Drink.«

Glenn war vor einem Monat eingezogen, arbeitete aber im Schichtdienst als Gefängniswärter. Und da Tristan mit seinen beiden Jobs bei der Detektei und an der Universität jonglierte, hatte er noch keine Zeit gehabt, ihn näher kennenzulernen.

Tristan ging duschen. Als er zehn Minuten später zurück nach unten kam, war die Küche verwaist. Der Geschirrspüler lief, die Arbeitsflächen waren sauber abgewischt. Tristan hatte noch nie einen schnelleren Esser als Glenn erlebt. Der Mann schlang jede Mahlzeit beinah auf einen Satz hinunter.

Tristan vergewisserte sich, dass er Handy und Portemonnaie dabeihatte, rief »Bis dann!« die Treppe hinauf, hörte aber keine Antwort, als er ging.

Ashdean war eine Studentenstadt. Und obwohl gerade die Zeit der Abschlussprüfungen war, trieben sich reichlich Leute auf der Uferpromenade herum. Obwohl es erst in einigen Stunden dunkel werden würde, baute eine Gruppe von Studenten am Strand bereits Lagerfeuer aus Treibholz auf.

Entlang der Promenade wimmelte es zwischen den Reihenhäusern und Wohnungen von Bars und Pubs, und die vereinzelten Hotels besaßen immer noch das Flair von Pensionen aus den 1950er Jahren. Tristan wohnte am oberen Ende der Küste in der Nähe des Universitätsgebäudes, wo sich die Promenade in einer scharfen Kurve vom Strand entfernte und in die Hauptstraße überging.

Er schlug die entgegengesetzte Richtung ein, vorbei an einigen Pubs, vor denen Gäste saßen und zu Abend aßen.

Das *Boar's Head* lag am äußersten Ende der Promenade und grenzte an den steilen Hügel, der zu den Klippen hinaufführte.

Es handelte sich um eine kleine Kneipe mit einer erhöhten Bühne neben einem DJ-Stand, wo Pete, der an dem Tag auflegte, die spanische Coverversion von »The Tide Is High« von Atomic Kitten spielte. Es war noch früh, als Tristan eintrat. An der Bar stand eine bunte Mischung aus teils älteren, teils jungen Männern und Frauen.

Er bemerkte seinen Freund Ade an einem uralten Spielautomaten. Der große Mann Anfang fünfzig trug eine weite Jeans, ein weißes T-Shirt und eine orangefarbene Daunenweste. Sein langes schwarzes Haar wallte aufwändig gestylt über die Schultern, und er hatte einen dichten dunklen Bart.

»Na so was. Hallo, Miss Marple«, grüßte Ade, als er vom Spielautomaten aufschaute. Er beugte sich zur Seite und umarmte Tristan. Den Spitznamen *Miss Marple* hatte Ade geprägt, nachdem er erfahren hatte, dass Tristan als Privatdetektiv arbeitete. »Hab dich ja schon seit ein paar Tagen nicht mehr gesehen. Viel los in St. Mary Mead?«

»Wir haben grade mit der Arbeit an einem neuen Vermisstenfall begonnen. Ziemlich komplex. Was trinkst du?«, fragte Tristan.

»Alkohol, Miss Marple!«, antwortete Ade und hielt sein leeres Bierglas hoch. »Hol mir doch noch eins.«

Tristan bestellte ein Pint Guinness und ein weiteres Bier für Ade. Sie setzten sich an einen der Tische seitlich der Bar.

Ihre Freundschaft war einfach. Ade ging an den meisten Abenden zum Trinken ins *Boar's Head*. Obwohl sie sich nie eigens verabredeten, war es zur Gewohnheit geworden, dass sie sich ein paar Mal die Woche auf einen Drink trafen.

Ade war fünfundzwanzig Jahre lang bei der Polizei gewesen, litt jedoch an einer posttraumatischen Belastungsstörung, seit er im Dienst angegriffen worden war. Mit fünfzig hatte sich Ade für den vorzeitigen Ruhestand entschieden und versuchte seither, einen Science-Fiction-Roman zu schreiben. Seit sich Tristan vor drei Jahren als schwul geoutet hatte, war er von Ade praktisch unter dessen Fittiche genommen worden.

»Hast du zufällig mal an dem Vermisstenfall Joanna Duncan gearbeitet?«, fragte Tristan.

Ade trank einen ausgiebigen Schluck Bier. »Nein. Wer war sie?«

Tristan hatte gewusst, wie unwahrscheinlich es war, dass Ade ausgerechnet an dem Fall gearbeitet haben könnte.

»Sie war Journalistin für die *West Country News*. Im September 2002 ist sie verschwunden.«

»Oh ja, ich erinnere mich. Zu der Zeit war ich bei der für Devon und Cornwall zuständigen Sitte. Ich weiß, das klingt nach 'nem Widerspruch, aber ich kann dir sagen, die Gegend ist genauso 'ne Brutstätte für Sex und Skandale wie das restliche Land.«

»Hast du je Gerüchte über einen Kerl namens Noah Huntley gehört? Er war Abgeordneter aus der Gegend hier. Hat seinen Sitz bei den Wahlen 1992 gewonnen und über einen Bestechungsskandal verloren ...«

Ade zog eine Augenbraue hoch und trank einen weiteren Schluck. »Ich weiß, dass er seit zwanzig Jahren ›glücklich verheiratet‹ ist, aber die Nächte gern mit hübschen jungen Männern verbringt. Warum? Hat er dir seine Nummer gegeben, Miss Marple?«

»Nein, nichts dergleichen.«

Tristan erklärte, dass Joanna Duncan auch Noah Huntleys Umgang mit Strichern untersucht hatte, der Teil der Story, aber nie veröffentlicht worden war.

»Ich hab ihn vor vielen Jahren mal beim Cruisen erwischt«, sagte Ade. »Im August, ein paar Wochen vor Prinzessin Dianas Tod 1997. Es war 'ne heiße Nacht. Wir haben eine große Runde durch ein paar Wohngebiete gedreht. Dabei sind wir an einer Schwulenkneipe namens *Peppermintz* am Stadtrand von Exeter vorbeigekommen. Dort geht's ein bisschen raubeiniger zu. War sogar mein Stammlokal. Ein Ex-Freund von mir ist dort früher aufgetreten. Als Lorna-Luft-Imitator ...«

»Wer ist Lorna Luft?«, fragte Tristan. Kaum hatten die Worte seinen Mund verlassen, bereute er sie.

»Oh mein Gott – und du nennst dich schwul? Oder sagst du *queer?*«

»Nein. Ich sage nicht *queer*.«

»Gut. Warum benutzen die jungen Leute das Wort *queer* überhaupt? Das hat man mir früher immer als Schimpfwort um die Ohren gehauen. *Queer* haben mich die Schlägertypen und Homophoben genannt, wenn sie mich aufgemischt haben.«

»Aber manche Leute benutzen das Wort als Beschreibung für sich selbst.«

»Ist ja auch schön und gut, sei ihnen vergönnt. Nur nenn *mich* bitteschön nicht queer. Ich will als schwul bezeichnet werden, und ich hab das Recht, das zu verlangen.«

Tristan merkte Ade an, dass er sich hineinsteigerte.

»Okay, du wolltest gerade von Noah Huntley erzählen.«

»Nein, ich wollte dir erklären, dass Lorna Luft die Tochter von Judy Garland ist. *Bitte* sag, dass du weißt, wer Judy Garland ist.«

»Ja, klar.«

»Keine Ahnung, *warum* er sich ausgerechnet Lorna Luft als Vorlage ausgesucht hat. Ich hab zu ihm gesagt: ›Sei ruhig ehrgeizig. Mach Liza nach.‹ Letztes Halloween hatte ich 'ne ähnliche Diskussion mit 'ner Fummeltrine, die sich als Tamar Braxton verkleidet hatte.«

»*Okay*«, sagte Tristan ungeduldig. »Also hast du Noah Huntley im August 1997 in diesem Schwulenclub namens *Peppermintz* gesehen?«, lenkte er Ade zurück aufs eigentliche Thema.

»Nein, er war nicht in dem Club. Ich war damals Streifenpolizist, und unsere Streife hat am Club vorbei zu einem Gelände mit Gestrüpp bei der Autobahnunterführung geführt. In der Nacht hat in der total trostlosen Gegend eine schicke Karre am Randstein geparkt. Teile der Straße waren überwuchert, in der Nähe haben nur ein paar Straßenlaternen geflackert. An dem Abend hatten wir die Information, dass eines der anderen Teams 'ne örtliche Drogenbande überwachen würde. Zuerst dachte ich, es könnte ihr Auto sein. Ein BMW. Also haben wir uns zurückgehalten. Die Beamtin, mit der ich Dienst hatte – den Namen hab ich vergessen –, hat das Kennzeichen an die Zentrale durchgegeben. Wie sich herausgestellt hat, war das Auto auf Noah Huntley zugelassen. Wir haben dann einen näheren Blick drauf geworfen und unseren örtlichen Abgeordneten der Konservativen auf dem Rücksitz mit George erwischt, einem der Jungs, die damals im *Peppermintz* gearbeitet haben.«

»Beim Sex?«

Ade verdrehte die Augen. »Ja, Tristan. *Beim Sex.* Sonst kann es nur ein besonders enthusiastisches nacktes Heimlich-Manöver gewesen sein.«

Tristan lachte. »Was habt ihr gemacht?«

»Ich hab an die Scheibe geklopft, dann sind wir zurückgetreten und haben ihnen Zeit gelassen, sich zurechtzumachen. Nach ein paar Minuten hat Noah die Tür geöffnet. War nicht hilfreich, dass der Barmann – George – ›Hi, Ade‹ gesagt hat, während er noch dabei war, die Gürtelschnalle zuzumachen. Ich hab sie aufgefordert, weiterzufahren und vorsichtig zu sein. Und sie ermahnt, dass sie eine Ordnungswidrigkeit begangen haben.«

»Warum hast du sie nicht verhaftet?«

»Damals hatte gerade die Labour-Partei die Wahl gewonnen, und die Frage, wie die Polizei mit den Rechten von Homosexuellen umgehen soll, hatte sich radikal verändert. Sie waren nachts an einem abgeschiedenen, einsamen Plätzchen. Außerdem hat Huntley erschüttert gewirkt und sich zig Mal entschuldigt. Hätte er sich arschig aufgeführt oder seinen Einfluss als Abgeordneter geltend zu machen versucht, hätten wir ihn verhaftet und aufs Revier gebracht.«

»Hast du noch Kontakt zu diesem Barmann, George?«, fragte Tristan.

»Ich hatte nie wirklich Kontakt zu ihm – hab ihn bloß öfter Mal in dem Lokal gesehen. Aber ein paar Jahre später ist er verschwunden«, sagte Ade.

»Wie meinst du das, verschwunden«, hakte Tristan nach.

»Spurlos.«

»Hat die Polizei ermittelt?«

»Oh, nicht auf die Art verschwunden. Einige Leute dachten damals, er hätte einen Kerl mit ein bisschen Geld kennengelernt und sich klammheimlich aus dem Staub gemacht. George war mit der Miete im Rückstand. Einem anderen Gerücht zufolge hat sich George was nebenher verdient, du weißt schon, als Stricher – aber von Noah Huntley hat er kein Geld genommen. Hat er jedenfalls gesagt.«

»Kannst du dich an Georges Nachnamen erinnern?«

Ade trank einen Schluck und überlegte kurz.

»Nein, er war für mich einfach nur George. Er war Spanier und hat ein paar Jahren hier gelebt, aber seinen Nachnamen weiß ich nicht mehr. Ich glaube, ich hab noch irgendwo ein Foto von ihm von einer Kostümparty. Das war noch vor den sozialen Medien. Bin mir gar nicht sicher, ob er damals überhaupt ein Handy hatte. In der Bar hat man ihn bar auf die Kralle bezahlt. Ich hab viele junge Kerle wie ihn gekannt, die auf und davon sind, um Mietschulden nicht zahlen zu müssen.«

»Kannst du dich noch erinnern, wann er verschwunden ist?«

»Oh Mann. Ich weiß noch, dass es eine Weile später war, nach der Jahrtausendwende, weil er auf etlichen Partys war … Hm, vielleicht ein, zwei Jahre später, im Sommer 2002.«

»Und weißt du, ob Noah Huntley je verhaftet worden ist oder ein Vorstrafenregister hat?«, fragte Tristan. Ade schwenkte den letzten Rest seines Biers im Glas, bevor er austrank.

»Nicht, als wir ihn 1997 erwischt haben. Hab ich kurz danach überprüft, weil ich sehen wollte, ob er schon mal beim Cruisen ertappt worden ist. Glaubst du, er könnte was damit zu tun haben, dass Joanna Dobson ...«

»Joanna Duncan«, korrigierte Tristan.

»Du denkst, er hat etwas mit ihrem Verschwinden zu tun?«

»Keine Ahnung. Was meinst du? Wenn sie gewusst hat, dass er heimlich schwul war und sich mit käuflichen Jungs vergnügt hat?«

Ade schüttelte den Kopf.

»Zu der Zeit, als Joanna Duncan verschwunden ist, war's in der Regierung kein Rücktrittsgrund mehr, schwul zu sein. Außerdem war Noah Huntley da gar nicht mehr in der Politik. Als hoch bezahlter Berater hat er wahrscheinlich dreimal so viel verdient wie davor, ist viel herumgereist und konnte sich seine spanischen Barkeeper aussuchen. Er musste nicht befürchten, entlarvt zu werden, und musste sich auch nicht mehr mit Ehefrau, zwei Kindern und Labrador im Vorgarten zum Fototermin aufstellen, um die glückliche Familie zu mimen.«

»Richtig, stimmt«, räumte Tristan ein. »Wäre glaubwürdiger gewesen, wenn er Joanna hätte verschwinden lassen, um die Story zu begraben.«

»Aber was, wenn das *nicht* die eigentliche Story war?«, stellte Ade zur Diskussion.

9

Tristan war gegangen, und Kate hatte gerade das Büro abgeschlossen, als ihr einfiel, dass am nächsten Morgen eine Lieferung sauberer Bettwäsche eintreffen sollte und die Akten überall im Raum verteilt lagen.

»Mist«, fluchte Kate. Dabei freute sie sich schon so auf eine Tasse Tee und Ei auf Toast. Sie holte den Schlüssel aus der Tasche und schloss die Tür wieder auf.

Es dauerte nicht lange, die Kisten zur Seite zu räumen. Da die Lieferung das Bettzeug für alle acht Wohnwagen umfassen würde, und das für einen Zeitraum von drei Monaten, schob sie die Kisten an die rechte Wand und stapelte sie dreifach übereinander. Sie freute sich schon darauf, Jake zu sehen, wenn er in zwei Wochen käme, um sie beim Betrieb des Campingplatzes zu unterstützen. Dann könnte er sich um Dinge wie die Bettwäsche kümmern.

Die letzte Kiste, die Kate verschob, war aus glänzender blauer Pappe. Kleine Stahlklammern an den Ecken sorgten dafür, dass sie nicht einriss. Ein kurzer Blick ergab, dass die Kiste Joannas Unterlagen und Tagebücher von der Arbeit enthielt; vermutlich hatte Joanna sie in einem Bürobedarfsgeschäft gekauft. Kate wollte sie gerade wieder schließen, als die glänzende Innenfläche des Deckels das grelle Licht der Neonröhren reflektierte und Kate den Abdruck einer Handschrift bemerkte.

Als sie die Stelle genauer unter die Lupe nahm und den Winkel leicht veränderte, stellte sie fest, dass es sich um drei handgeschriebene Zeilen handelte. Anscheinend war der Deckel als Schreibunterlage benutzt worden. Kate drehte den Deckel um und sah, dass die zerkratzte, abgewetzte Oberseite keine Schrift aufwies. Auf der Vorderseite der Kiste befand sich ein kleines Etikett in einem Metallrahmen. In verblasster blauer Handschrift stand darauf: *Notizen 6/2001–6/2002*.

Kate trug den Deckel zu den Aktenschränken hinüber, wo neben dem langen Fenster eine helle Lampe stand. Sie schaltete sie ein. Als sie den Deckel im gleißenden Licht hin und her schwenkte, konnte sie einige Buchstaben erkennen, aber nichts entziffern. Sie legte den Deckel auf den Schreibtisch und schoss einige Fotos von der Schrift an der Innenseite.

Sie versuchte, die Bilder auf ihrem iPhone zu optimieren, doch ohne Erfolg. Sie klappte ihr MacBook auf, übertrug die beste Aufnahme vom Handy darauf, öffnete die iPhoto-App und begann, mit den Detaileinstellungen zu experimentieren, indem sie den Kontrast verstärkte, die Schärfe erhöhte und das Bildrauschen verringerte. Sie war sich nicht sicher, was die beiden letzten Einstellungen bedeuteten, aber als sie die Schieberegler hin und her bewegte, veränderten sich die Schattierungen im Bild, und die Vertiefungen der Schrift auf der Innenseite des Deckels wurden deutlicher.

»Was sagt man dazu«, murmelte sie und verspürte einen Anflug kribbelnder Erregung.

olen um 10 oder später? Prüfen
David Lamb
Gabe Kemp
Treffen beim Essenswagen 07980746029

Kate speicherte das Bild, druckte es aus und googelte die beiden Namen. Sowohl in sozialen Medien als auch auf LinkedIn gab es etliche Treffer.

Es war kurz nach halb acht am Abend, und Kate versuchte es mit der Handynummer, doch sie erwies sich als nicht erreichbar.

Kurz zögerte sie, bevor sie Bev anrief. Als die Frau ranging, klang ihre Stimme breiig vor Alkohol. Da wurde Kate klar, dass sie ihre Ungeduld zügeln und erst am nächsten Morgen hätte anrufen sollen.

»Oh, hallo, Kate. Ist alles in Ordnung?«, fragte Bev. Sie hörte sich an, als befände sie sich in einem kleinen, hallenden Raum.

»Tut mir leid, Sie zu Hause zu stören«, sagte Kate. »Ich wollte Sie nur wegen zwei Namen befragen, die aufgetaucht sind – David Lamb und Gabe Kemp. Sagen sie Ihnen etwas?«

Eine Pause entstand, und Kate hörte Wasser rinnen. Sie fragte sich, ob sie Bev auf der Toilette erwischt hatte. Bei den Geräuschen stellte sie sich unwillkürlich ein schäbiges Kellerklo vor, aber das Haus in Salcombe glich mit all dem Marmor und den hohen Decken eher einem Palast.

»Nein, meine Liebe, tut mir leid. Ich kann mich nicht erinnern, dass Jo irgendwelche Freunde oder Kollegen hatte, die so hießen ...«

»Nein. Die Namen stehen auf dem Deckel eines blauen Kartons, den Sie uns zusammen mit den restlichen Beweisen gegeben haben. Die Kiste mit Joannas persönlichen Unterlagen. Sieht nach derselben Handschrift wie auf dem Etikett vorn an der Kiste aus.«

»Verstehe.« Bev klang ein wenig verwirrt.

»Ich denke, Jo könnte den Deckel als Unterlage benutzt haben, um etwas auf einen Zettel zu schreiben. Andererseits ... war die Kiste wahrscheinlich jahrelang bei der Polizei. Wenn ich Ihnen ein Foto davon schicke, könnten Sie mir dann sagen, ob es Joannas Handschrift ist?«

»Ja, sicher.«

Kate löste das Handy vom Ohr, um das Foto zu übermitteln. Wenige Augenblicke später hörte sie einen Piepton am anderen Ende der Leitung. »Einen Moment, meine Liebe ...« Nach einem Rascheln folgte ein Klappern, als Bev das Telefon weglegte. Kurz darauf meldete sie sich wieder. »Ja, das ist Jos Handschrift«, sagte sie mit zittriger Stimme. »Ist das ein Hinweis?«

»Könnte einer sein.«

»Oh. Meinen Sie, diese Männer könnten etwas mit ihrem Verschwinden zu tun haben?«

»Keine Ahnung. Ich bin gerade erst auf die Namen gestoßen ...« Kate verstummte und versuchte, sich etwas Tröstliches zu überlegen, das sie Bev sagen könnte. »Es dauert alles seine Zeit, aber ich kann Ihnen versichern, dass wir jeden Tag hart daran arbeiten.«

Pfui Teufel. Das hat total gestelzt geklungen, dachte Kate.

Bev seufzte.

»Ich hatte gerade einen Streit mit Bill. Er ist davongestürmt, mit dem Auto weggefahren. Ich wollte ihm folgen, aber da hatte ich schon den Großteil einer Flasche Jacob's Creek intus ...«

»Oh, tut mir leid«, sagte Kate.

»Tja. Wir haben unsere Höhen und Tiefen. Liegt am Stress. Obwohl wir schon so viele Jahren zusammen sind, haben wir vorher nie zusammen gelebt ... Sie sagen mir doch sofort Bescheid, wenn Sie etwas über diese Namen herausfinden, oder?«

»Ja«, versicherte Kate.

»Okay. Ich hab Ihnen die erste Zahlung überwiesen. Hab ich online gemacht.«

»Danke.«

»Ich bleib heute Abend zu Hause ...« Sie lachte verbittert. »Was rede ich denn – ich bin jeden Abend zu Hause. Scheiß drauf, ich werd noch 'ne Flasche aufmachen und fernsehen. Hier gibt's keine Vorhänge. Ich weiß, ich sollte nicht jammern, aber mir fehlen meine Vorhänge. Hier sind diese riesigen Fenster mit Blick aufs Meer. Ich weiß, dass wir hoch oben sind, trotzdem werd ich das Gefühl nicht los, dass jemand hereinlinst.«

»Sie glauben, dass sich draußen jemand herumtreibt?«

»Natürlich nicht. Nein. Alle anderen Häuser sind weit weg. Und falls ein Fischer mit einem Fernrohr herschaut, gibt's für ihn nicht viel zu sehen, nur mich, wie ich mich volllaufen und von *Coronation Street* berieseln lasse ... Ist nur so eine Eigenart von mir. Ich mag Vorhänge, die ich zuziehen kann. Hab's gern kuschelig und gemütlich ... Bill wird zurückkommen, wenn er sich beruhigt hat. Was hatten Sie zum Abendessen?«

»Noch nichts. Wahrscheinlich mache ich mir Ei auf Toast.«

»Ist gut, mit brauner Soße dazu. Okay. Ich will Sie nicht aufhalten. Sie können mich jederzeit anrufen. Gute Nacht, meine Liebe.«

»Gute Nacht.«

Als Kate das Telefonat beendete, ging ihr durch den Kopf, wie einsam Bev geklungen hatte. Gleichzeitig suchte sie die Quintessenz des Gesprächs heim.

Flasche Wein, Flasche Wein, noch eine Flasche Wein, das Geräusch beim Entkorken einer guten Flasche Wein. Rotwein, üppig und vollmundig, der herrliche Klang, wenn die ersten Tropfen aus der Flasche eingeschenkt werden.

Myra war Kates Sponsorin bei den Anonymen Alkoholikern gewesen. Nach ihrem Tod hatte sich Kate keinen Ersatz gesucht, ging aber nach wie vor zu den Treffen.

Sie verdrängte das Bild eines großen Glases Rotwein, setzte sich wieder an den Computer und begann, die Google-Suchergebnisse für David Lamb und Gabe Kemp durchzusehen.

10

Das *Brewer's Arms* war eine kleine Schwulenbar an einem Abschnitt des Kanals in Torquay, dreißig Kilometer die Küste entlang von Ashdean entfernt. Früher war es eine Brauerei gewesen. Der Eingang befand sich unter einer langen Reihe von Backsteinbögen. An diesem ruhigen Montagabend ging gerade die Sonne am Kanalufer langsam unter und spiegelte sich orangefarben auf dem stillen Wasser.

Hayden Oakley näherte sich dem Haupteingang und lächelte dem Türsteher entgegen. Der Rausschmeißer, ein vierschrötiger Mann mit Boxernase, erwiderte das Lächeln und trat zur Seite, um ihn reinzulassen.

In dem schummrig beleuchteten Lokal spürte Hayden die Wärme und die wummernde Musik auf der Haut und roch zig verschiedene Aftershaves, die sich in der Luft zu einem süßlich-chemischen Mief vermischten. Es glich einer Fleischbeschau. An der Bar befand sich eine Gruppe älterer Männer mit Kübeln voll eisgekühltem Champagner. Wie Angler, die darauf warteten, dass etwas anbiss, beobachteten sie aufmerksam die attraktiven jungen Männer auf der kleinen Tanzfläche, die sich im funkelnden Licht einer Diskokugel bewegten.

Dann drehten sich sämtliche Köpfe in Haydens Richtung. Er war groß, schlank, besaß eine sportliche Statur und ein glattes, jugendliches Gesicht. Seiner Einschätzung nach waren die meisten Älteren an der Bar nicht gerade gut betucht, aber die Aussicht auf eine Nacht mit einem Zwanzigjährigen mit schlanker Taille war es ihnen wert, sich in ihre besten Jeans und ein T-Shirt zu werfen und ein paar Drinks springen zu lassen.

Hayden hoffte, an der Bar einen bestimmten Kerl zu entdecken. Ein Lächeln trat in seine Züge, als er ihn an einem Ende sitzen sah. Der Mann hieß Tom. Er trug Jeans, ein enges T-Shirt und eine Baseballmütze über dem dichten, dunklen Haar, das ihm bis zu den Schultern hing. Nicht unbedingt der attraktivste Mann im Raum, aber er besaß ein leicht kantiges Hetero-Aussehen und, was noch wichtiger war: Geld. Er hatte als Einziger eine Flasche echten Champagners im Eiskübel. Kennengelernt hatten sie sich hier in der vergangenen Woche. Tom hatte eine Flasche edlen Champagners spendiert, sie hatten ein paar Stunden geplaudert und geflirtet, und Hayden hatte angedeutet, dass mehr möglich sein könnte. Darin lag in Haydens Augen der Schlüssel – sich ein bisschen zu zieren. Tom arbeitete in der Finanzbranche, in der Wirtschaft oder so ähnlich. Womit auch immer er den Lebensunterhalt bestritt, es brachte eine Menge Geld ein.

»Hi, Süßer«, grüßte Tom, als sich Hayden näherte. Tom war schüchtern und sprach mit zurückhaltender Stimme. »Durstig?« Er hielt ein leeres Sektglas hoch.

»Immer«, antwortete Hayden. Als er sich für einen Kuss vorbeugte, zog Tom ihn an sich und drückte seine Taille. Hayden legte die Hand an Toms Mitte, die sich dick und fest anfühlte, dann ließ er sie weiter zum straffen Hintern wandern. In der Gesäßtasche der Jeans ertastete er einen dicken, rechteckigen Packen. *Geld.* Bei ihrer letzten Begegnung hatte Tom ein Bündel Fünfzig-Pfund-Noten hervorgeholt, um die Getränke zu bezahlen. Es fühlte sich an, als hätte er diesmal noch mehr mitgebracht.

Hayden lehnte sich zurück und lächelte Tom an. Die braunen Augen des älteren Mannes funkelten schelmisch im bunten Discolicht. Als ein langsamer Song aufgelegt wurde, verließen ein paar der jungen Kerle die Tanzfläche und steuerten auf die Reihe der Barhocker zu. Drei davon hatten bereits Gläser bei den älteren Männern stehen, plauderten und flirteten mit ihnen und ließen sich nachschenken.

»Hast du bisher eine gute Woche gehabt?«, fragte Tom.

»Ja, ich hab mir die Jeans hier gekauft«, sagte Hayden und zog das enganliegende T-Shirt hoch, um den Waschbrettbauch und den Bund seiner neuen Levi's zu offenbaren. Toms Augen leuchteten auf.

»Schön«, meinte er, setzte die Sektflöte an den Mund und kippte den Inhalt in einem Zug hinunter.

Das wird so einfach, dachte Hayden.

Ein Typ mit spitzem Gesicht und für seinen Teint viel zu dunkel gefärbtem Haar tanzte zu ihnen herüber. Er hieß Carl. Seine Augen leuchteten, als er die Flasche Moët erblickte.

»Lust auf einen Dreier?«, rief er so unbekümmert, als würde er eine Portion Pommes bestellen. Seine geweiteten Pupillen ähnelten zwei großen Tintenfässern, und er hatte einen Schorf an der Unterlippe.

Hayden schüttelte den Kopf.

»Komm schon«, sagte Carl und beugte sich näher. »Von Champagner werd ich richtig rattig.«

Hayden drehte Tom den Rücken zu, lehnte sich vor und zischte: »Verpiss dich gefälligst, Carl. Sonst sag ich dem Türsteher, dass du ein Stricher bist und die Gäste belästigst.«

»Schon gut, ich wollte ja nur ein bisschen Spaß«, erwiderte Carl mit großen Augen. Dann fasste er in die Jeans, holte sein Handy heraus und wankte weiter zu einem der anderen älteren Männer. Hayden hatte gehört, dass man Carl unlängst aus seiner Bleibe geworfen hatte. Offenbar brauchte er ein Bett für die Nacht. Hayden wandte sich wieder Tom zu.

»Was hast du zu ihm gesagt?«, fragte Tom.

»Dass er mal langsam machen soll. Er ist rückfällig geworden. Willst du rübergehen und dich setzen?«, schlug er vor und deutete auf eine Lederbank an der Wand.

»Gern«, erwiderte Tom lächelnd.

Die nächste halbe Stunde lang plauderten sie und tranken eine weitere Flasche. Hayden übernahm das Reden und erzählte Tom von seiner verrückten Mitbewohnerin Amy, die sich kürzlich das blonde Haar mit Henna aus einem New-Age-Laden in Torquay rot gefärbt hatte und anschließend im Freizeitzentrum schwimmen gegangen war.

»Hat ausgesehen wie eine Szene in *Der weiße Hai*«, lieferte Hayden die Pointe. Tom lachte. Er schenkte für sie beide den letzten Rest aus der Flasche ein. »Entschuldigst du mich mal kurz?«, sagte Hayden, stand auf und ging zur Toilette.

Die Herrentoiletten im *Brewer's Arms* sorgten immer für einen kleinen Schock. Im Gegensatz zur schummrigen Beleuchtung im warmen Lokal erwartete einen in den Toiletten eisige Kälte und grelles Licht. Hayden blinzelte in der plötzlichen Helligkeit, als er zum Pissoir ging und pinkelte. Sonst hielt sich niemand in den Toiletten auf. Als er fertig war, wusch er sich die Hände und betrachtete sich im Spiegel. Selbst im grellen Neonlicht sah er gut aus. Er holte tief Luft und trocknete sich die Hände an einem Papiertuch ab. Dann fasste er in die Tasche und holte eine kleine wiederverschließbare Tüte heraus. Sie enthielt das feine Pulver von vier zerstoßenen Rohypnol-Tabletten.

Plötzlich schwang die Tür auf, und Carl stolperte herein. Hayden ließ die Tüte schnell wieder in der Tasche verschwinden. Carl hatte schon in der Bar mitgenommen gewirkt, aber in dem grellen Licht sah er wie ein aufgewärmter Leichnam aus. Er ging zum Pissoir und zog den Reißverschluss seiner Hose auf. Während er Wasser ließ, schwankte er auf den Beinen. Hayden sah, wie verdreckt seine Jeans und Turnschuhe waren.

»Ich weiß, was du vorhast«, sagte Carl, schüttelte ab und zog den Reißverschluss zu.

»Und was?«, fragte Hayden.

»Du willst dem Kerl was in den Drink geben und ihn dann ausnehmen«, lallte Carl, während er das stachelige Haar im Spiegel richtete.

Hayden achtete auf eine neutrale Miene. »Du musst mit dem Crystal Meth aufhören, Carl«, sagte er.

Carl zog die Augenbrauen hoch. »*Ach, wirklich?* Neulich bin ich im *Feather's* mit 'nem Typen ins Gespräch gekommen, der hat mir von 'nem großen Blonden aus dem Norden mit blauen Augen und 'nem Eichelpiercing erzählt. Er hat ihn mit nach Hause genommen ... Als er am nächsten Morgen aufgewacht ist, waren sein gesamtes Bargeld und seine Kreditkarten weg. Er glaubt, dass ihm jemand was in den Drink getan hat. Ich hab oft genug neben dir gepinkelt, um zu wissen, dass du's warst.«

Hayden zögerte, dann packte er Carl an der Kehle und rammte ihn gegen die gefliese Wand.

»Wenn ich dich über mich reden höre, bring ich dich um. Das ist kein Scherz«, warnte er und presste den Daumen gegen Carls Adamsapfel. »Ich schlitze dich auf. Schlag dir den Schädel ein. So was passiert ständig mit schäbigen kleinen Strichern wie dir.«

Carls geweitete Augen wurden noch größer, und er röchelte. Hayden hielt ihn noch ein paar Sekunden lang fest, dann ließ er abrupt los. Hustend und prustend rutschte Carl an der Wand zu Boden und landete in den Wasserlachen auf den verdreckten Fliesen. Hayden stieg über ihn hinweg und verließ die Toiletten.

Tom schaute auf und lächelte, als er ins Lokal zurückkehrte.

»Soll ich uns noch eine Flasche besorgen?«, fragte er. Hayden bemerkte einen dicken Ring aus Gold an seinem Finger.

»Warum nimmst du mich nicht mit zu dir?«, schlug Hayden stattdessen vor und ließ die Hand an Toms Schenkel nach oben gleiten. Toms setzte ein verlegenes Grinsen auf.

»Okay. Mein Auto parkt direkt am Kanal.«

Draußen herrschte Dunkelheit, als sie die Bar verließen. Haydens Augen wurden groß, als er Toms teuren Land Rover sah, der auf dem Parkplatz am Wasser stand. Die Scheinwerfer blinkten einladend, als Tom das Auto mit der Fernbedienung entriegelte.

»Der ist spitze«, kommentierte Hayden und strich mit der Hand über die hellbraunen Ledersitze, als er einstieg.

»Danke. Ist neu.«

»Riecht auch so. Ich liebe den Geruch von Leder. Tatsächlich liebe ich Leder generell.«

»Gut. Zu Hause hab ich noch mehr Leder. Schnall dich an«, sagte Tom grinsend, als er den Motor startete. Sie fuhren den Hügel hinauf zur Hauptstraße.

»Und wo ist deine Bleibe?«

»Bei den Quay Apartments auf der anderen Seite der Stadt.«

Hayden lächelte. Er hatte den Jackpot geknackt. Wer eine Wohnung bei den Quay Apartments kaufte, bekam auf eine Million nicht viel heraus.

»Willst du was trinken?«, erkundigte sich Tom.

»Bei dir?«

»Nein. Jetzt«, erwiderte er und deutete mit dem Kopf auf ein lederbezogenes Rechteck zwischen den Vordersitzen. »Mach auf.«

Hayden öffnete den Deckel und fand darunter einen Miniaturkühlschrank mit kleinen Flaschen Moët und Coca-Cola.

»Du hast 'ne Bar im Auto – ganz schön verrückt«, meinte Hayden.

»Ich will ja nicht, dass meine Freunde Durst leiden müssen.«

Zum ersten Mal verspürte Hayden ein schlechtes Gewissen. Tom schien ein netter Kerl zu sein. Rasch verdrängte er den Gedanken. Er griff sich eine der kleinen Moët-Flaschen. Die Folie war bereits entfernt. Er drehte das Metallgitter vom Korken und zog ihn mit einem kleinen Ploppen heraus.

»Unten im Kühlschrank sind Strohhalme«, fügte Tom hinzu. Sie erreichten eine Kreuzung, die zur verwaisten Autobahn hin abfiel.

Hayden holte einen der Pappstrohhalme heraus und steckte ihn in die Flasche. Tom beugte sich herüber, während er aus dem Augenwinkel die Straße im Blick behielt. »Lass mich mal nippen.« Hayden hielt ihm die Flasche hin und beobachtete, wie Tom die Lippen über den Strohhalm stülpte, bevor er schluckte. »Lecker.«

Anschließend trank Hayden aus dem Strohhalm. Das kalte Nass schmeckte herrlich säuerlich. Wieder überkam ihn ein Anflug von Schuldgefühlen. Was, wenn Tom etwas Gutes in seinem Leben werden könnte? Ein fester Freund, der ihn liebte und versorgte?

Die nächsten fünf Minuten unterhielten sie sich und lachten. Das einzige andere Fahrzeug, dem sie begegneten, war ein kleiner weißer Lieferwagen auf der Kriechspur.

Hayden leerte die Flasche rasch. Als er sie in den Getränkehalter stellte, überkam ihn ein Anflug von Lethargie, und ihm wurde schwindlig. Die Lichter der Stadt am Horizont flimmerten und verliefen zu Schlieren, als er den Kopf bewegte. Seine Zunge fühlte sich im Mund geschwollen an.

»Schmeckt dir der Champagner? Willst du noch einen?«, fragte Tom und spähte zu ihm herüber. In Haydens Hinterkopf ging ein Alarm los, nur nahm er alles so weit entfernt wahr. Als er auf dem Sitz das Gewicht verlagerte, fühlten sich seine Beine bleischwer an.

»War das Champagner, was ich getrunken hab?«, lallte er. Als er den Blick senkte, sah er einen von seiner Unterlippe hängenden Speichelfaden.

»Ja, Champagner. Mit einem kleinen Extra«, erwiderte Tom lachend. Hayden lehnte den Kopf an die Stütze zurück. Es fühlte sich an, als würde sein Schädel mit dem weichen Leder verschmelzen. Mühsam löste er den Kopf wieder davon. Die Lichter draußen zogen als lange Linien an seiner Sicht vorbei. »Sag mal, Hayden, hast du gewusst, dass man eine Spritze durch einen Sektkorken in die Flasche stecken kann?« Tom sah plötzlich anders aus. In der Bar hatte er wie ein großer, verschämter Teddybär gewirkt. Nun hatte er einen harten Ausdruck in den braunen Augen und einen hungrigen Blick aufgesetzt. »Der Korken ist zwar recht weich, aber man muss ziemlich gegen den Druck des Kohlendioxids in der Flasche ankämpfen, wenn man die Nadel einführt. Man kann spüren, wie er versucht, den Kolben zurückzuschieben … Danach versiegelt sich der Korken von selbst. Ein echtes Wunder.« Er lachte. Das Geräusch hallte im Fahrzeug wider. Hayden fiel auf, dass es weit und breit keine Straßenlaternen gab. Warum befanden sie sich auf der Autobahn? Sie hatten die Stadt verlassen, obwohl Tom behauptet hatte, dort zu wohnen.

Haydens Kopf wurde zu schwer, um ihn aufrecht zu halten. Er rutschte zur Seite. Seine Wange landete an der kalten Seitenscheibe, und wieder fühlte es sich wie ein Verschmelzen an, als glitte sein Gesicht durch das Glas. Tom streckte die Hand aus und zerzauste sanft Haydens Haar. Dann krallte er die Finger in die Strähnen, zog ihn aufrecht und drückte den Kopf gegen die Lederstütze. »Sitz aufrecht.«

Tom schaute in den Rückspiegel, betätigte den Blinker und fuhr von der Autobahn ab. Die Buchstaben auf dem Schild flossen ineinander. Sobald sie die beleuchtete Autobahnausfahrt hinter sich gelassen hatten, schien die dunkle Landstraße das Auto zu verschlucken. Im Lichtkegel der Scheinwerfer sah Hayden die Ränder von Feldern und Bäume. Eine weit entfernte Stimme in seinem Hinterkopf brüllte: *Reiß die Tür auf und spring raus!* Aber er konnte sich nicht rühren.

Tom fuhr von der Landstraße ab und hielt auf einem Rastplatz an. Er schaltete die Scheinwerfer aus. Auch im Inneren des Wagens wurde es dunkel. Am Horizont in Richtung der Autobahn zeichnete sich ein schwacher Lichtschimmer ab. Tom löste den Sitzgurt, zog ein Paar Latexhandschuhe aus der Hosentasche und streifte sie über. Dann beugte er sich über Hayden, durchsuchte die Taschen seiner Jeans und holte sein Handy heraus. Der Bildschirmschoner ging an und erhellte das Innere des Fahrzeugs. Tom legte das Telefon auf den lederbezogenen Deckel der kleinen Kühlbox. Er fand das kleine Plastikportemonnaie, in dem Hayden seine Bankkarte und einen Zehn-Pfund-Schein aufbewahrte, danach auch das Tütchen mit dem weißen Pulver.

Hayden öffnete den Mund zu einer Erklärung, aber seine Zunge spielte nicht mit, und es drang nur ein Stöhnen heraus.

»Du fieser kleiner Mistkerl. Also stimmen die Gerüchte, die ich über dich gehört habe«, sagte Tom und hielt das Tütchen mit dem Pulver hoch. Der Bildschirmschoner des Handys erlosch. Hayden hörte ein reißendes Geräusch. Seine Augen passten sich an die Düsternis im Auto an. Tom hatte das Tütchen geöffnet. Er kniff Haydens Wangen zusammen, zwängte seinen Mund auf und kippte das weiße Pulver auf seine Zunge. Hayden nahm einen bitteren Geschmack wahr, als Tom seinen Mund schloss.

»Schlucken«, befahl Tom. »Runter damit!« Hayden spürte Toms Hände an der Kehle. Sie drückten zu, und er schluckte unwillkürlich. Bei dem bitteren Geschmack zog sich ihm alles zusammen.

Tom beugte sich über die Bedienelemente auf der Fahrerseite, und Hayden spürte, wie sich sein Sitz zurückneigte. Der Anblick des schimmernden Horizonts verschwand. Gleich darauf lag er waagrecht auf dem Sitz. Ein weiteres Surren ertönte, als Tom auch den Fahrersitz nach hinten senkte. Dann schob er sich auf den Rücksitz hinter Hayden. Er hakte die Hände unter Haydens schlaffen Körper und schleifte ihn rückwärts. Der Rücksitz schien riesig zu sein, und bald wurde Hayden klar, warum. Tom hatte die Rücksitze so umgelegt, dass er ihn über sie hinweg in den Kofferraum ziehen konnte.

Er rollte Hayden auf die linke Seite, und Hayden spürte Druck auf seine Handgelenke, als sie mit Klebeband hinter dem Rücken fixiert wurden. Tom wiederholte den Vorgang bei den Fußgelenken, nachdem er die Jeans ein Stück hochgeschoben hatte. Das Klebeband fühlte sich kalt auf der Haut an.

Als Hayden auf den Rücken gerollt wurde, fuhren ihm durch das Gewicht Schmerzen in die gefesselten Handgelenke. Ein Rascheln ertönte, und Tom erschien in der Düsternis über ihm. Er hielt etwas Langes, Gebogenes. Erschrocken dachte Hayden, dass es sich um ein Sexspielzeug handelte. Dann jedoch erkannte er, dass es ein kleines Plastikrohr mit abgerundetem Ende war. Ein sogenannter Guedel-Tubus, wie Sanitäter ihn benutzten, um die Atemwege von Patienten freizuhalten.

»Ich will nicht, dass du mir erstickst«, erklärte Tom, während er das gebogene Plastikrohr zwischen Haydens Lippen schob. Hayden würgte, als das lange Röhrchen auf seine Zunge drückte und hinten in seinem Rachen zum Liegen kam. Es ragte wie ein Schnuller aus seinem Mund und über seine Lippen. Ein Stück Klebeband wurde ihm über den Mund gepresst, dann verspürte er einen heftigen Schwindelanfall, als Tom ihn weiter in den Kofferraum beförderte. Schließlich wurde alles dunkel, als eine Decke über ihm ausgebreitet wurde.

Tom ignorierte Haydens gedämpftes Stöhnen, als er zurück auf den Fahrersitz kletterte. Er stellte alle Rückenlehnen wieder senkrecht. Die Rückbank war leer. Es war ihm gelungen, Hayden in den Kofferraum zu verfrachten, ohne auszusteigen, und das in völliger Dunkelheit.

Rasch machte er sich an die Arbeit an Haydens Handy. Er schaltete es aus, entfernte die SIM-Karte und zerbrach sie in zwei Teile. Das Telefon, die kaputte SIM-Karte und die Brieftasche wanderten in eine durchsichtige Plastiktüte, die Tom verschloss.

Er schälte sich aus dem weißen T-Shirt und schlüpfte in ein dunkelblaues Hemd, das er am Kragen offen ließ. Nachdem er die verkehrt herum aufgesetzte Baseballkappe abgenommen hatte, entfernte er behutsam sechs Haarnadeln und die dunkle damit fixierte Perücke. Als Nächstes fasste er in seinen Mund und löste das obere Gebiss, größer und weißer als seine eigenen Zähne. Er verstaute es in einer Tüte. Schließlich nahm er einen kleinen Kontaktlinsenbehälter aus dem Handschuhfach, pulte die braunen Kontaktlinsen vorsichtig nacheinander aus den Augen und legte sie in die Lösung. Es bedurfte nur weniger subtiler Anpassungen, um sein Erscheinungsbild völlig zu verändern. Tom war nicht sein richtiger Name, und er hatte sich soeben seiner Lieblingsverkleidung mit den langen Haaren und der

Baseballmütze entledigt. Bedauerlich, dass sie nunmehr ausgedient hatte. Sie verlieh ihm ein typisch amerikanisches Aussehen, wie ein kantiger Holzfäller. Er schaltete die Scheinwerfer wieder ein, verließ den Rastplatz, bog auf die Landstraße und verschwand in der Dunkelheit.

11

Kate starrte auf die zwei Fotos auf ihrem Computerbildschirm. Gabe Kemp und David Lamb waren beide gutaussehende junge Männer – zumindest waren sie es gewesen.

Im Internet fanden sich überraschend viele Männer namens Gabe Kemp, unter anderem zahlreiche Facebook-Profile. Und noch mehr mit dem Namen David Lamb. Kate hatte gerade begonnen, eine Liste zu erstellen, als ihr der Gedanke kam, zuerst auf der Website der für Vermisste zuständigen Abteilung der Polizei suchen, der sogenannten UK Missing Persons Unit. Als Polizistin hatte sie immer zuerst im Strafregister nachgesehen, dann bei den Vermissten. Auf das Strafregister hatte sie keinen Zugriff mehr, aber die UK Missing Persons Unit unterhielt eine kostenlose öffentliche Internetseite, auf der man Einzelheiten über jede in Großbritannien als vermisst gemeldete Person finden konnte. Obwohl Kate nur die Namen der beiden Männer hatte, stieß sie auf Anhieb auf Vermisstenprofile für David Lamb und Gabe Kemp.

Davids Foto stammte offensichtlich aus einem Passfotoautomaten. Er hatte kurzes braunes Haar, braune Augen, olivfarbene Haut und einen selbstbewussten, leicht trotzigen Blick. Auf dem Foto trug er ein weißes T-Shirt mit V-Ausschnitt und eine Goldkette. David Lamb hatte man im Juni 1999 in Exeter als vermisst gemeldet, aber im Feld für die letzte Adresse stand: »Kein fester Wohnsitz«. Sein Geburtsdatum war der 14. Juni 1980.

»Erst neunzehn«, murmelte Kate, während sie auf das Foto starrte. Das Profil enthielt zwei Bilder. Sie klickte auf das andere. Es schien zur selben Zeit im gleichen Fotoautomaten entstanden zu sein. Auf dem zweiten Foto grinste David. Er besaß wunderschöne Zähne und Grübchen und schaute zur Seite. Kate betrachtete es eingehend und fragte sich, ob ihn auf der anderen Seite des Kabinenvorhangs ein Freund zum Lachen gebracht hatte.

Gabe Kemp war im April 2002 in Plymouth als vermisst gemeldet worden, knapp siebzig Kilometer von Exeter entfernt. Auch bei ihm stand, dass er ohne festen Wohnsitz gelebt hatte. Wie David war er dunkelhaarig und deutlich über 1,80 Meter groß. Von Gabe gab es ein Foto, auf dem er auf einer Treppe saß und eine Zigarette rauchte. Es schien aus einem größeren Bild ausgeschnitten zu sein – auf einer Seite endete es mit einem geraden Rand, auf der anderen mit einem gekrümmten, vorbei an Gabes Kopf und Schulter. Der Junge sah auf kantige Weise gut aus. Fein geschnittene Gesichtszüge, rasierter Schädel. Laut Profil besaß er braune Augen, aber das Foto musste bei Dunkelheit entstanden sein, denn durch das Blitzlicht hatte er rote Augen.

Kate speicherte beide Fotos, wandte sich wieder Google zu und gab die Daten der jungen Männer ein. Für beide gab es keine Profile in sozialen Medien, ebenso wenig Artikel über ihr Verschwinden.

Müde und hungrig lehnte sich Kate zurück und rieb sich die Augen. Das Verlangen nach einem Drink juckte ihr in der Kehle. Mittlerweile empfand sie es wie einen alten Weggefährten. Sie schaute auf den Kalender und zählte zurück. Ihr letztes Treffen hatte sie vor acht Tagen. Kate sah auf die Armbanduhr. 20:45 Uhr. Wenn sie sofort losfuhr, konnte sie es gerade noch zum Treffen der Anonymen Alkoholiker um neun in Ashdean schaffen.

Kate schnappte sich ihre Handtasche und die Autoschlüssel, schlüpfte in ihre dicke Fleecejacke und verließ das Büro.

Kurz nach zehn Uhr verließ Tristan mit Ade das *Boar's Head*. Sie hatten etwas zu essen bestellt und über andere Themen als Noah Huntley und diesen George gesprochen, aber Tristan grübelte weiter darüber nach, als sie sich am Ende der Promenade trennten und er den Heimweg antrat.

Am Horizont zeichnete sich noch ein schwacher Schimmer der Dämmerung ab, vor den Bars und Clubs standen die Studenten mittlerweile Schlange. Kurz bevor er seine Wohnung erreichte, lief er Kate über den Weg.

»Hey«, sagte er überrascht.

»Schönen Abend«, gab sie lächelnd zurück. »Der einzige Parkplatz, den ich finden konnte, war vor deiner Wohnung. Ich war gerade bei einem Treffen.«

Tristan verspürte keine Notwendigkeit, sich dazu zu äußern. Er empfand Kates regelmäßige Besuche der Treffen als völlig normal.

»Ich wollte dich ohnehin noch anrufen. Ich hatte nämlich gerade ein sehr interessantes Gespräch mit meinem Freund Ade über Noah Huntley«, sagte er.

»Ach ja? Ich hab auch ein paar Neuigkeiten«, erwiderte Kate. Sie schaute über die Straße. An der Promenade stand ein Wagen, der Burger verkaufte und auf Studenten abzielte, die noch Heißhunger haben würden, wenn die Pubs schlossen. Von dem Duft knurrte ihr Magen. »Ich hatte noch kein Abendessen. Lust auf einen Burger?«

Tristan hatte zwar schon gegessen, aber das Aroma von gegrilltem Fleisch ließ ihm das Wasser im Mund zusammenlaufen. Lächelnd nickte er. Sie stellten sich in der kurzen Schlange an, bestellten Cheeseburger und gingen damit die Stufen zum Strand hinunter.

Es herrschte kein Wind, und die Ebbe hatte vollständig eingesetzt. Eine Gruppe von Studenten hatte in der Nähe des Wassers ein Feuer angezündet. Mehrere junge Burschen mit Dreadlocks warfen Holz in die hellen Flammen. Funken stoben auf, Stimmen johlten und lachten. Kate und Tristan suchten sich ein ruhiges Plätzchen und setzten sich auf den trockenen Sand. Kate biss herzhaft in den riesigen, noch dampfenden Burger.

»Gott, ist das gut«, sagte sie und fügte mit vollem Mund hinzu: »Das Sesambrötchen ist die Krönung.« Tristan nahm einen großen Bissen und nickte. Das saftige, zarte Rindfleisch und der Käse zergingen förmlich auf der Zunge. Er hatte schon aufgegessen, als Kate gerade mal bei der Hälfte ihres Burgers war. Tristan nützte die Gelegenheit, um ihr zu erzählen, was er über Noah Huntley erfahren hatte.

»Und wer ist dieser Freund namens Ade?«, fragte sie schließlich bei den letzten Bissen ihres Burgers.

»Er war mal Polizist. Mittlerweile ist er im Ruhestand. Vorzeitig. Ich glaube, er ist fünfzig.«

»Wie lange kennst du ihn schon?« Dadurch, wie Kate die Frage stellte, hörte man zwischen den Zeilen, dass sie sich dezent erkundigte, ob Ade und er mal zusammen gewesen waren.

»Oh. So ist es nicht«, sagte Tristan. »Ich hab ihn im *Boar's Head* beim Schwulen-Bingo kennengelernt.«

Kate lächelte. »Klingt viel spaßiger als Hetero-Bingo, obwohl ich gar nicht Bingo spiele.«

»Ade ist beim Bingo der Ansager ... Er ist einer von denen, die Gott und die Welt kennen. Ade hat mir erzählt, dass Noah Huntley in der Schwulenszene dafür bekannt war, hinter dem Rücken seiner Frau mit Männern zu schlafen. Das deckt sich damit, was Joanna beim Recherchieren für ihre Story über Noah herausgefunden hat. Die Sache mit George, dem Barkeeper, könnte irgendwas bedeuten oder auch gar nichts. Ade hält es für wahrscheinlicher, dass sich George bei Nacht und Nebel aus dem Staub gemacht hat, um seine Mietschulden nicht zahlen zu müssen.«

»Weiß Ade, wie George mit Nachnamen heißt?«, fragte Kate.

»Nein. Er hat gesagt, er wird sich umhören.«

Kate erzählte Tristan, wie sie die Namen David Lamb und Gabe Kemp auf der Innenseite des Deckels jener Kiste entdeckt hatte. Dann holte sie ihr Handy heraus und zeigte ihm die Fotos.

»Und Bev ist sich sicher, dass die Schrift auf der Innenseite des Deckels von Joanna stammt?«

»Sie hat ein bisschen betrunken geklungen, als ich sie angerufen habe, aber sie hat auch gesagt, dass die Handschrift auf dem Etikett der Kiste die von Joanna ist. Und die beiden stimmen überein ...«

»Glaubst du, David Lamb und Gabe Kemp haben mit Joanna über Noah Huntley gesprochen?«

»David Lamb wurde im Juni 1999 als vermisst gemeldet, Gabe Kemp im April 2002. Joanna hat ihren Bericht über Noah Huntley zwar erst im März 2002 veröffentlicht, könnte aber schon lange daran gearbeitet haben«, meinte Kate.

Tristans Telefon piepte in seiner Tasche.

»Ist von Ade«, verkündete er mit einem Blick auf die Nachricht.

> War wie immer bezaubernd, dich zu sehen, Miss Marple. Hoffe, du bist wohlbehalten in St. Mary Mead angekommen.
>
> Hab gerade mit meinem Kumpel Neil geredet. Von ihm ist dieses Foto von Halloween 1996.
>
> Neil sagt, er heißt George »Tomassini«, hier als Freddie Mercury verkleidet mit Neil als sein Alter Ego Monsterfat Cowbelly ☺ x

Tristan zeigte Kate das Display. Ade hatte ein Bild aus einem Album abfotografiert. Die Aufnahme war hinter der Bar eines Pubs entstanden. Der große, schlanke George trug darauf einen blauen Smoking mit schwarzem Revers und schwarzer Fliege. Er hatte sich grob einen Schnurrbart ins Gesicht gemalt und das lange braune Haar zu einem Pferdeschwanz zusammengebunden. Neben ihm stand ein üppiger Transvestit in einem puderblauen Kaftan mit glitzernden Kristallen, das pechschwarze Haar aufwändig frisiert und aus dem stark geschminkten Gesicht gewischt.

Kate lächelte. »Oh, Freddie Mercury und *Monsterfat Cowbelly* ...«

»Ich kapier's nicht«, sagte Tristan.

»Freddie Mercury hat den Song ›Barcelona‹ als Duett

mit der Opernsängerin Montserrat Caballé aufgenommen. Die Frau hat diesem ... Neil in Frauenkleidern gar nicht so unähnlich gesehen ... Warte, lass mich mal eben Georges Nachnamen überprüfen.«

Kate gab Tristan sein Handy zurück und nahm ihr eigenes zur Hand. Sie gab »George Tomassini« in die Datenbank der vermissten Personen ein, erzielte aber keinen Treffer. Kate seufzte. »Wäre auch zu einfach gewesen.«

Der Schimmer war vom Horizont verschwunden, und die Studenten warfen weiteres Holz ins lodernde Feuer. Ein aufgeregter Ruf ertönte, als eine große Welle das Feuer erreichte und die Flammen mit einem lauten Zischen löschte.

»Kochendes Meerwasser stinkt ganz schön«, stellte Tristan fest. Er las die Uhrzeit von seinem Handy ab. Mittlerweile war es fast elf.

»Vertagen wir uns auf morgen? Mir wird allmählich kalt, und ich könnte ein bisschen Schlaf vertragen«, sagte Kate. »Gute Arbeit, Tris.«

»Danke, aber ich denke, den richtig großen Treffer hast du mit den Namen auf dem Deckel der Kiste gelandet.«

»Mal sehen«, erwiderte Kate. Sie klang zurückhaltend. Die beiden standen auf und spazierten zurück zur Promenade. Auf der Straße herrschte mittlerweile lärmender Trubel, Studenten schlenderten zwischen den verschiedenen Lokalen umher.

»Saint Mary Mead?«, fragte Kate, als sie bei ihrem Auto ankamen.

»Das ist das Dorf, in dem Miss Marple lebt«, erklärte Tristan und bemühte sich, nicht verlegen zu wirken.

»Ah, natürlich. Arbeitest du morgen?«

»Ja, leider«, antwortete Tristan zerknirscht. »Ich könnte nach der Arbeit vorbeikommen.«

»Ja. Treffen wir uns dann«, sagte Kate und stieg ins Auto.

Tristan schaute die Strandpromenade entlang zurück zum Universitätsgebäude, das am anderen Ende wie eine mittelalterliche Burg aufragte. Er wünschte, er müsste nicht dorthin zur Arbeit statt zur Detektei. Vor allem nach einem so aufregenden Tag mit kleinen, aber bedeutenden Durchbrüchen.

12

Auf der Heimfahrt verlor sich Kate in Gedanken über die verschwundenen jungen Männer. Die letzten Kilometer reiste sie in völliger Dunkelheit, umgeben von leeren Feldern. Mittlerweile war vom Meer eine Wolkenbank hereingetrieben, die das Licht des Monds blockierte.

Kate dachte zurück an ihre Anfänge bei der Polizei in London. Damals hatte ihnen die Leiterin einer Wohltätigkeitsorganisation rund um vermisste Personen einen Besuch abgestattet und einen Vortrag gehalten. Damals berichtete die Frau, dass in Großbritannien alle neunzig Sekunden eine Person als vermisst gemeldet wird, was auf ein Jahr gerechnet 180.000 Menschen entsprach. Achtundneunzig Prozent davon wurden innerhalb weniger Tage gefunden. Dennoch verblieben rund 3.600 Menschen pro Jahr. Das war 1994, vor einundzwanzig Jahren ... Kates müdes Gehirn rechnete: 75.600 Menschen.

Joanna hatte sich für David Lamb und Gabe Kemp interessiert. Aber warum nur? Warum hatte sie ihre Namen aufgeschrieben? Und warum war sie zusammen mit ihnen auf einer Liste Tausender Vermisster gelandet?

Als Kate in ihre Straße einbog, lagen die anderen Häuser entlang der Klippe dunkel da. Bei drei davon handelte es sich um Ferienunterkünfte, und zwei davon standen zum Verkauf. Unabhängig von der Jahreszeit hatte in Myras Haus immer ein einladendes Licht hinter den Vorhängen geschimmert. Das vermisste Kate.

Zwar gab es eine Beleuchtungsanlage für den Wohnwagenplatz, aber da bis nächste Woche niemand dort übernachten würde, hatte Kate sie nicht programmiert.

Nachdem sie die dunklen Fenster des Büros und des Ladens hinter sich gelassen hatte, rollte sie in die Einfahrt hinter ihrem Haus. Als sie den Motor und die Scheinwerfer ausschaltete, wurde sie in Dunkelheit getaucht. Erst als sie ausstieg und sich der Hintertür näherte, ging das Sicherheitslicht an.

Sie wollte gerade den Schlüssel ins Schloss stecken, als sie ein Rascheln hinter dem Haus vom Klippenrand hörte. Dann das Geräusch von Schritten auf der kleinen, von Sand überzogenen Terrasse. Kate umklammerte den Türschlüssel und erstarrte. Sie wollte nur hinein in ihr warmes Haus, das Licht einschalten und die Türen verriegeln. Die Sicherheitsleuchten gingen aus, und die Geräusche setzten sich fort. Dumpfe Schritte, die sich näherten.

Kate war bereits zweimal in ihrem Zuhause angegriffen worden – einmal von Peter Conway, fünfzehn Jahre später von einem Stalker. Im Verlauf der Zeit hatte sie unter Panikattacken und einer posttraumatischen Belastungsstörung gelitten, und sie spürte, wie sich ihr Herzschlag beschleunigte, während sie den Geräuschen eines weiteren Eindringlings lauschte. Als sie sich rückwärts wieder zum Auto bewegte, sprachen die Sensoren an und schalteten das Sicherheitslicht wieder ein. Hastig stieg Kate in den Wagen und verriegelte die Türen.

Eine hochgewachsene Gestalt kam hinter dem Haus hervor angelaufen und näherte sich ihrem Fenster.

»Ma! Ich bin's. Ma!«, hörte sie eine Stimme. Es dauerte einen Moment, bis sie das Gesicht dicht vor der

Scheibe erkannte. Jake. Erleichterung flutete ihren Körper, als sie die Autotür öffnete.

»Du hast mich zu Tode erschreckt!« Ihr Herz hämmerte noch immer wie wild. Jake war mittlerweile neunzehn Jahre alt und über 1,80 Meter groß. Das Haar reichte ihm über die Schultern, und er hatte einen Bart. Er trug Jeans, eine warme Fleecejacke und auf dem Rücken einen großen Wanderrucksack. Kate und Jake teilten dieselbe genetische Besonderheit, sogenannte sektorielle Heterochromie, wodurch eines seiner blauen Augen um die Pupille herum orangefarbene Sprengsel aufwies.

»Gib mir einen Moment.« Sie atmete langsam und tief durch, während Jake sie beobachtete und nicht recht zu wissen schien, was er tun sollte. Schließlich ging er neben ihr in die Hocke und ergriff ihre Hand.

»Entschuldige, Ma. Ich dachte mir, ich überrasche dich.«

»Das hast du«, erwiderte sie lächelnd und konzentrierte sich auf ihre Atmung, um die Panik zu unterdrücken. Er half ihr aus dem Auto, dann gingen sie zusammen zur Haustür. Allmählich beruhigte sich Kates Atmung. Jake schloss die Tür mit ihrem Schlüssel auf und schaltete das Licht im Flur ein.

»Lust auf einen Tee?«

»Das wäre fein«, erwiderte Kate, erleichtert darüber, dass es ihr gelungen war, den Schreck unter Kontrolle zu bringen und eine volle Panikattacke zu vermeiden. »Seit Ostern bist du so viel erwachsener geworden! Und der Bart! Steht dir.«

Er umarmte sie.

»Ich hab gerade über FaceTime mit Oma geredet. Sie

sagt, ich sehe damit aus wie ein Hippie ... Eigentlich wollte ich von ihr wissen, wo du deinen Reserveschlüssel aufbewahrst. Sie hat gesagt, ich soll's unter einem Blumentopf versuchen.«

Kate ging zur Alarmanlage an der Wand und tippte den Code ein.

»Auf welchem Planeten lebt deine Großmutter, dass sie glaubt, ich würde einen Reserveschlüssel unter einem Blumentopf aufbewahren?«

Jake warf einen Blick zur Alarmanlage und schaute schuldbewusst drein.

»Entschuldige. Nächstes Mal rufe ich an«, versprach er. Dann nahm er den riesigen Rucksack ab und lehnte ihn an den Heizkörper.

»Es ist so schön, dich zu sehen«, sagte Kate und schnappte sich ihn für eine weitere Umarmung. Schließlich löste sie sich von ihm. »Ich dachte, du wolltest noch zwei Wochen an der Uni bleiben.«

»Vier meiner Freunde haben einen Job als Urlaubsvertretung, und die Firma hat gefragt, ob sie schon morgen anfangen können. Und Marie und Verity sind beide wieder in London beim Apple Store untergekommen. Sie müssen ihre Praxisausbildung machen. Ich hatte keine Lust, allein dort zu bleiben.«

Beide streiften die Schuhe ab und gingen ins Wohnzimmer. Ursprünglich war das Haus ein Teil ihrer Entlohnung als Dozentin an der Ashdean University gewesen, aber mit ihren Ersparnissen und dem Erbe von Myra hatte Kate es der Universität abkaufen können. Die kitschigen Möbel im Wohnzimmer stammten noch von einem früheren Bewohner, und an einer Wand stand ein altes Klavier. Am besten gefiel Kate die Fensterreihe im

Wohnzimmer, die eine Aussicht über die Klippen und auf das Meer bot. Die Küche mit ihren Arbeitsplatten aus hellem Holz und weiß gestrichenen Schränken mutete etwas moderner an als der Rest des Hauses.

Mutter und Sohn gingen in die Küche, und Kate setzte sich auf einen der Hocker gegenüber dem Fenster, während Jake den Wasserkocher füllte.

»Gehst du noch regelmäßig zu deinen Treffen der Anonymen Alkoholiker?«, erkundigte er sich.

»Ja. Ich komme gerade von einem.«

»So spät?«

»Danach hab ich mich noch mit Tristan getroffen ...« Kate erzählte ihm kurz von dem neuen Fall. Jake hörte zu, während er für sie beide Tee und für sich selbst einen Toast zubereitete.

»Hast du schon eine neue Sponsorin gefunden?«, fragte er.

»Ich hab dir gerade von meinem ersten richtigen Fall mit der Detektei erzählt, und das ist das Erste, was du wissen willst?«, gab Kate zurück.

»Der neue Fall für die Detektei ist super. Ich wollte ja nur wissen, ob du nach Myra eine neue Sponsorin hast.«

»Nein. Nicht jeder hat einen Sponsor.« Kate hörte selbst, wie abwehrend sie klang. Jake erwiderte darauf nichts und biss in seinen Toast. Er kaute und schluckte.

»Ich frage das nur, weil ich dich lieb hab«, erklärte er schließlich. Dann stand er auf und räumte seinen Teller und seine Tasse in den Geschirrspüler. »Ich bin geschlaucht. Ich geh schlafen. Hab dich lieb.«

Er drückte ihr einen Kuss auf die Stirn, bevor er die Küche verließ.

Kate war seit dreizehn Jahren trocken, doch in den

Jahren davor hatte sie das Vertrauen der Menschen verloren. Die Schuldgefühle und die Zweifel der anderen, vor allem von Jake, waren schwer zu verdauen. Wie er sie auf den Kopf geküsst hatte, vermittelte ihr den Eindruck eines Rollentauschs. Er schien der verantwortungsbewusste Erwachsene zu sein, und sie würde ewig versuchen, sein Vertrauen zurückzugewinnen. Der Gedanke stärkte ihre Entschlossenheit, trocken zu bleiben und nie wieder zu trinken.

13

Es wurde eine lange Fahrt zurück, mit Hayden hinten im Auto. Tom nahm die Landstraßen, um die Verkehrsüberwachungskameras auf der Autobahn zu vermeiden. Er musste schon seit dem Aufbruch aus der Bar pinkeln und hatte erst die Hälfte des Wegs nach Hause geschafft, als er es nicht länger halten konnte. Am nächsten Rastplatz fuhr er von der Straße ab, um sich zu erleichtern. Es herrschte pechschwarze Finsternis. Tom starrte auf die Bäume. Sie knarrten und schwankten im leichten Wind.

Was er getan hatte, verursachte ihm Übelkeit. Es gab immer einen Punkt, an dem er aufhören konnte, doch darüber war er mittlerweile hinaus. Vor Jahren war er manchmal rechtzeitig auf die Bremse getreten. Hatte angehalten und sie ahnungslos gehen lassen. Aber Hayden würde er nicht zurück in die freie Wildbahn schicken. Tom würde es bis zum Ende durchziehen müssen. Der Gedanke daran löste immer ein Kribbeln in der Magengegend aus.

Er zog den Reißverschluss hoch und ging zum Kofferraum. Als er den Deckel öffnete und die Decke von Hayden zog, lag der Bursche regungslos gefesselt da. Nur sein Brustkorb hob und senkte sich. Gut. Er lebte noch. Tom legte einen Finger an Haydens Hals und tastete ihn ab, bis er den Puls des Jungen spürte. Er beließ den Finger dort und fühlte das kurze, eindringliche Zucken der Schlagader. Wie eine winzige Uhr, ein Zeitnehmer, der die Herzschläge bis zu seinem Tod herunterzählte.

Die Gelegenheit bot sich dafür an, die Kennzeichen am Auto zu wechseln. Tom rollte Hayden auf die Seite und öffnete das Fach für den Reservereifen. Er holte einen Satz Nummernschilder und einen Schraubenzieher heraus. Nachdem er den Kofferraum geschlossen hatte, wechselte er mit schnellen, geübten Handbewegungen die Kennzeichen. Dann öffnete er den Kofferraum wieder und rollte Hayden erneut auf die Seite. Haydens linkes Hosenbein rutschte dabei ein paar Zentimeter hoch und entblößte die kräftigen Wadenmuskeln. Der Junge war sportlich. Er trug weiß-grün gestreifte Sportsocken.

Tom streckte die Hand aus und strich über die feinen Härchen an Haydens Wade. Behutsam klemmte er sich zwei, drei Haare zwischen Zeigefinger und Daumen und zog daran. Hayden stöhnte, gedämpft durch das Klebeband. Als Tom erneut an den Haaren zupfte, sah er, wie Haydens Gesichtsmuskeln zuckten.

Das Geräusch eines nahenden Autos riss Tom aus seinem Spiel. Rasch breitete er die Decke wieder über Hayden aus, schloss die Kofferraumklappe und ging zur Fahrertür. Er stieg gerade ein, als von der Straße hinter ihm ein Auto auftauchte, dessen Scheinwerfer die Umgebung erhellten.

Es war spät, als Tom zu Hause in die Garage rollte. Hayden war nach wie vor bewusstlos. Tom hob ihn aus dem Kofferraum, trug ihn die Treppe hinauf zum Schlafzimmer und legte ihn dort behutsam aufs Bett. Er schnitt das Klebeband von den Hand- und Fußgelenken ab und massierte sie, um die Durchblutung anzuregen und Gefühl in die Gliedmaßen zurückkehren zu lassen.

Er platzierte Hayden so auf dem Bett, dass er mit den Armen an den Seiten auf dem Rücken lag, dann zündete er Kerzen an. Das Schlafzimmer schien in dem sanften, leicht flackernden Licht zu pulsieren. Erst dann fühlte sich Tom wohl genug, um sich auszuziehen, bis er splitternackt war. Auf dem Nachttisch lag eine Schere mit gekrümmten Enden, ein Modell, wie man es in der Unfall- und Notaufnahme von Krankenhäusern benutzte, um Patienten die Kleidung vom Leib zu schneiden.

Sorgfältig band er Haydens Schnürsenkel auf und entledigte ihn der Turnschuhe. Dann fasste er die Spitze der langen Sportsocken und zog daran. Das Material dehnte sich wie Kaugummi, bevor es sich von Haydens Füßen löste und zurückschnellte. Tom ließ die Socken auf den Boden am Ende des Betts fallen. Mit einem Fingernagel fuhr er nacheinander über die saubere, weiche Sohle an jedem nackten Fuß. Hayden ließ ein leises Stöhnen vernehmen. Als Nächstes schnitt Tom ihn langsam aus der Jeans und dem T-Shirt. Er führte die Schere besonders vorsichtig, als er Haydens weißen Slip auf beiden Seiten des Bunds durchtrennte. Dann lehnte er sich zurück und bewunderte Haydens nackte Gestalt, rollte ihn auf den Bauch und anschließend wieder zurück. Er war so muskulös und schlank. Sein Körper befand sich in jenem straffen, vor Leben strotzenden Zustand, der im Alter von Anfang zwanzig für kurze Zeit anhielt.

Langsam kletterte er hoch und legte sich auf Hayden. Ihre nackten Körper berührten einander, seine weiche, faltigere Haut schmiegte sich an Haydens definierte Muskeln. Eine Weile verharrte er so und verlangsamte die Atmung, bis sie im Gleichklang mit der von Hayden ging, während er den Herzschlag des jungen Mannes heiß an der Brust spürte.

»Bist du wach?«, flüsterte Tom mit dem Mund dicht an Haydens rechtem Ohr. Hayden stöhnte. Flatternd öffneten sich seine Lider. Tom setzte sich auf und zog das Klebeband zu beiden Seiten von Haydens Mund, bevor er das Atemröhrchen aus seinem Rachen entfernte. Hayden schluckte und zuckte zusammen.

Tom verpasste ihm einen harten Schlag ins Gesicht, bevor er sich zurücklehnte und den Kick genoss, den es ihm bescherte, diesen großen, starken Sportlertyp zu verletzen. Er ohrfeigte ihn erneut, noch härter. Schließlich öffneten sich Haydens Augen vollständig.

»Wo bin ich?«, krächzte er und hatte sichtlich Mühe, etwas zu erkennen.

»Im Himmel oder in der Hölle. Kommt ganz drauf an, wie bereit du bist, mich glücklich zu machen.«

14

Kate stand früh am nächsten Morgen auf, um erst zu schwimmen und dann mit Jake zu frühstücken. Sie erwähnten nicht, was sich in der vergangenen Nacht ereignet hatte, und er machte sich mit Begeisterung daran, den Laden auszuräumen und alles für den Tauch- und Surfverleih zu sortieren.

Die Bettwäschelieferung traf um zehn Uhr ein. Nachdem Jake geholfen hatte, sie im Büro zu stapeln, ging er nach unten, um weiter im Laden zu arbeiten, während Kate die Aufmerksamkeit wieder Joanna Duncan zuwandte.

Am Tag zuvor hatte sie Dr. Trevor Paulson eine E-Mail wegen Famke van Noort geschrieben, die für ihn und seine Frau als Au-pair-Mädchen gearbeitet hatte. Die Antwort in ihrem Posteingang erwies sich als kurz und bündig. Dr. Paulson gab an, er habe den Kontakt zu Famke verloren, nachdem sie 2004 in die Niederlande zurückgekehrt sei. Er nannte Famkes letzte bekannte Adresse in Utrecht und fügte hinzu, dass er mittlerweile im Ruhestand sei, der Polizei alles gesagt habe, was er wisse, und er bitte nicht noch einmal kontaktiert werden wolle.

Kate googelte »Famke van Noort, Utrecht«. Sie bekam Ergebnisse für einen »Frank van Noort« und eine »Annemieke van Noort« auf LinkedIn. Annemieke hatte auch ein Profil auf Facebook, allerdings mit aktivierten Datenschutzeinstellungen. Eine »Famke van Noort« gab es bei Facebook nur einmal, aber bei genauerer Betrachtung las sich der Name als »Famke van Noort (van den Boogaard)«, was bedeutete, dass »van Noort« ihr Ehename war. Zudem war diese Famke van Noort gerade mal zweiundzwanzig Jahre alt. Demnach war sie bei Joannas Verschwinden erst neun oder zehn gewesen.

Kate versuchte es mit einer Suche über Google Niederlande. Dabei tauchten auf LinkedIn viele weitere Famkes auf, aber keine mit demselben Nachnamen und dem richtigen Alter. Als Kate anfangen wollte, die Adresse in Utrecht zu googeln, rief Tristan an.

»Wie geht's voran?«, erkundigte er sich.

Kate beschrieb ihm die E-Mail von Dr. Paulson und ihre aktuelle Recherche. »Mir schwirrt schon der Kopf von den ganzen Nachnamen mit ›van‹ drin: ›van Spaendonck‹, ›van Duinen‹, ›van den Berg‹. Es gibt sogar eine ›Famke van Dam‹. Klingt gleich wie der Nachname von Jean-Claude.«

»Ah. Der gute alte Jean-Claude Van Damme. Ich weiß noch, dass ich mir mit dreizehn *Universal Soldier* angesehen hab und mir dabei klar geworden ist, dass ich vielleicht schwul bin. Hast du gewusst, dass *van* Niederländisch für *von* ist?«

»Hab ich nicht gewusst«, erwiderte Kate und studierte weiter die Suchergebnisse für Utrecht.

»Der Name des Schauspielers James Van Der Beek bedeutet übersetzt James ›von dem Bach‹. Eigentlich ein schräger Zufall, weil er ja ausgerechnet Dawson in der Fernsehserie *Dawson's Creek* gespielt hat, ›Dawsons Bach‹ ...«

»Über unsere Famke finde ich gar nichts. Ich hab nur eine E-Mail-Adresse von einer Buchhaltungsfirma in dem Gebäude, in dem sie gewohnt hat«, sagte Kate, nahm ihren Stift zur Hand und notierte sich die Adresse.

»Du, hör mal. Eigentlich rufe ich an, um dir zu sagen, dass ich's nach der Arbeit nicht schaffe«, sagte Tristan. »Zwei der Hausmeister sind krank, und ich muss dabei helfen, Stühle und Tische für die morgigen Prüfungen aufzustellen.« Kate hörte die Enttäuschung in seiner Stimme.

»Ja, das nervt echt.« Sie klickte auf einen weiteren Link und begann zu lesen. »Hast du gewusst, dass der erste Holländer, der die Welt umsegelt hat, Olivier van Noort hieß und auch aus Utrecht war?«

»Was hat das mit Famke zu tun?«

»*Van Noort* könnte ein Name sein, der mit Utrecht in Verbindung steht.«

»Und in Utrecht könnte es von van Noorts nur so wimmeln«, sagte Tristan.

»Das ist das Problem bei der Online-Recherche. Da gibt es so viel an Informationen, und der Großteil davon ist wertlos. Wir müssen sie unbedingt finden, weil sie Freds eigentliches Alibi für den Tag von Joannas Verschwinden ist.«

»Meinst du, sie würde uns die Wahrheit sagen, falls sie damals gelogen hat?«

»Keine Ahnung. Ich will einfach mit ihr reden. Oft führen gerade die kleinen Details, die winzigen Informationsbröckchen, die man für irrelevant oder unwichtig hält, zu etwas Größerem«, meinte Kate.

»Okay, dann viel Glück. Tut mir leid, dass ich nicht mithelfen kann«, sagte Tristan.

»Viel Glück bei den Vorbereitungen für die Prüfungen. Wir sehen uns morgen.«

Nachdem Kate aufgelegt hatte, schrieb sie eine kurze E-Mail an die Buchhaltungsfirma, die ihre Büros im Gebäude von Famkes letzter bekannter Adresse hatte. Sie wusste, dass es weit hergeholt war, aber sie erklärte, wer sie war und warum sie Verbindung mit Famke aufnehmen wollte. Kate hatte die E-Mail-Adresse von Marnie erhalten, Joannas alter Schulfreundin. Auch an sie schickte sie eine E-Mail mit der Frage, ob sie sich treffen könnten.

Nach dem Mittagessen begann Kate, sich eingehender mit David Lamb und Gabe Kemp zu befassen. Mehrere Stunden lang hatte sie das Gefühl, vergebliche Liebesmühe zu investieren. Erst dann stieß sie tief auf der zwanzigsten Seite der Google-Suchergebnisse für »David Lamb« vergraben auf etwas. Es handelte sich um eine JustGiving-Spendenseite aus dem Jahr 2006. Eine Frau aus Exeter hatte eine Crowdfunding-Aktion für einen kleinen Gemeindegarten in der Stadt eingerichtet, der *Park Street Garden of Memories* heißen sollte. Eine der Spenden sprang Kate ins Auge.

> Shelley Morden spendet £25
> zum Gedenken an ihren lieben Freund
> David Lamb.
>
> Verschwunden, aber nicht vergessen.

Der Zielbetrag auf der JustGiving-Seite lautete auf 2.750 Pfund, der um 900 Pfund verfehlt wurde. Kate googelte »Park Street« und stellte fest, dass es sich um eine Straße am Stadtrand von Exeter handelte. Dann gab sie als Suchbegriff »Shelley Morden, Park Street« ein.

»Okay, schon besser«, murmelte Kate, als das erste Suchergebnis aus dem Wählerverzeichnis stammte. Shelley Morden wohnte in der Park Street 11 in Exeter mit einem gewissen Kevin James Morden – vermutlich ihr Ehemann. Kate lehnte sich zurück. Ihre Augen schmerzten von der langen Bildschirmarbeit. In einem der Regale auf der Wohnwagenparkseite des Büros lag ein altes Telefonbuch, das Myra gehört hatte. Kate holte es sich und blies den Staub davon weg. »Versuchen wir es mal auf die altmodische Weise ...«

Kate hatte seit Jahren kein Telefonbuch mehr benutzt. Sie blätterte die Seiten bis zum Abschnitt *M* durch. Dort fand sie einen unter derselben Adresse aufgeführten Kevin James Morden. Kate wählte die Nummer.

Zu ihrer großen Enttäuschung landete sie auf einem banalen Anrufbeantworter. Kate hinterließ eine Nachricht. Sie erklärte, wer sie war und dass sie herausfinden wollte, was David Lamb zugestoßen war. Schließlich ging sie in die kleine Küche im hinteren Teil des Büros, bereitete sich eine Tasse Kaffee zu und wollte gerade raus an die frische Luft, als ihr Telefon klingelte.

Als Kate ranging, hörte sie als Erstes im Hintergrund das Geschrei von Kindern.

»Hallo, hier ist Shelley Morden«, sagte eine gehetzt klingende Frau. »Tut mir leid, dass ich Ihren Anruf verpasst habe.«

»Danke für den Rückruf«, sagte Kate.

»Ich hab David gekannt. Tatsächlich hab ich ihn als vermisst gemeldet, nur schien das niemanden zu interessieren ... Ich hätte morgen um zwei Uhr nachmittags Zeit, falls Sie herkommen und reden wollen«, sagte sie. »Ich kann Ihnen alles über ihn erzählen.«

15

Haydens Hände waren mit Handschellen an das hölzerne Kopfteil des Betts gefesselt, die Fußgelenke mit dünnen Seilen an die Bettpfosten. Mit angespanntem Körper zuckte er hin und her und versuchte, sich zu wehren.

Tom kniete über Hayden, die Hände fest um den Hals des jungen Mannes geschlungen.

»Ja. Gut so. Kämpf gegen mich«, flüsterte er und lehnte sich näher zu Haydens Ohr. »Kannst du nicht, oder? Weil ich das Sagen habe. Ich bin der Tyrann, und ich werde gewinnen.« Er verstärkte den Griff, presste die Daumen in den Adamsapfel des jungen Mannes. Das war die magische Stelle, auf die man Druck ausüben musste, wenn die Augen offen bleiben sollten, dachte Tom. Und er brauchte Haydens Augen offen. Er nahte. Jener so machtvolle Moment kurz vor dem Tod, wenn sich Dunkelheit in den Augen ausbreitete.

Tom erdrosselte seine Opfer gern, während er sie vergewaltigte. Bei den ersten paar Malen war es eher ein Spiel, gerade genug, um Angst zu erzeugen und dem Körper Sauerstoff zu entziehen. Dann jedoch drückte er fester zu, brachte die Opfer an den Rand der Bewusstlosigkeit, bevor er sie zurückholte.

Die Nacht war zu schnell vergangen, die Sonne hatte sich klammheimlich angeschlichen. Tom hatte sie erst bemerkt, als ihr Licht durch einen Spalt im Vorhang fiel und einen Streifen von Haydens geschwollenem, von

Blutergüssen übersätem Gesicht erhellte. Das Rot geplatzter Blutgefäße durchzog das Weiß seiner Augen.

Tom zitterte vor Anstrengung. Schweiß tropfte ihm vom Kinn und lief ihm über den Rücken. Haydens Körper begann zu zittern und zu zucken. Tom beugte sich vor, presste sein gesamtes Gewicht auf ihn. Das Bett knarrte, während er unerbittlich zudrückte und sich die Schmerzen der Anstrengung durch seine Finger und Handgelenke ausbreiteten.

Der Moment war nah.

Haydens weit aufgerissene Augen traten blutunterlaufen aus den Höhlen. Seine Pupillen weiteten sich. Er gab ein rasselndes Stöhnen von sich, ein passives Geräusch, das einen Gegensatz zu seiner Angst und der Gewalt bildete. Tom lehnte sich nah zu ihm. Ihre Gesichter befanden sich so dicht beisammen, dass seine Nasenspitze die von Hayden berührte. Das Sonnenlicht schien in seinen Augen zu tänzeln und offenbarte einen letzten Anflug von Trotz, von Lebenskraft. Dann folgte die Erkenntnis, dass der Tod eingetroffen war. Alle Anspannung und jeder Widerstand verpufften aus Haydens Körper. Das Licht in den Augen verblasste, Dunkelheit breitete sich darin aus. Das Sonnenlicht prallte davon ab und erhellte nur noch Leere.

Im Haus herrschte Stille, seit er Hayden hergebracht hatte. Tom hatte weder Musik noch den Fernseher eingeschaltet. Als er sich zurücklehnte und den toten Körper vor sich betrachtete, empfand er die Ruhe als so erstickend, als wäre sie urplötzlich über den Raum hereingebrochen.

Er beugte die Finger, um die Steifheit aus den Gelenken zu bekommen. Die Luft stank nach Tod. Als er sie atemlos in die Lunge saugte, spürte er, wie sich ihm der Magen umdrehte, und er musste ins Badezimmer rennen, um sich zu übergeben.

Unkontrollierbar zitternd kniete er auf den kalten Fliesen vor der Toilette. Wenn die Dunkelheit in den Augen der Opfer Einzug hielt, verfiel er immer in einen Schockzustand. Von der Angst, dem Hochgefühl und der Entladung der Anspannung wurde ihm übel. Er verharrte mehrere Minuten lang auf dem Boden kauernd, würgte und hustete. Als er spürte, dass sein Magen leer war, stand er auf und spritzte sich am Waschbecken Wasser ins Gesicht, ohne in den Spiegel zu schauen. Er kehrte ins Schlafzimmer zurück.

Hayden lag regungslos da. Die Farbe war aus seiner cremig-weichen Haut gewichen, die eine gelbliche Schattierung angenommen hatte, die Muskeln wirkten erschlafft. Tom ging zum Fenster und riss es auf. Er musste Haydens Geist aus der Enge des Raums befreien.

Mehrere Minuten lang stand Tom am Fenster, schaute in den strahlenden Sonnenschein hinaus und spürte die kühle Brise auf seinem nackten Körper.

Er ging zurück ins Badezimmer, steckte den Stöpsel in die Wanne, drehte die Wasserhähne auf und regelte sie auf sehr heiß. Dampf stieg auf und breitete sich in der Luft aus, auf den weißen Fliesen bildete sich Kondenswasser. Eine Erinnerung überkam Tom, selbst nach so vielen Jahren noch frisch und schmerzhaft.

Er ist dreizehn, in der Schule, und stellt sich nach einem Fußballspiel mit den anderen Jungen nackt bei den Gemeinschaftsduschen an. Der Triumph und die Kameradschaft von Sportlern liegen in der Luft, aber er war in der Verlierermannschaft.

Während des Spiels ist er am Rand des Fußballfelds geblieben, hat den Ball gemieden und gehofft, dass sein Team gewinnen würde. Zur Siegermannschaft zu gehören wäre einfacher. Darin wäre er praktisch unsichtbar. Aber heute ist er auf der Verliererseite, und seine Mannschaft braucht einen Sündenbock.

Der Jubel und die Rufe hallen von den schmutzigen Fliesenwänden der Dusche wider, und er kann spüren, wie die Wut seiner Teamkameraden hinter ihm steigt. Die Verlierer müssen die Schuld auf den ultimativen Verlierer schieben.

Tom steht schaudernd zwischen den nackten Körpern. Zwischen dem Geruch von Füßen und Schweiß, Haut und Schlamm. Er hofft inständig, dass sich Mr Pike, der Sportlehrer, damit beeilt, das Wasser aufzudrehen, damit er durch die Dusche hasten und sich danach in ein Handtuch hüllen kann. Vergeblich versucht er, seine Nacktheit mit den Armen zu verdecken. Sein unterentwickelter Körper fühlt sich verwundbar an neben den athletischen Jungen, die schon fast Männer sind ...

Zu allem Überfluss empfindet er beim Anblick ihrer durchtrainierten Körper auch noch beschämende Lust. Er hasst sich dafür, dass er sie genauso sehr begehrt, wie er sie fürchtet. Am liebsten wäre ihm, der kalte Fliesenboden würde sich auftun und ihn verschlucken.

Mr Pike erscheint am Ende des langen Korridors und dreht an einem großen Metallrad an der Wand. Ein Zischen und Plätschern ertönt. Gleich darauf rinnt das Wasser, und Dampf steigt auf.

»Los, waschen! Rein mit euch«, ruft Mr Pike. Der Dampf breitet sich durch die kalte Luft aus. Tom steht hinter Edwin Johnson, dem Kapitän der unterlegenen Mannschaft. Er hat einen breiten, muskulösen Rücken und einen festen Hintern. Das Gejohle hallt lauter durch den Dampf. Tom spürt, wie er

von hinten angerempelt wird. Er hört Gemurmel, ein lautes, höhnisches Lachen, dann legt sich eine kalte Hand mitten auf seinen Rücken, und er wird vorwärts geschoben. Sein unzulänglicher Körper stößt gegen Edwins festen, prallen Hintern. Haut an Haut ... und er springt zurück. Edwin dreht sich mit vor Wut gerötetem Gesicht um.

»Was zum Geier soll das werden?«, sagt er.

Tom schaudert, spürt ein kaltes Kribbeln in den Nervenenden und Sehnen, und ihm wird schlecht. Es ist Angst.

»Tut mir leid«, entschuldigt er sich und weicht zurück, aber wieder wird gelacht, und eine andere Hand auf seinem Rücken stößt ihn kräftiger nach vorn. Tom stolpert und prallt von Angesicht zu Angesicht gegen Edwin. Nackt.

»Weg von mir, Scheißschwuchtel!«, brüllt Edwin. Er ist wütend, aber Tom erkennt in seinen Augen neben dem Zorn auch Angst.

»Er steht auf dich, Ed ...«, sagt eine Stimme.

»Du solltest dich nicht so von ihm anfassen lassen«, meint ein anderer Junge.

»Ja, sonst kommt man noch auf Ideen über euch zwei!«

Mittlerweile kräuselt sich der Dampf um sie herum. Edwins Faust schießt aus dem Nichts hervor und trifft Tom am Kinn. Sein Kopf schnellt zurück und prallt gegen die gefliese Wand. Die Schmerzen sind heftig. Er rutscht an der Wand runter und landet auf dem Betonboden, stößt sich das Steißbein mit einem übelkeiterregenden Laut. Wo er auf die Fliesen aufschlägt, rinnt eine dünne Blutspur.

Tom schaut auf. Edwins Gesicht ist zu einer Fratze aus Hass und Grauen verzerrt. Tom versucht, sich aufzurappeln, aber er fühlt sich vor Schmerzen wie betäubt.

»Steh auf, du verdammte Schwuchtel!«, ruft jemand. Aufzustehen wäre das Richtige. Es würde die Ordnung wieder-

herstellen. Aufzustehen wäre männlich. Dass er auf dem Boden liegt, lässt die anderen nur noch wütender werden. Tom merkt es.

Hormone toben. Streitsucht liegt in der Luft. Im Moment vor dem Angriff hört er die Stimme seines Vaters im Kopf: »Was auch immer bei einem Kampf passiert, du musst auf den Beinen bleiben, auch wenn die Scheiße aus dir rausgeprügelt wird. Geh nie zu Boden, sonst bist du erledigt.«

Die volle Wucht eines Schlags schleudert seinen Kopf gegen den Beton und zertrümmert seine Vorderzähne. Ein Fuß tritt ihm in den Magen. Edwin bückt sich und packt ihn an den Fußgelenken, dann wird er nackt über den Boden geschleift. Heißes Wasser, Fäuste und Füße prasseln auf ihn ein.

Er erinnert sich an Mr Pikes Rolle dabei. An den flüchtigen Blick auf das gerötete Gesicht des Sportlehrers am Ende der Duschen. An den Ausdruck der Erregung über das Geschehen in den großen Augen. Er unternimmt nichts, sieht nur zu, wie sich der Dampf ausbreitet, während der Rest der Jungs über Tom herfällt, auf ihn eindrischt, ihn tritt und prügelt.

Tom wusste nicht, wie lange er weggetreten war. Als er nach unten blickte, stand er in der Duschkabine neben dem Bad. Er wusch und schrubbte seine Haut. Seine Finger fuhren über die linke Seite des Brustkorbs, wo eine lange, dicke Narbe verlief. Die Prellungen und Knochenbrüche waren alle verheilt, aber dort, wo Edwin ihm so heftig auf den Brustkorb gestampft hatte, dass die Knochen gebrochen und durch die Haut herausgekommen waren, hatte sich eine dauerhafte Narbe gebildet.

Tom trocknete sich ab und stieg aus der Dusche. Er holte unter dem Waschbecken einen weißen Schutzanzug, lange weiße Socken, Latexhandschuhe, eine Flasche mit antibakterieller Handseife und einen Schrubber mit langem Holzgriff hervor.

Nachdem er alles als ordentlichen Stapel auf den Stuhl neben der Badewanne gelegt hatte, zog er erst die Socken an, dann den Schutzanzug. Er zog sich die Kapuze über den Kopf und passte die Gesichtsmaske so an, dass man nur seine Augen erkennen konnte. Dann streifte er die Latexhandschuhe über.

Die große Wanne hatte sich mittlerweile zu zwei Dritteln gefüllt. Tom war froh, dass sich der Spiegel beschlagen hatte. Er konnte sich immer noch nicht ansehen. Im Schlafzimmer löste er behutsam die Fesseln von Haydens Beinen und entfernte die Handschellen von seinen Handgelenken. Dann hob er ihn hoch und trug ihn ins Badezimmer, wo er ihn vorsichtig in der Wanne platzierte.

Nach dem Bad wartete frische Kleidung auf Hayden. Es würde unmöglich sein, irgendwelche DNA-Beweise an ihm zu entdecken, wenn die Polizei ihn fände – irgendwann, falls überhaupt.

Tom hatte nämlich vor, ihn ordentlich zu entsorgen.

16

Kate und Tristan trafen am nächsten Tag um zwei Uhr nachmittags bei Shelley Morden ein. Die Park Street 11 erwies sich als Reihenhaus mit Kieselrauputz auf einer Anhöhe mit Blick auf Exeter. Auf der ruhigen Straße herrschte kaum Verkehr, und den Weg vor dem Tor übersäten Kreidezeichnungen und ein Raster für das Kinderspiel Himmel und Hölle.

Die Tür wurde von einer kleinen, pummeligen Frau Mitte dreißig mit schulterlangem blondem Haar und einer überdimensionierten Brille mit rotem Gestell geöffnet. Sie besaß ein offenes, lächelndes Gesicht und sanfte braune Augen. Als sie ihre Besucher ins Haus einlud, hörte Kate einen leichten Akzent aus Birmingham heraus. Hinter ihr dudelte die Musik einer Kindersendung im Fernsehen, ein Lied über das Zählen bis zehn. Kate fiel eine Tätowierung in Form eines chinesischen Symbols am Handgelenk der Frau auf, und an den Fingern trug sie Silberringe, zwei davon mit großen Bernsteinen besetzt. »Ich wollte gerade den Kessel aufsetzen. Möchten Sie eine Tasse Tee?«, erkundigte sie sich.

»Danke«, erwiderte Kate.

»Gern«, sagte Tristan.

In der Diele stand eine große antike Anrichte mit einem fleckigen Spiegel. Gebrauchte Bücher füllten einige Regale, und eine Reihe nackter Barbiepuppen lehnte an den Bänden. Alle wiesen hoffnungslos verfilzte Haare auf, eine sogar einen völlig kahlen Kopf.

»Das sind Megan und Anwar«, erklärte Shelley, als sie den Eingang zum Wohnzimmer erreichten, in dem Spielzeug den Boden übersäte. Ein Junge und ein Mädchen, um die sieben, acht Jahre alt, sahen sich im Fernsehen den CBeebies-Kanal an. Mit scheuem Blick schauten sie zu Kate auf.

»Hallo«, grüßte Kate. Sie mochte Kinder zwar, wusste aber nie so recht, wie sie mit ihnen reden sollte. Sie kam sich dabei immer zu förmlich und distanziert vor.

»Sehen eure Spielsachen gerne fern?«, erkundigte sich Tristan und deutete auf eine Lego-Feuerwache, auf deren Dach eine Ansammlung von Lego-Männchen, Barbie-Puppen und Kuscheltieren dem Fernseher zugewandt aufgereiht war. Anwar grinste verlegen und nickte.

»Wenn die Sendung aus ist, machen wir eine Teeparty«, verriet Megan und ergriff eine Teekanne.

»Mit Kuchen!«, fügte Anwar grinsend hinzu. Die Kinder sahen Shelley an.

»Ja, ich hab den Kuchen schon in den Ofen geschoben. Er ist bald fertig«, sagte sie. »Bitte schaut leise fern, während wir in der Küche sind, ja?«, fügte sie hinzu. Die Kinder nickten, und Shelley führte Tristan und Kate durch den Flur in die Küche. »Ich bin Pflegemutter«, erklärte sie. »Als wir gestern telefoniert haben, hatten die beiden gerade Besuch, und es ging hoch her. Macht eine Menge Spaß, ist aber auch viel Arbeit.«

Die Küche entpuppte sich als genauso chaotisch-gemütlich wie der Rest und enthielt einen langen Holztisch sowie einen hellblauen Backofen. Der Duft des Kuchens darin ließ Kate das Wasser im Mund zusammenlaufen. Auf der Fensterbank standen Kräuter in Töpfen. Draußen erstreckte sich ein großer Garten mit einer Schaukel und einem Klettergerüst.

»Bitte setzen Sie sich.« Kate und Tristan zogen sich Stühle am Ende des Tisches heraus. »Es hat sich schon lange niemand mehr nach David Lamb erkundigt. Hat nicht viele Leute beunruhigt, als er verschwunden ist«, sagte Shelley und begann, Tee zuzubereiten.

»Woher haben Sie ihn gekannt?«, fragte Kate.

»Wir sind zusammen in Wolverhampton aufgewachsen. Haben nebeneinander in der Kelsall Road gewohnt. Es war eine ziemlich raue Gegend, eine der wenigen Reihenhauszeilen, die man bei der Säuberung der Slums in den 1960er Jahren nicht abgerissen hat. In unserem Haus konnte man vom Dachboden ins Haus nebenan klettern. Manche Nachbarn haben deswegen oben Trennwände eingezogen. Zwischen meinem Haus und dem von David war keine. Ich bin regelmäßig nachts in den Dachboden gestiegen und hab mich dort mit ihm getroffen. Natürlich nicht zum Rummachen – er war schwul. Und ein sehr guter Freund.«

»Wie sind Sie in Exeter gelandet?«, fragte Tristan. Shelley zögerte. Kate merkte ihr an, dass es ihr schwerfiel, darüber zu reden.

»Wir sind zusammen durchgebrannt. Gelinde gesagt hatten wir beide keine liebevollen Familien … Wir haben zusammengelegt, was wir an Geld hatten. Ich hatte ein bisschen was von Geburtstagen und vom Zeitungsaustragen angespart. War das Beste, was ich je gemacht habe – wahrscheinlich hat es mir sogar das Leben gerettet. Und ohne David hätte ich es nicht geschafft.«

»Wie alt waren Sie, als Sie durchgebrannt sind?«, hakte Kate nach.

»Wir waren beide sechzehn. Eigentlich wollten wir nach London. Aber dann haben wir auf der Rückseite im *Time Out* Magazin die Anzeige einer Kommune in Exeter gesehen.«

»Wann war das?«

»1996.«

»Was für eine Werbung haben Sie damals gesehen?«, hakte Tristan nach.

»In der Anzeige wurden junge Leute zwischen achtzehn und fünfundzwanzig Jahren mit liberaler Gesinnung für eine Arbeitskommune gesucht.« Shelley lachte. »Das hat da tatsächlich gestanden: *liberale Gesinnung*. Wir waren zu der Zeit noch wahnsinnig naiv und dachten, es hätte was mit Politik zu tun. Die Kommune war in der Walpole Street, mitten in der Stadt. Als wir dort angekommen sind und an die Tür geklopft haben, hat sich herausgestellt, dass es fast nur schwule Männer waren. Frauen gab es gar keine. Ich konnte Brot backen. Das ist mir wohl zugutegekommen, denn die Frau, die bis dahin gekocht hatte, war eben erst weg, weil sie Indien bereisen wollte.«

»Hat irgendjemand überprüft, wie alt Sie waren?«, warf Kate ein.

»Nein. Wir haben gelogen und behauptet, wir wären achtzehn, aber es schien niemanden groß zu interessieren. Ich hab es eine Zeit lang genossen, und wir haben damit sehr unterschiedliche Erfahrungen gemacht. Ich war die einzige Frau, David das Frischfleisch. Er war sehr attraktiv ... Es ist nichts Schlimmes passiert. Die Männer waren aufdringlich, aber David war voll der Herzensbrecher. Ich hab schon kurz nach unserer Ankunft einen Job gefunden und bin nach einem Jahr ausgezogen, als ich Kev kennengelernt habe, meinen Mann ...«

Shelley zeigte auf eine Ansammlung von Fotos an der Wand neben dem Kühlschrank, die sie über die Jahre mit einem stämmigen rothaarigen Mann zeigte.

»Er ist vor sieben Jahren gestorben. Krebs.«

»Tut mir leid, das zu hören«, sagte Kate. Schweigen breitete sich aus, als Shelley zum Backofen ging und ihn öffnete, um nach dem Kuchen zu sehen, der bereits golden schimmerte. Dann schenkte sie Tee für sie alle ein und stellte die Tassen auf den langen Tisch.

»Wer hat Sie mit der Suche nach David beauftragt?«, erkundigte sich Shelley, als sie ihnen gegenüber Platz nahm. Zum ersten Mal wirkte sie weniger offen und eher verhalten.

»Sein Name ist im Zusammenhang mit einer anderen vermissten Person aufgetaucht«, erklärte Kate. »Einer Journalistin namens Joanna Duncan. Sie ist im September 2002 verschwunden.«

Shelley lehnte sich auf dem Stuhl zurück und runzelte die Stirn. Man sah ihr an, dass sie nachdachte, als ob bei dem Namen etwas klingelte.

»Sie war Journalistin bei der *West Country News*«, sagte sie schließlich.

»Richtig. Sie ist am Samstag, dem 7. September 2002, verschwunden«, sagte Kate.

»Merkwürdig ... Warum war diese Journalistin in Davids Verschwinden verwickelt?«

»Sie war nicht darin verwickelt«, erwiderte Kate. »Wir glauben, Joanna könnte Davids Verschwinden und das eines anderen Mannes namens Gabe Kemp untersucht haben. Sagt Ihnen der Name etwas?«

»Nein, gar nicht«, antwortete Shelley. Wieder legte sie die Stirn in Falten. Sie stand auf, ging zum Fenster und schaute hinaus in den Garten. Es hatte zu regnen begonnen, und sie konnten in der Stille die Tropfen gegen das Glas prasseln hören. Tristan setzte dazu an, etwas zu sagen, aber Kate schüttelte den Kopf. Besser, sie gaben Shelley die Zeit, die sie offenbar benötigte. Schließlich kehrte Shelley zum Tisch zurück und setzte sich.

»Okay, das ist seltsam. 2002 haben Kev und ich Urlaub auf den Seychellen gemacht. Wir sind im Sommer immer relativ spät verreist, um die Schulferien zu umgehen. Als wir in der zweiten Septemberwoche zurückgekommen sind, hatten wir auf dem Anrufbeantworter eine Nachricht von Joanna Duncan von der *West Country News*.«

Kate und Tristan wechselten einen Blick.

»Entschuldigen Sie die Frage, aber sind Sie sicher, dass es Joanna Duncan war?«, hakte Kate nach.

»Ganz sicher.«

»Warum hat sie eine Nachricht hinterlassen?«

»Das ist schon so lange her ... Sie hat gesagt, dass sie Journalistin ist und informell mit mir reden will. In der Nachricht hat sie sich dafür entschuldigt, nichts Genaueres sagen zu können, aber wenn ich sie zurückriefe, würde sie mir alles erklären. Sie hat mir ihre Nummer hinterlassen«, schilderte Shelley.

»Wie können Sie sich nach so langer Zeit noch daran erinnern?«, fragte Tristan.

»Die Nachricht auf dem Anrufbeantworter war etwa eine Woche alt, als wir aus dem Urlaub zurückgekommen sind. Zu dem Zeitpunkt war schon überall in den Nachrichten, dass eine Journalistin namens Joanna Duncan verschwunden war. Ich hab die Nummer zurückgerufen und jemandem von der Zeitung eine Nachricht hinterlassen, aber man hat sich nie wieder bei mir gemeldet.«

»Wissen Sie noch, mit wem Sie damals gesprochen haben?«

»Nein.«

»Haben Sie je mit der Polizei geredet?«, fragte Kate.

»Nein. Ich wusste ja nicht, warum mich die Frau angerufen hat. Damals dachte ich, es hätte was mit der Büroanlage Marco Polo House zu tun. Ein paar Geschäftsleute aus der Gegend hatten sie gekauft und wollten vertuschen, dass haufenweise Asbest in den Wänden war. Sie haben angefangen, das Gebäude zu renovieren. Es steht neben einer der größten Schulen in der Umgebung. Ich hab mich an einer Kampagne für den Abriss beteiligt. Wir hatten schon eine Menge Unterschriften gesammelt. Außerdem hatten wir an viele Zeitungen und an die BBC-Sendung *Watchdog* geschrieben. Ich dachte damals, sie hätte deswegen angerufen. Hat sie an einer Story über David geschrieben?«

»Das wissen wir nicht genau«, erwiderte Kate. »Ich bin auf Davids Namen in Joannas Akten gestoßen. Sie hatte ihn aufgeschrieben. Auf Sie bin ich nur gekommen, weil Sie in Davids Namen bei einer Crowdfunding-Aktion für einen Park gespendet haben.«

Shelley trank einen weiteren Schluck von ihrem Tee. »Haben Sie ein Foto von Gabe Kemp? Vielleicht erkenne ich ihn ja?«

Tristan holte sein Handy heraus und scrollte zu dem Foto, das er von der Website für Vermisste gespeichert hatte. Shelley betrachtete es einen Moment lang, dann seufzte sie und schüttelte den Kopf.

»Nein. Tut mir leid. Hab ihn noch nie gesehen.«

»Dürfen wir Ihnen noch ein Foto zeigen?«, fragte Tristan. Er scrollte weiter zu dem Foto von George Tomassini. »Auf dem Bild ist er kostümiert. Der Typ links, verkleidet als Freddie Mercury.«

»Monsterfat Cowbelly, an die erinnere ich mich«, sagte Shelley lächelnd.

»Tatsächlich?«

»Sie ist früher regelmäßig durch die Pubs von Exeter gezogen. Aber den Mann bei ihr kenne ich nicht.«

»Sind Sie sicher?«, hakte Kate nach und wünschte, sie hätten ein normales Foto von George.

Shelley sah noch einmal hin, bevor sie den Kopf schüttelte.

»Wir glauben, dass George Tomassini etwa Mitte 2002 verschwunden ist. Ein konkretes Datum haben wir nicht. Er wurde nie offiziell als vermisst gemeldet wie David und Gabe«, erklärte Kate. »Was ist nach Ihrer Vermisstenmeldung für David im Juni 1999 passiert?«

»Nichts«, antwortete Shelley. »Ich glaub, die Polizei hat das nicht ernst genommen. Ich hab ein paar Mal nachgefragt, aber nie irgendwas erfahren.«

»Er ist immer noch in der Datenbank vermisster Personen geführt«, sagte Kate.

»Ich weiß. Ich hab ihnen eine Kopie der Passfotos gegeben, die ich von David hatte. Obwohl er sich nie einen Pass besorgt hat … Vor seinem Verschwinden war er eine Weile in Schwierigkeiten … Ich vermute, Sie wissen, dass man ihn wegen Totschlag verhaftet hat.«

»Nein, haben wir nicht gewusst.« Kate wechselte einen Blick mit Tristan.

»David war schwer auf Drogen und ist dadurch in gefährliche Situationen geraten. War für ihn ziemlich berauschend, auf einmal von diesen älteren Kerlen aus der Schwulenszene bewundert zu werden. Manche haben ihm Geschenke gekauft. Er hat sich Hals über Kopf in Beziehungen gestürzt, ist bei Männern eingezogen, und kaum war es in die Brüche gegangen, hat er bei mir oder in der Kommune angeklopft. Da war dieser ältere Mann namens Sidney Newett.«

»Wie viel älter?«, fragte Kate.

»Er muss so Anfang fünfzig gewesen sein. Eines Abends hat David ihn zu Hause besucht, und sie haben gefeiert. Sidney Newetts Ehefrau war mit dem Women's Institute unterwegs auf Urlaub. David hat Sidney am nächsten Morgen tot im Garten gefunden, ist in Panik geraten und geflüchtet, aber er hat seine Brieftasche zurückgelassen. Außerdem hat ihn ein Nachbar gesehen. Die Polizei hat die Anklage letztlich fallen gelassen, als festgestellt wurde, dass Sidney an einem Herzinfarkt gestorben war. Aber es hat David in eine tiefe Depression gestürzt. Weil in der Kommune ständig Partys gefeiert wurden, war es nicht der beste Ort für ihn.«

»Sind Sie noch in Kontakt mit jemandem, der in der Kommune gelebt hat?«, wollte Kate wissen.

»Verdammt, das ist 'ne gute Frage. Das ist achtzehn Jahre her. Viele der Jungs dort hab ich nur mit Spitznamen gekannt. Elsie und Vera und Liza …« Shelley kicherte. »Sie waren ein netter Haufen, so völlig anders als die Männer, die ich aus meiner Kindheit kannte. Mein Vater und mein Onkel waren sehr *zudringlich*, falls Sie verstehen, was ich meine. War schön, in einer Umgebung zu sein, in der sich niemand auf diese Weise für mich interessiert hat. Geleitet wurde das Ganze von einem älteren Kerl. Na ja, älter ist relativ – er war so um die dreißig, als wir sechzehn waren. Max Jesper. Er war schon lange in der Kommune und hatte die Dinge dort in die Hand genommen. Das war in einem alten georgianischen Stadthaus, das davor jahrelang leer gestanden hatte. Anfang der 1980er Jahre ist er dort zum Hausbesetzer geworden.«

»Mussten Sie fürs Wohnen dort etwas bezahlen?«, fragte Tristan.

»Es hat eine Gemeinschaftskasse gegeben, eine große Schüssel, in die jeder einzahlen musste. Wer gearbeitet hat, musste die Hälfte seines Einkommens abliefern. Die anderen hat Max ermutigt, sich beim Arbeitsamt anzumelden, und sie mussten die Hälfte dessen beisteuern, was sie von dort bekommen haben. Keiner hatte je viel Geld. Und natürlich mussten die Jungs eine Nacht mit Max verbringen, um sich ihr Zimmer zu sichern.«

»Klingt anrüchig«, meinte Tristan.

»Oh, das war Max auch. Zum Glück musste ich ihm nur ein paar Mal die Woche Brot backen. Außerdem hab ich am meisten verdient und zur Gemeinschaftskasse beigetragen. Max hat nicht schlecht ausgesehen, aber er hat oft seine Kumpels eingeladen, wenn ein neuer Junge einziehen wollte ...«

Shelley bemerkte den Blick, den Kate und Tristan wechselten.

»Ich weiß, das klingt schrecklich. War es ja auch, aber so viele junge Burschen sind aus weit schlimmeren Verhältnissen gekommen. Und für mich war es Freiheit pur.«

»Was ist aus der Kommune geworden?«, fragte Tristan.

»Max ist vor Gericht gezogen, um die Hausbesetzerrechte an dem Gebäude einzuklagen, und er hat gewonnen. So wurde er zum rechtmäßigen Eigentümer dieses großen alten Kastens. War in der Lokalzeitung.«

»Wissen Sie noch, wann das war?«, fragte Kate.

»Nicht genau. Vor vier oder fünf Jahren. Das Gebäude liegt auf der anderen Seite von Exeter, in der Nähe des neuen Industriegebiets, das gerade gebaut wird.«

»Wann haben Sie erfahren, dass David verschwunden ist?«, fragte Tristan.

»Wir haben am selben Tag Geburtstag, am 14. Juni. Ich hab zu dem Zeitpunkt schon mit Kev zusammengelebt. Wir haben eine Party gefeiert, zu der ich David eingeladen habe. Er ist nicht aufgetaucht. Da hab ich mir noch nicht allzu viel gedacht. Er war ständig viel unterwegs. Aber als ich nach einer Woche immer noch nichts von ihm gehört hatte, hab ich mir allmählich Sorgen gemacht. Ich bin zu dem Mann, mit dem er zusammengelebt hat, Pierre. Von ihm hab ich erfahren, dass sich David vor zehn Tagen von ihm getrennt hatte und ausgezogen war. Danach hab ich mich in den Kneipen der Gegend umgehört und die Kommune aufgesucht, aber niemand hatte eine Ahnung, wohin er sein könnte.«

»Wie lange hatte er mit Pierre zusammengelebt?«

»Ich kann mich nicht genau erinnern. Vielleicht ein paar Wochen.«

»Haben Sie Pierres Kontaktdaten?«

»Nein. Er ist zwei Jahre später an einer Überdosis gestorben«, sagte Shelley.

»Hat David je erwähnt, dass er mal etwas mit einem Mann größeren Kalibers hatte? Einem Politiker?«

Shelley dachte über die Frage nach.

»Nein. Und er war ein ziemliches Plappermaul. Darauf wäre er unheimlich stolz gewesen.«

»Könnten Sie uns die Namen einiger Schwulenkneipen nennen, die David früher besucht hat?«

»Ja, nur weiß ich nicht, wie viele davon es noch gibt.«

Shelley holte ein Blatt Papier, überlegte und begann zu schreiben. Eine längere Stille trat ein. Kate und Tristan sahen sich gegenseitig an und hatten keine weiteren Fragen.

»Okay. An vier kann ich mich erinnern. Die ersten beiden stimmen auf jeden Fall, weil wir oft zusammen dort waren. Bei den anderen beiden bin ich nicht sicher.«

»Vielen Dank«, sagte Kate. »Sie waren wirklich hilfreich.«

Shelley begleitete sie zurück zur Eingangstür. Als sie an den Kindern vorbeigingen, schauten die Kleinen auf und verabschiedeten sich lächelnd.

»Ich hatte die Nachricht von Joanna Duncan nach ihrem Verschwinden mehrere Wochen lang auf dem Anrufbeantworter«, sagte Shelley, als sie an der Haustür standen. »Irgendwann musste ich sie dann löschen. Ich konnte es nicht ertragen, sie zu hören und mich zu fragen, was ihr zugestoßen sein könnte. Ist mir total unheimlich, dass Sie so viele Jahre später vor meiner Tür auftauchen und Joanna Duncan und David in einem Atemzug erwähnen.«

17

Als Kate und Tristan von Shelleys Haus aufbrachen, hatte der Regen aufgehört, und die Sonne schien wieder. Sie eilten zum Auto und stiegen ein.

»Das *Spread-Eagle* gibt's nicht mehr«, sagte Tristan, sobald sie sich im Wagen befanden. »Das *Brewer's* auch nicht, glaube ich«, fügte er mit Blick auf die Liste hinzu, die Shelley ihnen gegeben hatte.

»Mich interessiert vorerst ohnehin mehr die Kommune in der Walpole Street, falls dieser Max Jesper noch dort lebt«, erwiderte Kate.

Sie brauchten eine halbe Stunde für den Weg quer durch die Stadt. Die Walpole Street lag in einer heruntergekommenen Gegend am Fluss. Kate hatte Myra mal dorthin begleitet, als sie ihr altes, klappriges Auto zur Inspektion gebracht hatte, und ihr war eine Reihe mit Brettern vernagelter Gebäude neben einer alten Autowerkstatt im Gedächtnis geblieben. Die Erinnerung kam ihr bittersüß in den Sinn. Myra hatte eine Abneigung dagegen gehabt, irgendetwas wegzuwerfen, solange es nicht hoffnungslos kaputt war. Von ihrem alten Morris Marina hatte sie sich erst getrennt, als sich der Motor in seine Bestandteile auflöste. Bei der Gelegenheit, an die Kate gerade zurückdachte, hatte das Auto die Inspektion allerdings noch bestanden.

Überrascht stellte Kate fest, dass sich an der Stelle der Autowerkstatt nun ein trendiger Friseurladen mit angeschlossenem Tätowierstudio befand. Auch der Rest der Gegend am Fluss hatte sich gewandelt. Sie sah eine Reihe kleiner, unabhängiger Geschäfte, einen gepflegten öffentlichen Garten, eine Filiale von Starbucks und ein altes Programmkino, das damals mit Brettern vernagelt gewesen war.

Die Ladenzeile beschrieb eine scharfe Kurve nach rechts und mündete in die Walpole Street, eine Wohnstraße mit Reihenhäusern. Am Ende stand ein großes vierstöckiges, makellos weiß gestrichenes Gebäude mit einem neuen schieferblauen Dach. Die wunderschönen Schiebefenster schimmerten. Auf einem Schild über der Tür prangten in Silber die Nummer 11 und der Schriftzug *Jesper's, seit 2009*. Darunter wiesen fünf Sterne darauf hin, dass es sich um ein Hotel handelte.

Auf der eleganten Außenterrasse auf dem Bürgersteig waren sämtliche Tische besetzt. Heizgeräte aus Klarglas wärmten die Gäste mit flackernden hohen Flammen. Tristan fand eine Parklücke weiter unten an der Straße und hielt an.

»Wie landet der Name eines Hausbesetzers an einem Fünfsternehotel?«, sagte er. Kate holte ihr Handy aus der Tasche und googelte »Jespers Hotel Kommune«.

»Da haben wir's, der fünfte Eintrag bei den Suchergebnissen: ›Hausbesetzer in Exeter wird erstklassige Immobilie zugesprochen‹«, las Kate vor und zeigte Tristan den Artikel auf ihrem Handy. »»Ein örtlicher Hausbesetzer wurde zum rechtmäßigen Eigentümer einer Immobilie aus dem 18. Jahrhundert in der Walpole Street in Exeter, in der er über zwölf Jahre gelebt hatte. Dem fünfundvierzigjährigen Max Jesper wurde der Titel an dem auf über eine Million Pfund geschätzten Stadthaus zugesprochen, nachdem ihm Bauunternehmer mit einer

Zwangsräumung gedroht hatten. Wie eine Sprecherin des Grundbuchamts erklärte, reichte Mr Jesper erfolgreich Klage nach dem Hausbesetzerrecht ein. Die Immobilie wurde früher als Pension genutzt. 1974 verstarb die Besitzerin, deren in Australien lebender Erbe das Gebäude verfallen ließ. 2009 wurde es an Bauträger verkauft, die Mr Jesper zwangsräumen lassen wollten. Er konnte nachweisen, dass er in den letzten zwölf Jahren alleiniger Nutzer der Immobilie gewesen war, und meldete erfolgreich Anspruch darauf nach dem sogenannten Hausbesetzerrecht an.‹«

Tristan beugte sich näher, während sie beide das Foto betrachteten. »Sieht wie ein waschechter Hippie aus«, meinte er.

Das Foto von Max Jesper war an einem grauen, bedeckten Tag vor dem Gebäude aufgenommen worden. Er hielt beide Daumen hoch, in einer Hand eine angezündete Zigarette. Der Mann sah wild aus, hatte stacheliges schwarzes Haar und trug eine zerrissene Jeans. Das Gebäude auf dem Foto ließ nichts vom derzeitigen Prunk erkennen. Vielmehr wirkte es halb verfallen – zerbrochene Fenster, große Löcher im Putz, und durch ein Loch im Dach wuchs sogar ein kleiner Baum.

»Wollen wir auf einen Kaffee reingehen?«, schlug Kate vor. »Ich bin neugierig, wie's drinnen aussieht und ob Max Jesper hier ist.« Tristan nickte.

Als sie ausstiegen, grollte Donner am sich verdunkelnden Himmel, und es fing wieder zu regnen an. Aus den ersten Tropfen wurde schnell ein Wolkenbruch. Kate und Tristan rannten zum Hotel. Obwohl sich Kate den Kragen ihrer Jacke über den Kopf stülpte, war sie im Nu völlig durchnässt.

Die Leute, die auf der Terrasse gegessen hatten, eilten mit Taschen und Mänteln durch den Haupteingang hinein. Einige nahmen ihre Teller und Gläser mit. Eine Gruppe von sechs gutaussehenden jungen Kellnern half den Gästen, sich nach drinnen zu verlagern.

Der Haupteingang führte zu einem kleinen Empfangsbereich mit einer Treppe. Hoch über der Rezeption tünchte ein Dachfenster aus Buntglas den hellblauen Teppich in farbiges Licht. Tristan stand einen Moment lang triefend da, sichtlich verblüfft von dem so plötzlichen, heftigen Guss. Er schüttelte den Kopf und wischte sich mit dem Ärmel über die Stirn. Kate kramte ein Taschentuch aus ihrer Tasche und tupfte sich das Gesicht ab. Als sie beobachtete, wie mehrere stark geschminkte Frauen durch den Empfangsbereich zu den Toiletten eilten, um ihre Haare und ihr Make-up in Ordnung zu bringen, war sie froh über ihre pflegeleichte Aufmachung.

Eine Tür führte in ein großes Restaurant mit Bar. Die hereingeeilten Gäste füllten kaum ein Viertel der Tische. Kate und Tristan passierten eine lange Theke aus Glas. Dahinter befanden sich mehrere Reihen mit Flaschen, alle in verschiedenen Farben beleuchtet. Das Angebot schien neben jeder erdenklichen Spirituose auch Champagner und Weine älterer Jahrgänge zu umfassen. Einen Moment lang fühlte sich Kate beinah überwältigt und musste sich zwingen, weiterzugehen. Sie folgte Tristan an den Tischen vorbei zu einem Sitzbereich neben einem Kamin, wo eine Reihe von Fenstern einen Blick auf einen ummauerten Garten und den Fluss dahinter bot. Die beiden ließen sich auf bequemen Sesseln nieder, nah bei einem großen Feuer, das in dem Kamin aus Stein knisterte.

Ein dunkelhaariger Kellner näherte sich ihnen. Der Mann besaß eine sinnliche Schönheit und sah aus, als wäre er einer Parfümwerbung entsprungen.

»Mann, geht ja ganz schön runter da draußen«, sagte er mit einem ausgeprägten Cockney-Akzent. Seine Stimme passte nicht recht zu dem Eindruck, den sein Aussehen vermittelte. »Was darf ich bringen?«

»Zwei Cappuccinos, danke«, sagte Kate.

»Kommen sofort.« Lächelnd hielt er kurz inne, um Tristan von oben bis unten zu mustern, bevor er zur Bar zurückkehrte.

»Ist ja ziemlich schnieke hier«, sagte Tristan, während er sich umsah. »Ich war noch nie in einem Fünfsternehotel.«

»Gibt's in Ashdean eigentlich ein Fünfsternehotel?«, fragte Kate und ließ den Blick über die opulente Bar wandern, während sie überlegte.

»Nein. Und das einzige Viersternehotel, das *Brannigan's*, hat letztes Jahr einen Stern verloren, als man Ratten in der Rotisserie entdeckt hat ... Wie funktioniert das mit dem Hausbesetzerrecht?«

»Wenn es einem Hausbesetzer gelingt, sich Zugang zu einem leer stehenden oder unbewohnten Gebäude zu verschaffen, ohne Einbruch zu verüben, und er dann zwölf Jahre lang ohne rechtliche Anfechtung ununterbrochen in dem Gebäude wohnt, kann er das Eigentumsrecht an der Immobilie beantragen«, erklärte Kate.

»Also konnte Max Jesper das Haus als Sicherheit für einen Kredit verwenden, als er rechtmäßiger Eigentümer wurde?«

»Ja. Muss aber eine gewaltige Investition gewesen sein, eine so verwahrloste Immobilie in ein solches Prunkstück zu verwandeln«, erwiderte Kate und betrachtete die Stuckverzierungen an der Decke. »Und er hat es unheimlich schnell geschafft – in nur zwei Jahren.«

Tristan stand auf und sah sich die Fotos an der Wand neben der Bar an. Kate folgte ihm. Die Aufnahmen zeigten Prominente aus Sport, Film und Fernsehen, die das Restaurant besucht hatten. Auch einige Politiker befanden sich darunter.

»Wer hätte gedacht, dass so viele Berühmtheiten nach Exeter kommen«, kommentierte Tristan. Max Jesper befand sich auf jedem Bild. Man konnte ihn immer noch mühelos erkennen, obwohl er wesentlich gepflegter wirkte, mit vollem, braun gefärbtem Haar, braungebrannt und maßgeschneiderten Anzügen. Er schien mittlerweile Anfang fünfzig zu sein und besaß die Ausstrahlung eines alternden Rockstars.

»Max Jesper hat sich ganz schön gemausert«, befand Kate.

»Neue Zähne hat er auch«, merkte Tristan an. »Auf dem anderen Foto waren sie nicht so strahlend weiß.«

Der Kellner näherte sich mit dem Kaffee auf einem Silbertablett. Kate und Tristan kehrten zu ihren Plätzen zurück.

»Ist das der Besitzer auf den Fotos mit all den Prominenten?«, fragte Kate und deutete zur Wand.

»Ja, das ist Maximillian Jesper, der Besitzer«, bestätigte der Kellner geradezu ehrfürchtig, während er zwei Cappuccinos vom Tablett servierte. Der Schaum ragte bei beiden Tassen hoch über den Rand auf. »Letzte Woche hatten wir Joanne Collins zu Gast.«

»Meinen Sie *Joan* Collins?«, hakte Kate nach.

»Ja. Sie war nett. Die Leute lassen sich alle gern fotografieren, wenn sie zu einem Aufenthalt oder zu einer Veranstaltung herkommen.«

»Welche Veranstaltungen finden hier denn statt?«

»Alles Mögliche: Hochzeiten, Feiern, Konferenzen.«

»Haben Sie schon viele Prominente kennengelernt?«

»Jede Menge. Ich bin seit drei Jahren hier, während ich nebenher studiere«, antwortete er und stellte ihre Cappuccinos ab. Der turmhohe Schaum schwappte dabei über.

»Ist der Besitzer heute hier? Ich würde gern mit ihm reden«, sagte Kate.

»Gibt's ein Problem? Der Milchaufschäumer bei der neuen Kaffeemaschine ist ein bisschen unberechenbar.«

Kate lächelte. »Nein. Wir versuchen nur, jemanden ausfindig zu machen, den er kennen könnte.«

»Ich kann nachfragen. Aber er hat heute viele Termine«, sagte der Kellner. »Wie heißt die Person denn?«

»Es wäre wirklich großartig, wenn wir mit ihm reden könnten.« Kate wollte Jesper keine Ausrede für die Behauptung liefern, er würde David Lamb nicht kennen, ohne ihn persönlich gesehen zu haben. Der Kellner wirkte nervös.

»Na schön. Ich frage mal«, kündigte er an und trabte zum hinteren Teil der Bar davon. Kate und Tristan standen wieder auf und betrachteten weiter die Fotowand.

Etwas abseits neben einem Lichtschalter hingen einige größere Rahmen. Einer enthielt ein Gruppenfoto des Personals in Uniformen mit Max vor der Bar. Eine andere Aufnahme war vor dem Gebäude entstanden. Darin stand eine Menschenmenge um Max herum, der gerade ein rotes, quer über den Haupteingang gespanntes Band durchschnitt. Neben Max stand der obligatorische Bürgermeister und strahlte in die Kamera. Als Kate genauer hinsah, erkannte sie eines der Gesichter in der Menge – einen Mann, der rechts stand und breit lächelte, das Gesicht leicht gerötet, vermutlich von einem Drink.

»Das ist Noah Huntley«, sagte Kate. Sie zückte ihr Handy und knipste sowohl jenes Bild als auch das andere, das Max mit dem Personal zeigte.

»Was macht Noah Huntley denn auf dem Foto? Wenn das Hotel 2009 eröffnet hat, war das sieben Jahre, nachdem er aus dem Parlament geflogen ist«, sagte Tristan.

Sie hörten, wie sich jemand räusperte. Beide zuckten zusammen und drehten sich um. Max Jesper stand mit dem jungen Kellner hinter ihnen. Der Mann war größer, als er auf den Fotos wirkte. Er trug eine enge schwarze Jeans, ein weißes, am Kragen offenes Hemd und bunte Turnschuhe. Ein Handy und eine Brille hingen an Schlüsselbändern um seinen Hals.

»Hallo«, grüßte er mit fruchtig-kultivierter Stimme und einem rauen Unterton, der wohl vom Rauchen herrührte. »Bishop hat gesagt, dass Sie nach jemandem suchen.« Als er lächelte, ließ er dabei ein strahlend weißes Gebiss aufblitzen. Unverhohlen musterte er sie beide von oben bis unten, beinah so, als würde er einen Strichcode scannen. »Wer sind Sie?«

»Ich bin Kate Marshall, und das ist Tristan Harper. Wir sind Privatdetektive.«

»Ach ja?«, sagte er. In seinen blauen Augen lag eine gewisse Härte. Erwartungsvoll zog er die Brauen hoch.

»Wir versuchen, einen jungen Mann namens David Lamb zu finden. Er hat zwischen 1996 und ungefähr Juni 1999 hier gewohnt, als in dem Gebäude noch eine Kommune untergebracht war.«

Tristan hatte sein Handy mit dem Foto von David bereit und hielt es dem Mann hin. Max setzte seine Brille auf, nahm Tristan das Telefon aus der Hand und betrachtete das Display.

»Oh Mann, das ist unheimlich lange her. Hm. Gutaussehender Bursche, sagt mir aber nichts.«

»Seine Freundin Shelley Morden hat zwischen 1996 und 1997 mit ihm hier gewohnt. Sie waren aus Wolverhampton«, sagte Kate.

»Shelley hat uns erzählt, dass sie Brot gebacken hat«, fügte Tristan hinzu.

»Viele Leute haben hier Brot gebacken, mein Lieber. Wir waren damals bettelarm!«, erklärte Max. »Und in der Zeit sind unheimlich viele Leute ein und aus gegangen. Bestimmt können Sie sich vorstellen, dass es hier damals völlig anders ausgesehen hat. Und ich hab regelmäßig Gras geraucht, deshalb ist viel aus der Zeit verschwommen.« Mit einem Lächeln gab er Tristan das Telefon zurück.

»Hat die Polizei je mit Ihnen über eine vermisste Person gesprochen?«

»Nein«, antwortete Max. Obwohl er nach wie vor lächelte, klang sein Ton frostig. »In all den Jahren hat die Polizei nie das Bedürfnis verspürt, bei mir anzuklingeln. Wir waren alle gesetzestreu. Sind wir immer noch, nicht wahr, Bishop?«

»Ja«, bestätigte der Kellner pflichtbewusst.

»Abgesehen von dem Gras?«, stichelte Kate.

Max' Lächeln verpuffte. Er fuhr sich mit der Zunge durch den Mund. Eine unangenehme Pause entstand.

»Was ist aus dem jungen Mann, diesem David Lamb, geworden?«, fragte Max schließlich.

»Er ist im Juni 1999 verschwunden«, erwiderte Kate.

»Und Sie sagen, er hat hier gewohnt?«

»Nein, er ist schon ein paar Wochen davor ausgezogen«, wiederholte Kate, frustriert darüber, dass der Mann ihr offenbar nicht zuhörte.

»Na, da haben wir's schon. Hätte er zu der Zeit noch hier gelebt, wüsste ich davon. Um diejenigen, die unter meinem Dach gewohnt haben, konnte ich mich kümmern.«

»Kennen Sie jemanden, der uns weiterhelfen kann? Haben Sie noch Kontakt zu anderen, die zu der Zeit hier gelebt haben?«

Max nahm die Brille ab.

»Nein, meine Liebe. Als ich auf die dunkle Seite gewechselt bin und die Freuden des Kapitalismus für mich entdeckt habe, sind meine sozialistischen, freiheitsliebenden Freunde allesamt verschwunden. Ursprünglich wollte ich vom Hausbesetzerrecht nur Gebrauch machen, um mir das Gebäude zu sichern und es in Ordnung bringen zu lassen.«

»Wie haben Sie es gefunden?«, fragte Tristan.

»Wie habe ich *was* gefunden? Sie müssen sich schon genauer ausdrücken«, gab Max zurück und musterte Tristan mit einer merkwürdigen Mischung aus Lust und Abscheu, wie es Kate schien.

»Wie haben Sie das Gebäude der Kommune gefunden?«

»Ende der 1970er war ich obdachlos, und das Haus hier war total verwahrlost. Man konnte einfach über den Hof auf der Rückseite reingehen«, erklärte er und deutete mit der Brille, die er mittlerweile in der Hand hielt, in die Richtung. »Ich hab mich ein paar anderen angeschlossen, die darin Zuflucht gesucht hatten. Nur war ich als Einziger so schlau, mich als Zahlungspflichtiger eintragen zu lassen. Außerdem habe ich neue Türen eingebaut und das Haus sicherer gemacht.«

»Und es war eine Pension?«, hakte Kate nach.

»Ja. Hoffnungslos alt. In einigen Zimmern haben noch Nachttöpfe unter dem Bett gestanden und Staub angesammelt. Ich mag ein Hausbesetzer gewesen sein, aber ich wäre nie auf die Idee gekommen, in einen Topf zu kacken.«

Bishop lachte ein wenig zu laut.

»So lustig war das nicht«, sagte Max. »Zisch ab und mach Tische sauber.« Bishop errötete und trabte zur Bar davon. Max wandte sich wieder seinen Besuchern zu. »Tut mir sehr leid, dass dieser David verschwunden ist, aber damals war es eine völlig andere Zeit. Hunderte junge Leute haben unsere Kommune durchlaufen.«

»Shelley hat uns erzählt, es hätten hauptsächlich junge Männer hier gelebt«, sagte Kate.

»Na ja, sicher. Sie sehen mir alt genug aus, um sich an die alten Zeiten zu erinnern«, merkte er spitz an. »Damals war das Leben kein freigeistiges, aufgeschlossenes Wunschkonzert. Das hier war eine sichere Zuflucht für viele, unter anderem für junge Schwule, die von ihren Eltern vor die Tür gesetzt worden waren ... Aber wie dem auch sein mag, ich habe noch Arbeit zu erledigen. Haben Sie eine Karte, falls mir irgendwas einfällt?«

Kate holte eine ihrer Visitenkarten heraus und reichte sie ihm.

»Detektei Kate Marshall«, las er davon ab. »Haben Sie auch eine Karte?«, fragte er und sah dabei Tristan an.

»Ja.« Tristan überreichte ihm eine seiner eigenen Visitenkarten.

»Tristan, ich werde Sie auf jeden Fall anrufen, falls mir was einfällt. Jetzt entschuldigen Sie mich bitte.«

Er lächelte, nickte knapp und ging, bevor sie ihm weitere Fragen stellen konnten. Der kalte Blick seiner Augen und die Gleichgültigkeit, die er ausstrahlte, ließen Kate leicht schaudern.

18

Es regnete immer noch, als sie das *Jesper's* verließen. Sie eilten zurück zum Auto und stiegen ein. Tristan hatte den Kaffee bezahlt. Er holte die Quittung heraus und reichte sie Kate. Ihr fiel auf, dass auf der Rückseite etwas stand.

»Der Kellner hat seine Telefonnummer draufgeschrieben. Mit einem Smiley«, sagte sie und hielt den Zettel hoch.

»Oh«, erwiderte Tristan. »Ich hab ihn nicht darum gebeten.«

»Irgendwie bezweifle ich, dass er sie für mich hingeschrieben hat«, sagte Kate.

»Beim *i* von *Bishop* hat er als Punkt einen Kreis gezeichnet«, stellte Tristan fest und zog eine Augenbraue hoch.

»Ich hab mal mit einem Handschriftenanalytiker gearbeitet. Das kann auf einen kindlichen, verspielten Charakter hinweisen«, erklärte Kate.

»Nicht mein Typ.«

Flüchtig überlegte sie, wer seinem Typ entsprach.

»Könnte interessant für den Fall sein, sich mit ihm auf einen Kaffee zu treffen. Er hat gesagt, dass er seit drei Jahren bei Jesper arbeitet. Wäre das für dich in Ordnung?«, fragte Kate.

»Na schön. Ist ja nur für einen Kaffee.«

Kate warf einen weiteren Blick auf die Quittung.

»Bedeutet ein Smiley das? Ob man sich auf einen Kaffee treffen will?«

»Denke schon. Was würdest du denn vermuten, wenn ein Kellner dir so was auf die Quittung schreibt?«

Kate lachte über Tristans Naivität.

»Ich würde vermuten, dass er mich verwechselt hat. Ich bin weit über das Alter hinaus, in dem mir ein junger Kellner seine Telefonnummer auf die Quittung schreiben würde«, sagte sie. »Wenn's dir nichts ausmacht, ihn anzurufen und mit ihm einen Kaffee zu trinken, könnte uns das weitere Informationen verschaffen.«

Diesmal saß Kate am Steuer. Sie startete den Motor und fuhr aus der Parklücke. Die schicken Geschäfte und das Kino zogen an ihnen vorbei, bis sie das Ende der Straße erreichten und ins Industriegebiet gelangten. Tristan holte sein Handy heraus, tippte eine kurze Nachricht an Bishop und schickte sie ab.

»Was hältst du von Max Jesper?«, fragte er, als er das Telefon zurück in die Tasche steckte.

»Ich hab ihn als kalt und schmierig empfunden, und an mir hatte er so gar kein Interesse.«

»Ich glaube, er hat gelogen. Er hat David Lamb erkannt«, sagte Tristan. »Laut Shelley haben kaum Frauen in der Kommune gelebt. Selbst wenn David selbst nicht aufgefallen ist, müsste doch hängen geblieben sein, dass Shelley und er zusammen angekommen sind und befreundet waren. Außerdem hat Shelley uns erzählt, dass sie bei der Kommune nachgefragt hat, als David verschwunden ist. Die Sache mit dem verschwommenen Gedächtnis vor lauter Gras kaufe ich ihm nicht ab. Max kam mir ziemlich wach und gerissen vor.«

»Mich beunruhigt auch, wie Max Jesper vom Obdachlosen zum Besitzer eines lukrativen Boutique-Hotels aufgestiegen ist.«

»Und wenn es einfach Glück war?«, fragte Tristan. Kate lächelte. In seiner Sicht der Welt war das Glas wirklich immer halb voll.

»Glück ist, wenn man durch Versäumnisse anderer zum rechtmäßigen Eigentümer eines heruntergekommenen Gebäudes wird. Aber um das Haus in ein Hotel umzubauen, muss kräftig investiert worden sein. Denk nur an all die Leute, die er bei der Eröffnung hatte. Der Bürgermeister, all diese Rotary-Club-Typen und Noah Huntley. Natürlich könnte Huntley auch nur als Geschäftsmann aus der Gegend dabei gewesen sein.«

»Allerdings führt uns das auch zu Joanna und ihrer Verbindung zu Noah zurück«, merkte Tristan an. »Ich weiß, wir haben es beide noch nicht ausgesprochen, aber Joanna *muss* über das Verschwinden von David und Gabe recherchiert haben.«

»Richtig. Trotzdem besteht auch die Möglichkeit, dass Joanna nur wegen der Asbestgeschichte in ihrer Straße bei Shelley angerufen hat. In dem Fall hätte es nichts mit David Lamb zu tun gehabt. Müsste aber schon ein mächtiger Zufall gewesen sein, wenn Joanna auf der Suche nach David Lamb war und gleichzeitig seine beste Freundin Shelley wegen einer anderen Story kontaktieren wollte.«

»Was, wenn die andere Sache irgendwie damit zusammenhängt? Vielleicht sollten wir uns diese Asbestgeschichte mal genauer ansehen«, schlug Tristan vor.

Kate nickte zustimmend. Gleichzeitig sank ihre Stimmung bei dem Gedanken, dass sie ihre Ermittlungen womöglich noch weiter ausdehnen müssten. Das brachte sie auf eine Idee.

»Shelley hat gesagt, dass David von der Polizei über den Tod dieses älteren Kerls verhört wurde ...«

»Sidney Newett.«

»David wurde zwar ohne Anklage freigelassen, aber was, wenn er trotzdem vorbestraft ist? Und was, wenn Gabe Kemp und George Tomassini auch Vorstrafen haben?«

»Wenn ja, können wir vielleicht mehr über sie herausfinden, ihre Adressen und anderen Kram aus ihrer persönlichen Geschichte«, meinte Tristan.

»Ich rufe Alan Hexham an und frage ihn, ob er irgendwas für uns finden kann«, kündigte Kate an. Ursprünglich hatte sie Alan Hexham, den Gerichtsmediziner für das County, über die Ashdean University kennengelernt. Alan war damals Gastdozent ihres Kurses über Kriminologie gewesen und hatte für ihre Studenten ungelöste Fälle zur Bearbeitung zur Verfügung gestellt. Er wusste von ihrer Vergangenheit bei der Polizei, und als sie den Entschluss gefasst hatte, zusammen mit Tristan ihre Detektei zu gründen, hatte er angeboten, sie zu unterstützen, wo immer er konnte.

»Was ist mit Noah Huntley? Könnte sich lohnen, seine geschäftlichen Verbindungen genauer unter die Lupe zu nehmen«, meinte Tristan. »Und es könnte sich auch lohnen, mit ihm zu reden.«

»Glaubst du, er wäre damit einverstanden?«, fragte Kate.

»Mit mir würde er vielleicht reden. Ich könnte sein Typ sein.«

»Fühlt sich nicht richtig an, ihn mit dir zu ködern«, entgegnete Kate. »Mir wäre lieber, wir finden eine Möglichkeit, damit er mit uns beiden redet. Wir könnten ihn ja glauben lassen, dass es uns nur um Joanna geht, und ihn dann mit Fragen über David Lamb, George Tomassini und die Kommune überraschen.«

Tristans Telefon piepte.

»Apropos ich als Köder. Ist von Bishop«, sagte Tristan mit einem Blick auf das Display. »Er will sich morgen Nachmittag bei Starbucks in Exeter auf einen Kaffee treffen.«

»Ködern ist schön und gut, aber du sollst dich nicht prostituieren.«

»Die Grenze könnte schwammig sein.«

»Warum schlägst du nicht das *Stage Door Café* hinter dem Corn Exchange vor?«, sagte Kate. »Dort ist ein ungestörtes Gespräch einfacher.«

Tristan nickte und begann, zurückzutexten. Sie gelangten zu einer Ampel. Kate zog die Handbremse an und schaute auf ihr Handy. Sie hatte vergessen, den Lautlos-Modus auszuschalten.

»Anscheinend sind wir beide gefragt«, meinte sie, während sie eine Textnachricht las. »Joannas alte Schulfreundin Marnie hat sich gerade bei mir gemeldet. Sie will sich morgen Nachmittag treffen«, verkündete Kate. Die Ampel schaltete um. Sie legte das Handy in die Konsole und folgte dem Verkehr auf die Autobahn.

»Das ist gut«, kommentierte Tristan. »Mit getrennten Terminen schlagen wir sozusagen zwei Fliegen mit einer Klappe. Wo will sie sich treffen?«

»Sie hat ihre Wohnung im Moorside Estate in Exeter vorgeschlagen. Ihr Ex-Mann hat die Kinder für ihren Besuchstag.«

»Hat nicht Bev früher im Moorside Estate gewohnt?«

»Ja. Dort hat sie Joanna großgezogen. Sie waren

Nachbarinnen. Könnte interessant sein, einen Blick darauf zu werfen.«

»Sei vorsichtig. Das Moorside Estate gilt als ziemlich raue Gegend. Soll ich lieber mitkommen?«

»Nein. Geh du nur und triff dich mit Bishop. Er könnte uns mehr Hintergrundinformationen über Jesper liefern. Ich besuche Marnie nach dem Mittagessen. Da ist es ja noch hell.«

»Ich würde trotzdem dein bewährtes Pfefferspray mitnehmen«, riet Tristan.

Kate seufzte. Plötzlich überkam sie ein beklemmendes Gefühl, und noch dazu begann es wieder zu regnen. Die Autobahn vor ihr wurde zu einem grauen Schleier. Sie erinnerte sich an ihre Zeit bei der Londoner Polizei, als sie in den Wohnsiedlungen im Süden der Stadt auf Streife gegangen und regelmäßig mit Gewalt und Verzweiflung konfrontiert worden war.

Der Gedanke an Joanna Duncan stimmte sie traurig. Wäre sie noch am Leben, könnte sie mittlerweile einen hochrangigen Posten bei einer Zeitung in London haben, glücklich und erfüllt. Joanna wäre ihrer Herkunft beinah entkommen.

Beinah.

19

Es wurde eine lange Wartezeit bis zum Einbruch der Nacht. Die Sonne ging nicht vor neun Uhr unter. All die Wut, die Tom auf Hayden verspürt hatte, war verflogen, weil Hayden *nichts mehr* war. Nur noch langsam verwesendes Fleisch, das es zu entsorgen galt.

Im Schutz der Dunkelheit verfrachtete er Haydens Leiche ins Auto und fuhr Richtung Dartmoor los. Den ganzen Nachmittag über hatte es immer wieder geregnet, doch als er die Autobahn verließ, brach vom grollenden Himmel ein Gewitter los. Ein heftiger Guss prasselte auf die Windschutzscheibe ein, Blitze zuckten, und Tom spürte, wie der Land Rover von heftigen Böen durchgeschüttelt wurde.

Mittlerweile war es spät. Auf den Landstraßen herrschte praktisch keinerlei Verkehr. Er war an ein paar kleinen, hinter Bäumen und Hecken zurückversetzten Häusern mit Licht in den Fenstern vorbeigekommen. Seit mittlerweile anderthalb Kilometern hatte er keine mehr gesehen. Der Regen wurde so heftig, dass die Scheibenwischer ihn nicht mehr bewältigten, und durch die überschwemmte Windschutzscheibe hätte er das Tor um ein Haar verpasst.

Tom hielt an, schaltete die Scheinwerfer aus und fühlte sich schlagartig sicherer, als er von Dunkelheit verschluckt wurde. Das Unwetter tobte direkt über ihm, als er mit gesenktem Kopf zum Tor rannte, heilfroh über die dicke imprägnierte Jacke und die schweren Stiefel, die er trug. Die Bäume knarrten im heulenden Wind, die Äste glichen dunklen Schemen hoch über seinem Kopf. Als er aufschaute, erhellte ein Blitz den Himmel, und er sah, dass sich die mächtigen Eichen entlang der Straße im Wind beugten.

Er eilte zurück zum Auto, fuhr durch das Tor und stieg wieder aus, um es zu schließen.

Das Tor führte zu einem bei Spaziergängern beliebten Abschnitt der Moorlandschaft. Bei klarem Wetter konnte man kilometerweit über das von hohen Bäumen gesprenkelte Gebiet sehen. Mitten hindurch verlief eine uralte Straße aus Zeiten der Römer. Die ursprünglichen Steine waren längst von Moos und Gras überwuchert, aber die Straße schien für die Ewigkeit gebaut zu sein, und wegen der regelmäßigen Schritte von Wanderern schimmerten an manchen Stellen glänzende weiße Granitplatten durch.

Tom hatte die Stelle schon einmal erkundet. Er hatte geplant, die Römerstraße zu benutzen, um tiefer ins Moor zu fahren, ohne fürchten zu müssen, sein Auto könnte im weichen Boden stecken bleiben oder ins sumpfige Moor sinken.

Er legte einen niedrigen Gang ein und fuhr über die Wiese zum Beginn der Straße. Blitze zuckten über den schwarzen Himmel. Ein tiefes, anhaltendes Donnergrollen ergänzte die Symphonie des Gewitters, und der Regen hämmerte mit gedämpftem Getöse unerbittlich aufs Autodach.

Normalerweise fühlte sich Tom im Moor sicher, aber so, wie das Unwetter um ihn herum tobte, beschlich ihn zum ersten Mal Angst.

Als er unter dem Baldachin eines großen Baums

hindurchfuhr, bogen sich die Äste und schwankten, als wollten sie nach ihm greifen. Das Auto hörte auf zu holpern und zu schlingern, als Tom spürte, wie sich der grasbewachsene Untergrund am Beginn der Römerstraße festigte.

Von vorn ertönten ächzende, knackende Geräusche, und die Blitze erhellten eine riesige Hainbuche, die mehrere Hundert Jahre alt sein musste. Der Stamm war über drei Meter breit, und das mächtige Geäst erstreckte sich weit über die Straße. Der Baum schien sich zu beugen und wieder aufzurichten ... und kippte dann in Richtung des Autos. Tom trat auf die Bremse, legte den Rückwärtsgang ein und wollte gerade zurücksetzen, als der Baum mit einem lauten Knall und einem reißenden Geräusch quer über die Straße krachte und einen breiten Erdkreis aufriss.

Tom spürte den Aufprall, und der Stamm versperrte ihm die Sicht durch die Windschutzscheibe. Einen Moment lang saß er zitternd da. Schließlich öffnete er die Autotür.

Er roch frische Erde, vermischt mit Regen. Der umgestürzte Stamm versperrte ihm den Weg wie eine hohe Mauer. Der Baum musste etwa fünfzig Meter hoch gewesen sein. Er erstreckte sich quer über die Straße bis weit ins Moor. Das gewaltige Knäuel der Wurzeln schien drei Stockwerke hoch aufzuragen.

Tom kramte sein Handy aus einer der Jackentaschen hervor und ging im schwachen Licht des Bildschirmschoners durch den strömenden Regen zu dem großen Schlammloch an der Stelle, wo der Baum gestanden hatte. Regenwasser strömte über die Ränder hinein und riss lose Erde mit.

Tom hatte eigentlich vorgehabt, tief ins Moor zu fahren, um Haydens Leichnam zu entsorgen, aber da die Römerstraße somit unbrauchbar geworden war, wollte er nicht riskieren, auf den weichen Untergrund auszuweichen, wo das Auto stecken bleiben könnte.

Als er zum Himmel aufschaute, zuckten abermals Blitze darüber. Von den freigelegten Wurzeln stieg Dampf auf. Der umgestürzte Baum ächzte und knarrte, als läge er in den Todeswehen und könnte entwurzelt nicht mehr atmen. Tom hatte immer geglaubt, dass eine höhere Macht ihn so weit gebracht, ihm ermöglicht hatte, was er tat. Hatte diese höhere Macht ihm den perfekten Ort zum Verstecken der Leiche geliefert?

Tom blickte in die Tiefe des Lochs, in das nach wie vor Erde und Regenwasser strömten. Dann ging er zum Heck des Wagens und hob Haydens Leiche heraus. Mit ihm auf den Armen stellte er sich so nah an den Rand des Lochs, wie es ihm sicher erschien, bevor er ihn wie eine Opfergabe an seinen hilfreichen Gott in die Tiefe warf. Der Sturm tobte immer noch laut, deshalb hörte Tom nicht, wie Haydens Körper aufschlug. Dann jedoch erhellte ein greller Blitz das Loch, und er sah, dass der Leichnam bereits halb im Schlamm und dreckigen Wasser versunken war.

Tom trat zurück und schaute erneut zum Himmel, genoss das Gefühl des kalten Regens auf seinem Gesicht. Wieder blitzte es, und da wusste er, dass er nicht zu Gott aufblickte. Er war Gott.

20

»Hast du den Sturm letzte Nacht gehört?«, fragte Jake.

»Nein«, antwortete Kate. Es war früh am nächsten Morgen, und sie fühlte sich noch verschlafen. Sie gingen gerade den Hang hinunter zum Strand, um zu schwimmen.

»War total *irre*. Donner, Blitz, das volle Programm.«

»Ich muss zur Abwechslung mal durchgeschlafen haben«, meinte Kate. Die Sonne glitzerte golden auf einer tiefen Wolkenbank und verteilte ihr Licht wie funkelnde Diamanten über das stille Wasser. Kate sah am Strand eine Flutlinie aus Unrat, die sich durch den Sturm angesammelt hatte. Normalerweise schlief sie eher leicht, deshalb empfand sie es als erfrischende Abwechslung, sich ausgeruht zu fühlen.

Jake watete in die wogende Brandung und tauchte kopfüber in eine brechende Welle. Kate wartete die nächste ab, bevor sie sich hinter ihm her in die Fluten warf. Das Wasser umhüllte sie. Leicht mit den Beinen strampelnd bewegte sie sich durch die anschwellende Dünung. Sie spürte, wie ihr Herz pumpte und wie ihre Haut vom kalten Salzwasser kribbelte. Genau wie die fünfzehn Zentimeter lange Narbe an ihrem Bauch. Wie immer. Eine allgegenwärtige Erinnerung an die Nacht, in der sie herausgefunden hatte, dass Peter Conway der Nine Elms Cannibal war. Und in der sie ihre Konfrontation mit ihm hatte. Zu dem Zeitpunkt hatte sie nicht gewusst, dass sie mit Jake schwanger war. Peters scharfe Klinge hatte den

Embryo nur um Millimeter verfehlt. Aber Jake bei ihr zu haben, mittlerweile als erwachsenen Mann, der mit kräftigen Zügen neben ihr schwamm, vermittelte ihr das Gefühl, dass es auch Gutes in der Welt gab.

Etwa hundert Meter vom Strand entfernt hielt Kate an und ließ sich auf dem Rücken treiben. Sie schaute zu ihrem Sohn hinüber. Sein Kopf bewegte sich im Wasser auf und ab, während er in der Sonne lächelte, die sich gerade über den Horizont gekämpft hatte.

»Weißt du, Jake, du kannst gern deine Freunde einladen, bei uns zu übernachten«, sagte sie. Jake wendete und schwamm zurück zu ihr.

»Sam kommt vielleicht für ein Wochenende her, wenn das in Ordnung ist. Er surft gern«, sagte Jake.

»Ist Sam einer deiner Mitbewohner?« Kate versuchte, sich zu erinnern. Jake hatte erwähnt, dass er im Kurs für englische Literatur etliche neue Freundschaften geschlossen hatte.

»Ja. Die anderen sind zum Arbeiten in Spanien ...« Jake biss sich auf die Unterlippe, und Kate merkte ihm an, dass er ihr etwas mitteilen wollte. »Ich hab mich mit einem Mädchen angefreundet«, rückte er schließlich damit heraus.

Kate sah ihn an und zog eine Augenbraue hoch. »Ach ja?«

»Nicht so. Sie heißt Anna. Anna Tomlinson. Ich hab sie letztes Jahr auf Facebook kennengelernt ... Seither schreiben wir uns regelmäßig.«

»Ihr jungen Leute könnt euch echt glücklich schätzen«, meinte Kate, während sie die Arme träge im Wasser bewegte. »Ich musste meinen Freunden in den Ferien noch richtige Briefe schreiben.«

»Anna ist Dennis Tomlinsons Tochter ... Sagt dir der Name was?«

Kate horchte im Wasser auf. Und ob ihr der Name etwas sagte. Dennis Tomlinson war einer der Serienmörder, über die sie in ihrem Kurs namens »Verbrecherikonen« an der Universität referiert hatte.

»Dennis Tomlinson, der acht Frauen vergewaltigt und ermordet hat?«, fragte sie nach.

»Ja.«

»Dennis Tomlinson, der achtfach lebenslang verbüßt?« Mittlerweile fühlte sie sich nicht mehr entspannt.

»Ja. Sie hat sich unverhofft bei mir gemeldet und gefragt, ob ich Lust hätte, mich mit jemandem auszutauschen, der weiß, wie es ist, einen ... *solchen* Vater zu haben.«

»Wo lebt sie?«

»Im Norden von Schottland. Auf einer Farm mitten in den Bergen. Sie hat vor Jahren ein Buch geschrieben und das Grundstück mit dem Geld dafür gekauft.«

Kate schauderte. Das Wasser fühlte sich nicht mehr erfrischend an, und ihre Finger wurden taub.

»Ich hoffe, du hast nicht vor, ein Buch zu schreiben.«

»Nein. Wie kommst du darauf? Ich bin glücklich damit, hier zu arbeiten. Ich liebe es, Tauchunterricht zu geben, mit dem Boot rauszufahren, hier bei dir zu sein.«

»Gut. Ich freu mich, wenn du glücklich bist«, erwiderte Kate.

»Hast du gedacht, ich wäre nicht glücklich?«

»Ich mache mir eben Sorgen, dass ich dich verkorkst habe.«

»Hast du nicht. Du hast dafür gesorgt, dass ich das Leben zu schätzen weiß«, gab er zurück. Die Äußerung überraschte Kate, und sie wusste nicht, was sie dazu sagen sollte. »Anna hatte weniger Glück als ich. Sie war ganz allein, als man ihren Vater verhaftet hat. Damals war sie siebzehn. Ihre Mutter ist gestorben, als sie sechzehn war ... Hat irgendwie gutgetan, jemanden kennenzulernen, der ähnliche Erfahrungen gemacht hat.«

Kate schaute zu ihrem Sohn, der neben ihr das Wasser trat. Die Sonne funkelte auf seinem Haar, das wie eine Rosskastanie schimmerte.

Warum sollte er nicht mit jemandem reden, der die gleichen Erfahrungen durchlebt hatte? Peter Conway würde immer sein Vater sein und Jake immer sein Sohn. Kate würde immer das Bindeglied zwischen ihnen sein. Ihre Handlungen, ihre Affäre mit Peter Conway, als er damals ihr Vorgesetzter bei der Polizei gewesen war, hatten zu all dem geführt.

»Hat irgendjemand deinen ... hat irgendjemand an der Uni mal Peter erwähnt?«

»Nicht wirklich. Ich hab meinen Freunden von ihm erzählt. Sie haben's gut aufgenommen. Alles gut, Ma. Ich bin glücklich. Richtig glücklich. Ich will dir bloß alles erzählen. Wie läuft's bei dir so? Geht es mit dem Fall voran?«

Kate erzählte ihm, dass sie sich später mit Joannas Jugendfreundin Marnie treffen würde, sie jedoch nicht das Gefühl hatte, auch nur einen Deut näher dran zu sein, den Fall zu knacken.

»Aber überleg mal: Je länger ihr braucht, um den Fall zu lösen, desto länger werdet ihr bezahlt!«

»Das hat Tristans Schwester auch gesagt.«

»Sie findet es nicht so toll, dass er an der Uni auf Teilzeit zurückgeschraubt hat, oder?«

»Richtig. Und sie tut sich schwer mit unserem Campingbetrieb. Hat ihr gar nicht gefallen, dass Tris und ich vor ein paar Wochen das Toilettenhäuschen selbst gestrichen haben.«

»Dabei fällt mir was ein. Ich hab ab diesem Wochenende drei Frauen aus der Gegend für den wöchentlichen Wechsel engagiert. Wenn sie gut sind, hoffe ich, dass sie die ganze Saison übernehmen«, sagte Jake.

»Gut gemacht«, lobte Kate. Da sie Jake nun zu Hause hatte, konnte sie den Campingbetrieb in den Hinterkopf verschieben. Die Wechsel fanden jede Woche am Samstag zwischen 10 und 14 Uhr statt, wenn eine Gruppe von Gästen abreiste. Die Wohnwagen wurden dann gereinigt und die Betten frisch bezogen, bevor die nächste Gruppe eintraf. Vergangene Woche hatten sie eine Menge Buchungen erhalten, was eine erfreuliche Neuigkeit darstellte. Dabei würde die Sommersaison erst übernächste Woche beginnen.

»Sind alles nette Damen. Ganz aus der Nähe. Eine Mutter mit ihrer Tochter und ihrer Freundin. Sie wohnen in Ashdean und können alle zusammen herfahren«, erklärte Jake. »So hab ich mehr Zeit für Tauchausflüge an den Wochenenden.«

Das Wissen, dass durch den Betrieb des Campingplatzes etwas Geld in die Kasse fließen würde, nahm Kate ein wenig Druck von den Schultern.

»Brrr. Allmählich wird mir kalt. Wettrennen zurück.« Jake stürzte sich nach vorn und schwamm los zum Ufer.

»He, das war ein Frühstart!«, klagte Kate.

»Dann leg dich mal lieber ins Zeug!«, rief er grinsend zurück. »Wer zuletzt ankommt, macht das Frühstück!«

Kate dachte an all die Jahre, die Jake bei ihren Eltern gelebt hatte und in denen sie ihm kein Frühstück hatte zubereiten können. Sie wartete noch ein wenig länger, bevor sie hinter ihm her zurück zum Ufer schwamm.

21

Kurz nach acht Uhr wurde Bella von ihrer Hündin Callie geweckt, die ihr die Hand leckte und mit dem Schwanz gegen die Bettdecke klopfte. Bella lebte in der Nähe des Dorfs Buckfastleigh in einem baufälligen lila Cottage.

Sie spulte jeden Morgen dieselbe Routine ab. Bella wälzte sich aus dem Bett, zog sich an und ging mit Callie raus, bevor sie beide frühstückten. Das kleine Cottage grenzte an die Ostseite des Dartmoor Nationalparks. In die Richtung trat sie jeden Morgen den Weg ins Moor an. Sobald das Tor offen war, rannte Callie los und schnupperte die Luft.

Es hatte so heftig geregnet, dass Bella angesichts des sumpfigen Untergrunds beinah umgekehrt wäre. Aber Callie hatte die vom Sturm frisch aufgewirbelten Gerüche in der Nase und rannte in vollem Lauf zu einem riesigen umgestürzten Baum an der Römerstraße.

Bella hatte ihr Leben lang in diesem Teil von Devon gelebt. Die uralte Hainbuche war in den letzten sechzig Jahren ein fester Bestandteil der Landschaft gewesen. An diesem Tag jedoch sah sie wie ein Riese aus, der umgekippt und gestorben war.

»Oh, verdammt«, entfuhr es Bella, zugleich verblüfft und traurig darüber, dass der Baum umgestürzt war.

Callie preschte bellend voraus und bremste neben dem großen Loch ab, das die herausgerissenen Wurzeln hinterlassen hatten. Das laute Kläffen der Hündin klang halb zornig, halb verängstigt.

Bella brauchte eine Minute, um zu Callie aufzuschließen. Das von den Baumwurzeln hinterlassene Loch maß in der Breite über drei Meter und hatte sich mit Regenwasser gefüllt. Das Wurzelwerk ragte auf der anderen Seite aus einer schlammigen, viele Meter hohen Wand, die das Licht blockierte. Callie bellte und scharrte mit den Pfoten am Rand des Lochs. Große Brocken aus nasser Erde und Gras kullerten dadurch hinunter und landeten platschend im schlammigen Wasser.

»Bei Fuß. Zurück!«, rief Bella und trat von der bröckelnden Kante weg, als sie sah, dass Callie die Erde unter ihren Pfoten lostrat.

Bella gelang es, das Ende ihres Spazierstocks unter Callies Halsband zu haken, aber Callie knurrte und bellte weiter in das Loch hinab. Dabei sträubte sich ihr das buttergelbe Fell am Rücken.

»Ist doch nur ein Baum«, sagte Bella, die vermutete, dass der bizarre Anblick ihre geliebte Hündin so verstörte. Auch für Bella sah dieser Wall aus nasser Erde und knorrigen Wurzeln fremdartig aus. Callie hatte bei ihren regelmäßigen Spaziergängen schon oft etwas Ungewöhnliches entdeckt und gebellt. Zuletzt wegen eines schwarzen Müllsacks, der sich an einem Stacheldrahtzaun verfangen, mit Luft gefüllt und wie eine geheimnisvolle, gebückte Gestalt in einem schwarzen Umhang geflattert hatte.

Bella ergriff den Stock mit beiden Händen und stemmte die Füße in die Erde, um Callie zurückzuziehen. Als sie dem Blick der Hündin nach unten folgte, sah sie die Hand, die aus der dunklen, nassen Brühe ragte. Darüber zeichneten sich ein Arm und die Seite eines Gesichts mit geschlossenen Augen ab. Der Regen hatte einen Teil des Drecks weggespült. Die Haut wirkte blass und grau.

»Komm schon, zurück, Callie. Zurück!«, rief Bella und schaffte es schließlich, die Hündin vom Rand des Lochs zu bekommen. In der Kälte sträubten sich ihr die Nackenhaare.

Bella fürchtete sich nicht leicht. Trotzdem musste sie mehrmals tief durchatmen und gegen den Drang ankämpfen, sich zu übergeben, bevor sie ihr Handy aus der Jacke hervorkramte und die Polizei anrief.

22

Die Wohnsiedlung Moorside war eine schäbige Umgebung mit einer bedrohlichen Atmosphäre. Kate parkte am Rand der Siedlung und legte die letzten zwei Straßen zu dem Hochhaus, in dem Marnie wohnte, zu Fuß zurück. Auf dem Parkplatz davor standen zwei ausgebrannte Autos. Auf einer niedrigen Mauer lümmelten mehrere junge Leute und rauchten. Der Aufzug erwies sich als außer Betrieb, aber Kate begegnete im Treppenhaus zum ersten Stock niemandem.

Eine kleine, kaum anderthalb Meter große Frau öffnete die Tür. Die krankhaft dünn wirkende Gestalt stützte sich auf eine Krücke. Das knallrote Haar hatte sie zu einem Dutt mit stumpfen Stirnfransen frisiert. Sie trug einen langen bunten Rock und ein weißes langärmliges T-Shirt. Die Frau hatte fahle, haselnussbraune Augen, und ihre Haut wirkte blutleer, aber ihr Empfang und ihr Lächeln fielen überaus herzlich aus.

»Freut mich sehr, Sie kennenzulernen«, sagte sie enthusiastisch. Sie führte Kate durch einen schmalen Flur, in dem Wäsche auf Ständern trocknete, und vorbei an einer geschlossenen Wohnzimmertür in die Küche.

»Ich habe noch ein paar Stunden, bevor ich die Kinder von der Schule abholen muss«, sagte sie. Wie Bev sprach auch Marnie mit einem stark westlich geprägten Akzent. »Das sind die beiden«, fügte sie hinzu und zeigte auf ein Foto am Kühlschrank. Es zeigte einen Jungen und ein Mädchen auf Schaukeln in einem Park, mit

Marnie zwischen ihnen. Die Aufnahme war an einem strahlend sonnigen Tag entstanden, und alle trugen Baseballmützen.

»In dem Alter sind sie so süß«, meinte Kate.

»Ich weiß. Sie finden alles, was man für sie tut, so wunderbar ... Das wird sich leider bald legen. Wie alt ist Ihr Sohn jetzt?«

»Woher wissen Sie, dass ich einen Sohn habe?«, fragte Kate.

»Ich hab alles über Sie gelesen«, erwiderte Marnie.

»Er ist neunzehn«, sagte Kate und fragte sich, was genau die Frau gelesen hatte. »Er ist gerade von der Uni zurück.«

»Was studiert er?«

»Englisch.«

»Haben Sie ein Foto dabei?«, fragte Marnie ein wenig übereifrig.

»Ich fürchte nein«, sagte Kate. Marnie wirkte enttäuscht, als sie eine Tasse Tee vor Kate abstellte. Sie lehnte ihre Krücke an den Heizkörper und ließ sich auf dem Stuhl ihr gegenüber nieder. In der warmen kleinen Küche mit von Kondenswasser beschlagenen Fenstern herrschte eine heimelige Atmosphäre.

»Danke«, sagte Kate und nippte an ihrem Tee.

»Bezahlt Bill für die Ermittlungen?«, erkundigte sich Marnie, als wären sie enge Freundinnen.

»Darf ich nicht sagen. Das ist vertraulich.«

Marnie nickte und tippte sich seitlich an die Nase. »Natürlich. Meine Lippen sind versiegelt. Er ist schon ewig für Bev da, lässt sie an seiner Schulter weinen, bezahlt die Rechnungen«, sagte Marnie. »Sie haben nie geheiratet oder auch nur zusammengelebt. Er geht abends und an den Wochenenden bei Bev ein und aus, sie begleitet ihn zu Geschäftsessen.«

»Und früher haben Bev und Joanna hier in der Siedlung gewohnt?«

»Ja. Im Florence House, dem Turm gegenüber.« Marnie deutete mit dem Kopf zum Fenster. Auf dem Tisch stapelten sich mehrere Schuhkartons. Marnie nahm den Deckel des obersten ab und holte ein paar kleine Fotoalben heraus. Sie schlug das erste auf.

»Hier. Das ist Jos und Freds Hochzeit«, erklärte sie und blätterte durch Fotos, die Joanna in einem wunderschönen schlichten Brautkleid aus Seide mit Fred vor einer Kirche in einem alten Daimler zeigten. »Das sind Jo und Fred am Kopf der Tafel. Freds Eltern sitzen links, Bev und Bill rechts. Das war im Jahr 2000. Bill war Bevs Gast bei der Hochzeit, aber er hat auch den Großteil davon bezahlt. Gehört zu den wenigen Fotos, die ich von ihm habe. Er *hasst* es, fotografiert zu werden ...«

Sie wechselte zu einem anderen Album und schlug es auf.

»Jo und ich waren von klein auf befreundet. Unsere Mütter haben sich als Putzfrauen im selben Bürogebäude kennengelernt. Wir waren in der Grundschule in derselben Klasse. Meine Mutter ist vor mittlerweile acht Jahren verstorben. Hier ...« Marnie drehte das Fotoalbum zu Kate herum und blätterte durch die Seiten mit Bildern aus der Zeit, als Joanna und Marnie noch klein waren: Ausflüge in den Zoo, die ersten Tage in der Schule, Kostümpartys, Weihnachtsfeste. Schließlich kam sie zu einem Foto, das Kate schon einmal gesehen hatte: Joanna im Alter von elf Jahren, als sie zu Weihnachten die Schreibmaschine für Kinder bekam. Dann blätterte sie zu einem Bild von Marnie und Jo auf einer Backsteinmauer am Parkplatz des Hochhauses sitzend um, beide in verwaschenen Jeans und weißen Blusen.

»Oh Mann. Sehen Sie nur, damals waren wir echte Brosettes, so sehr haben wir diese Band geliebt. Bev hat uns die Jeans von einem Bekannten auf dem Markt besorgt. Jeans waren damals sehr teuer.«

»Verstehen Sie sich immer noch gut mit Bev?«

Marnie legte das Album weg und trank einen Schluck Tee.

»Nein. Wir haben uns auseinandergelebt. Sie war sehr gut zu mir, als wir zusammen aufgewachsen sind, und als meine Mutter gestorben ist, sind wir noch in Kontakt geblieben. Aber ich weiß auch nicht. Irgendwie wurde es schwierig mit ihr. Wir hatten *endlos* die immer gleichen Gespräche darüber, dass Jo verschwunden war und was ihr wohl passiert sein könnte. Nach acht Jahren konnte ich es kaum noch ertragen.«

»Sind Sie mit Bill gut ausgekommen?«

»Ja. Er ist in Ordnung. Nett. Ein bisschen langweilig vielleicht.«

»Hat Jo ihn als Stiefvater betrachtet?«, fragte Kate.

»Früher schon, aber ein paar Wochen vor ihrem Verschwinden hatte sie einen *heftigen* Streit mit ihm.«

»Was ist passiert?«

»Jo hat an einer Story gearbeitet und über ein Bauvorhaben in Exeter recherchiert. Dabei hatte eine Investmentfirma ein Bürogebäude gekauft, das renoviert werden sollte, nur hat man dabei Asbest im Altbestand entdeckt.«

»Das Marco Polo House?«

»Genau. Woher wissen Sie das?«

»Von jemand anderem, mit dem wir gesprochen haben«, antwortete Kate und spürte einen Anflug von Enttäuschung. Dann hatte Joanna vermutlich sehr wohl wegen des Asbests bei Shelley Morden angerufen, nicht wegen David Lamb.

»Die Investmentfirma, an der Bill beteiligt war, hat das Marco Polo House gekauft, um es auf Vordermann zu bringen und danach mit kräftigem Profit an die Gemeinde zu verhökern. Als man auf Asbest gestoßen ist, wollte man es vertuschen, um keinen Verlust zu schreiben. Jo hat es herausgefunden.«

»Wie?«

»Jemand von der Gemeindeverwaltung hat es ihr gesteckt. Daraufhin hat sie begonnen, für die *West Country News* zu recherchieren. Und dabei hat sie herausgefunden, dass Bill einer der drei Investoren des Projekts war. Sie ist zu ihm gegangen und hat ihm die schreckliche Zwickmühle erklärt, in der sie steckte. Jo meinte, wenn er und seine Partner die Sache nicht in Ordnung brächten, müsse sie eine Story darüber schreiben.«

»Das Marco Polo House lag direkt neben einer großen Grundschule in der Stadt?«, vergewisserte sich Kate.

»Richtig, und es ging um Blauasbest, die schlimmste Sorte. Hat Bill und die anderen Investoren eine mächtige Stange Geld gekostet, es sicher zu renovieren. Dann ist auch noch der Deal mit der Gemeinde gescheitert. Am Ende mussten sie das Gebäude mit Verlust privat verkaufen.«

»Was hat Bev dazu gesagt?«, fragte Kate.

»Oh, es hat zwar Spannungen gegeben, aber Jo hat die Story nie veröffentlicht, obwohl sie es gekonnt hätte. Dann hätte es einen viel größeren Skandal gegeben. Sie hat sich aus Loyalität zu Bill und ihrer Mutter zurückgehalten. Zum Glück hat er getan, was sie verlangt hat, indem er den Asbest beseitigen ließ.«

»War Bill je ein Tatverdächtiger?«

»Was? Bei Jos Verschwinden? Nein ... Nein ...« Der Gedanke schien Marnie nie in den Sinn gekommen zu sein. Wieder schüttelte sie den Kopf. »Nein ... Außerdem war er an dem Tag, an dem Jo verschwunden ist, bei Bev. Sie waren zusammen unterwegs, und danach ist Bill zur Arbeit gefahren. Zwei seiner Arbeitskollegen haben bestätigt, dass er dort gewesen ist.«

»Was hat Fred von Bill gehalten?«

Marnie zuckte mit den Schultern.

»Die zwei sind gut miteinander ausgekommen ... Das war alles irgendwie sehr komisch, weil Bev und Bill immer eine so merkwürdige Beziehung hatten. Fred hat ihn eigentlich nur bei Bev gesehen. Ich glaube, Bill war ein einziges Mal bei Jo und Fred zu Hause, damals, als sie eingezogen sind. Fast wie eine unausgesprochene Regel, dass Bill nur zu Bev nach Haus durfte. Bev wollte ihre Grenzen. Mit Jos Vater hatte sie zusammengelebt, und da war sie überhaupt nicht glücklich gewesen. Sie wollte ihre Unabhängigkeit nie wieder aufgeben.«

»Wo hat Bill damals gelebt?«

»Er hatte eine große Wohnung auf der anderen Seite der Stadt. Bev ist nicht oft dort gewesen. Jo auch nicht.«

»Warum?«

»Alle Antworten weiß ich auch nicht. Wie gesagt: Bev hat ihre Unabhängigkeit gemocht. Genau wie Bill.«

»Wissen Sie, dass die beiden zusammengezogen sind?«

Marnie starrte Kate an und lehnte sich auf dem Stuhl zurück. »Unmöglich. Im Ernst? Wo?«

»Salcombe. Bill hat dort ein sehr schönes Haus.«

»Du heilige Scheiße. Na ja, sie haben sich ganz schön Zeit gelassen. Überrascht mich aber nicht. Bill hat sich gut gemacht. Hat sich vom Maurergehilfen hochgearbeitet. Er hat eine eigene Baufirma gegründet und irgendeinen wasserfesten Asphalt patentiert. Vor ungefähr sechs Jahren hat ein großer europäischer Konzern seine Firma gekauft.«

Eine Pause entstand, die Marnie nutzte, um aufzustehen und ihre Tassen mit frischem Tee aufzufüllen.

»Was, glauben Sie, ist mit Joanna passiert?«, fragte Kate schließlich. Marnie stellte die Tassen wieder auf den Tisch. »Wir sind sämtliche Beweise durchgegangen. Niemand hat irgendetwas gesehen.«

»Ganz ehrlich? Ich denke, sie ist Opfer eines Mehrfachmörders geworden«, sagte Marnie. »Und ich glaube, sie war einfach zur falschen Zeit am falschen Ort. Ich lese viel über wahre Verbrechen, und die Statistiken belegen, dass es in Großbritannien mehrere aktive Serienmörder gibt, die man noch nicht gefasst hat. Aber *Sie* haben mal einen Serienmörder geschnappt, nicht wahr?«

»Äh, ja«, erwiderte Kate, überrumpelt von der Bemerkung.

»Viele von denen morden *jahrelang*, bevor sie erwischt werden. Harold Shipman soll im Verlauf von drei Jahrzehnten zweihundertsechzig Menschen umgebracht haben ... Dennis Nilsen, Peter Sutcliffe, Fred und Rose West – sie alle haben über Jahre hinweg gemordet und sind damit davongekommen. In den meisten Fällen hat man sie nur durch einen Zufall oder einen dummen Fehler geschnappt. Serienmörder können Menschen so manipulieren, dass man sie als normal, ja sogar als sympathisch wahrnimmt. Wie lang ist Peter Conway ungestraft davongekommen, bis Sie durchschaut haben, dass er es war?«

Wieder wurde Kate überrumpelt. »Offiziell fünf Jahre, aber man geht davon aus, dass es weitere Opfer gibt, die nie identifiziert worden sind«, sagte sie.

»Genau.«

Plötzlich fröstelte Kate. Der Himmel vor dem kleinen Küchenfenster wurde zunehmend dunkler. Sie beschloss, das Thema zu wechseln.

»Hat Joanna jemals mit Ihnen über ihre Arbeit gesprochen? Über Storys, an denen sie gearbeitet hat?«

Marnie schüttelte den Kopf.

»Nein. Wir haben nur über den Quatsch im Fernsehen geplaudert oder über die Männer in unserem Leben. Ich hatte den Eindruck, dass sie bei mir gern Dampf abgelassen hat. Mit mir kann man gut reden.«

»Also hat sie auch nie ausführlicher über den Artikel über Noah Huntley gesprochen, den sie geschrieben hat?«

Marnie runzelte die Stirn.

»Darüber haben wir uns tatsächlich überhalten, weil's eine so große Sache war. Die Story wurde ja von den landesweiten Zeitungen aufgegriffen, und er hat letztlich sein Mandat im Parlament verloren.«

»Hat Joanna je davon erzählt, dass sie sich noch mal mit Noah Huntley getroffen hat? Oder von einem Job, für den sie sich in London beworben hat?«

»Nein. Warum sollte sie sich je wieder mit Noah

Huntley getroffen haben? Sie dürfte wohl so ziemlich die Letzte gewesen sein, mit der er hätte reden wollen.«

Kate zögerte und überlegte. Sie wollte Marnie keine Suggestivfragen stellen.

»Hat Joanna je erwähnt, ob sie an einer Story über vermisste Personen schreibt? Über junge Männer, die verschwunden waren?«

»Sie hat generell selten über die Arbeit gesprochen. Wie gesagt, am liebsten hat sie unbeschwert mit mir gelacht ... Hat man diese jungen Männer ermordet?«, hakte sie neugierig nach.

»Das weiß ich nicht. Über die Einzelheiten wissen wir noch zu wenig.«

Marnie rieb sich das Gesicht. »Ich weiß noch, dass Fred erzählt hat, man hätte Joannas gesamtes Material von der Arbeit mitgenommen. Die Polizei hat jeden befragt, mit dem sie je gesprochen hatte. Ihr gesamtes Leben hat man durchforstet. Und herausgekommen ist dabei nichts. Ich persönlich denke, dass Jo von jemandem entführt oder getötet worden ist, den sie nicht gekannt hat. Ist bei den meisten Opfern von Serienmördern so. Serienmörder sind Opportunisten. Impulsiv. Irgendein Widerling könnte Jo gefolgt sein und gesehen haben, dass sie ihr Auto immer im Parkhaus Deansgate abstellt. Dort war damals so gut wie nie jemand, weil es ja demnächst abgerissen werden sollte. Der perfekte Ort, um sie sich zu schnappen, sie in ein Auto zu verfrachten und davonzufahren. Erscheint mir in Anbetracht der restlichen Umstände die einzig logische Schlussfolgerung«, sagte Marnie.

Kate spürte, wie sie zunehmend irritiert auf Marnie reagierte. Umso mehr, weil die Frau damit recht haben könnte.

»Wissen Sie von Freds Affäre mit dem Kindermädchen der Nachbarn, dieser Famke?«, fragte Kate.

»Ja, davon hab ich hinterher erfahren.«

»Waren Sie überrascht?«

»Nicht wirklich. Jo war von ihrer Arbeit besessen, und Fred schien damals ein bisschen verloren zu sein. Sie waren eben erst zusammengezogen, und schon lief ihr Leben in unterschiedliche Richtungen.«

»Glauben Sie, dass er es getan hat?«

Marnie lachte.

»Fred? Nein. Der könnte nicht mal ein Besäufnis in einer Brauerei organisieren, geschweige denn Jo umbringen und ihre Leiche so gut verstecken, dass man sie seit fast dreizehn Jahren nicht gefunden hat. Dafür müsste er schon einen Auftragskiller engagiert haben, aber er war knapp bei Kasse.«

»Hatte Joanna aus der Siedlung hier noch andere Freunde? Oder Feinde?«

Marnie schüttelte den Kopf.

»Nein, und Bev ist immer mit allen gut ausgekommen. Ich weiß, dass diese Siedlung einen schlechten Ruf hat, aber nicht alle Leute hier sind schlecht. Es wohnen hier auch ein paar gute Menschen. Und es herrscht ein echter Gemeinschaftsgeist, das haben die Bewohner schon unter Beweis gestellt. Bevs Auto wurde an dem Abend von Joannas Verschwinden direkt vor dem Haus geklaut. Und ich hatte am selben Tag einen Unfall. So viele Nachbarn haben ihr geholfen und sie herumgefahren. Mich auch.«

»Hatten Sie damals einen schlimmen Unfall?«, erkundigte sich Kate. Ihr Blick wanderte zu der am Heizkörper lehnenden Krücke.

»Nein. Die Krücke ist für Arthritis im Frühstadium«, sagte Marnie. »Den Unfall hab ich selbst verschuldet. Ich bin rückwärts in einen noblen BMW gefahren, der unten auf der Straße hinter mir geparkt hat. Meinem verbeulten Mini ist nicht mal was passiert, aber ich musste am Ende fünfhundert Pfund Selbstbeteiligung bei der Versicherung zahlen, um den anderen Wagen reparieren zu lassen. Ich wette, der Besitzer hätte es sich leichter leisten können als ich. Aber so ist das Leben nun mal.«

Marnie schaute hinter sich auf die Uhr an der Wand. »Ich muss dann bald los. Die Kinder von der Schule abholen. Darf ich Ihnen etwas zeigen?«

»Was denn?«, fragte Kate.

»Ist im Wohnzimmer.«

Marnie stand auf und griff sich die Krücke. Kate folgte ihren langsamen Schritten durch den Flur. Marnie öffnete die Wohnzimmertür. In dem Raum stand ein dunkles Ledersofa vor einem Flachbildfernseher. Rechts neben dem Fernseher füllten DVDs ein riesiges Bücherregal aus. Auf der linken Seite schloss sich ein großes Holzregal mit vier Ablagen hinter Glastüren an. Die Ablagen enthielten reihenweise etwa dreißig Zentimeter hohe Sammlermodelle aus Filmen: Freddy Krueger, Brandon Lee aus *The Crow*, Pennywise, der Clown, Ripley aus *Aliens* mit einer winzigen Newt in einem Arm und einem Flammenwerfer in der anderen Hand. Zwei Versionen von Chucky, eine mit und eine ohne Messer, drei Versionen von Pinhead aus *Hellraiser* und seinen Zenobiten. Eine Gruppe von Figuren erkannte Kate nicht.

»Wow«, sagte sie und bemühte sich um einen neutralen Ton. Tatsächlich empfand sie den Anblick als eher unheimlich.

»Ja«, erwiderte Marnie, die Kates Reaktion falsch deutete und sie für beeindruckt hielt. »Ich hab einen eigenen YouTube-Kanal: Marnie'sMayhem07. Darin stelle ich Spielzeug mit Filmbezug vor«, erklärte sie. »Ich warte gerade auf eine fünfzehn Zentimeter große sprechende Regan aus *Der Exorzist*, aber die hängt noch im Paketzentrum.«

Kate lächelte und nickte. Sie empfand den Raum als bedrückend. Abgestandener Zigarettengestank kämpfte gegen einen billigen Lufterfrischer. Marnie hatte die dicken Vorhänge zugezogen. Die grelle Deckenbeleuchtung spiegelte sich gleißend auf den glänzenden Billigmöbeln. Marnie ging zum DVD-Regal. Ganz unten befand sich ein Fach mit Büchern. Und als sie einen bestimmten Band herausnahm, dämmerte Kate, was als Nächstes folgen würde. Marnie hielt ein Exemplar von *Nicht mein Sohn* in der Hand, den Memoiren von Enid Conway, Peter Conways Mutter. Kate spürte, wie sich ihre Brust zusammenzog und ihr Herzschlag beschleunigte, als sie sah, dass ein schwarzer Filzstift am Buchdeckel eingehakt hing.

»Würden Sie das signieren?« Marnie lächelte, stützte sich mit dem Ellbogen auf ihre Krücke und schlug die Titelseite des Buchs auf. Zwei Unterschriften prangten dort bereits. In blauer Handschrift die von Peter Conway, in Schwarz eine unleserliche. Aber da man Kate bei der Veröffentlichung von *Nicht mein Sohn* ein signiertes Exemplar zugeschickt hatte, wusste sie, dass es sich um Enid Conways Unterschrift handelte. Marnie hielt ihr den Stift mit erwartungsvollem Gesichtsausdruck entgegen.

»Aber ich hab das Buch nicht geschrieben«, argumentierte Kate.

»Sie würden mir damit einen großen Gefallen tun«, erklärte Marnie. »Wissen Sie, wie viel dieses Buch mit allen drei Unterschriften wert wäre?«

»Ich hab noch nie ein Exemplar signiert«, sagte Kate.

»Genau. Ich hab Ihnen geholfen, und wenn mir noch etwas einfällt, kann ich zusätzlich helfen. Ja?«

»Woher haben Sie die beiden Unterschriften?«, fragte Kate.

»Wenn man die richtigen Leute kennt, kriegt man sie.«

Kate graute. Mit der Veröffentlichung des Buchs hatte Enid Conway auf einfache Weise Geld verdient.

»Ein Händler für seltene Bücher hat mir gesagt, dass ich es für zweitausend Pfund oder mehr verkaufen kann, wenn Ihre Unterschrift drin ist. Wissen Sie, wie viel zwei Riesen für mich und die Kinder wären? Ich habe schwarzen Schimmel hier in der Wohnung!« Ihre Nasenflügel blähten sich, und plötzlich wirkte sie wütend. Auf einmal ähnelte sie einer ihrer Sammlerfiguren von Filmmonstern.

Kate dachte an das Gespräch zurück, das sie an diesem Morgen mit Jake geführt hatte, und plötzlich kam es ihr wie ein Omen vor. Aber die Realität ihres Lebens stand nicht zum Verkauf. Nun war klar, warum sich Marnie so bereitwillig auf ein Gespräch eingelassen hatte.

»Nein, tut mir leid«, sagte Kate. »Das signiere ich nicht.«

23

Tristan traf als Erster im Café ein und setzte sich an einen Tisch am Fenster. In der South Street in Exeter gab es eines der letzten unabhängigen Kaffeehäuser. Gegenüber befanden sich Wohnungen über einem Haushaltswarengeschäft, einem Wettbüro und einem Frisiersalon.

Wenige Minuten später traf durch eine der gegenüberliegenden Türen Bishop ein, der Kellner – seinen Nachnamen kannte Tristan nicht. Er trug Jeans und ein enges weißes T-Shirt.

»Hi«, grüßte Bishop mit einem breiten Grinsen. Er beugte sich vor und drückte Tristan einen Schmatz auf die Wange. »Hast du schon bestellt?«

»Ja. Americano«, erwiderte Tristan, verdattert von dem Kuss auf die Wange.

»Du siehst nicht aus, als müsstest du auf deine Figur achten ... obwohl ich sie mir den ganzen Tag ansehen könnte«, sagte Bishop. Tristan lachte verlegen. War Bishop so naiv zu glauben, dass sie sich zu einem Date trafen? Kate und Tristan hatten sich ihm doch als Privatdetektive vorgestellt und um ein Gespräch mit seinem Boss bei *Jesper's* ersucht.

»Mir gefallen deine Tätowierungen«, fügte Bishop hinzu. Dabei zeigte er auf Tristans Unterarme und den oberen Teil des Adlers, der unter dem Kragen seines T-Shirts hervorlugte.

»Danke.«

»Das Übliche?«, erkundigte sich die Besitzerin des

Cafés, als sie an den Tisch trat. Es handelte sich um eine ältere Dame mit einem streng wirkenden Gesicht.

»Ja, bitte, Esperanza. Und ein Stück von dem Snickers-Käsekuchen ... Ist mein Stammlokal hier«, fügte Bishop hinzu, nachdem die Frau gegangen war. »Du siehst noch besser aus als neulich.«

»Danke«, erwiderte Tristan. »Du, hör mal, ich hab dich aus einem bestimmten Grund hergebeten.«

Bishops Augen weiteten sich leicht. »Ich dachte, ich hätte *dich* um ein Treffen gebeten. Meine Nummer auf der Quittung ...«

»Ja, aber um das klarzustellen, das hier ist kein Date. Weißt du noch, dass meine Kollegin Kate und ich zu Max gesagt haben, wir sind Privatdetektive und untersuchen das Verschwinden mehrerer junger Männer? Einer davon hat bei Jesper gelebt, als das Gebäude noch eine Kommune war.«

Bishop schwieg einen Moment lang und schob die Salz- und Pfefferstreuer auf dem Tisch hin und her. Seine Unterlippe wanderte nach vorn, wodurch er leicht schmollend wirkte. »Okay. Also ist das hier ... was?«

»Meine Bitte um deine Hilfe bei der Suche nach jemandem aus unserer Community, von dem wir glauben, er könnte ermordet worden sein«, sagte Tristan. Zum ersten Mal seit seiner Ankunft schaute Bishop ernst drein.

»Verstehe. Okay. Aber hat Max euch nicht gesagt, dass er nichts weiß?«

»David Lamb.« Tristan legte sein Handy mit Davids Foto zwischen sie beide auf den Tisch. »Er ist im Juni 1999 verschwunden. Davor hatte er im *Jesper's* gelebt, als es noch eine Kommune war, aber er hatte sich davon losgesagt und war zu einem Freund gezogen. Hat Max noch irgendwas von David oder der Kommune erwähnt, nachdem wir weg waren?«

Bishop betrachtete das Foto und schüttelte den Kopf. »Nein.«

»Okay. Max Jesper. Was kannst du mir über ihn erzählen?«, fragte Tristan. »Macht's dir was aus, wenn ich mitschreibe?«

»Nein, nur zu ... Glaubst du, Max hat was damit zu tun, dass dieser David verschwunden ist?«

»Ich würde gern mehr über seinen Hintergrund erfahren«, erklärte Tristan und holte einen Notizblock samt Stift aus der Tasche. »Er hat keine Konten in sozialen Medien, und abgesehen von der Geschichte, wie er das *Jesper's* eröffnet hat, findet man kaum etwas online über ihn.«

»Max ist 'ne Tunte der alten Schule, recht lustig. Er flirtet zwar unverschämt, wird aber nie zudringlich. Er zahlt immer pünktlich, ist aber kein herzlicher Mensch.«

»Ist er Single?«

»Nein. Er hat einen Lebensgefährten, Nick.«

»Weißt du seinen Nachnamen?«

»Äh, Lacey. Ich hab ihn nur ein- oder zweimal getroffen. Er wohnt draußen im Haus.«

»In welchem Haus?«

»Max und Nick besitzen ein Haus direkt am Strand in Burnham-on-Sea an der Küste von Somerset.«

»Max wohnt nicht im Hotel?«

»Nein. An den meisten Tagen pendelt er. Manchmal bleibt er am Wochenende über Nacht, wenn es spät wird.«

»Ist es eine lange Fahrt?«, fragte Tristan.

»Eine Stunde in jede Richtung, schätze ich. Er jammert immer über die M5, weil er so viel Zeit darauf verbringt.«

»Was macht Nick beruflich?«

»Er ist Immobilienentwickler. Im *Jesper's* hab ich ihn noch nie gesehen. Ich hab ihn nur ein paar Mal auf einer ihrer Partys getroffen. Max hat einige der Kellner gebeten, zum Haus zu kommen und Getränke zu servieren.«

»Was waren das für Partys?«

»Es waren zwei, beide Male Kostümpartys.« Esperanza erschien mit ihren Getränken am Tisch. Sie stellte einen weiteren Espresso vor Tristan und vor Bishop einen riesigen Milchshake, garniert mit Obststücken. »Danke ...« Die Frau lächelte und ging. »Sie ist immer so nett und bereitet mir mein Proteinpulver zu«, erklärte Bishop. »Willst du probieren?«

Tristan schüttelte den Kopf. Wann immer er trainierte, betrachtete er Eiweißpulvergetränke als etwas, das man runterwürgen musste, sicher nicht als etwas, das man mit Obst in einem Milchshakeglas servierte. Er beobachtete, wie Bishop eifrig durch einen Strohhalm davon trank.

»Veranstalten Max und Nick oft Partys?«

»Keine Ahnung. Ich war letztes Jahr im Sommer dort«, antwortete Bishop und wischte sich den Mund ab. »Drei von uns aus dem *Jesper's* haben Essen und Drinks serviert.«

»Was für Leute waren auf der Party?«

»Ihre Freunde. Reiche Leute. Aus der Gegend.«

Tristan scrollte durch sein Handy zu dem Foto, das er von der Eröffnung des *Jesper's* geschossen hatte und das Max beim Durchschneiden des Bands neben dem

Bürgermeister und einer Gruppe von Lokalprominenz zeigte.

»War jemand von diesen Leuten auf der Party?«

Bishop betrachtete das Foto. »Woher ist das? Kommt mir irgendwie bekannt vor.«

»Es hängt an der Wand neben der Bar im *Jesper's*.«

»Ach ja, richtig. Ich verbringe dort so viel Zeit, dass mir die Bilder gar nicht mehr auffallen ... An ihn erinnere ich mich«, sagte Bishop und zeigte auf Noah Huntley. Tristan ließ sich seine Aufregung nicht anmerken.

»Erinnerst du dich auch an seinen Namen?«

Bishop verdrehte die Augen und lächelte. »Ja. Noah. Bei seinem Nachnamen bin ich mir nicht sicher, aber er war sturzbesoffen. Hat mich und Sam – einen der anderen Kellner – gefragt, ob wir mit ihm an den Strand gehen.«

»Und du bist dir sicher, dass er Noah heißt?«

Bishop nickte. »Ja. Er hat darüber gescherzt, dass er uns paarweise mitnehmen will, wie's Noah mit seiner Arche gehandhabt hat.«

»Was für ein Charmeur«, kommentierte Tristan. »Und seid ihr mitgegangen?«

»Um Himmels willen, nein! Das ist schäbig, und ich brauche den Job, um mein Studium zu finanzieren. Er hat uns Geld angeboten, aber das war eindeutig ein Schritt zu weit.«

»Wie viel?«

»Einen Hunderter für jeden. Das Geld hatte er in seiner Schamkapsel.«

»Schamkapsel?«

»War ein römischer Maskenball. Er hatte sich als Casanova verkleidet, mit weißen Strumpfhosen, einer Art

Mieder und so 'ner Zorro-Maske. Die meisten Männer hatten sich ähnlich rausgeputzt.«

»War Noahs Frau dort?«

»Nein. Er hat nicht erwähnt, dass er verheiratet ist.«

»Waren überhaupt Frauen auf der Party?«

»Ja, Paare und alle möglichen Leute.«

»Hast du viel mit Noah geredet? Hat er gesagt, woher er Max und Nick kennt?«

»Er hat gemeint, er hätte damals ins *Jesper's* investiert, wäre aber längst ausbezahlt worden und hätte sich größeren Dingen zugewandt. Er hat gesagt, dass er viel in Immobilien investiert. Ich hatte den Eindruck, dass er gern mit seinem Geld prahlt.«

»Hast du auf der Party irgendwelche Fotos gemacht?«

»Nein, wir mussten arbeiten. Das Haus hab ich geknipst, als wir alles vorbereitet haben. Ist wunderschön. Großer Pool mit Blick aufs Meer.«

»Hast du die Bilder auf dem Handy?«, fragte Tristan.

»Warte«, sagte Bishop, holte sein Handy heraus und scrollte durch eine Menge Fotos. »Da haben wir's.« Er drehte das Telefon so herum, dass Tristan es sehen konnte, dann blätterte er durch Bilder einer riesigen weißen, kastenförmigen Villa am Rand eines Sandstrands mit Blick aufs Meer.

»Das ist in Großbritannien?«, fragte Tristan ungläubig.

»Ich weiß, sieht aus wie irgendwo im Ausland. Max und Nick wohnen direkt am Ende eines kilometerlangen Strandabschnitts, ziemlich abgelegen. Gibt kaum andere Häuser in der Nähe«, kommentierte er, während er durch weitere Fotos scrollte.

»Ist das Max?«, fragte Tristan bei einem Foto, das

von hinten einen stämmigen Mann mit Baseballmütze zeigte. Er dirigierte darauf mehrere Lieferanten mit einem Handwagen voller Getränke.

»Ja. Da haben wir gerade alles aufgebaut. Und das ist Nick.« Bishop wies auf einen anderen großen Mann, der mit dem Rücken zur Kamera neben einem großen weißen Baldachin auf dem Rasen vor dem Swimmingpool stand. Er hob gerade Kisten von dem Handwagen. Der Mann hatte kurzes hellbraunes Haar und schien gut gebaut zu sein.

»Hast du noch andere Fotos von ihnen?«, fragte Tristan.

»Lass mich mal sehen ...« Bishop scrollte durch Fotos aus dem Inneren des Zelts, wo eine Bar aufgebaut und eine riesige Eisskulptur aufgestellt wurden.

»Ich hab noch Fotos vom Strand. Vor dem Haus ist ein breiter Abschnitt mit Dünen. Dorthin wollte Noah mit Sam und mir. Irgendwie hat er den Eindruck vermittelt, dass er schon öfter in den Dünen war.«

»Wie hat er reagiert, als ihr abgelehnt habt?«

»Ich wurde vorher weggerufen, aber Sam hat mir hinterher erzählt, dass er nicht lockerlassen wollte. Am Ende musste er Noah ziemlich deutlich sagen, dass er sich verpissen soll. Noah hat Sams Tablett mit Getränken weggestoßen und ihm alles Mögliche an den Kopf geworfen.«

»Was hat Max gemacht?«

»Keine Ahnung, ob er dabei war. Zu dem Zeitpunkt ging's auf der Party schon so laut und ausgelassen zu, dass es wohl niemandem mehr richtig aufgefallen ist. Max war eher besorgt darüber, dass jemand zu weit den Strand runtergehen könnte.«

»Wieso?«

»Ich hab da ein Foto vom Strand. Wir sind vor der Party kurz runtergegangen«, sagte Bishop. »Hier.«

Das Bild zeigte den Sonnenuntergang über einem weitläufigen Sandstrand. Es herrschte Ebbe, und das Meer hatte sich weit zurückgezogen. Linker Hand stand auf einem riesigen Schild in den Sanddünen:

AB HIER FAHRVERBOT FÜR PKW, FAHRRÄDER,
MOTORRÄDER UND QUADS

HÖCHSTSTRAFE £ 400

WARNUNG! BEI EBBE NIEMALS IN DEN WEICHEN
SAND UND SCHLAMM FAHREN ODER GEHEN!

»Max hat gesagt, dass Nick geradezu *besessen* von den Gezeiten am Strand vor ihrem Haus ist – vor allem von der Ebbe und davon, wie weit sich das Meer zurückzieht. Und ob sich dann noch Leute am Strand herumtreiben. Im Schlamm da draußen sind schon viele Menschen stecken geblieben. Und ein paar Mal haben sich ihre Partygäste dermaßen betrunken, dass sie bei Ebbe rausgewandert sind und fast überrumpelt worden wären, als die Flut eingesetzt hat«, erklärte Bishop.

Tristan betrachtete das Foto eingehend. »Man kann nicht mal den Rand des Wassers sehen.«

»Ja. Das Meer zieht sich echt weit zurück und rauscht dann unheimlich schnell wieder heran. Max hat mir mal erzählt, dass Nick ihn immer bittet, auf das Wetter und etwaige Sturmwarnungen zu achten, wenn er geschäftlich wegmuss.«

»Ist ihr Haus überschwemmungsgefährdet?«, fragte Tristan.

»Glaub ich nicht. Nick hat nur diese merkwürdige posttraumatische Belastungsstörung.«

»Posttraumatische Belastungsstörung? Ist er mal im Sand stecken geblieben, als die Flut eingesetzt hat?«

»Keine Ahnung. Aber in den Nachrichten sind immer wieder Meldungen über Leute und Autos, die an dem Strandabschnitt von der Flut überrascht werden. Max lässt Nick ungern dort allein, weil er sich darüber sehr aufregen kann.«

»Hat man bei ihm offiziell eine posttraumatische Belastungsstörung diagnostiziert?«, hakte Tristan nach.

»Das weiß ich nicht. Ich hab den Eindruck, dass sie sehr zurückgezogen leben. Max hat mir nur von einem einzigen Mal erzählt, dass sie irgendwohin gegangen sind. Damals waren sie in London im Kino, wo Nick prompt die totale Panikattacke hatte.«

»Warum das?«

»Laut Max gehen sie nie irgendwohin aus. Nick kann Menschenmengen nicht ausstehen, aber zu der Zeit wollte Max unbedingt *Die Frau in Schwarz* sehen und hat Nick überredet, mitzukommen. Nach gerade mal der Hälfte des Films ist Nick in Panik verfallen. Sie mussten mittendrin gehen.«

»Sind Max und Nick verheiratet?«, fragte Tristan.

»Ich glaube nicht. Obwohl sie schon seit Jahren zusammen sind.«

»Weißt du, was für Immobilienentwicklungen Nick betreibt?«

»Max hat irgendwas Vages über hochkarätige Privatbeteiligungen gesagt. Nick ist schon ein echter Leckerbissen. Groß wie Max, aber *im Gegensatz zu Max* ziemlich maskulin.«

»Wie alt ist er?«

»Um die fünfzig.«

Tristan beendete seine Notizen und überflog noch einmal, was er mitgeschrieben hatte.

»Hast du irgendwelche Geschichten darüber gehört, als das Hotel noch eine Kommune war? Ist jemals jemand im Hotel gewesen, der zu der Zeit damals dort gelebt hat?«

Bishop schüttelte den Kopf, dann runzelte er die Stirn.

»Du hast gesagt, dass dieser David, der dort gewohnt hat, verschwunden ist. Wie das?«, wollte er wissen.

»Er ist nicht zur Geburtstagsparty einer Freundin aufgetaucht. Das war im Juni 1999. Ursprünglich war er ein Ausreißer. Seine Freundin Shelley war besorgt und hat ihn bei der Polizei als vermisst gemeldet«, erklärte Tristan. »Um noch mal auf diesen Noah zurückzukommen: Hast du ihn je im *Jesper's* gesehen?«

»Nein. Dort noch nie. Ich kenne ihn zum Glück nur als betrunkenen Arsch von der Party damals. Und er hat sich echt ziemlich mies verhalten«, sagte Bishop. »Nachdem er Sams Tablett umgestoßen hatte, ist er gegangen. Auf dem Weg nach draußen hat er mich 'nen dreckigen kleinen Schwanzfopper genannt.«

»Hast du es Max erzählt?«

»Nein. Der Umgang mit betrunkenen Idioten gehört mit zum Job, wenn man in einer Bar arbeitet.«

24

Auf dem Rückweg zum Auto lastete das Treffen auf Kates Seele. Durch das persönliche Interesse der Frau an ihr fühlte sie sich besudelt, und ihre Theorie, dass Joanna zur falschen Zeit am falschen Ort zum Opfer eines Serienmörders geworden sein könnte, bereitete Kate Unbehagen. Dasselbe galt für Bills Verbindung zu dem Asbestskandal. Es irritierte sie, dass sie Bill und seine geschäftlichen Unterfangen nicht genauer unter die Lupe genommen hatten.

Kate setzte sich ins Auto und überlegte, was sie als Nächstes tun sollte. Schließlich suchte sie Bills Handynummer heraus und rief ihn an, landete jedoch zweimal auf der Mailbox. Sie hinterließ ihm eine kurze Nachricht, bat um Rückruf und gab an, Neuigkeiten zum Fall zu haben, über die sie sprechen wollte.

Als Nächstes versuchte sie es bei Bev, die ranging.

»Ist Bill da?«, fragte Kate.

»Nein. Er ist auf Dienstreise«, antwortete Bev.

»Wissen Sie, wann er zurückkommt?«

»Am Freitag.«

Bevs Stimme klang belegt, und sie lallte leicht. Dabei war es erst drei Uhr nachmittags.

»Können Sie gerade reden?«, fragte Kate.

»Klar kann ich. Worum geht's?«

»Eigentlich wollte ich das Bill fragen, aber vielleicht können Sie mir weiterhelfen …«

»Schießen Sie los.«

»Ich habe mit Marnie geredet, Joannas ...«

»Ich weiß, wer Marnie ist.«

»Ja, natürlich. Sie hat mir gerade erzählt, dass Joanna in den Wochen vor ihrem Verschwinden den Kauf dieses Bürogebäudes namens Marco Polo House in Exeter untersucht hat.«

»Ja. Jo hat herausgefunden, dass man versucht hat, das Asbestproblem zu vertuschen. Das war ziemlich unangenehm. Jo hat sich Bill gegenüber sehr fair verhalten. Sie hat sich sofort an ihn gewandt, als sie davon erfahren hat. Ich war von der Sache alles andere als erfreut. Aber Bill hatte eine Menge Geld in das Gebäude gesteckt, und er hat mir geschworen, dass sie sich an den Rat eines Experten gehalten hätten, der ihnen gesagt hat, der Asbest müsse nicht entfernt werden, solange die Wände verputzt und abgedichtet werden«, erklärte Bev. »Verstehen Sie?«

Kate verdrehte die Augen. Das war blanker Unsinn. Jeder wusste, dass Asbest ein schwerwiegendes Problem darstellte, das die Umweltbehörden überaus ernst nahmen.

»Okay. Aber es muss doch Spannungen zwischen Bill und Jo gegeben haben, oder?«

»*Natürlich.* Bill war sehr besorgt wegen der Sache. Und Jo musste natürlich ihre Arbeit machen.«

»Laut Marnie ...«, begann Kate.

»Laut Marnie!«, spie Bev dazwischen. »Was weiß die schon? Zuletzt hab ich gesehen, dass sie auf ihrem Scheiß-YouTube-Kanal irgendwelches Spielzeug vorführt. Glaubt bestimmt, sie kommt damit durch, gleichzeitig zu arbeiten und staatliche Sozialleistungen zu kassieren!«

»Hatten Sie und Marnie einen Streit?«

Eine Pause entstand.

»Eine Zeit lang war alles gut. Sie hat mir sehr geholfen. Mein Auto wurde zur gleichen Zeit geklaut, als Jo verschwunden ist, und Marnie war nett, hat mich herumgefahren, zum Einkaufen und so, wenn Bill nicht konnte. Aber dann ist sie garstig geworden. Hat nicht verstanden, was ich durchmache. War genervt, wenn ich über Jo reden wollte.«

»Okay. Was hat Joanna dabei empfunden, als sie festgestellt hat, dass Bill in die Story über den Asbest verwickelt war?«

»Wie meinen Sie das?«, hakte Bev nach.

»Na ja, Joanna hatte diese heikle Geschichte aufgedeckt. Hat sie sich nicht betrogen gefühlt, weil sie nichts darüber veröffentlichen konnte?«

Bev schwieg einen Moment, dann seufzte sie genervt.

»So war Jo nicht! Sie hat *gewusst*, dass Bill mir alles bedeutet ... Am Ende hat Bill es mit Fassung getragen und mit seinen Partnern dafür bezahlt, das Gebäude sicher zu renovieren. Hören Sie. Wir bezahlen Sie dafür, herauszufinden, was mit Jo passiert ist. Solche Fragen gefallen mir nicht, Kate. Sie klingen, als würden Sie glauben, Bill hätte was falsch gemacht.«

»Nein. Ich gehe lediglich Hinweisen nach, und das hat sich daraus ergeben.«

»Von der verdammten Marnie. Der Unruhestifterin. Wollte Sie Geld von Ihnen, als Sie mit ihr geredet haben?«

Kate zögerte und dachte an das Buch, das Marnie von ihr signiert haben wollte. »Nein. Wollte sie nicht.«

»Sie war immer neidisch darauf, was Jo aus sich gemacht hat. Darauf, dass sie es raus aus der Siedlung geschafft hat.«

»Bev, wenn Sie mir das gleich am Anfang erzählt hätten, wäre ich nicht so davon überrascht worden. Das ist der einzige Grund, warum ich nachfrage.«

Am anderen Ende der Leitung trat kurze Stille ein.

»Oh. Tut mir leid«, entschuldigte sich Bev schließlich.

»Bitte. Das muss Ihnen wirklich nicht leidtun. Ich kann mir nicht ansatzweise vorstellen, was Sie durchgemacht haben. Es muss so hart sein.«

»Mein ganzes Scheißleben ist hart gewesen ...« Kate hörte, wie sich Bev im Hintergrund einen Drink einschenkte. »Ich dachte, wenn Bill und ich zusammenleben, sehen wir uns viel öfter. Dabei ist er durch die Arbeit ständig unterwegs.«

»Ist ein bezauberndes Haus, das Sie da haben.«

»Mir ist es unheimlich, wenn ich allein hier bin«, erwiderte Bev. »Ich hab noch nie irgendwo gelebt, wo's so leer ist. Ich bin's gewohnt, Nachbarn zu haben, Leute über mir, unter mir, nebenan ... Und diese Scheißfenster. Keine Vorhänge. Und da sind all diese Knöpfe für irgendwas. Als ich das Außenlicht einschalten wollte, ist der verdammte Whirlpool angegangen.«

»Wohin ist Bill geschäftlich verreist?«

»Deutschland. Seine Firma hat dort 'nen Großauftrag für 'ne neue Autobahn oder so. Er muss dort sein und alles überwachen. In Dusseldwarf ...« Kate wollte sie nicht korrigieren. »Ist zwar nur ein paar Tage weg, aber trotzdem. Er fehlt mir ... Hier sind nur ich und diese bescheuerten Fenster, die mir meine hässliche Visage zeigen ... Meinen Sie, dass Sie schon einen Schritt näher dran sind, sie zu finden? Jo?«

Kate zögerte und spürte, wie ihr das Herz bei der Frage schwer wurde.

»Wir gehen gerade eine Menge Informationen aus den Akten durch. Und wir reden mit allen, die mit Joanna befreundet waren«, antwortete sie schließlich. Sie wünschte, sie hätte Bev nicht angerufen. Es war grausam, sich ohne konkrete Informationen bei ihr zu melden.

»Das ist eine sehr diplomatische Antwort.«

»Ich werde sie finden, Bev«, beteuerte Kate. Am anderen Ende der Leitung entstand eine lange Pause.

»Ich kann Bill ausrichten, dass er sich bei Ihnen melden soll«, sagte Bev schließlich. »Er ruft mich später noch an. Wird ihm nichts ausmachen, mit Ihnen zu reden.«

»Danke.«

Und damit legte Bev auf. Kate stellte sich vor, wie Bev abends allein in Bills riesigem Haus ihr Spiegelbild in den großen Glasfenstern betrachtete. Dann dachte sie an Marnie, die mit ihrer Behinderung in einer schrecklichen Sozialsiedlung lebte und zwei kleine Kinder großzog. Hätte sie das Buch einfach signieren sollen? Mit wenigen Strichen von ihr wäre es auf einen Schlag mehrere Tausend Pfund wert gewesen. Der Gedanke verstörte sie.

Kate hatte den Rummel um Peter Conways Person immer gemieden. Auch für sie hätte es lukrative Möglichkeiten gegeben, ein Buch zu schreiben und ihre Geschichte an die Boulevardpresse zu verkaufen, doch in Kates Augen hätte sie damit von Mord profitiert. Sängerinnen, Sänger, Schauspielerinnen und Schauspieler erlangten Berühmtheit durch ihr Können. Conways Berühmtheit beruhte allein auf seinen Morden. Kate fand es krank, sich daran zu bereichern.

25

Jake rief Kate an und teilte ihr mit, dass die Damen für den Gästewechsel der Wohnwagen vorbeigekommen seien, um sich vor ihrer ersten Schicht am Wochenende mit ihm zu treffen. Bei der Gelegenheit hätten sie gleich mitgeholfen, das saubere Bettzeug aus dem Büro in den Lagerraum des Surfshops zu bringen. Als Tristan nach seiner Unterhaltung mit Bishop anrief, fragte Kate ihn, ob sie sich in seiner Wohnung treffen könnten.

Tristan bereitete Tee für sie zu. Sie setzten sich in seine kleine Küche und brachten sich gegenseitig auf den neuesten Stand.

»Tut mir leid, dass dich Marnie mit dem Buch so bedrängt hat«, sagte Tristan.

»Ein Teil von mir hat ein schlechtes Gewissen, weil ich es nicht signiert habe. Sie hat mir nicht so ausgesehen, als hätte sie viel Geld«, erwiderte Kate. »Durch das Gespräch mit ihr kann ich Joanna ein bisschen besser verstehen. Sie wollte weg aus dieser Wohnsiedlung und ein besseres Leben. Keine Ahnung, ob Marnie darüber verbittert war.«

Tristan nickte.

»Wie viel hätte für Bill auf dem Spiel gestanden, wenn Joanna die Story über den Asbest veröffentlicht hätte?«, fragte er.

»Seine Investition wäre den Bach runtergegangen. Ich weiß nicht, wie viel er verloren hätte, aber ich hab den Eindruck, es wäre ein beträchtlicher Verlust gewesen. Bev hat am Telefon ziemlich abwehrend geklungen, als ich das Thema angesprochen habe. Die Sache muss sie ganz schön in die Zwickmühle gebracht haben. Aber sie behauptet steif und fest, Bill und Joanna hätten es unter sich geklärt. Sie hat die Story nicht geschrieben, seine Firma hat das Problem behoben.«

»Wenn sie sich gütlich geeinigt haben, ist die Geschichte nicht unbedingt ein Warnsignal. Trotzdem kommen wir immer wieder auf dieselben Namen. Das Marco Polo House weist inzwischen Verbindungen zu Shelley Morden, Joanna und Bill auf. Shelley und David Lamb wiederum stehen mit Max Jespers Kommune in Verbindung, und Noah Huntley ist mit allen außer Bill verbunden. Wir müssen mit Huntley reden.«

»Wir wissen zwar nicht, wie tief Joanna in seinem Privatleben herumgestochert hat, aber sie hatte genug, um eine Story über seinen Umgang mit käuflichen jungen Männern zu schreiben. Außerdem haben wir herausgefunden, dass Noah Huntley in Jespers Hotel investiert hatte und an gesellschaftlichen Veranstaltungen in Jespers Haus teilnimmt. Wer weiß, ob er nicht auch regelmäßig in der Kommune vorbeigeschaut hat?«

»Wenn wir nur Joannas Notizen und Akten aus der Zeit hätten«, meinte Tristan.

»Joannas Redakteur, Ashley Harris, hat ihr aufgetragen, den gesamten Teil ihrer ursprünglichen Story über Noah Huntley und seine Stricher wegzulassen. Warum? Was, wenn Noah Huntley irgendwas mit dem Verschwinden von David Lamb und Gabe Kemp zu tun hatte?«, sagte Kate.

»Und George Tomassini – ihn dürfen wir auch nicht vergessen. Ade glaubt, dass er Mitte 2002 verschwunden ist.«

»Ich hab Alan Hexham eine Nachricht hinterlassen und ihn gefragt, ob er ein paar Fäden ziehen kann, um herauszufinden, ob David Lamb, Gabe Kemp und George Tomassini Vorstrafen hatten«, sagte Kate.

»Meinst du, das kann er? Und wird es auch tun?«

»Er kennt jeden, und er hat immer gesagt, dass er uns hilft, wenn er kann …« Kate zuckte mit den Schultern und nippte an ihrem Tee. Allzu viel Hoffnung empfand sie nicht. »Was ist mit deinem Freund Ade als Verstärkung?«

»Ich hab den Eindruck, dass Ade die Polizei nicht unbedingt im besten Einvernehmen verlassen hat. Er hat wegen einer im Dienst erlittenen Verletzung geklagt, und seine Kollegen wurden als Zeugen vor Gericht geladen … Falls von Alan nichts kommt, kann ich ihn fragen«, bot Tristan an.

»Schon gut. Ich versteh das. Ich hab die Polizei auch nicht mit jeder Menge Kontakten verlassen.«

»Willst du noch Tee?«, erkundigte sich Tristan.

»Bitte.« Er stand auf und füllte ihre Tassen aus der Teekanne auf. »Wir müssen noch Ashley Harris aufspüren, Joannas Redakteur bei der *West Country News*. Er könnte gewusst haben, worüber sie geschrieben und recherchiert hat. Das könnte uns weiterhelfen …«

»Und Famke van Noort – wenn wir mit ihr reden und uns von Freds Alibi überzeugen können, dann können wir ihn endgültig ausschließen«, erwiderte Tristan, als er Milch in ihre Tassen hinzufügte.

»Mist. Fred hatte ich völlig vergessen«, gestand Kate.

Plötzlich wurde die Haustür geöffnet, und im Flur ertönten laute Stimmen und Gelächter.

»Das ist Glenn«, kommentierte Tristan. Kate merkte ihm an, dass er über die Störung nicht gerade erfreut war.

»Tris! Bist du da?«, dröhnte eine Stimme aus dem Flur herein. Tristan verließ die Küche, und Kate hörte die Männer draußen reden. Ein Krachen folgte, als die Wohnzimmertür gegen die Wand schwang.

»Ich hab's, einfach weiter geradeaus«, sagte eine männliche Stimme.

»Shitter, pass mit dem Lenker an der Wand auf«, warnte eine andere. Beide Stimmen hatten einen westlichen Akzent. Kate war überrascht, als zwei sehr große, stark behaarte Männer die Küche betraten. Sie schoben ein Motorrad der Marke Harley-Davidson mit jeder Menge glänzendem Chrom und einem riesigen Ledersitz.

»Das ist Kate Marshall, meine Partnerin in der Detektei«, stellte Tristan vor, als er hinter den beiden Männern an der Tür erschien. »Kate, das sind mein Mitbewohner Glenn und sein Kumpel ...«

»Alles klar, schön, Sie kennenzulernen«, sagte Glenn. Er löste eine der riesigen, behaarten, vor Ringen strotzenden Pranken vom Motorrad und streckte sie aus. Kate stand auf und schüttelte ihm die Hand. »Das ist Shitter. Will, meine ich. Sein richtiger Name ist Will.«

Der Vorgestellte schien über zwei Meter groß zu sein. Er hatte lange schwarze Haare und trug ein Kopftuch im Stil von Axl Rose.

»Hi«, grüßte Kate.

»Freut mich, Sie kennenzulernen, Kate«, sagte er und lächelte freundlich. Dabei entblößte er zwei Goldzähne.

»Tut mir leid wegen der Störung. Ich will nur das

Motorrad in den Hinterhof bringen«, erklärte Glenn und deutete zur Küchentür, die hinaus in den kleinen Garten hinter dem Haus führte. Kate stand auf und presste sich an die Küchenwand, als sich Glenn an ihr vorbei in die winzige Küche zwängte und die Hintertür öffnete.

»Gehen wir ins Wohnzimmer«, sagte Tristan zu Kate. Sie nickte, nahm ihrer beider Tassen mit und schob sich an Glenn vorbei.

»Wie sind Sie zu dem Spitznamen *Shitter* gekommen?«, fragte Kate.

»Ich bin echt gut im Pokern. Hab ein einmaliges Pokerface und kann die Leute dazu bringen, jeden Shit zu glauben«, antwortete er grinsend.

Kate nickte und musste unwillkürlich lachen.

»Hat mich gefreut, euch kennenzulernen, Jungs«, sagte sie auf dem Weg ins Wohnzimmer. Tristan schloss die Tür. Er wirkte alles andere als glücklich. Aus der Küche krachte und schepperte es.

»Alles gut, Tris. War nur 'n Teelöffel!«, brüllte Glenn durch die geschlossene Tür.

»Tut mir leid«, entschuldigte sich Tristan bei Kate.

»Muss es nicht. Unser Büro ist voll von Bettlaken und Desinfektionsmittel für Urinale«, sagte sie.

»Okay. Also, wie treten wir an Noah Huntley heran?«

»Dafür hätte ich eine Idee, wenn du damit einverstanden bist«, gab Kate zurück. »Ich denke, du solltest ihn kontaktieren. In deinen E-Mails wird dein Profilbild angezeigt, nicht wahr?«

»Ja.«

»Er könnte entgegenkommender sein, wenn er glaubt, sich mit jemand so Attraktivem wie dir zu treffen statt mit einer alten Schachtel wie mir«, sagte Kate.

Tristan lachte. »Na schön. Was soll ich sagen?«

»Ich denke, wir sollten auf Ehrlichkeit setzen – schreib ihm, dass wir mit ihm über Joanna reden wollen und darüber, was er weiß. Und am besten betonst du, dass wir seine Hilfe bei einigen Fragen brauchen.«

Tristan nickte. Dann läutete es an der Tür.

»Verdammt noch mal, was denn jetzt wieder?« Er verließ das Zimmer, und als er die Tür öffnete, hörte Kate vom Flur Sarahs Stimme.

»Oh. Hallo, Kate«, grüßte sie kühl, als sie das Wohnzimmer betrat. Sie trug ihre Arbeitsaufmachung und eine große Tragetasche, die mit Feuerbohnen gefüllt zu sein schien. Tristan kam hinter ihr herein.

»Kate und ich haben gerade eine Besprechung«, erklärte er.

Die beiden anderen Männer redeten immer noch in der Küche. Dann krachte und klirrte es – diesmal war eindeutig Glas kaputtgegangen. Gleich darauf rief Glenn: »Äh, Tris. Kannst du mal kommen, Kumpel?«

»Herrgott, was ist jetzt passiert?«, brummelte Tristan und ging in die Küche. Sie hörten gedämpfte Stimmen.

»Was ist hier los?«, fragte Sarah. Sie schob einen Stapel Zeitungen beiseite und stellte die Tüte mit den Bohnen auf dem Esstisch ab.

»Glenn und sein Freund versuchen gerade, sein Motorrad in den Hinterhof zu manövrieren.«

»Sie haben es *reingebracht?*«

»Ja.«

»Armer Tristan. Ich glaube, es stresst ihn, einen Mitbewohner zu haben«, sagte Sarah. »Wie läuft die Arbeit?«

»Wir haben viel zu tun und kommen mit dem ungeklärten Fall gut voran«, antwortete Kate. Sarah nickte. Tristan kehrte ins Wohnzimmer zurück. Kate hörte, wie in der Küche Glasscherben zusammengefegt wurden.

»Sie haben mit dem Vorderrad das Glas der Hintertür zerbrochen«, erklärte er.

»Hat er überhaupt gefragt, ob er das Motorrad dort abstellen darf?«, wollte Sarah wissen.

»Er hat es erwähnt.«

Die Tür öffnete sich, und Glenn steckte den Kopf herein.

»Tris, Kumpel, hast du 'nen Erste-Hilfe-Kasten? Shitter hat sich grade das Knie an einer Scherbe aufgeschnitten ... Hi, Sandra«, fügte er hinzu.

»Ich heiße Sarah.«

Kates Telefon klingelte. Das Display zeigte an, dass der Anruf von Jake stammte.

»Ma. Wir haben ein kleines Problem. Unsere Damen für den Gästewechsel haben gerade gekündigt«, sagte er am anderen Ende der Leitung.

»Warum das?«, fragte Kate.

»Sie sind zum *Brannigan's Hotel* in Ashdean abgewandert. Dort haben sie sich letzte Woche um Jobs beworben.«

»Warum haben sie zugestimmt, für uns zu arbeiten, und gehen dann zum *Brannigan's*?«

»Beim *Brannigan's* haben sie Vollzeitstellen.«

»Kannst du jemand anders auftreiben? Wir müssen die acht Wohnwagen am Samstag fertig haben.«

»Ich geb mir Mühe, aber so kurz vor der Sommersaison suchen alle Personal«, antwortete Jake.

Als Kate den Anruf beendete, sah Sarah sie an.

»Probleme mit dem Campingplatz?«, fragte sie.

Tristan hatte den Erste-Hilfe-Kasten gefunden und reichte ihn in die Küche. »Was ist los auf dem Campingplatz?«, fragte er. Kate erklärte die Lage.

»Letzte Woche hab ich an einer Fortbildung teilgenommen«, berichtete Sarah. »Für ein erfolgreiches Unternehmen braucht man einen charismatischen Geschäftsführer, der sein Team inspirieren kann.« Sie nahm ihre Handtasche vom Tisch. »Ich seh schon, der Zeitpunkt ist ungünstig. Tris, die Bohnen sind von Mandy von nebenan. Sie müssen nur ein paar Minuten in kochendes Salzwasser. Und vergiss nicht, dass du am Sonntag zum Mittagessen kommst.«

Mit triumphierendem Gesichtsausdruck verließ Sarah das Haus. Kate verspürte den plötzlichen Drang, den Fuß auszustrecken, als sie an ihr vorbeiging, tat es aber nicht.

»Schon gut, Kate«, sagte Tristan, nachdem sie weg war. »Wir bekommen das alles wieder hin.«

26

Da Jake vor dem Wochenende kein neues Reinigungspersonal finden konnte, verbrachten er, Kate und Tristan den Freitag und Samstag damit, den Campingplatz zu eröffnen und die acht Wohnwagen für Gäste vorzubereiten.

Am Sonntag schlief Kate länger, und kurz nach dem täglichen Schwimmen erhielt sie einen Anruf von Alan Hexham. Er lud sie zum Mittagessen ein und sagte, er habe Informationen über David Lamb und Gabe Kemp.

Kate hatte Alan Hexham noch nie zu Hause besucht. Er lebte allein in einem großen roten Backsteinhaus in einem schicken, grünen Vorort von Exeter. Alan war ein großer, breiter Mann mit dichtem, buschigem grauem Bart und einem Heiterkeit ausstrahlenden Gesicht. Kate fragte sich oft, ob er seine Persönlichkeit nutzte, um von all dem Tod und der Vernichtung abzulenken, die er als Gerichtsmediziner täglich zu sehen bekam.

Als er die Haustür öffnete, tollte ein übermütiger Labradorwelpe heraus. Hinter dem Tier wehte ein köstlicher Bratenduft her.

»Hallo, hallo, nur herein«, sagte Alan. »Runter, Quincy, runter!«, schimpfte er mit dem Labrador, der Kates linkes Bein rammeln wollte, und zog den Hund weg.

Alans Einrichtungsstil entpuppte sich als eklektisch, beherrscht von Bücherregalen und antiken Holzmöbeln. Alan ging voraus in die Küche, die Kate mit ihrem hellgrünen AGA-Herd und der riesigen walisischen Anrichte voller Teller mit Weidenmuster als ausgesprochen geschmackvoll empfand. Von der Decke über den Arbeitsflächen hingen alle möglichen Kupferpfannen und Siebe.

»Ich weiß, dass du keinen Alkohol trinkst, aber mir ist gerade ein fürchterlicher Gedanke gekommen. Bist du auch Vegetarierin?«

»Nein. Ich esse Fleisch«, erwiderte Kate und versuchte erneut, Quincy wegzuschieben, der auf ihr linkes Bein fixiert zu sein schien.

»Quincy mag dich«, meinte Alan schmunzelnd. »Ich hab nicht oft das Vergnügen, mit gutaussehenden Damen zu essen.« Er hob eine riesige Rinderhaxe aus einem Topf auf dem Herd, vergewisserte sich, dass sie abgekühlt war, und warf sie dann auf den Boden. Beide beobachteten, wie Quincy sie sich schnappte und sich zum Kauen daran in eine Ecke zurückzog. »Ich brate gerade eine Gans. Klingt das gut?«, fragte Alan, während er sich den Fleischsaft von den Fingern leckte.

»Das klingt göttlich«, erwiderte Kate. Die letzten Tage über hatte sie sich ausschließlich von unterschiedlich belegten Toasts ernährt.

Beim Essen klärte sie Alan über die Einzelheiten des Falls auf und darüber, wie David Lamb und Gabe Kemp ins Bild passten.

Nach der köstlichsten Mahlzeit, die Kate seit Jahren genossen hatte, verlagerten sie sich mit einer Tasse Kaffee ins Wohnzimmer.

»Meinem Kontakt bei der Kripo ist es gelungen, die Strafregister von David Lamb und Gabe Kemp auszugraben«, verkündete Alan und reichte ihr zwei eselsohrige Mappen aus Pappe. »Am aufschlussreichsten sind die Zeugenaussagen. Sie sind eine wahre Goldgrube an Informationen über den Hintergrund der jungen Männer.« Er beugte sich zu Quincy hinunter und kraulte seinen Bauch, während Kate die Zeugenaussagen las.

1995 hatte Gabe Kemp im Alter von sechzehn Jahren ein vierzehnjähriges Mädchen in einem örtlichen Park vergewaltigt und achtzehn Monate in einer Jugendstrafanstalt verbracht. Die Informationen über seinen Hintergrund stammten aus dem Polizeibericht und nachfolgenden polizeilichen Vernehmungen.

Gabe war in Bangor, Nordwales, zur Welt gekommen und in ärmlichen Verhältnisse aufgewachsen. Seine Mutter hatte ihn allein großgezogen, sein Vater war schon früh von der Bildfläche verschwunden, um auf Baustellen in Saudi-Arabien zu arbeiten. Seine langzeitarbeitslose Mutter war kurz nach seinem sechzehnten Geburtstag an einer Überdosis Drogen gestorben.

Im Sommer 1997 wurde Gabe aus der Jugendstrafanstalt entlassen, zog nach Exeter und bekam einen Job in einer Schwulenbar namens *Peppermintz*.

Wieder das Peppermintz, dachte Kate. *Wieder ein Hinweis, der uns zu Noah Huntley führt.* Sie nahm sich vor, die Verbindung zu der Bar noch einmal zu überprüfen, und las weiter.

Kurz vor Weihnachten 1997 führte die Polizei im *Peppermintz* eine Razzia durch, bei der Gabe wegen Besitzes von Kokain und Ecstasy verhaftet wurde. Er bekannte sich schuldig und erhielt drei Jahre auf Bewährung. Anscheinend hatte er sich von da an aus Ärger herausgehalten, denn es handelte sich um den letzten Eintrag im Polizeibericht, und Kate wusste, dass Gabe im April 2002 verschwunden war.

Sie wandte sich dem zweiten Bericht zu, dem über David Lamb. Im Juni 1997, kurz nach seinem siebzehnten Geburtstag, wurde er in einem Haus in einem Vorort von Bristol im Zusammenhang mit dem Tod des fünfundfünfzigjährigen Sidney Newett festgenommen. Sidneys Ehefrau Mariette befand sich zu dem Zeitpunkt mit dem Women's Institute auf einer Reise nach Venedig. Sidney Newett wurde tot im Garten ihrer Doppelhaushälfte aufgefunden, von der Taille abwärts nackt. In seinem Blut wurde eine beträchtliche Menge Alkohol festgestellt, außerdem Cannabis und Ketamin. Nach vierundzwanzig Stunden wurde David Lamb von der Polizei auf freien Fuß gesetzt. Die Anklage wegen Totschlags wurde fallen gelassen, weil die Obduktion ergab, dass Sidney an einem Herzinfarkt gestorben war. Allerdings wurde David wegen Besitzes einer illegalen Substanz angeklagt und zu einer sechsmonatigen Bewährungsstrafe verurteilt. Zehn Monate später, im April 1998, erhielt er eine offizielle Verwarnung wegen Anschaffens, allerdings gingen daraus weder die genauen Umstände noch die andere Person hervor.

»Was ist mit George Tomassini?«, fragte Kate.

»George hat kein Vorstrafenregister«, antwortete Alan und nippte an seinem Kaffee. »Und du sagst, diese jungen Männer sind jetzt alle in der Vermisstendatenbank?«

»David und Gabe jedenfalls. Ich glaube, Joanna Duncan hat ihr Verschwinden untersucht und dabei irgendwelche Ungereimtheiten entdeckt, bevor sie selbst verschwunden ist. Der Theorie gehen wir gerade nach«, sagte Kate. Alan nickte.

»Was brauchst du sonst noch?«, erkundigte er sich, als er merkte, dass Kate zu einer Frage ansetzte.

»Das ist nicht so einfach. Ich überlege, ob die Leichen dieser jungen Männer nicht vielleicht entdeckt worden sind. Sie hatten keine Angehörigen, also könnten sie unidentifiziert geblieben sein.«

»Hast du gewusst, dass in Großbritannien jedes Jahr durchschnittlich etwa einhundertfünfzig nicht identifizierte Leichen gefunden werden?«

»Das ist weniger, als ich dachte. Die jährlichen Vermisstenstatistiken sind astronomisch.«

Alan nickte. »Ja. Manche der gefundenen Leichen sind vollständig, manchmal sind es auch nur Teile. Sie werden tendenziell von Spaziergängern mit Hunden, Joggern oder *Pilzsammlern* entdeckt.«

»Pilzsammler? Ist das angesagt?«

»Natürlich, vor allem hier auf dem Land, außerhalb der großen Städte. In Mayfair oder Knightsbridge eher weniger. Die meisten Leichen oder Körperteile werden im Herbst oder Spätwinter gefunden, wenn das Laub gefallen ist.«

Während Alan sprach, kraulte er ununterbrochen Quincys flauschigen Bauch. Mittlerweile schnarchte der kleine Hund.

»Könntest du für mich nach nicht identifizierten sterblichen Überresten aus den Jahren 1998 bis 2002 suchen?«, fragte Kate. »Das würde den Zeitraum abdecken, in dem David und Gabe verschwunden sind.«

»Das könnten über sechshundert sein«, erwiderte Alan. »Ich hab alle Hände voll damit zu tun, die aktuellen Todesfälle und Obduktionen zu bewältigen.«

»Ich weiß, aber was wäre, wenn ich dir für den Zeitrahmen ganz bestimmte Kriterien nennen könnte? Das Suchgebiet würde sich auf den Südwesten von England beschränken. Männlich im Alter zwischen achtzehn und fünfundzwanzig Jahren. Über 1,80 Meter groß, dunkelhaarig. Möglicherweise sexuell missbraucht. Und gutaussehend. Nein, das wohl eher nicht. ›Gutaussehend‹ kann man nicht in eine Datenbank eingeben. Das liegt im Auge des Betrachters ...«

Kate beobachtete, wie sich Alan aufrechter hinsetzte. Dann erhob er sich, ging zum Fenster und starrte hinaus in den Garten. Er wirkte beunruhigt.

»Letzten Donnerstag habe ich einen jungen Mann obduziert«, sagte er. »Die Leiche wurde im Loch eines kürzlich umgestürzten Baums im Dartmoor gefunden. Er war erst seit sechsunddreißig Stunden tot. Die Polizei konnte ihn anhand der Fingerabdrücke identifizieren.« Er wandte sich wieder zu Kate um. »Der Junge entspricht der Beschreibung, die du mir gerade gegeben hast. Haargenau, abgesehen von der Haarfarbe. Er war blond. Und hatte eine Verhaftung wegen Prostitution.«

»Wie ist er gestorben?«, fragte Kate. Ihr Herz pochte aufgeregt in der Brust.

»Wiederholte Strangulierung. Die petechialen Blutungen, die wie ein roter Ausschlag aussehen, zeigen deutlich, dass er mehrmals gewürgt und wiederbelebt worden ist. Im Blut hatte er Rohypnol und Alkohol. Seine Leiche lässt erkennen, dass er gefesselt und sexuell missbraucht wurde. Allerdings gibt es keinerlei DNA-Spuren daran.«

»Was sagt die Polizei?«, fragte Kate.

»Zu den Medien gar nichts, und soweit ich weiß, gibt es weder Zeugen noch Verdächtige«, antwortete Alan.

Kate verließ gerade Alans Haus, als Tristan sie anrief.

»Ich hab's geschafft, Ashley Harris aufzuspüren, Joannas Redakteur bei der *West Country News*«, verkündete er.

»Bitte sag, dass er noch lebt.«

Tristan lachte.

»Ja. Wir konnten ihn nur deshalb nicht finden, weil er geheiratet und den Namen seiner Frau angenommen hat.«

»Wie modern von ihm.«

»Ich weiß. Seine Namensänderung war im Handelsregister eingetragen. Seine Frau heißt Juliet Maplethorpe, deshalb ist er jetzt Ashley Maplethorpe. Sie betreiben eine Firma namens Frontiers People Ltd.«

»Was macht das Unternehmen?«

»Sie führen Programme zur Wiedereingliederung in den Arbeitsmarkt durch, im Auftrag der britischen Regierung. Letztes Jahr haben sie einen Gewinn von siebzig Millionen Pfund erzielt.«

»Also lukrativer als die Arbeit bei einer Regionalzeitung.«

»Richtig. Ich weiß nicht, ob es ein Zufall ist, aber er hat zwei Wochen nach Joannas Verschwinden als Redakteur bei der *West Country News* gekündigt«, fuhr Tristan fort. »Ich hab im Internet einen alten Artikel der *West Country News* vom Januar 2001 gefunden, in dem er als neuer Redakteur angekündigt wird. Damals war er dreißig Jahre alt. Davor war er ein ehrgeiziger Journalist. Hat im Alter von sechzehn Jahren als Lehrling angefangen und sich hochgearbeitet. Er war damals der jüngste Redakteur einer Regionalzeitung – und hat unmittelbar nach Joannas Verschwinden alles aufgegeben. Interessant ist auch, dass ich ihm heute Morgen, nachdem ich das alles herausgefunden hatte, eine Nachricht geschickt hab. Und er hat zugestimmt, sich am Dienstag mit uns zu treffen.«

»Gute Arbeit, Tris.«

»Das ist noch nicht alles«, fügte er aufgeregt hinzu. »Ich hab einen Blick auf die Website von Frontiers People geworfen. Dort findet man Ashleys Biografie und Foto. Sein Gesicht ist mir bekannt vorgekommen. Ich hatte den Eindruck, ihn erst unlängst gesehen zu haben. Und tatsächlich ist er auf dem Foto der Eröffnung des *Jesper's*. Er steht mit seiner Frau Juliet neben Noah Huntley und vermutlich dessen Frau. Und im Handelsregister steht, dass Ashley einer der ursprünglichen Investoren in Jespers Hotel war – zusammen mit Noah Huntley, Max Jesper, seinem Lebensgefährten Nick Lacey und drei anderen Geschäftsleuten aus der Gegend.«

»Tristan, das ist brillant! Verdammt, allmählich sieht das verdammt nach Inzucht aus«, sagte Kate.

»Ja. Wird interessant werden, Ashley nach seinen Verbindungen zu Noah Huntley und Max Jesper zu fragen.«

»Solltest du heute nicht bei Sarah zum Essen sein?«

»Sie hat sich was eingefangen und abgesagt.«

»Tut mir leid, das zu hören. Aber toll, was du stattdessen geschafft hast. Einfach großartig.«

»Wie war das Essen mit Alan?«, erkundigte sich Tristan.

Kate erzählte ihm von Davids und Gabes Vorstrafen, von ihrer Idee, nach den Überresten nicht identifizierter junger Männer zu suchen, und vom Fund der Leiche in dem Loch eines umgestürzten Baums.

»Das ist ein weiterer Fortschritt«, meinte Tristan.

»Ja. Er hat meine Theorie ernst genommen. Ich dachte erst, ich verlange damit Unmögliches, aber Alan meint, dass er etwa sechs- bis siebenhundert nicht identifizierte Tote durchgehen muss. Ist zwar immer noch viel, aber es geht nicht in die Tausende.«

»Was schätzt du, wie lange er brauchen wird, bis er etwas für uns hat?«

»Er kann die Suche durch Kriterien für die Datenbank einschränken. Also hoffentlich recht schnell, falls er etwas findet.«

27

Den Montag verbrachten Kate und Tristan im Büro damit, sich auf ihr Treffen mit Ashley Maplethorpe vorzubereiten. Am Montagnachmittag erschien auf der Website von BBC Devon und Cornwall ein kurzer Artikel, in dem es hieß, dass man die Leiche eines jungen Mannes namens Hayden Oakley in der Nähe des Dorfs Buckfastleigh gefunden habe und dass die Polizei Ermittlungen anstelle. Daneben befand sich ein Foto, das einen riesigen umgestürzten Baum und ein weißes Zelt der Spurensicherung neben den Wurzeln zeigte. Weitere Informationen wurden nicht veröffentlicht.

Am Dienstagmorgen fuhren Kate und Tristan los zu Ashleys Adresse – Thornbridge Hall in Yeovil, Somerset, vierzig Kilometer von Ashdean entfernt.

Das Gebäude bestand aus grauem Stein. Erste flüchtige Blicke darauf erhaschten sie bereits, als sie von der Autobahn abfuhren. Eine anderthalb Kilometer lange, von Bäumen gesäumte Zufahrt schlängelte sich durch Wiesen, auf denen Schafe weideten, bevor sie in einen Hof mit Ställen mündete. Dort parkten vier schwarze SUV. Aus der Nähe war das Haus groß und besaß einen prunkvollen Eingang mit Säulen. Die Fensterreihen blickten streng über die Landschaft.

»Gelten wir als Lieferanten? Klingeln wir, oder gehen wir hintenrum?«, scherzte Tristan, während sie eine imposante Steintreppe betrachteten, die zu einer Terrasse und einer großen Doppeltür aus Holz hinaufführte.

»Wir gehen nicht hintenrum«, erwiderte Kate. Sie stiegen die Stufen hinauf und erreichten ein wenig atemlos den Vordereingang. Als sie klingelten, ertönte tief aus dem Inneren eine Glocke. Sie warteten eine volle Minute. Kate wollte gerade erneut klingeln, als sich die Tür öffnete.

Ashley Maplethorpe trug kurze Jeans und ein enges schwarzes T-Shirt mit AC/DC-Logo. Seine Füße waren nackt. Er hatte kurzes blondes Haar, war groß und sah aus, als hielte er sich in Form. Zu Kates Überraschung stand Juliet Maplethorpe neben ihm. Sie war einen Kopf kleiner, ungefähr so groß wie Kate, und trug einen wunderschönen aquamarinblauen Kaftan mit einem Muster großer rot-gelber Drachenblumen. Ihr feuchtes, leicht gewelltes Haar schimmerte in einem satten Rotton. Kate konnte die Träger eines Badeanzugs unter dem Kaftan erkennen. Auch Juliet war barfuß. Um das linke Fußgelenk trug sie ein goldenes Kettchen.

»Hallo! Nur herein«, begrüßte Ashley sie fröhlich, als wären sie alte Freunde, die am Sonntag zum Essen vorbeikamen. Seine Ausdrucksweise klang gewählt.

»Hallo. Willkommen in Thornbridge Hall«, sagte Juliet. Sie sprach mit einem leichten Geordie-Akzent, aber ihre grünen Augen wirkten intelligent und verhalten. »Ashley hätte Ihnen raten sollen, sich mit einer Textnachricht anzukündigen. Das Haus ist so groß, dass es eine Weile dauert, bis man die Eingangstür erreicht.« Sie musterte Kate und Tristan eingehend. *Bei der müssen wir vorsichtig sein*, dachte Kate.

Sie gingen durch einen langen Flur und ein Wohnzimmer, in dem Flügeltüren zu einem Garten hinter dem Haus führten. Das Areal erwies sich als riesig und wartete mit einem Tennisplatz auf der linken Seite sowie einem Swimmingpool samt Liegestühlen und Sonnenschirmen auf. Dahinter, am Ende des Grundstücks, befand sich ein Ziergarten mit einem Labyrinth.

In der Mitte des Rasens stand ein grüner Stoffpavillon mit einem Tisch und Stühlen darunter. Trotz des Schattens darunter spürte Kate, dass es ein warmer Tag werden würde.

So leger und sommerlich die Maplethorpes umherliefen, ihr Butler trug einen steifen, förmlichen Frack. Kate beobachtete ihn, während er beladen mit einem großen Tablett durch die Terrassentüren herauskam und über den Rasen marschierte.

»Stört es Sie, wenn ich mir ein paar Notizen mache?«, fragte Tristan.

»Können wir danach eine Kopie davon haben?«, gab Juliet zurück. Sie hatte einen kleinen Fächer hervorgeholt und wedelte damit nervös vor ihrem Gesicht. Die Frau wirkte deutlich weniger entspannt als ihr Mann.

»Ja, natürlich«, beteuerte Tristan.

»Wir sind keine Journalisten«, stellte Kate klar. »Ich kann Ihnen versichern, dass alles, was Sie sagen, streng vertraulich behandelt wird.«

»Ich hätte trotzdem gern Kopien Ihrer Notizen«, beharrte Juliet. »Meine bisherigen Erfahrungen im Umgang mit Journalisten sind nicht gut gewesen.« Kate fragte sich, was das bedeuten mochte. Fürchtete sie etwa, sie könnte sich selbst belasten?

»Natürlich«, sagte Kate. »Wir überlassen Ihnen sämtliche Notizen von diesem Gespräch.«

Der Butler erreichte den Tisch und servierte einen Krug Eistee mit passenden Gläsern, vier Tassen Espresso mit Milchkännchen und einen Teller mit zarten, kreisförmig aufgefächerten Keksen. Der arme Kerl schwitzte in seinem doppelreihigen Anzug samt Weste und gestärktem Kragen, das konnten sie sehen.

»Darf ich sonst noch etwas bringen?«, erkundigte er sich. Juliet schüttelte den Kopf. Er verbeugte sich und ging mit dem großen Tablett unter dem Arm.

»Der ganze Fall Joanna Duncan hat mich über die Jahre immer wieder belastet«, sagte Ashley und lehnte sich auf dem Stuhl zurück.

»Wie lange waren Sie ihr Redakteur?«, fragte Kate.

»Ungefähr anderthalb Jahre.«

»Sie haben zwei Wochen nach Joannas Verschwinden als Redakteur gekündigt. Warum?«

»Ein Interessenkonflikt«, sagte Juliet, fächelte sich mit einer Hand Luft zu und goss mit der anderen Milch in ihren Espresso. Kate fiel ein großer birnenförmiger Diamantring an ihrem Finger auf. »Mein Unternehmen stand damals wegen der von uns mit der Regierung unterzeichneten Verträge unter Beschuss der Presse …«

»Richtig. 2001 hat Frontiers People Vereinbarungen mit der britischen Regierung im Wert von 125 Millionen Pfund unterschrieben«, sagte Tristan, während er in seinen Notizen blätterte. »Und Sie haben kurz nach der Zahlung der Regierung eine hohe Dividende entnommen. Neun Millionen Pfund an öffentlichen Geldern.«

Frostiges Schweigen trat ein.

»Ich habe das Unternehmen 1989 aus dem Nichts aufgebaut. In den 1990er Jahren habe ich Millionen in die Firma reinvestiert. Ich habe mir diese Dividende von neun Millionen Pfund genommen, weil sie mir durchaus zugestanden hat, nachdem ich jahrelang kaum ein Gehalt von der Firma bezogen hatte. Die Zeitungen haben das aufgegriffen und so verzerrt, als hätte ich Steuergelder aus dem Unternehmen abgeschöpft. Es war auch nicht hilfreich, dass ich mit dem Geld dieses Haus von der Familie Thornbridge gekauft habe, der es seit Jahrhunderten gehört hatte«, fügte sie hinzu und deutete auf das Gebäude hinter ihnen. »Die *Daily Mail* hat es groß ausgeschlachtet. Ein Journalist von der *West Country News* hat auch einen Artikel darüber geschrieben. Ashley hat sich geweigert, ihn zu veröffentlichen. Er wurde vor den Vorstand zitiert, ist bei seiner Entscheidung geblieben und hat die Kündigung eingereicht.«

»Also hatte Ihr Abgang von der *West Country News* nichts mit dem Verschwinden von Joanna Duncan oder einer Story zu tun, an der sie gearbeitet hat?«, hakte Kate nach.

»Nein. Es hat an meiner Weigerung gelegen, mich selbst in die Schlagzeilen zu bringen«, erwiderte Ashley, und zum ersten Mal verschwand das Lächeln kurz aus seinem Gesicht.

»Das Timing war lausig und doch auch perfekt. Wir haben damals jemanden gebraucht, der sich in Vollzeit um die Öffentlichkeitsarbeit kümmert«, erklärte Juliet.

»Im Nachhinein die beste Entscheidung, die ich je getroffen habe«, sagte Ashley. »2002 hat das Internet so richtig Fahrt aufgenommen, wodurch wir einen Großteil unserer Geschäfte online abwickeln konnten. Sehen Sie sich hier um. Es ist ein Paradies!« Er zog ein breites Grinsen auf und lachte, allerdings wirkte es ein wenig gezwungen. Juliet lächelte schmallippig und legte eine Hand auf sein Bein.

»Natürlich war die Sache mit Joanna furchtbar. Nicht wahr, Ash?«, sagte sie.

»Ja. Ja, natürlich«, beteuerte er mit nunmehr ernster Miene.

»Hat Joanna zum Zeitpunkt ihres Verschwindens an irgendwelchen kontroversen Storys gearbeitet?«, erkundigte sich Kate.

»Was meinen Sie mit *kontrovers?*«, erwiderte Juliet.

»Joanna hat an der Korruptionsgeschichte über Noah Huntley gearbeitet, durch die er letztlich seinen Sitz im Parlament verloren hat.«

»Richtig. Das war ein echter Knüller.« Ashley nickte und trank einen Schluck von seinem Eistee.

»Soweit wir wissen, hatte die Story noch andere Aspekte, die Sie nicht in der Veröffentlichung haben wollten.« Kate beobachtete aufmerksam Ashleys Reaktion darauf. Wieder nickte er, bevor er den Eistee austrank.

»Ja. Sie, äh, hat herausgefunden, dass Noah Huntley Sex mit jungen Männern hatte ... während er verheiratet war.«

»Hat er sie bezahlt?«, hakte Tristan nach.

»Er hat einen Callboy bezahlt, ja. Außerdem hatte er Sex mit Männern in Bars und Clubs.«

»Warum haben Sie Joanna aufgefordert, den Teil der Story wegzulassen?«, fragte Kate. Ashley lehnte sich zurück und rieb sich das Gesicht.

»Joanna hatte einen der jungen Männer überredet, sich zu Wort zu melden. Dann allerdings hat der Bursche seine Aussage zurückgezogen, und ohne ihn konnten wir den Teil der Story nicht belegen«, erklärte Ashley.

»Wie viele junge Männer hat Joanna befragt?«

Ashley wischte sich übers Gesicht. Er begann, in der Hitze zu schwitzen.

»Ist schon lange her, aber ich glaube, es war eine Handvoll. Nur einer davon hatte handfeste Beweise, mit denen wir etwas anfangen konnten. Huntley war schamlos. Er hat diesen einen Jungen, diesen Callboy, mit einem Scheck bezahlt! Eigentlich unglaublich.«

»Erinnern Sie sich an den Namen des jungen Burschen?«, fragte Kate.

Ashley legte eine längere Pause ein. Von Juliet ging das leise Wischen ihres Fächers aus. Kate konnte den leichten Luftzug spüren, den sie sich ins feuchte Gesicht wedelte.

»Ja. Gabe Kemp.«

Kate konnte ihre Reaktion ebenso wenig verbergen wie Tristan.

»Fallen Ihnen noch irgendwelche anderen Namen ein?«

»Nein. Wie gesagt, Gabe Kemp war der einzige Callboy mit einem konkreten Beweis dafür, dass Noah Huntley ihn für Sex bezahlt hat.«

Juliet schaute zwischen ihnen hin und her. »Warum sollte sich Ashley nach all den Jahren noch an die Namen von irgendwelchen Callboys erinnern?«

»Wann hat Huntley für Sex mit Gabe Kemp bezahlt?«, fragte Kate und ignorierte Juliet.

»Die genauen Einzelheiten weiß ich wirklich nicht mehr«, erwiderte Ashley.

»Haben Sie gewusst, dass Gabe Kemp im April 2002 verschwunden ist, einen Monat, nachdem Joannas Enthüllungsbericht über Noah Huntley gedruckt wurde?«

»Nein, das war mir nicht bekannt«, antwortete Ashley.

»Gabe Kemp hat außerdem in einer Jugendstrafanstalt eingesessen. Als er sechzehn war, hat er ein vierzehnjähriges Mädchen vergewaltigt.«

»Das ist furchtbar. Aber auch davon hab ich nichts gewusst«, sagte Ashley.

»Haben Sie Joanna autorisiert, ihn für seine Geschichte zu bezahlen oder ihm Geld dafür anzubieten?«, fragte Tristan.

»Die *West Country News* ist nur eine Lokalzeitung. Wir hatten kein riesiges Budget, um Storys zu finanzieren. Joanna hatte lediglich die Befugnis, ihm zweihundert Pfund für etwaige Ausgaben zu zahlen. Und er hätte Geld bekommen, wenn die Story von landesweiten Zeitungen aufgegriffen worden wäre«, erklärte Ashley. »Aber Gabe Kemp hat seine Aussage zurückgezogen, deshalb wurde nie etwas darüber veröffentlicht, dass Noah Huntley Callboys engagiert hat. Der Enthüllungsbericht war ohne das sowieso stärker.«

»Wann hat Gabe seine Aussage zurückgezogen?«

»Ich glaube, das war ein paar Monate, bevor Joannas Artikel herausgekommen ist. Anfang 2002.«

»Und warum hat er sie zurückgezogen?«, hakte Kate nach.

»Soweit ich mich erinnere, wollte er sich nicht outen und strafrechtliche Verfolgung riskieren. Und da ich jetzt weiß, dass er vorbestraft war, erscheint mir das umso logischer. Er klingt nach einem ziemlich abstoßenden jungen Mann«, meinte Ashley.

Juliet beugte sich zur Seite und berührte ihn ermutigend am Arm.

»Was hat das *konkret* mit Joanna Duncans Verschwinden zu tun?«, fragte sie.

»Richtig«, sagte Kate. Sie klärte die beiden über die Aufnahmen der Überwachungskameras der Tankstelle vom August 2002 auf, die Joanna bei einem Treffen mit Noah Huntley zeigten. Dazu holte sie die Fotos heraus und legte sie auf den Tisch. »Wissen Sie, warum sie sich fünf Monate nach der Veröffentlichung ihrer Story mit Noah Huntley getroffen hat?«

Ashley und Juliet starrten auf die Fotos, während Kate aufmerksam die Reaktionen der beiden beobachtete. Wieder wirkte Ashley überrascht. Juliets Blick schnellte zwischen ihrem Ehemann und den Aufnahmen hin und her. Sie schwitzte heftig. Als Ashley den Mund öffnete, um etwas zu sagen, kam sie ihm zuvor.

»Oh Gott! Tut mir so leid, aber könnten wir unser Gespräch zum Pool verlagern? Ich komme um in dieser Hitze. Dort ist es luftiger, und es wäre angenehm, die Füße ins Wasser zu tauchen. Ashley, kannst du mir helfen? Mir ist ein bisschen schwindlig.«

Damit stand sie abrupt auf und trat den Weg zum Swimmingpool an.

Tristan sah Kate an.

»Ist ja tatsächlich verdammt heiß, aber sie hat damit gerade das Gespräch unterbrochen«, sagte er leise. Kate beobachtete, wie Juliet mit flatterndem Kaftan zum Pool marschierte und Ashley hinter ihr hereilte.

28

Den riesigen Swimmingpool von Thornbridge Hall hatte man auf einer gefliesten Terrasse errichtet, eingelassen in den Hang am Ende der weitläufigen Gärten. Auf der anderen Seite des Beckens begrenzte ein Geländer die Terrasse, die über einen steilen Abhang ragte und eine Aussicht auf den Hügel darunter bot. Neben dem tiefen Ende des Swimmingpools standen ein Grill und eine kleine Bar, auf der gegenüberliegenden Seite sechs Liegestühle aus Holz mit großen Sonnenschirmen.

Am flachen Ende verlief der gefliese Boden abschüssig zu einem Planschbereich, in dem das Wasser nur wenige Zentimeter hoch stand, bevor das Becken zum Schwimmen tiefer wurde.

Als Kate und Tristan den Pool erreichten, hatte sich Juliet bereits im Schatten eines Sonnenschirms auf einem der Liegestühle niedergelassen, fächelte sich Luft zu und hatte die Füße ins seichte Wasser des Planschbereichs ausgestreckt.

Ashley rückte zwei Stühle für Kate und Tristan zurecht.

»Ist's für Sie in Ordnung, ins Wasser zu steigen?«, fragte er.

Kate blickte auf ihre schwarzen Stiefel und die Jeans hinab. Tristan trug eine kurze Hose und Turnschuhe.

»Ja«, antwortete sie, ärgerte sich jedoch innerlich über die von Juliet verursachte Unterbrechung und darüber, dass sie Schuhe und Socken ausziehen und die

Jeans hochkrempeln musste. Außerdem hatte sie sich die Beine nicht rasiert. Jedoch erwies es sich am Pool tatsächlich als wesentlich kühler. Von den Hügeln wehte eine angenehme Brise herüber. Nachdem Kate die Schuhe abgestreift hatte, rollte sie die Jeans nicht weiter als nötig hoch, gerade mal bis über die Fußgelenke, bevor sie zu dem Ehepaar hinüberwatete.

So sehr Kate die Abkühlung begrüßte, ihr wäre lieber gewesen, Juliet und Ashley hätten weiterhin geschwitzt und unter der Hitze gelitten.

»Wir wollten gerade über diese Überwachungsfotos von Noah Huntley reden, die ihn bei einem Treffen mit Joanna zwei Wochen vor ihrem Verschwinden zeigen«, lenkte Kate das Thema zurück auf den Fall. Ashley beugte sich vor, ergriff die Fotos und sah sie durch.

»Keine Ahnung, warum sie sich mit ihm getroffen haben könnte«, sagte Ashley.

»Hätte Joanna in ihren Notizen über das Treffen berichten müssen?«

»Sie musste mir nie Bericht über ihre tägliche Arbeit erstatten. Joanna ist nur dann zu mir gekommen, wenn sie eine neue Story aufgetan hatte, der sie nachgehen wollte, oder wenn sie kurz davor war, eine fertigzustellen.«

»Haben Sie vor oder nach der Veröffentlichung von Joannas Story mit Noah Huntley gesprochen?«, fragte Tristan.

»Natürlich hatte ich im Vorfeld und danach mit seinen Anwälten zu tun. Mit ihm persönlich hab ich nicht geredet. Joanna hat ihm vierundzwanzig Stunden vor Redaktionsschluss die Möglichkeit gegeben, sich zu der Story zu äußern. Er hat abgelehnt.«

»Haben Sie je daran gedacht, nach der Betrugsgeschichte zu veröffentlichen, dass Noah Huntley Callboys für Sex bezahlt hat?«

»Das hat er Ihnen bereits gesagt. Gabe Kemp hat seine Aussage zurückgezogen«, warf Juliet ein. Sie lehnte sich zurück und lächelte. »Ist völlig normal, dass Storys aus verschiedenen Gründen zurückgezogen oder gestrichen werden. In der Regel sind dabei rechtliche Probleme im Spiel. In dem Fall war Gabe Kemp offensichtlich ein verurteilter Verbrecher, der keine weitere Strafverfolgung riskieren wollte.«

»Sind Sie mit Noah Huntley befreundet?«, kam von Tristan.

»Natürlich nicht«, sagte Juliet.

»Sie hatten seither nie gesellschaftlichen oder sonstigen Umgang mit ihm?«

»Das habe ich Ihnen gerade gesagt. Nein. Nie«, betonte Juliet mit zusammengekniffenen Augen.

Ashley ergriff ihre Hand.

»Ist schon gut, Juliet … Meine Frau hat mir gegenüber einen ausgeprägten Beschützerinstinkt. Der hat sich während ihres Umgangs mit der Presse entwickelt.«

Kate bemerkte, wie Tristan sie ansah, und sie nickte. Dann holte sie eine Kopie des Fotos von der Eröffnungsfeier von *Jesper's Hotel* heraus.

»Hier sind Sie beide zusammen mit Noah Huntley und seiner Frau abgebildet«, sagte Kate.

»Also …« Das Foto wühlte Ashley sichtlich auf. »Wir haben ihn vielleicht bei Veranstaltungen gesehen.«

»Also hatten Sie doch gesellschaftlichen Umgang mit ihm?«

»Damals war eine ziemlich große Gruppe von Leuten anwesend«, sagte Juliet und wischte sich Schweiß von der Oberlippe. »Wir sind nicht mit den Huntleys befreundet, aber geschäftlich haben sich unsere Wege vielleicht flüchtig gekreuzt.«

»Sie waren außerdem einer der ursprünglichen Investoren in *Jesper's Hotel*. Zusammen mit Noah Huntley«, sagte Tristan.

Kate holte die Unterlagen des Handelsregisters aus der Tasche und streckte sie vor.

»Was zum Teufel soll das werden? Ein polizeiliches Verhör?«, stieß Juliet aufgebracht hervor. Ashley blieb ruhig und schwieg.

»Natürlich nicht. Wir versuchen nur, die Einzelheiten zu verstehen«, entgegnete Kate und versuchte, unbeeindruckt zu wirken. »Gesellschaften mit beschränkter Haftung sind gesetzlich verpflichtet, Gesellschafterversammlungen abzuhalten. Also müssen sich Ashley, Noah und die anderen Teilhaber getroffen haben. Sie waren fünf Jahre lang zusammen mit Noah Gesellschafter, richtig? Das würde ich nicht als flüchtig bezeichnen. Wollen Sie die entsprechenden Unterlagen sehen?«

»Nein! Und das heißt noch lange nicht, dass sich Ashley und Noah kennen!«, rief Juliet. »Und mir gefällt diese hinterhältige Art nicht, wie Sie diese Fotos und Dokumente hervorholen.«

Kate behielt die Unterlagen auf dem Schoß.

»Wir wollen nicht andeuten, dass Ashley irgendetwas mit Joanna Duncans Verschwinden zu tun hat«, log sie. »Aber ich finde Ihre Reaktion auf all das doch etwas irritierend.«

Juliet schaute zwischen allen hin und her. Sichtlich

wütend kaute sie auf ihrer Unterlippe und strich sich die Haare aus dem Gesicht. Ashley betrachtete seine ins Wasser getauchten Füße. Er wirkte wesentlich ruhiger.

»Was haben Sie denn für eine Reaktion erwartet?« Weder Kate noch Tristan erwiderten etwas darauf. Stattdessen ließen sie die einsetzende Stille anhalten. Juliet holte tief Luft. Sie schwitzte nach wie vor. Ihr Gesicht war trotz der kühlenden Brise und des Wassers gerötet. Kate empfand Mitleid mit ihr und fragte sich, ob sie in den Wechseljahren war. »Vielleicht sollte ich lieber dich reden lassen, Ashley«, meinte sie spitz, lehnte sich zurück und fächelte sich weiter Luft zu.

Ashley blähte die Wangen auf und wischte sich Schweiß von der glänzenden Stirn. »Ja. Ich kenne Noah Huntley. Entfernt. Aber ich bin nicht mehr Gesellschafter bei *Jesper's* … Nach Joannas Story habe ich Huntley nur dreimal getroffen, glaube ich. Bei der Eröffnung des Hotels.« Er hob die Hand und zählte an den Fingern ab. »Bei unserer ersten Gesellschafterversammlung, die persönlich abgehalten wurde … In den nachfolgenden Jahren haben wir uns auf Telefonkonferenzen beschränkt.«

»Sind Sie je im *Jesper's* gewesen, als das Gebäude noch eine Kommune war?«, fragte Tristan.

Die Frage schien Ashley zu überrumpeln. »Nein! Niemals! Ich meine, nein«, antwortete er. »Warum sollte ich? Von der Kommune wusste ich ja gar nichts. Na ja, ich hab von Max davon erfahren, als er die Immobilie durch das Hausbesetzerrecht bekommen hat …«

»Wir sind davon ausgegangen, dass Joanna mit Ihnen und den Anwälten der Zeitung die Einzelheiten der Story über Noah Huntley durchgegangen ist«, meinte Kate.

»Stimmt. Ich hab ja schon gesagt, dass ...«

»Hat Gabe Kemp je in der Kommune gewohnt? Ist das mal bei den ausführlichen juristischen Besprechungen zur Sprache gekommen, die Sie dazu veranlasst haben, den Teil mit Callboys aus der Story über Noah Huntley zu streichen?«, fragte Tristan.

»Nein. Ich wusste nicht, wo Gabe Kemp gewohnt hat! Das ist ein Detail, das ...«

»Gabe Kemps Adresse war eine Formalität und ein Detail, mit dem sich Ashley schlichtweg nicht befasst hat«, fiel Juliet ihm ins Wort. »Als Redakteur wollte und *konnte* er sich nicht mit jeder Einzelheit auseinandersetzen. Immerhin hat er täglich so viele Artikel beaufsichtigt.«

»Wann haben Sie ihn das dritte Mal gesehen?«, kam von Tristan.

»Wen?«, fragte Ashley.

»Noah Huntley. Sie haben gesagt, dass Sie ihn nach der Veröffentlichung von Joannas Story dreimal getroffen haben.«

»Bei Max Jespers Sommerfest im letzten Jahr«, sagte Juliet. Ashley warf ihr einen jähen Blick zu, dann erlangte er die Fassung wieder und lächelte.

»Richtig. Wir haben die Einladung jedes Jahr bekommen, aber seine Sommerfeste überkreuzen sich immer mit unserem Sommerurlaub in Frankreich ... Wir haben dort ein Haus in der Provence. Letztes Jahr sind wir wegen Renovierungsarbeiten nicht hingereist, also haben wir Max' Party besucht.« Ashley lehnte sich zurück. »Es war keine intime Feier. Ich hatte den Eindruck, dass Hunderte Leute dort waren. Außerdem war es ausgerechnet ein Kostümfest. War daher recht schwierig, zu erkennen, wer wer war. Ich kann mich nicht erinnern, Noah Huntley dort gesehen zu haben. Du?«, fügte er an seine Frau gewandt hinzu.

»Sie haben gerade gesagt, dass Sie Noah dort zum dritten Mal gesehen haben«, merkte Kate an.

»Ich meine *getroffen*. Ich kann mich nicht erinnern, ihn dort getroffen zu haben. Gesehen habe ich ihn von Weitem.« Er wirkte aufgebracht, genervt und gestresst.

»Wir haben sogar Max und Nick nur flüchtig gesehen, und sie waren die Gastgeber«, ergänzte Juliet.

»Warum hat man Sie eingeladen? Wenn Sie die beiden kaum kennen?«, fragte Kate.

»Warum nicht? Geschäftspartner aus der Vergangenheit. Die Welt der Unternehmerinnen und Unternehmer im Westen des Landes ist recht klein«, erklärte Ashley.

»Solche Partys sind immer eine gute Gelegenheit zum Vernetzen«, fügte Juliet hinzu. »Bei so vielem, was wir tun, ist Networking unverzichtbar.«

»Ich hab mich mit einem der Kellner von der Party unterhalten«, meldete sich Tristan zu Wort. »Er hat mir erzählt, dass Noah Huntley ihm Geld dafür geboten hat, mit ihm in die Dünen zu verschwinden und Sex zu haben.«

Juliets Augenbrauen schossen beinah bis zum Haaransatz hoch.

»Ach du liebes bisschen! Ich kenne Noahs Frau Helen zwar kaum, aber ich kann mir nicht erklären, warum sie bei ihm bleibt«, sagte sie. »Einmal Politiker, immer Politiker. In meiner Branche habe ich mit so vielen davon zu tun, und mir sind schon unzählige Geschichten über Affären und Ehebruch zu Ohren gekommen. Viele scheinen schwul zu sein, obwohl sie verheiratet sind.«

»Ja, richtig. Ein weiterer Grund, warum man uns davon abgeraten hat, über Noah Huntleys Verbindungen zu Callboys zu berichten«, ergriff Ashley das Wort, »war nämlich das gesellschaftliche Klima zu der Zeit. Die Regierung Blair hatte gerade die Gesetzeserweiterung zum Verbot der Förderung von Homosexualität durch lokale Behörden abgeschafft und gleichgeschlechtliche Lebensgemeinschaften legalisiert. Leute in Form von Nachrichten zu ›outen‹ war damit nicht mehr legal. Ohne die Aussage eines Callboys war Noah Huntley nur ein weiterer ungeouteter Schwuler, der einvernehmlichen gleichgeschlechtlichen Sex hatte.«

»Was macht seine Frau Helen?«, fragte Tristan.

»Sie ist seine Sekretärin und schaut vermutlich mit beiden Augen weg. Ich glaube, dass Noah in Nicks Unternehmen investiert.«

»Unterhalten Sie beide derzeit eine Geschäftsbeziehung mit Nick?«, fragte Kate. Aus den Handelsregisteraufzeichnungen wussten Tristan und sie bereits, dass die Antwort nein lautete, trotzdem fand sie, es konnte nicht schaden, sich zu erkundigen.

»Er ist auf außerbörsliche Unternehmensbeteiligungen spezialisiert. Davon halte ich nichts. Liegt wohl an meinen Wurzeln in der Arbeiterklasse«, sagte Juliet. »Ich stecke mein Geld lieber in Immobilien oder bringe es zur Bank, wo ich es sehen kann.«

Kate nickte und schaute zu Tristan, der alles mitschrieb. Weitere Fäden spannen sich zwischen den immer selben Personen.

»Kommen wir wieder zurück zu Joanna Duncan. Glauben Sie, dass ihre Arbeit in einer zentralen Datenbank bei der *West Country News* gespeichert ist?«

»Nur ihre veröffentlichten Sachen. Damals, 2002, hatten wir erst vor wenigen Monaten einen Internetzugang fürs Büro bekommen. Unser Intranet war sehr schlicht«, sagte Ashley.

»Gab es eine zentrale Festplatte, auf der sie ihre Arbeit gespeichert hat?«

»Nein. Sie hatte einen Laptop«, antwortete Ashley.

»Hat sie ihn im Büro gelassen?«

Ashley verzog leicht genervt das Gesicht.

»Herrgott. Ziemlich penible Frage. Keine Ahnung. Ich denke nicht.«

»Die Polizei weiß nicht, was aus Joannas Laptop oder Notizbüchern geworden ist«, sagte Kate und musterte Ashley dabei aufmerksam.

»Ich auch nicht.«

Eine lange Pause entstand. Kate merkte Ashley und Juliet an, dass sie die Unterhaltung beenden wollten.

»Dürfen wir noch ein paar praktische Fragen stellen?«, ergriff Tristan das Wort. »Ashley, Sie waren am Samstag, dem 7. September, nicht da, als Joanna verschwunden ist?«

»Richtig. Das habe ich schon der Polizei bei meiner Aussage erklärt. Ich war in London und habe mich mit einem Freund von der Universität getroffen, der das damals auch bestätigt hat«, erwiderte Ashley.

»Genau. Der Freund hieß Tim Jeckels«, sagte Tristan und schaute von seinem Notizbuch auf. »Sie sind übers Wochenende bei ihm in seiner Wohnung im Norden von London geblieben.«

»Ja. Er war Regisseur am Theater. Ich bin dort gewesen, um mir sein damals neuestes Stück anzusehen. Leider ist Tim vor fünf Jahren gestorben.«

Kate fiel ein unbehaglicher Moment zwischen Juliet und Ashley auf. Ein flüchtiger Blick.

»Ich war hier zu Hause, glaube ich«, sagte Juliet. »Die Polizei hat sich nicht danach erkundigt, was ich zu der Zeit gemacht habe. Ich sollte nur bestätigen, dass Ashley nicht da war.«

»Wir haben versucht, Verbindung mit Rita Hocking aufzunehmen, einer Kollegin von Joanna, die am Tag ihres Verschwindens bei der Arbeit war. Haben Sie noch Kontakt zu ihr?«, fragte Tristan.

»Nein, ich habe keinen Kontakt mehr mit Rita. Sie lebt jetzt in Amerika, oder?«, kam von Ashley.

»Ja. Sie arbeitet für die *Washington Post*. Sie hat noch nicht auf unsere Anfrage reagiert.«

»Schade, dass Minette nicht mehr lebt. Sie hat mit eiserner Hand über den Kopierraum geherrscht. Und sie hat immer alles darüber gewusst, was vor sich ging.«

»Ist damals denn irgendetwas vor sich gegangen?«, hakte Kate nach. Ashley verdrehte die Augen.

»Nein, natürlich nicht. Ist bloß so eine Redewendung«, erwiderte er irritiert. »Aber sie hat wahrscheinlich mehr über Joanna gewusst als ich.«

»Wie war ihr Nachname?«

»Zamora. Minette Zamora«, sagte Ashley. »Aber sie ist vor ein paar Jahren an Lungenkrebs gestorben.«

»Hat Joanna je mit Ihnen über ein Hochhaus in Exeter gesprochen, das Marco Polo House? Sie hat gegen eine Gruppe von Geschäftsleuten ermittelt, die es gekauft hatten und bei den Renovierungsarbeiten vertuschen wollten, dass es jede Menge Asbest enthalten hat«, meldete sich Tristan zu Wort. Ashley schaute aufrichtig verwirrt drein.

»Äh, nein. Das Marco Polo House ist ein Bürogebäude, oder?«

»Ja.«

»Wir müssen hier bald fertig werden«, warf Juliet mit einem Blick auf die Uhr ein. »Meine Schwester kommt mit meiner Nichte und ihren Freundinnen zum Schwimmen vorbei.«

»Ich hab nur noch eine Frage«, sagte Kate. »Was glauben Sie, was mit Joanna passiert ist?«

Ashley wirkte überrascht.

»Geht man nicht davon aus, dass jemand sie entführt hat? Irgendein Spinner, der sie sich spontan geschnappt hat? Wir haben sie alle davor gewarnt, ihr Auto in diesem schrecklichen alten Parkhaus abzustellen.«

»Mir ist noch nie ein Entführungsfall mit so wenigen Beweisen untergekommen«, merkte Kate an.

»Vielleicht verschwinden Menschen manchmal einfach spurlos«, sagte Juliet.

29

»Warum waren die so unvorbereitet auf unsere Fragen?«, sagte Kate auf der Fahrt zurück nach Ashdean. »Und warum haben sie erst behauptet, Noah Huntley nicht zu kennen?«

»Ashley Maplethorpes Alibi ist auch echt vielsagend«, erwiderte Tristan. »Tim Jeckels, *sein Freund vom Theater?*« Mit hochgezogener Augenbraue sah er Kate an.

»Ich weiß«, sagte sie. »Da dürfte sich wohl eine Situation wie in *Brokeback Mountain* abgespielt haben. Nur ohne das Zelten im Freien, wenn Tim in London gelebt hat ... Juliets Reaktion, als er sein Alibi erklärt hat, bestätigt unsere Vermutung noch. Sie hat bei Tim Jeckels Erwähnung eine deutliche Gefühlsregung gezeigt, wer auch immer er in Ashleys Leben gewesen sein mag. Und wie sie ihre Verbindung zu Noah Huntley vertuschen wollten, finde ich zugleich interessant und irritierend.«

»Ja. Es tauchen immer wieder die gleichen Namen auf«, hielt Tristan fest. »Noah Huntley, Max Jesper ... Max' Lebensgefährte Nick Lacey ist auch schon zum zweiten Mal in Erscheinung getreten. Und jetzt haben wir auch Ashley Maplethorpes Verbindung mit ihnen.«

»Ist das nicht typisch britisch? Man sucht sich eine Clique, einen Clan, einen Freundeskreis, und ist man einmal drin, bleibt man ein Leben lang dabei. Auch wenn man die anderen nicht leiden kann. Weil's trotzdem besser ist, drin zu sein als draußen«, sagte Kate.

»Und jetzt gibt es auch definitiv eine Verbindung

zwischen Gabe Kemp und Noah Huntley. Gabe hat sich mit Joanna getroffen und war bereit, sich offiziell zu Wort zu melden, bevor er kalte Füße bekommen hat.«

»Die Frage ist, wie David Lamb und Gabe Kemp miteinander in Verbindung stehen. Joanna hat beide Namen aufgeschrieben. Wenn wir Gabe Kemp mit der Kommune in Verbindung bringen können, dann lassen sich auch David Lamb und Max Jesper zuordnen … Wenn Nick Lacey und Max seit Jahren zusammen sind, könnte auch er David gekannt haben. Vermutlich wird er als Max' fester Freund die Kommune besucht haben. Und jetzt haben wir Ashley als Investor des Hotels. Wenn er ungeoutet schwul ist, wer sagt dann, dass nicht auch er die Kommune besucht hat?«

»Hast du Juliets Gesicht gesehen, als wir wissen wollten, ob er mal dort gewesen ist?«

»Ja. Und er hätte am liebsten sogar geleugnet, von ihr gewusst zu haben. Aber Gabe Kemp war eine entscheidende Quelle für Joannas Story über Noah Huntley. Ashley muss mit ihr ausführlich über Gabe gesprochen haben. Es wäre doch der Knüller gewesen, Einzelheiten darüber zu drucken, dass ein amtierender Abgeordneter für Callboys bezahlt.« Tristan schüttelte den Kopf. »Das ist so schmierig.«

Eine Weile schwiegen sie, während sie über eine hohe Brücke fuhren und auf das kornblumenblaue Wasser einer Flussmündung blickten, gesäumt von grünem Schilf, das sich im Wind wiegte. Durch die offenen Fenster wehte die laue Sommerbrise den süßlichen Duft von frisch gemähtem Gras herein.

»Joannas Freundin Marnie hat dasselbe gesagt wie Ashley«, meinte Kate schließlich.

»Was?«, hakte Tristan nach.

»Das Joanna zum willkürlichen Opfer eines Serienmörders geworden sein könnte. Ohne Planung oder Motiv. Irgendein Irrer, der zu der Zeit gerade dort war und darin eine Gelegenheit gesehen hat.«

»Glaubst du das auch?«

»Manchmal. Wenn ich schweißgebadet aufwache und mich frage, ob wir je herausfinden werden, was mit ihr passiert ist. Ashley Maplethorpe hat einen Haufen Fragen und Verdachtsmomente aufgeworfen, aber er war in London, als Joanna verschwunden ist.«

Kate kramte aus ihrer Handtasche eine Packung mit Schmerztabletten hervor. Die Hitze und das unerfreuliche Treffen hatten ihr Kopfschmerzen verursacht. Sie drückte zwei Tabletten aus der Folie, steckte sie sich in den Mund und schluckte sie runter.

»Herrje! Schluck die Pillen doch nicht trocken! Ich hab Wasser dabei«, sagte er, tastete hinter seinem Sitz herum und reichte ihr eine Flasche.

»Danke«, sagte sie, schraubte den Deckel ab und trank einen ausgiebigen Schluck. »Schon besser.«

Die frische salzige Luft, die ins Auto wehte, linderte Kates Kopfschmerzen.

Dann ertönte ein ohrenbetäubendes Klingeln und ließ sie beide zusammenzucken.

»Sorry. Das ist meine Freisprechanlage«, sagte Tristan und regelte die Lautstärke herunter. Er drückte eine grüne Taste neben dem Lenkrad, um den Anruf anzunehmen.

»Hallo?«

»Oh, du lebst ja noch, Miss Marple«, dröhnte Ades Stimme aus den Autolautsprechern.

»Tut mir leid, ich hatte viel zu tun«, erwiderte Tristan.

»Verstehe. Ich dachte schon, du wärst vielleicht im Orient-Express ermordet worden oder hättest unter irgendeiner Sonne was herrlich Böses getan.«

»Ich bin gerade im Auto. Mit Kate.« Tristan wirkte verlegen.

»Oh. Tut mir leid. Hallo, Kate«, grüßte Ade und wechselte zu einer neutraleren Telefonstimme.

»Hi«, gab Kate grinsend zurück. »Mir gefallen deine Agatha-Christie-Anspielungen.«

»Danke. Mir hat Roger Ackroyd auf der Zunge gelegen ... Aber genug davon, was ich in meiner Freizeit treibe.«

Kate lachte.

»Ich wollte dich anrufen, sobald ich wieder zu Hause bin, Ade.« Tristan klang immer noch etwas verlegen.

»Ich denke, das wird dich interessieren, Miss Mar... *Tristan*«, erwiderte Ade. Eine kurze Pause entstand.

»Tja, dann schieß los«, forderte Tristan ihn schließlich auf, als sie einen großen Kreisverkehr erreichten und die ersten anderen Fahrzeuge an diesem Tag sahen. Sie schlossen die Fenster, um nicht den Gestank von Abgasen ins Auto zu bekommen.

»Okay, am besten fange ich ganz von vorn an und liefere euch ein bisschen Hintergrund ... Sozusagen, um die Bühne zu bereiten«, fügte Ade hinzu. Tristan verdrehte die Augen und formte mit den Lippen *Tut mir leid* in Kates Richtung. Ade fuhr fort: »Ich bin neulich am Pfarrsaal über der High Street von Ashdean vorbeigegangen. Auf dem Anschlagbrett draußen hat ein alter Zettel gehangen, der für morgen Abend eine Gelegenheit zum Kennenlernen unseres örtlichen MdEP ankündigt. Das bedeutet Mitglied des Europaparlaments ...«

»Wir wissen, was es bedeutet«, sagte Tristan.

»Anscheinend ist unsere örtliche Europaabgeordnete dieses dürre Frauenzimmer namens Caroline Tuset! Ich habe mich so geärgert, dass ich nicht mal mitbekommen hatte, *wann* die Europawahlen waren. Also bin ich nach Hause und hab mich ins Internet geschwungen. Habt ihr gewusst, dass die Wahlen letztes Jahr waren?«

Tristan umrundete den großen Kreisverkehr und nahm die Ausfahrt für Exeter.

»Nein. Aber wofür ist das relevant?«, fragte Tristan.

»Dazu komme ich noch, wenn du mich lässt, Miss Mar... Tristan. Ach, pfeif drauf. Ich nenn dich einfach Miss Marple. Das kann Kate bestimmt verkraften«, sagte Ade. Kate lachte. »Na, wie auch immer. Jedenfalls hab ich auf der EU-Website festgestellt, dass ich gar nicht als Wähler registriert bin. Also will ich das machen. Dabei bin ich auf diese Seite mit Fotos aller Abgeordneten im Europaparlament gestoßen. Ich hab mich gefragt, wie diese Caroline Tuset wohl aussieht und ob sie wirklich von hier ist, weil mir der Name *Tuset* verdächtig französisch klingt ... Und siehe da, zwei Reihen über ihr ist George Tomassini.«

»Was?«, entfuhr es Tristan.

»Der Spanier, nach dem du gesucht hast. Den ich auf dem Rücksitz dieses Autos mit Noah Huntley erwischt habe. Er ist doch tatsächlich Abgeordneter im Europäischen Parlament geworden!«, sagte Ade. »Es ist nur so, dass er dort nicht als George aufscheint, also *G-e-o-r-g-e*, sondern George auf Spanisch, *J-o-r-g-e*.«

»Deshalb haben wir keine Treffer erzielt, als wir ihn gegoogelt haben«, sagte Kate.

»Genau. Ich erinnere mich an ihn aus der Zeit, als er noch Barkeeper war. Und ich muss zugeben, dass ich damals echt scharf auf ihn gewesen bin. Er hat zwar ganz schön zugelegt, aber er ist es. Das Alter passt auch – bei allen Mitgliedern des Europaparlaments stehen in ihren Online-Profilen das Geburtsdatum und der Geburtsort. In seinem Fall Barcelona, das weiß ich noch von früher. Erinnerst du dich an die Geschichte, die ich dir über Monsterfat Cowbelly erzählt habe? Mit dem ich übrigens wieder in Kontakt bin. Er ist ausgerechnet nach Orkney gezogen und hat sich den Magen verkleinern lassen. Sieht jetzt völlig anders aus ... In Jorges Biografie auf der Website des Europaparlaments steht sogar, dass er *in Großbritannien studiert hat*. Also, ich weiß so einiges, was er hier intensiv studiert hat, aber ich glaube kaum, dass dabei je ein Hörsaal im Spiel gewesen ist.«

»Ade, gibt's irgendeine Nummer, unter der wir ihn erreichen können?«, fragte Kate.

»Ja, ich hab Miss Marple gerade einen Link gemailt. Tatsächlich bin ich froh, dass Jorge nicht tot ist und es ihm allem Anschein nach sehr gut geht. Er ist seit fünf Jahren Mitglied des Europaparlaments. Erst letztes Jahr ist er in der Fraktion der Progressiven Allianz der Sozialdemokraten wiedergewählt worden, einer der größten Mitte-Links-Parteien in Brüssel«, fügte Ade hinzu.

»Ade, das ist brillant. Danke«, sagte Tristan. »Ich schulde dir definitiv 'nen Drink.«

»Tja, ich nehme 'nen Campari mit Limette. Ruf mich später an, Miss Marple. Und war schön, dich kennenzulernen, Kate.«

Damit legte Ade auf.

Tristan sah Kate mit einem breiten Lächeln an.

»In zwei Kilometern kommt eine Tankstelle. Lust auf was Kaltes zu trinken? Und auf den Versuch, Jorge Tomassini zu kontaktieren?«, fragte Tristan.

»Vergiss nicht, dass Jorge Tomassini vielleicht nicht mit uns reden will.«

»Ich weiß, aber zumindest haben wir ihn gefunden.«

»Ja, haben wir, Miss Marple«, bestätigte Kate.

»Du solltest mal hören, wie er dich nennt.«

»Wie denn?«

»Hercule Poirot.«

30

Das Café der Tankstelle erwies sich als heiß, stickig und überfüllt, deshalb kauften sie sich Eiskaffee und Sandwiches und kehrten damit zum Auto zurück. Als sie die Türen öffneten, herrschte darin Hitze wie in einem Backofen, also warteten sie mit dem Einsteigen ein paar Minuten, bis es ein wenig abgekühlt war.

Tristan rief die E-Mail von Ade ab, und sie verglichen das Foto von Jorge Tomassini auf der Website des Europäischen Parlaments mit jenem von Ade, das Jorge auf der Kostümparty als Freddie Mercury zeigte. Er hatte kurzes Haar und trug ein Hemd mit Krawatte, doch es handelte sich eindeutig um dieselbe Person.

»Ist ja super, dass er lebt, aber wir haben unsere Ermittlungen darauf gestützt, dass Jorge, David und Gabe verschwunden sind«, sagte Kate, als ihr klar wurde, dass es sich womöglich gar nicht um den von ihnen erhofften Durchbruch handelte.

»Wenn er zu der Zeit hier war, könnte er David und Gabe gekannt haben. Was meinst du, sollen wir tun? Schicken wir ihm eine E-Mail? Oder rufen wir ihn an?«, fragte Tristan.

»Mal sehen, wie weit wir kommen, wenn wir bei der Telefonzentrale anrufen. Bestimmt müssen wir eine Nachricht hinterlassen«, sagte Kate.

Sie wählte die Nummer und lauschte einer langen Aufzeichnung, die erst auf Spanisch, dann auf Englisch abgespielt wurde. Es überraschte sie, als nach mehrmaligem Klingeln abgenommen wurde und eine Stimme sagte: »Tomassini.«

»Hallo. Jorge Tomassini?«

»*Ja, am Apparat*«, sagte der Mann in klar verständlichem Englisch mit spanischem Akzent. »*Was kann ich für Sie tun?*«

»Hi. Mein Name ist Kate Marshall. Ich rufe aus Großbritannien an. Ich betreibe eine Detektei in der Nähe von Exeter. Derzeit versuche ich, zwei Männer namens David Lamb und Gabe Kemp aufzuspüren. Ich glaube, Sie kennen sie, und könnte Ihre Hilfe gebrauchen.«

Eine lange Pause folgte.

»Kann ich Sie zurückrufen?«, sagte er schließlich und legte auf. Aus einer Minute wurden fünf.

»Glaubst du, er hat Panik gekriegt?«, fragte Tristan.

»Vielleicht.«

Fünf weitere Minuten vergingen.

»Ich rufe ihn noch mal an«, verkündete Kate. Aber es ging niemand ran. Diesmal landete sie nach der aufgezeichneten Nachricht direkt auf der Mailbox.

»Wir haben ihn verschreckt«, meinte Tristan und ließ den Motor an. Sie erreichten gerade die Autobahnauffahrt, als Kates Telefon klingelte. Rasch ging sie ran und schaltete auf Lautsprecher.

»Hallo. Kate? Tut mir leid«, entschuldigte sich Jorge. »Ich telefoniere lieber mit meinem Privathandy, und es dauert eine Weile, aus dem Gebäude rauszukommen. Ich bin im Europäischen Parlament in Straßburg.«

Im Hintergrund hörte man Verkehrsgeräusche und Menschen.

»Ich dachte schon, ich hätte Sie verschreckt«, gestand Kate.

»Nein, ich rede nur ungern am Diensttelefon über persönliche Angelegenheiten«, erwiderte er.

Kate schilderte in Kurzzusammenfassung den Fall Joanna Duncan und erklärte, dass alle, mit denen sie bisher gesprochen hatte, ihn für ebenso verschwunden wie David Lamb und Gabe Kemp hielten.

»Man hat ernsthaft gedacht, ich wäre spurlos verschwunden?« Der Mann klang verblüfft.

»Ja.«

Er zögerte.

»Tatsächlich hatte ich eines Tages einfach genug und habe Großbritannien verlassen. Ich bin zurück nach Barcelona. In Exeter hab ich eigentlich niemandem davon erzählt, und damals gab es noch keine sozialen Medien oder E-Mails. Gott sei Dank! Wie viel unbeschwerter das war!«

»Haben Sie je in der von Max Jesper geleiteten Kommune in der Walpole Street in Exeter gelebt?«

»Ja, ein paar Monate lang, als ich ursprünglich in England angekommen bin – ich glaube, das war Anfang 1996. Es war sehr kalt.«

»Erinnern Sie sich an Max Jesper?«

Jorge lachte. »Ja, und ob. Eine ausgefuchstere Tunte ist mir kaum je untergekommen, aber er war freundlich und einladend.«

»Warum war er ausgefuchst?«

»Er schien nie für irgendetwas zu bezahlen. Die alte Bruchbude war am Verfallen. Er hat den Stromzähler angebohrt, damit sich die Scheibe nicht mehr gedreht hat. So hat er nie für Strom bezahlt.«

»Mussten Sie denn für den Aufenthalt in der Kommune bezahlen?«

»Ja, aber es war kaum der Rede wert. Wie viel genau, habe ich vergessen. Vielleicht fünf Pfund die Woche oder eine ähnlich lächerliche Summe. Max hatte verschiedene Freunde, die ihn mit Essen versorgt haben, und wir haben viel geteilt. Er hat oft damit geprahlt, dass er während der Amtszeit von drei Premierministern Sozialleistungen bezogen hat.«

Kate erzählte ihm, wie sich das Blatt für Max Jesper mit dem Hotel gewendet hatte.

»Im Ernst? Ein Boutiquehotel? Na ja, ist lange her, dass ich dort war. Er hat immer gesagt, dass er sich das Hausbesetzerrecht zunutze machen will.«

»Hatte Max Jesper damals einen Geliebten?«, fragte Kate.

»*Mehrere Geliebte* träfe es wohl besser. Ich glaube, dass die meisten jungen Kerle dort ein, zwei Nächte mit Max verbracht haben. Aber er hatte auch einen Mann, der eine Konstante in seinem Leben war. Nick«, sagte Jorge.

Kate und Tristan wechselten einen Blick.

»Nick Lacey?«

»Ja, klingt richtig. Nick Lacey war Max' fester Freund – groß, gut gebaut, dichtes, braunes Haar. Er war ein, zwei Nächte die Woche da, manchmal auch am Wochenende. Und er hat Max oft Essen gebracht und Geld zugesteckt. Ich glaube, manche der anderen Jungs haben sich mitunter im Schlafzimmer zu ihnen gesellt … Hören Sie, ich hoffe, das bleibt vertraulich.«

»Natürlich«, beteuerte Kate.

»Ich gehöre einer progressiven sozialistischen Partei im Parlament an und habe das Glück, in Europa zu leben, aber über mein früheres Leben findet man nichts im Internet. Niemand kennt mich noch aus meiner Zeit in

Großbritannien. Ich möchte, dass es so bleibt. Wie sind Sie eigentlich an meinen Namen gekommen?«

Kate erzählte ihm von Ade, von den Akten und vom Deckel der Kiste, auf deren Innenseite sie die Namen von David Lamb und Gabe Kemp entdeckt hatte.

»Bei den Namen hat auch eine Telefonnummer gestanden«, sagte Kate. »Moment ...« Sie kramte in ihrer Tasche, bis sie den Ausdruck fand. »Sagt Ihnen die Nummer *07980746029* irgendetwas?«

Stille. Kurz fragte sich Kate, ob sie ihn in Verlegenheit gebracht hatte, indem sie über seine Vergangenheit als freigeistiger Barkeeper gesprochen hatte, schließlich jedoch sagte er: »Das war früher meine Handynummer.«

»Sind Sie sicher?«

»Ja. Es war meine erste Mobiltelefonnummer.«

»Joanna Duncan, die verschwundene Journalistin, hat Ihre Nummer auf den Deckel der Schachtel geschrieben. Haben Sie sich mit ihr getroffen?«

»Ja. Sie wollte über *jemanden* reden.« Er seufzte. »Da war dieser recht bekannte Mann, mit dem ich etwas hatte.«

»Wie war sein Name?«, fragte Kate. Tristan warf ihr einen Blick zu.

»Noah Huntley. Er war Abgeordneter.«

»Hatten Sie eine Beziehung mit ihm?«

»So ähnlich.« Plötzlich klang er kleinlaut.

»Haben Sie gewusst, dass er verheiratet war?«

»Ja. War mir bekannt. Ich nehme an, das wissen Sie bereits, richtig?«

»Sein Name ist bei unseren Ermittlungen wiederholt aufgetaucht. Wir wissen, dass er verheiratet ist, seine Frau aber seit Jahren mit jungen Männern betrügt. Es steht auch die Anschuldigung im Raum, dass er Callboys engagiert hat.«

»Ich bin nie ein …. So etwas habe ich nie gemacht«, beteuerte Jorge.

»Wo haben Sie Noah Huntley kennengelernt?«, fragte Kate.

»Er hat regelmäßig die Kommune besucht. Und nachdem ich dort ausgezogen war, habe ich mich oft in Schwulenbars mit ihm getroffen. Er war ziemlich attraktiv und recht witzig. Offensichtlich mochte er junge Kerle, und er hat sie gern verwöhnt.«

»Haben Sie mit ihm geschlafen, als Sie in der Kommune gewohnt haben?«

»Ja.«

»Ist er je gewalttätig geworden?«

Wieder seufzte Jorge am anderen Ende der Leitung. »Im Alltag nicht. Aber im Bett konnte er sich hinreißen lassen.«

»Wie?«

»Wenn wir Sex hatten, wollte er mich erwürgen«, sagte Jorge leise. »Das ist ein paar Mal passiert, wenn er betrunken war. Er hat sich immer im letzten Moment wieder eingekriegt. Aber das waren bloß kleine Zwischenfälle in einer Affäre, die eine Zeit lang Spaß gemacht hat.«

»Haben Sie die Kommune nach Ihrem Auszug dort noch mal besucht?«

»Ja, ein paar Mal. Bei Partys. Ich habe einige Jahre in der Gegend gelebt.«

»Jorge, ich bin Ihnen unheimlich dankbar, dass Sie so offen darüber mit uns reden. Sie gehören zu den ersten konkreten Spuren, die wir in dem Fall haben … Was ist mit den anderen Männern aus der Kommune? Erinnern Sie sich an einen namens Gabe Kemp?«

»Äh, nein. Manche der Jungs dort hatten Spitznamen. Andere haben nur den Vornamen genannt.«

»Haben Sie einen gewissen David Lamb gekannt?«

»Ja. David habe ich gekannt. Er war kurz nach mir in der Kommune.«

»Wissen Sie, ob er je mit Noah Huntley geschlafen hat?«

»Ja, hat er.«

»Hat David mal mit Ihnen über Noah Huntleys Hang zu Gewalt gesprochen?«

»Über das mit dem Würgen? Ja. David war unheimlich gutaussehend, wirklich sehr attraktiv, und er hatte eine entsprechende Persönlichkeit. Er hätte alles aus seinem Leben machen können, aber er hat sich auf zu viele Drogen und zu viele Typen eingelassen.«

»Jorge, hat Joanna Duncan mit Ihnen über die Story gesprochen, die sie schreiben wollte?«, fragte Kate.

»Ja. Sie ist zu mir nach Hause gekommen, hatte meine Adresse von einem meiner Arbeitskollegen.«

»Wann genau war das? Wissen Sie das noch?«

»Ja, es war kurz vor meiner Abreise aus Großbritannien. Demnach muss es … Ende August 2002 gewesen sein.«

Kate und Tristan wechselten einen Blick. Das fühlte sich nach einem echten Durchbruch an.

»Worüber haben Sie bei dem Treffen mit Joanna gesprochen?«, fragte Kate.

»Sie hat mir erklärt, dass sie an einer Story über Noah Huntley arbeitet. Joanna hat gesagt, er hätte seit etlichen Jahren Callboys benutzt. Die Kommune wäre von mehr als einem der jungen Männer erwähnt worden, mit denen er dort geschlafen hatte. Mir hat sie erzählt, er hätte sein Spesenkonto im Parlament benutzt, um für die Callboys und die Hotels zu bezahlen, in denen er sich mit ihnen vergnügt hat. Darüber hat sie recherchiert ... Ich hatte den Eindruck, dass sie eine große Story verkaufen wollte. Ihr zufolge musste sie so viele Männer wie möglich zu einer Aussage bewegen, damit ihr Redakteur den Bericht nicht abwürgt. Sie war ehrgeizig. Außerdem hat sie Negative von mir gestohlen.«

»Negative?«

»Fotonegative. Ich glaube, sie hat die Fotos durchgesehen, die ich in einer Schachtel unter meinem Bett aufbewahrt habe, während ich in der Küche war ... Als ich in der Woche darauf meine Sachen für die Abreise gepackt habe, waren sämtliche Negative meiner Fotos verschwunden. Und sonst war niemand bei mir zu Hause gewesen.«

»Wie viele Fotos waren es?«

»Ziemlich viele. *Alle* Negative von *allen* meinen Fotos. Sie waren in diesen Hüllen mit je vierundzwanzig Bildern, die man früher bekommen hat, wenn man Filme hat entwickeln lassen.«

»Haben Sie die Fotos noch?«

Er lachte.

»Keine Ahnung. Ich müsste nachschauen. Das war vor sehr langer Zeit«, sagte er.

»Was war auf den Fotos zu sehen?«

»Alles Mögliche aus meiner Zeit in Großbritannien. Freunde, Orte, die ich besucht habe, mein Aufenthalt in der Kommune. Ich habe von Anfang 1996 bis Ende August 2002 in England gelebt.«

Wieder wechselten Kate und Tristan einen Blick.

»Wäre es irgendwie möglich, diese Fotos für uns zu finden?«, fragte Kate.

»Wissen Sie, ich bin sehr beschäftigt ...« Er seufzte. »Ich überlege mal, wo sie sein könnten.«

»Danke. Warum haben Sie England eigentlich verlassen?«

»Zu dem Zeitpunkt war ich fertig mit England. Ich war schon zu lange dort und zu einem Partytiger geworden, der seine Lover wie Hemden gewechselt hat. So haben alle in meinem Umfeld von mir gedacht. Hat meine Meinung von mir selbst ganz schön gedämpft. Ich wollte mehr aus meinem Leben machen, außerdem hatte ich Heimweh. Also habe ich einen Flug zurück nach Barcelona gebucht. Ich hab niemandem davon erzählt. Niemand hatte meine Adresse. Mein damaliges Handy habe ich entsorgt. Ich bin zurück zu meinen Eltern aufs Land gezogen und hab ein paar Monate in Normalität verbracht. Dann habe ich mich an der Universität eingeschrieben und Politik studiert. 2007 hab ich meinen Abschluss gemacht. Ein Jahr lang hab ich für eine europäische Lobbygruppe gearbeitet, bevor ich für einen Sitz im Europäischen Parlament kandidiert habe. Ich war genauso verblüfft wie alle anderen, dass ich tatsächlich gewählt wurde, aber ich liebe diese Arbeit ...«

»Herzlichen Glückwunsch«, gratulierte Kate ihm. »Wir sind so froh zu wissen, dass Sie nicht ...«

»Dass ich nicht tot bin?«

»Ja. Haben Sie gewusst, dass Joanna Duncan einige Wochen nach Ihrer Abreise verschwunden ist?«, fragte Kate.

»Ja. Ich habe ein paar Jahre später etwas darüber gehört, aber die Medien haben es als Entführung dargestellt.«

»Wäre Noah Huntley Ihrer Meinung nach dazu fähig gewesen, Joanna verschwinden zu lassen?« Kate ärgerte sich über sich, weil sie ihm eine solche Suggestivfrage gestellt hatte, aber sie fürchtete, seine Offenherzigkeit könnte sich dem Ende zuneigen, und er würde das Gespräch beenden.

»Sie zu entführen?«

»Ja. Wenn Noah Huntley des Missbrauchs seiner parlamentarischen Privilegien für schuldig befunden worden *wäre*, hätte er ins Gefängnis wandern können.«

»Wollen Sie meine ehrliche, inoffizielle Meinung hören?«, fragte Jorge.

»Gern«, erwiderte Kate.

»Noah Huntley war zu gutaussehend, um für Sex bezahlen zu müssen. Und zu intelligent, um über den Missbrauch seines Spesenkontos als Abgeordneter zu stolpern. Wissen Sie, wie viele junge Kerle sich ihm damals an den Hals geworfen haben? Er war Mitte dreißig, hatte Geld und war ziemlich gut im Bett. Ich habe Joanna Duncan damals unter anderem deshalb nicht allzu ernst genommen, weil ich den Eindruck hatte, dass sie einen persönlichen Feldzug gegen ihn geführt hat. Sie wollte ihn unbedingt zu Fall bringen – und das, nachdem ihre veröffentlichte Story ihn bereits seinen Sitz im Parlament gekostet hatte. Es kam mir rachsüchtig vor.«

»Danke, dass Sie mit uns geredet haben«, sagte Kate. »Könnten Sie mir nur bitte Bescheid geben, falls Sie diese Fotos finden? Sie könnten wirklich hilfreich bei unseren

Ermittlungen sein, und selbstverständlich würden wir Ihren Namen streng vertraulich behandeln.«

»Ich werde nachsehen. Aber Sie müssen verstehen, dass ich diesen Teil meines Lebens in der Vergangenheit belassen will.« Damit legte er abrupt auf.

31

Als Kate und Tristan um die Ecke in Kates Straße bogen, stand die Sonne hoch am Himmel über dem Meer, und die Temperatur lag bei etwa achtundzwanzig Grad.

Kate war nach der Fahrt heiß, und sie hatte Durst. Jake kam die Treppe vom Campingplatz herunter. Mit nacktem Oberkörper und in Surfershorts führte er eine Gruppe von fünf jungen Frauen und zwei jungen Männern an. Die Sonne hatte ihn ein wenig erwischt, und mit dem langen Haar und dem Bart sah er wie ein unbeschwerter Hippie aus. Die beiden anderen jungen Männer trugen kurze Hosen und ärmellose T-Shirts, die jungen Frauen knappe Kleider über neonrosa und gelben Bikinis. Eine gutaussehende junge Gruppe, die Kate an Reality-Shows erinnerte, bei denen sexy junge Leute auf eine entlegene Insel geschickt wurden. Tristan verlangsamte das Auto und rollte neben Jake aus.

»Hey, wie geht's?«, erkundigte sich der Junge. »Ihr zwei seht ganz schön verschwitzt aus.«

»Tristans Auto hat keine Klimaanlage«, sagte Kate und wedelte mit einer *GQ* vor ihrem Gesicht.

»Sie sollte mir echt mehr zahlen, meinst du nicht auch, Jake?«, kam von Tristan.

»Vorher sollte ich erst mal 'ne Gehaltserhöhung kriegen«, entgegnete Jake breit grinsend. »Wir sollten 'ne Gewerkschaft gründen!«

Tristan lachte. Die Gruppe der jungen Leute war auf der anderen Straßenseite geblieben und wartete auf Jake.

»Ich fahr nur kurz mit dem Haufen da mit dem Boot raus. Um fünf bin ich wieder da«, kündigte er an und klopfte gegen die Autotür. »Dieser alte Typ, Derek, war da und hat das neue Fenster in den Airstream eingebaut ... Sag mal, macht er das mit seinen falschen Zähnen immer?«

»Ja«, bestätigte Kate. »Wie viel hat er verlangt?«

»Zweihundertfünfzig. Ich hab ihn bar aus der Kasse bezahlt.«

»Von mir hat er den Auftrag, die Scheibe in meiner Hintertür zu reparieren«, sagte Tristan.

»Mach dich auf seine langen Pausen gefasst«, warnte Jake. »Einmal war er plötzlich mitten im Satz so lange still, dass ich schon dachte, er wäre gestorben.«

»Mein Mitbewohner Glenn wird das Vergnügen haben, sich mit ihm herumzuschlagen«, gab Tristan lächelnd zurück.

»Ach ja, ein Kurier hat gerade einen an euch beide adressierten Brief abgegeben. Liegt auf dem Schreibtisch im Büro«, sagte Jake. Er klopfte noch einmal an die Autotür, bevor er davonging.

»Danke, Schatz. Fahr vorsichtig«, rief Kate ihm hinterher.

»Mach ich. Da draußen ist es heute bestimmt spitze.« Jake schirmte die Augen gegen die Sonne ab und schaute hinaus aufs glitzernde Meer. Kate wünschte, sie könnte ihn begleiten. Am liebsten wäre sie einfach ins Meer gesprungen und hätte sich bei einem unbeschwerten Tauchnachmittag abgekühlt.

»Bis später, Kumpel«, sagte Tristan. Jake winkte, und sie fuhren die Straße hinauf weiter zum Büro.

Auf dem Schreibtisch wartete ein DHL-Kuvert aus

Pappe. Jake hatte es gegen einen Aktenstapel gelehnt. Die Absenderadresse war eine Anwaltskanzlei in Utrecht in den Niederlanden – van Biezen. Kate riss das Kuvert auf. Es enthielt einen dicken Umschlag.

»Ist ein offizielles Schreiben von Famke van Noort über ihren Anwalt.« Kate faltete das dicke Papier auseinander. Tristan trat neben sie.

»›Ich schreibe Ihnen in Bezug auf Ihre E-Mail-Anfrage betreffend Nordberg Apartments. Meine Mandantin, Famke van Noort, hat am 10. September 2002 mit der Polizei von Devon und Cornwall in Hinblick auf die Ermittlungen im Fall der vermissten Joanna Duncan gesprochen‹«, las Kate laut vor. »›Ich füge eine Kopie der offiziellen, unterzeichneten Aussage bei, abgegeben bei der Polizei im Beisein ihres britischen Anwalts Martin Samuels von Samuels & Johnson aus Exeter. Darüber hinaus gibt Ms van Noort keinen weiteren Kommentar ab.‹ ... Ist vom Anwalt unterschrieben.«

Kate zog die zweite Seite heraus. Tristan nahm sie ihr ab.

»Das ist eine Kopie der Aussage, die wir schon haben. Sie war am Samstag, dem 7. September, zwischen 14:00 und 16:00 Uhr bei Fred. Sie ist zu Fuß über den Weg zu ihm gegangen, der vom Haus des Arztes hinten vorbei an den Grundstücken zu seinem führt«, sagte er.

Mit einem Seufzen holte Kate zwei kalte Dosen Cola aus dem kleinen Kühlschrank in der Ecke des Büros. Sie reichte Tristan eine und hielt sich die andere an die Stirn, um sich abzukühlen.

»Wir kommen der Wahrheit näher«, meinte Tristan, riss seine Dose auf und trank einen ausgiebigen Schluck.

»Tun wir das?«, gab Kate zurück, während sie das

Gefühl des kalten Metalls auf ihrer heißen Stirn genoss. »Famke wird nicht mit uns reden.«

»Ich glaub nicht, dass Fred irgendwas mit Joannas Verschwinden zu tun hatte.«

»*Nicht zu glauben*, hilft uns nicht weiter ... Ashley und Juliet Maplethorpe sind aalglatt ... Keine Ahnung, ob sich gleich um die Ecke etwas verbirgt, das wir nicht sehen können. Eines unserer potenziellen Opfer hat sich als lebendig herausgestellt ...«

»Jorge hat uns eine wahre Fundgrube an Informationen geliefert«, meinte Tristan.

»Er hat bestätigt, was wir schon gewusst oder vermutet haben, aber er hat das Land ein paar Wochen vor Joannas Verschwinden verlassen.«

»Ich hoffe echt, dass er diese Fotos findet. Irgendwas Wichtiges wird darauf schon zu sehen sein. Warum sollte Joanna die Negative sonst mitgenommen haben?«

Das heiße Wetter hielt sich für den Rest der Woche. Tristan musste am Mittwoch und Donnerstag, den letzten beiden Tagen vor dem Ende des Sommersemesters, zur Arbeit an der Universität. Kate schrieb Berichte über den aktuellen Stand der Ermittlungen und versuchte, mehr über die im Moor gefundene Leiche herauszufinden, aber die Polizei hatte nur sehr wenig öffentlich bekanntgegeben. Die Suche nach Personal für den Wochenwechsel am Campingplatz nahm einen Großteil des Donnerstags und Freitags in Anspruch und hielt sie von der Arbeit am Fall ab. Bis Freitagabend hatten Kate und Tristan die meisten Agenturen und sonstigen Kontakte aus Myras alten Unterlagen angerufen, konnten aber niemanden auftreiben.

Also mussten Kate, Tristan und Jake am Samstagvormittag selbst die acht Wohnwagen putzen und die Betten frisch beziehen, um den Campingplatz für neue Gäste vorzubereiten.

Kate hatte das Putzen der Toiletten und Duschen übernommen. Sie empfand es als grausig und deprimierend, dennoch hatte sie sich freiwillig dafür gemeldet, weil sie wusste, wie sehr Sarah missbilligte, dass Tristan auf dem Campingplatz arbeitete.

Kate versuchte gerade, den Toilettensitz in einer der Kabinen zu reparieren, als ihr Handy in der Tasche klingelte. Sie streifte einen der Gummihandschuhe ab und sah auf das Display: Alan Hexham.

»Kate, hast du einen Moment?«, fragte er, kaum dass sie den Anruf angenommen hatte.

»Klar«, antwortete sie und wischte sich mit dem Unterarm den Schweiß von der Stirn. Sie verließ das Toilettenhäuschen und genoss die kühle Meeresbrise, die über den Campingplatz wehte.

»Ich hatte Glück mit den Namen, die du mir genannt hast«, verkündete Alan. Kate eilte zu dem Wohnwagen an der Straße und klopfte ans Fenster, wo Tristan gerade die Betten bezog. Mit einer Decke in der Hand steckte er den Kopf heraus.

Alan Hexham, formte sie mit den Lippen. »Ich schalte dich auf Lautsprecher, Alan. Tristan ist hier bei mir.«

»Hi, Alan«, grüßte Tristan, legte die Decke ab und kniete sich aufs Bett.

»Hallo, Tristan«, dröhnte Alans Stimme aus dem Lautsprecher. »Also, ich habe einen meiner Forschungsassistenten gebeten, sich die Obduktionen nicht identifizierter Leichen junger Männer im Alter von achtzehn bis fünfundzwanzig Jahre anzusehen. Über 1,80 Meter groß, muskulös, athletisch gebaut, dunkles oder blondes Haar – soweit die Haarfarbe noch bestimmt werden konnte. Wir haben uns auch die bei der Obduktion festgestellte Todesart angesehen und uns auf Anzeichen von sexuellem Missbrauch, gefesselte Hand- oder Fußgelenke und Ersticken als Todesursache konzentriert. Mit diesen Kriterien haben wir vier Treffer erzielt.«

»Vier?« Kate schaute zu Tristan auf.

»Ja. Lass es mich erklären«, sagte Alan. »Der erste Fall, den wir gefunden haben, war eine Leiche, die am 21. April 2002 an der Westküste in der Nähe von Bideford angespült worden ist. Wurde durch die starke Verwesung nie identifiziert. Der Unbekannte war über 1,80 Meter groß und hatte Schnittwunden an den Handgelenken. Die Leiche hatte sich in einem Netz verheddert und wurde bei einem Sturm angeschwemmt. Ein Großteil der Haut und der Weichteile waren vom Wasser zersetzt. Der arme Kerl konnte nicht identifiziert werden und wurde deshalb nach der Obduktion eingeäschert. Allerdings gibt es Zahnabdrücke von dem Toten, und es ist mir gelungen, Zahnabdrücke von David Lamb und Gabe Kemp anzufordern. Die verweste Leiche, die Ende April 2002 angespült worden ist, war Gabe Kemp.«

»Großer Gott.« Kate lehnte sich gegen die Seite des Wohnwagens. Tristan nahm ihr das Telefon ab und legte es auf die Fensterbank. »Gabe Kemp wurde in der ersten Aprilwoche 2002 als vermisst gemeldet.«

»Ja, und das würde die Verwesung erklären. Die Leiche könnte über zwei Wochen im Wasser gewesen sein ... Aber ich habe noch mehr«, fügte Alan hinzu. »Wir haben mit den von dir vorgeschlagenen Kriterien eine zweite

Leiche identifiziert. Gefunden im Dartmoor am Mercer Tor von einem Spaziergänger mit Hund im Frühjahr 2000, eingekeilt zwischen zwei Felsen. Ein Großteil des Gesichts war weggefressen. In dem Winter hatten wir viel Schnee. Aber nach der Verwesung zu urteilen, muss der Leichnam fünf bis sechs Monate vor den ersten Temperaturen unter dem Gefrierpunkt entsorgt worden sein ...«

»Womit wir bei April oder Mai 1999 wären«, folgerte Kate.

»Richtig. Der junge Bursche wurde mit voller Wanderausrüstung und einem Rucksack gefunden ... Dadurch und durch die Verwesung konnte die Polizei nicht automatisch von einem Verbrechen ausgehen. Man hat auch damals Zahnabdrücke genommen, sie aber nur mit den Aufzeichnungen von zwei anderen Wanderern verglichen, die man im Gebiet von Dartmoor als vermisst gemeldet hatte. Sie haben nicht übereingestimmt. Der Vergleich mit David Lambs Zahnabdrücken hingegen hat eine Übereinstimmung ergeben.«

»David Lamb war kein Wanderer«, sagte Tristan.

»Richtig. Die Polizei war auch verwirrt, warum die Leiche zwar in einer nagelneuen Wanderausrüstung gesteckt hat, aber weder Geld noch irgendeinen Ausweis dabeihatte«, fügte Alan hinzu.

»Und du sagst, es hat noch zwei Opfer gegeben?«, hakte Kate nach, die Mühe hatte, zu verarbeiten, dass die Leichen von Gabe Kemp und David Lamb gefunden worden waren.

»Ja. Zwei andere nicht identifizierte Tote entsprechen ebenfalls deinen Kriterien. Einen hat man im November 1998 neben der M5 bei Taunton Deane in einem Regenwasserkanal gefunden. Die Obduktion hat ergeben, dass die Leiche innerhalb der letzten vierundzwanzig Stunden davor entsorgt worden war. Sie wies dieselben Merkmale auf wie Hayden Oakley letzte Woche. Gefesselt, sexuell missbraucht, erdrosselt. Die Leiche des zweiten jungen Mannes hat man im November 2000 auf einer Mülldeponie in Bristol in einem schwarzen Plastiksack gefunden. Trotz der starken Verwesung – sie hat dort eine Woche bis zehn Tage gelegen –, konnte bei der Obduktion festgestellt werden, dass der Tote gefesselt und erstickt worden war.«

»Warum hat die Polizei keine Verbindung zwischen diesen Morden hergestellt?«, fragte Kate.

»Darauf habe ich keine Antwort.«

Einen Moment lang herrschte Schweigen.

»Also wurden von 1998 bis 2002 vier Leichen gefunden«, ergriff Tristan schließlich das Wort. »Das ist ein Serienmörder.«

»Alan, kannst du die Suche ausweiten? Ich hab dir nur den Zeitraum von 1998 bis 2002 genannt. Aber es könnte weitere nicht identifizierte Leichen geben«, meinte Kate.

»Dank deiner Informationen untersucht die Polizei diese vier Morde jetzt im Zusammenhang mit dem Tod von Hayden Oakley und wird die Ermittlungen auf nicht identifizierte Tote vor 1998 ausweiten«, erwiderte Alan. »Nur fürchte ich, dass sie dadurch nicht mehr als ungeklärte, sondern als aktive Fälle gelten, und davon kann ich euch keine Akten zur Verfügung stellen. Die für die Untersuchung zuständige Polizistin, DCI Faye Stubbs, hat mir erlaubt, euch anzurufen. Außerdem hat sie mich um eure Kontaktdaten gebeten. Sie wird sich bei euch melden. Gute Arbeit, ihr zwei.«

»Das ist unglaublich«, meinte Tristan, nachdem sie das Telefonat beendet hatten. »Wir haben geholfen, David und Gabe zu finden. Und Jorge ist am Leben … Wir haben uns nichts eingebildet. Joanna Duncan hat ihre Namen nicht grundlos aufgeschrieben. Glaubst du, sie hat von einem Mehrfachmörder gewusst?«

»Ich wünschte, wir könnten es herausfinden. Nur haben wir weder ihren Computer noch ihre Notizen von der Arbeit«, erwiderte Kate.

»Aber das bedeutet, wir sind auf dem richtigen Weg«, sagte Tristan.

»Nur werden die Ergebnisse unserer harten Arbeit jetzt an die Polizei übergeben.«

Kates Handy klingelte erneut. Es handelte sich um eine Festnetznummer aus Exeter. Als sie ranging, stellte sich die Anruferin als DCI Faye Stubbs vor.

»Ich habe Ihre Nummer von Alan Hexham, unserem regionalen Gerichtsmediziner. Sie sind also Privatdetektivin?«, sagte sie.

»Ja, wir haben gerade mit ihm gesprochen«, erwiderte Kate.

»Wir?«

»Mein Partner Tristan Harper und ich. Sie sind gerade auf Lautsprecher.«

»Hallo«, grüßte Tristan.

Stubbs ignorierte ihn. »Ich habe gehört, dass man Ihnen Zugriff auf die Akten im Fall Joanna Duncan gewährt hat. Ist das richtig?«, fragte sie. Ihre Stimme klang mittlerweile weniger freundlich.

Mist, formten Tristans Lippen.

»Ja, das stimmt«, bestätigte Kate.

»Verstehe. Ist Ihnen bewusst, dass diese Akten das Eigentum der Polizei von Devon und Cornwall sind? Und dass wir Aufzeichnungen nicht ohne Grund aufbewahren?«

Kate spürte, wie ihr der Boden unter den Füßen weggezogen wurde.

»Natürlich. Uns wurde zu verstehen gegeben, dass wir darauf zugreifen dürfen.«

»Und wer bei der für Devon und Cornwall zuständigen Polizei hat Ihnen das erlaubt?«

»Wir haben die Fallakten nicht von der Polizei. Unserem Klienten wurde der Zugang von einem hochrangigen Polizeibeamten gewährt, Superintendent Allen Cowen. Ich habe einen von ihm unterzeichneten Brief, der es bestätigt. Uns wurde gesagt, dass wir uns die Unterlagen ansehen können, weil der Fall Joanna Duncan als ungeklärt zu den Akten gelegt wurde.«

»Tja, die Dinge können sich schnell ändern«, erwiderte Stubbs.

»Sie rollen den Fall neu auf?«

»Nein. Das habe ich nicht gesagt. Okay, und Ihr Klient ist Bill Norris, richtig?«

»Ja.«

»Er hat mir gesagt, dass sich die Originalakten in Ihrem Besitz befinden. Ist das korrekt?«

»Ja«, bestätigte Kate. Durch Stubbs' Tonfall kam sie sich wie ein ungezogenes Schulmädchen vor.

»Haben Sie Kopien angefertigt?«

Mist, schoss es Kate durch den Kopf. Dies war eine Grauzone. Privatdetektive konnten sich zwar in einer solchen Grauzone bewegen, aber sie war nicht bereit, die Grenze zum Verstoß gegen Gesetze zu überschreiten. *Mist*, dachte sie erneut.

»Kopien auf Papier?«, fragte Tristan nach.

»Das meint man in der Regel mit Kopien«, gab Stubbs zurück.

»Nein. Wir haben nur die Originalakten auf Papier.«

»Gut. Dann arrangiere ich, dass jemand sie bei Ihnen abholt.«

»Hören Sie, Faye – darf ich Sie Faye nennen?«, fragte Kate.

»Natürlich.«

»Ich bin ehemalige Polizistin und habe darauf geachtet, dass wir uns immer im Rahmen der Gesetze bewegen. Natürlich kooperieren wir uneingeschränkt mit Ihnen.«

Stubbs' Tonfall wurde entspannter.

»Kate, ich habe nicht angerufen, um Ihnen ans Bein zu pinkeln. Sie haben uns zu einem Durchbruch in einem Mordfall und drei anderen ungelösten Morden verholfen. Aber dadurch haben sich auch die Umstände geändert. Da es sich somit wieder um aktive Fälle handelt, muss ich mich an die Vorschriften halten.«

»Rollen Sie also auch den Fall Joanna Duncan neu auf?«

Stubbs seufzte. »Sieht danach aus, ja. Wissen Sie was? Ich hole das Aktenmaterial selbst ab. Würde es gleich morgen früh passen?«

Kate sah Tristan an. Er verdrehte die Augen und nickte. Kate wollte sich mit der freien Hand die Augen reiben, bemerkte jedoch rechtzeitig, dass sie noch den verdreckten Gummihandschuh trug.

»Sicher, ja. Ich gebe Ihnen unsere Büroadresse«, sagte sie.

32

DCI Faye Stubbs traf am nächsten Morgen um 8:30 Uhr im Büro ein. Sie trug das kurze, schwarze, am Ansatz graue Haar zu einem kleinen Pferdeschwanz zurückgekämmt. Ihr blasses Gesicht wies keine Schminke auf. Kate überlegte, ob sie ähnlich alt waren, Mitte vierzig. In einem früheren Leben hatte Kate darauf gehofft, vor vierzig in den Rang einer DCI aufzusteigen. Unwillkürlich fragte sie sich, wie lange Stubbs schon DCI war.

Die Frau kam mit ihrer Kollegin Detective Constable Mona Lim, einer zierlichen, dunkelhaarigen Beamtin, die mit ihrem Puppengesicht wie ein Teenagermädchen aussah.

»Das ist also Ihre kleine Detektei?«, fragte Stubbs, als sie sich im Büro umsah, in dem sich an einer Wand immer noch Putzmittel und Bettwäsche für den Campingplatz stapelten. In ihrer Stimme schwang ein forscher, herablassender Ton mit. Kate und Tristan hatten besprochen, wie sie bei dem Treffen vorgehen wollten. Kate hatte es für eine gute Idee gehalten, die Polizei glauben zu lassen, sie wären Amateure. Aber Stubbs' Gegenwart weckte in ihr das Bedürfnis, sich mit der Frau zu messen und sich zu beweisen.

»Ja. Wir haben vor neun Monaten eröffnet«, sagte Kate.

»Und wie finden Sie es? Muss schwer sein, hier draußen etwas Neues aufzubauen«, meinte Stubbs, ging zum

Fenster und schaute auf die Bucht hinaus. Lim nickte und trat neben sie.

»Ja, es ist schon eine Herausforderung«, räumte Tristan ein. »Und trotzdem haben wir der Polizei zu einem dringend benötigten Durchbruch verholfen.«

Kate lächelte Stubbs an. *Gut gemacht, Tristan,* dachte sie. Stubbs erwiderte das Lächeln.

»Also, Kate, Sie waren vor langer Zeit mal WPC?«, fragte sie.

»Ich war Detective Constable bei der Polizei von London«.

»Richtig. Ist ziemlich übel geendet, nicht wahr?«

Plötzlich verspürte Kate den kindlichen Drang, die Frau am Pferdeschwanz zu packen und kräftig daran zu ziehen.

»Möchten Sie vielleicht Kaffee oder einen Donut?«, erkundigte sich Tristan und zeigte auf eine Schachtel, die er unterwegs bei Tesco gekauft hatte.

»Wie schön, dass Sie Zeit für einen Morgenkaffee haben«, gab Stubbs zurück. »Aber gern, ich hatte noch kein Frühstück.« Sie ging zu der Schachtel, klappte den Deckel auf und nahm sich einen Donut. Dann gab sie Lim ein Zeichen, die sich zu ihr gesellte und mit ernster Miene hineinspähte, als würde es sich um Beweismittel im Fall Joanna Duncan handeln. Auch sie nahm sich einen Donut.

Tristan ging zur Kaffeemaschine und bereitete rasch für beide je einen Espresso zu. Er kam mit den Tassen zurück, und sie alle setzten sich an den Tisch.

»Sind das alle Akten und die Schachtel?«, fragte Stubbs mit vollem Mund. Dabei deutete sie mit dem Kopf auf die blaue Kiste vor dem ordentlichen Stapel der Aktenordner neben der Tür.

»Ja. Die Namen stammen von einem Abdruck von Joannas Handschrift innen am Deckel. David Lamb und Gabe Kemp sind zwei der Opfer. Außerdem steht dort eine Telefonnummer, die wir zu Jorge Tomassini zurückverfolgt haben. Jorge war früher Barkeeper. Er hat mit Noah Huntley geschlafen und David Lamb gekannt. Joanna wollte Jorge befragen«, sagte Kate.

»Sie hat für einen Enthüllungsbericht über Noah Huntley recherchiert. Darin wollte sie aufdecken, dass er Callboys engagiert und über sein Spesenkonto als Abgeordneter für ihre Dienste bezahlt und ihnen Geschenke gekauft hat. Einer der jungen Männer, Gabe Kemp, war Anfang 2002 bereit, zu Protokoll zu geben, dass er mit Noah Huntley geschlafen hat. Aber er hat seine Aussage zurückgezogen, und die Story wurde nie gedruckt. Gabe ist kurz danach verschwunden. Einige Wochen später hat man seine Leiche gefunden«, erklärte Tristan.

»Letzte Woche haben wir Jorge Tomassini aufgespürt. Er sagt, dass er eine sexuelle Beziehung mit Noah Huntley hatte, der im Bett sowohl bei ihm als auch bei David Lamb gelegentlich einen Hang zu Gewalt gezeigt hat«, fügte Kate hinzu.

»Hat dieser Jorge Tomassini auch gesagt, warum er nie für Joanna Duncans Story ausgesagt hat?«, hakte Stubbs nach.

»Er wollte nicht in einen Sexskandal in der Boulevardpresse verwickelt werden, denn dafür wollte Joanna den Artikel schreiben. Damals hatte er ohnehin schon die Absicht, das Land zu verlassen und in seine Heimat Spanien zurückzukehren.«

»Halten Sie ihn für eine zuverlässige Quelle?«, fragte Stubbs.

»Er ist inzwischen Abgeordneter im Europaparlament in Straßburg. Deshalb war er nicht besonders scharf darauf, sich mit seinem früheren Leben hier in Großbritannien auseinanderzusetzen. Wir haben zusätzliche Notizen zu dem Fall gemacht. Seine Kontaktdaten sind da drin, falls Sie dem weiter nachgehen wollen. In einem Plastikordner ist alles enthalten, woran wir gearbeitet haben«, sagte Kate.

»Sie werden sehen, dass wir mit vielen Leuten in Joannas Leben geredet und ihre ursprünglichen Aussagen noch einmal überprüft haben. Unserer Ansicht nach gibt es nach wie vor einen Haufen unbeantworteter Fragen im Zusammenhang mit Noah Huntley«, sagte Tristan.

»Joanna hat sich zwei Wochen vor ihrem Verschwinden mit ihm an einer Tankstelle in der Nähe ihres Wohnorts getroffen. Die Begegnung wurde von einer Überwachungskamera aufgezeichnet«, fügte Kate hinzu.

Stubbs nickte, während sie die Reste ihres zweiten Donuts runterschluckte und den Kaffee austrank. Dann klopfte sie sich auf die Oberschenkel und stand auf.

»Also gut. Danke für alles, was Sie getan haben, um den Fall voranzubringen, und danke für den kleinen Imbiss.«

Lim steckte sich den letzten Bissen ihres Donuts in den Mund und wischte sich den Zucker von den Fingern ab. Auch sie erhob sich.

»Das war's?«, fragte Kate. Sie hatte mit weiteren Fragen von Stubbs über ihre Erkenntnisse gerechnet.

»Haben Sie mehr erwartet? Sie sind eine große, eine *riesige* Hilfe gewesen. Ehrlich, Sie haben uns viel Zeit und Ressourcen gespart. Ich werde dafür sorgen, dass

Ihre kleine Detektei in einer unserer Pressemitteilungen erwähnt wird. Haben Sie eine Website?«, fragte Stubbs.

»Ja.«

»Schicken Sie mir den Link«, bot Stubbs an. »Tony, würden Sie uns mit den Kisten helfen?«

»Ich heiße Tristan.«

»Natürlich. Entschuldigung. Tristan«, sagte Stubbs. Sie griff sich drei der Kartons.

»Werden Sie Bev Ellis kontaktieren, Joannas Mutter?«, erkundigte sich Kate.

»Irgendwann schon. Die beiden Ermittlungen werden wahrscheinlich bald zusammenlaufen.«

»Darf ich fragen, wann Hayden Oakley beerdigt wird? Haben Sie die Leiche schon freigegeben?«, fragte Tristan.

»Nächste Woche. Hayden hatte keine Angehörigen. Es hat sich niemand gemeldet. Wird wohl eine Gemeindebestattung werden«, sagte Stubbs.

»Das Pub, in dem man ihn zuletzt gesehen hat, organisiert eine Gedenkfeier«, fügte Lim hinzu.

»Welches Pub?«, fragte Kate.

»Das *Brewer's Arms* in Torquay.«

Nachdem Stubbs und Lim mit sämtlichen Kisten gefahren waren, kehrten Kate und Tristan zurück ins Büro. Kate bereitete zwei weitere Tassen Kaffee zu, während Tristan einen Stapel Wäsche für den Campingplatz vom Drucker und Scanner hob.

»Und ich hab mir Sorgen gemacht, nachdem mir das mit den *Kopien auf Papier* rausgerutscht ist, würde sie vielleicht wissen wollen, ob wir die Akten digital gescannt haben«, sagte Tristan. »Glaubst du, DCI Stubbs ist ein bisschen begriffsstutzig?«

»Ich hoffe, sie ist nur überarbeitet. Sie hat von uns verlangt, dass wir ihr die gedruckten Akten aushändigen, und das haben wir getan. Wenn sie uns aufgefordert hätte, die digitalen Scans zu löschen, säßen wir jetzt ganz schön in der Tinte«, meinte Kate.

»Also ist das eine Grauzone?«

Kate nickte. »Wir haben kooperiert und ihr alles mitgeteilt, was wir wissen. Einen Vorteil haben wir gegenüber der Polizei. Für uns ist es der einzige Fall. Und ich werde nicht aufgeben, bis wir herausgefunden haben, was mit Joanna Duncan passiert ist oder wer diese jungen Männer umgebracht hat.«

33

Das restliche Wochenende planten Kate und Tristan im Büro die nächsten Schritte bei den Ermittlungen. Am Mittwoch sollten sie sich mit Bev und Bill treffen, denn dann wären die ersten drei Wochen ihrer Arbeit an dem Fall um. Sie verbrachten einige Zeit damit, eine E-Mail an Noah Huntley zu verfassen, in der sie um einen Termin für eine allgemeine Befragung baten. Sie schickten die Nachricht von Tristans Konto, weil sie hofften, ihn mit der Aussicht auf ein Treffen mit einem gutaussehenden jungen Mann dazu zu verleiten, den Köder zu schlucken.

Am Montagvormittag fuhren sie zum *Brewer's Arms* in Torquay, wo man Hayden zum letzten Mal lebend gesehen hatte. Torquay lag weniger als eine Autostunde von Ashdean entfernt. Es war ein weiterer heißer Tag, und diesmal nahmen sie Kates Auto, in dem sie die Klimaanlage auf die höchste Stufe regelten.

Als sie den Rand der Ortschaft erreichten, mussten sie mehrmals um die Ringstraße fahren, bis sie die Ausfahrt zum Kanal und zur abschüssigen Straße hinunter zum *Brewer's Arms* fanden.

Sie parkten auf einem mit Gestrüpp und Müll übersäten Wiesenabschnitt und gingen zum Eingang des Pubs, der sich unter dem ersten einer Reihe von Backsteinbögen entlang des Kanals befand. Das abgestandene Wasser, eine trübe Brühe voll mit Müll und einem halb versunkenen Einkaufswagen, flimmerte in der Hitze und sonderte einen penetranten Mief ab.

»Warum enden Einkaufswagen eigentlich immer in Kanälen?«, fragte Tristan.

»Meist verwenden Obdachlose sie für ihre Habseligkeiten und werfen sie dann entweder rein – oder sie fallen zusammen mit ihren Besitzern ins Wasser«, erwiderte Kate, die das noch aus ihrer Zeit bei der Polizei kannte.

Ein großer, drahtiger junger Mann mit schrecklicher Akne kam mit einem Eimer und nacktem Oberkörper durch den Vordereingang heraus. Er trug eine alte, zerrissene Jeans. Den Eimer leerte er ins Gras.

»Hallo. Arbeiten Sie hier?«, erkundigte sich Kate.

»Seh ich vielleicht so aus, als würd ich das für meine Gesundheit tun?«, gab er barsch zurück.

»Wir sind Privatdetektive und untersuchen den Tod von Hayden Oakley.«

»Des!«, brüllte der junge Mann über die Schulter. »Hier will jemand was von dir!«

Ohne ein weiteres Wort stapfte er um die Seite des Gebäudes herum davon.

»Wegen seiner Kundenfreundlichkeit ist er wohl eher nicht hier angestellt«, kommentierte Tristan. Kate lächelte, bevor sie durch den schmalen Eingang eintraten. Drinnen herrschten das grelle Licht von Neonröhren und der Gestank von schalem Bier und Erbrochenem vor. Ein älterer Mann mit schütterem Haar und verschmierter Brille stand hinter der Theke und füllte einen kleinen Kühlschrank mit bunten Alkopops auf.

»Was kann ich für Sie tun?«, fragte er und schob die Brille die fettige Nase hoch.

Kate erklärte, wer sie waren, und erkundigte sich, ob er in der Nacht von Hayden Oakleys Verschwinden gearbeitet hatte.

»Ich bin jede Nacht hier und büße meine Sünden ab«, antwortete er mit einem Lächeln, das Kate an die Klaviatur eines alten Pianos erinnerte. »Ich sehe so ziemlich jeden und alles. Als Hayden angefangen hat, hierher zu kommen, wusste ich auf Anhieb, dass sein Leben so oder so verlaufen könnte.«

»Wie meinen Sie das?«, hakte Kate nach.

»Er hat gut ausgesehen. War sportlich. Und ich will ehrlich sein: Der Schuppen hier ist ein zwielichtiges Aufrisslokal ... aber zwielichtige Aufrisslokale können recht lukrativ sein. Wir müssen keine edlen Weine vorrätig haben oder feine Teller mit Käse und Oliven zubereiten. Die Leute kommen auf der Suche nach Sex her ... Hayden war beliebt bei den Stammgästen. Manchmal erlebt man mit, wie sich die jungen Burschen durch die älteren Kerle arbeiten, darunter einen reichen finden, zuschlagen und ein Unternehmen gründen oder wegziehen. Und manchmal bleiben sie zu lang, werden alt und sehen allmählich verbraucht und abgenutzt aus.«

»Wer sind Ihre Stammgäste?«

»Ich würde ja gern behaupten, kultivierte Geschiedene und Intellektuelle aus der Gegend. Aber es sind hauptsächlich versaute alte Kerle«, antwortete er, ohne mit der Wimper zu zucken.

»Hat es ihr Geschäft beeinträchtigt, was mit Hayden passiert ist?«, fragte Kate.

Er überlegte kurz.

»Nicht dass mir das aufgefallen wäre. Viele der Schwulenbars in der Umgebung haben Facebook-Gruppen, und sie haben Warnungen für die jungen Typen vor einem möglichen Mörder gepostet, der frei herumläuft. Trotzdem waren wir am Wochenende so gerammelt voll wie immer. Liegt wohl an der Einstellung dieser jungen Kerle: *Mir passiert so was nicht* ... Kann ich Ihnen eine Tasse Tee oder einen Kaffee bringen?«, fügte er hinzu und deutete mit dem Kopf auf ein schmutziges Plastiktablett mit Tassen, einer alten Kanne und einem von Teeflecken übersäten Kilopäckchen Kristallzucker.

»Nein, danke«, lehnte Kate ab. »Ich nehme an, diese älteren Männer kommen her, weil sich hier junge, attraktive Burschen herumtreiben, richtig?«

»Na ja, jedenfalls nicht wegen der Einrichtung«, erwiderte er. »Die Polizei hat mich gefragt, ob auch viele Stricher herkommen. Gerüchten zufolge war Hayden einer, und ich sage Ihnen dasselbe wie der Polizei. Ich schenke hier nur Getränke aus und stelle die Sitzplätze zur Verfügung. Solange in diesen vier Wänden niemand was Illegales macht, heißt mein Motto: Leben und leben lassen.«

»Und Hayden ist verschwunden, nachdem er von hier losgezogen ist?«, meldete sich Tristan zu Wort.

»Ja. Da wurde er zum letzten Mal gesehen.«

»Ist er in Begleitung gegangen?«, hakte Tristan nach.

»Ja. Großer Kerl. Lange dunkle Haare, Baseballmütze. Hat ein bisschen wie ein Countrysänger ausgesehen. Na ja, zumindest in der Beleuchtung der Discokugel. Bei Tageslicht wahrscheinlich eher wie ein Einheimischer, der in seiner Freizeit gern Line Dance tanzt.«

»Sind sie zu Fuß oder mit dem Auto weg?«, fragte Kate.

»Wir liegen hier abseits der Hauptverkehrsadern, deshalb kommen alle entweder mit dem Taxi oder mit dem Auto. Die Polizei geht davon aus, dass sie mit einem Auto weggefahren sind. Aber niemand hat die Marke oder das Modell gesehen. Und es waren auch keine Taxis draußen. War ein Montagabend, deshalb war's eher ruhig.«

»Erinnern Sie sich noch daran, wie der Mann ausgesehen hat? An sein Gesicht?«, fragte Kate.

»Die Polizei hat einen dieser Zeichner hergeschickt, der hat mit mir an einer Skizze des Kerls gearbeitet, mit dem Hayden gegangen ist ... Moment. Kenny! *KENNY?*«, brüllte er nach hinten. Einen Moment später kam der junge Mann mit der Akne von hinten herein. »Wirst du allmählich taub?«

»Was ist, Des? Ich bin unten und mit den Fässern zugange.«

»Hast du auf deinem Handy das Phantombild von der Polizei?«

Kenny zog ein Smartphone aus der Tasche, wischte über den Bildschirm und rief ein Foto auf. Er reichte Des das Gerät. Er spähte über die Brille hinweg auf das Display, bevor er das Telefon an Kate weiterreichte. Tristan rückte näher zu ihr, um einen Blick darauf zu werfen.

Kate empfand Phantombilder immer als unheimlich, und dieses bildete keine Ausnahme. Das Gesicht setzte sich aus verschiedenen Teilen zusammen – Augen, Nase, Mund, Lippen, Haare –, die jedoch in Kombination ein unnatürliches, bedrohliches Bild ergaben. Die intensivbraunen Augen lagen etwas zu weit auseinander. Die gerade Nase sah unauffällig aus, aber die Zähne standen leicht krumm. Der tiefe Ansatz der dunklen Haare verlief über eine breite Stirn, und die Baseballmütze saß ziemlich weit hinten auf dem Kopf.

»Können Sie mir das schicken?«, fragte Kate.

»Ohne Moos nix los«, schoss Kenny zurück.

»Oh, um Gottes Willen, ich geb dir die zwölf Pence«, warf Des ein. »Nur zu, Süße«, sagte er. Kate tippte ihre Nummer und schickte sich das Bild, dann gab sie Kenny das Telefon zurück, der damit zurück nach unten stapfte.

»Hat sein Haaransatz wirklich so merkwürdig ausgesehen?«, fragte Kate, während sie das Phantombild auf dem eigenen Handy betrachtete.

»Ja. Zu dem Zeitpunkt hab ich mir nicht viel dabei gedacht, weil wir hier alles Mögliche zu Gesicht kriegen, aber rückblickend hat sein Haar wie eine Perücke ausgesehen. Eine anständige, denn der Haaransatz muss geklebt gewesen sein.«

»Könnten die Zähne auch falsch gewesen sein?«, fragte Tristan und legte den Kopf schief, um das Foto zu begutachten.

»Keine Ahnung, vielleicht. Oder er hatte einfach nur Pech«, meinte Des.

»Hat die Polizei irgendwelche anderen Stammgäste befragt?«, erkundigte sich Kate.

»Ja, ich hab ein paar der jungen Burschen herkommen lassen. Einer ist überzeugt davon, dass es andersrum war und Hayden vorhatte, diesem Kerl was in den Drink zu kippen, um ihn auszunehmen. Er sagt, Hayden hätte das schon mal gemacht.«

»Hatte schon mal jemand Hayden angezeigt? Ist er vorbestraft gewesen?«, fragte Tristan.

»Nein und nein. Die meisten Kerle, denen so was passiert, ist es zu peinlich, um sich an die Polizei zu wenden. Oft sind sie verheiratet und wollen nicht, dass ihre Frau was mitkriegt«, erklärte Des.

»Wissen Sie sonst noch was über Hayden?«

»Er war den Großteil seiner Kindheit in Pflegeheimen. Hier kommen viele junge Typen her, die ich rausschmeißen muss, weil sie minderjährig sind. Da bin ich sehr streng. Hayden ist seit etwa fünf Monaten jeden Montag aufgekreuzt.«

»Er ist vergewaltigt und erwürgt worden. Man hat seine Leiche in einem Moor in der Nähe von Buckfastleigh gefunden«, sagte Kate. Des schaute entsetzt drein. Dann schüttelte er den Kopf und gab einen bedauernden Laut von sich.

»Das Traurige ist, dass wir schon 'ne ganze Reihe junger Männer aus der Gemeinde verloren haben. Überdosis Drogen, von einem Freier zusammengeschlagen. Viel davon bleibt unter dem Radar. Ist das erste Mal, dass jemand von der Polizei einen Phantomzeichner hergeschickt hat«, sagte Des.

»Sind viele Ihrer Stammgäste gewalttätig?«

»Viele Männer haben eine gewalttätige Ader. Und packt man dazu noch Frust und Alkohol, dann knallt es ganz schnell«, meinte Des.

»Dieser Mann hat schon mal getötet«, sagte Kate.

»Wie ein Serienmörder?«

»Ja. Dürfen wir Ihnen ein paar Fotos zeigen und Sie fragen, ob Sie jemanden davon in den letzten Wochen hier gesehen haben?«

»Klar.«

Kate hatte einige Ausdrucke parat und legte sie auf die Theke. Das erste Foto zeigte Max Jesper.

»Nee, den hab ich noch nie gesehen«, sagte Des, während er ihn betrachtete und die Brille zurechtrückte. Als Nächstes legte Kate ihm Ashley Maplethorpes Foto von dessen LinkedIn-Seite vor.

»Auch nicht. Sieht viel zu elegant für hier aus.«

Auch bei den Fotos von Fred Duncan und Bill, die sie als Kontrollgruppe dabeihatten, verneinte Des. Das letzte Foto zeigte Noah Huntley.

»Oh, den kenne ich«, sagte Des.

Kate und Tristan wechselten einen Blick.

»Sie haben ihn hier gesehen?«, fragte Kate.

»Tut mir leid, nein. Ich meine damit, dass ich weiß, wer er ist. Er war unser örtlicher Abgeordneter. Hab ihm mal geschrieben, dass die Promenade am Kanalufer dringend gesäubert werden müsste. Er hat mir tatsächlich zurückgeschrieben. Sauber gemacht wurde zwar nie, aber er hat mir zurückgeschrieben. Ist doch auch was, oder?«

»Sind Sie völlig sicher, dass er nie hier gewesen ist?«, hakte Tristan nach.

»Absolut«, bestätigte Des. »Warum sollte er in so ein Drecksloch kommen?«

34

Von der Kneipe in Torquay fuhren Kate und Tristan zurück nach Ashdean für eine Skype-Unterhaltung mit Rita Hocking. Sie hatte auf Kates dritte E-Mail geantwortet und sich damit entschuldigt, dass sie in Indien war, um über die Wahlen dort zu berichten. Außerdem schrieb sie, dass sie gern bereit sei, über ihre Zusammenarbeit mit Joanna bei der *West Country News* zu reden.

Als sie ins Büro zurückkehrten, aßen sie zu Mittag. Tristan druckte das Phantombild aus und heftete es neben A4-Fotos von Noah Huntley, Ashley Maplethorpe und Max Jesper an die Wand. Dort hing auch ein Foto von Nick Lacey, das Tristan von Bishop bekommen hatte, wobei es den Mann nur von hinten zeigte. Tristan hatte mit schwarzem Stift ein großes Fragezeichen darüber gemalt.

»Unser Phantombild sieht keinem von ihnen ähnlich«, meinte Tristan.

»Die Nasen würden alle passen. Sie haben alle recht ausgeprägte römische Nasen. Aber wir brauchen schon mehr als nur eine Nase«, sagte Kate.

»Wir brauchen ein Foto von Nick Lacey. Er scheint bei allem im Hintergrund auf.«

Unter der Fotoreihe folgten Bilder von David Lamb und Gabe Kemp. Sie hatten zudem zwei Zettel für die nicht identifizierten Leichen hinzugefügt, die man 1998 im Regenwasserkanal und 2000 auf der Mülldeponie gefunden hatte. Kate und Tristan betrachteten die Ansammlung eine Weile.

»Wenn sich dieser Kerl beim Entführen seiner Opfer verkleidet, hat ihm das geholfen, so lange damit davonzukommen«, meinte Kate schließlich, während sie auf die kalten braunen Augen der Phantomzeichnung starrte, die den Raum von der Anschlagtafel zu beherrschen schienen.

»Das Phantombild von der Kneipe stellt ihn als älteren Mann dar, über fünfzig. Er könnte das schon seit mehr als fünf Jahren tun. Und es könnte noch mehr Leichen geben, die nur noch nicht gefunden wurden«, kam von Tristan.

»Mir geht etwas nicht aus dem Kopf, das Des über Hayden gesagt hat. Er ist fünf Monate lang regelmäßig ins *Brewer's Arms* gekommen, und einer der anderen jungen Gäste war überzeugt davon, es wäre umgekehrt gewesen: Hayden hätte seinem Entführer etwas in den Drink mixen wollen, um ihn zu berauben.«

»Ja. Laut ihm hat Hayden das schon mal gemacht«, erwiderte Tristan.

»Sie könnten sich also bereits davor getroffen haben. Hayden könnte ihn abgecheckt und als jemanden mit Geld identifiziert haben, als lohnendes Opfer.«

»Du glaubst, dass unser Täter nicht wahllos entführt? Dass er seine Opfer zuerst kennenlernt?«

»Und er reist durch den Westen. Hayden wurde in Torquay entführt, David Lamb hat in Exeter gelebt, Gabe Kemp hat in einer Bar in der Nähe von Plymouth gearbeitet und in der Gegend gewohnt«, sagte Kate.

»Scheiße. Er könnte unterschiedliche Verkleidungen verwenden.«

Um Punkt drei Uhr nachmittags – zehn Uhr vormittags in Washington – riefen sie Rita Hocking über Skype an. Optisch entsprach die Frau dem Inbegriff einer Journalistin. Langes graues Haar, mit zwei Stiften zu einem Dutt fixiert, starkes Make-up und roter Lippenstift in den zerklüfteten Zügen, eine Brille mit knallrotem Gestell, die ihre braunen Augen vergrößerte. Hinter ihr befanden sich Bücherregale und ein Ausschnitt eines Bürofensters. Die Spitze der hohen Nadel des Washington Monuments zeichnete sich über einer Reihe roter Backsteinbauten ab.

»Hallo«, grüßte sie. Ihr britischer Akzent klang nur leicht von einem transatlantischen Einschuss verwaschen.

Nach den allgemeinen Höflichkeitsfloskeln sagte Kate: »Danke, dass Sie mit uns reden. Wir wissen zu schätzen, dass Sie sich die Zeit dafür nehmen.«

»Kein Problem«, sagte sie, griff sich einen riesigen Eiskaffee zum Mitnehmen und schlürfte durch einen Strohhalm einen Schluck. »Es geht also um Joanna Duncan, ja?«

»Wie lange sind Sie Ihre Kollegin gewesen?«, begann Tristan.

»Die *West Country News* war mein erster Job nach der Universität. Ich war damals fünfundzwanzig. Das war im Jahr 2000. Ich bin dort drei Jahre geblieben, bis ich achtundzwanzig war ... Somit habe ich gerade verraten, dass ich inzwischen vierzig bin.« Lächelnd trank sie einen weiteren großen Schluck von ihrem Eiskaffee.

»Also, Sie sehen umwerfend aus«, schmeichelte Tristan ihr.

»Ich wollte damit nicht nach Komplimenten zu meinem Aussehen angeln.« Ihre Miene wurde schlagartig ernst. »Warum denken Männer immer, solche Kommentare wären in Ordnung? Wie alt sind Sie?«

»Ich bin fünfundzwanzig«, antwortete Tristan. »Entschuldigung. Ich wollte Sie damit nicht beleidigen.«

»Sie haben mich nicht *beleidigt*. Ich kenne Sie ja nicht mal«, erwiderte die Frau.

»Joanna Duncan muss ein Jahr vor Ihnen bei der Zeitung angefangen haben«, lenkte Kate das Gespräch zurück zum eigentlichen Thema.

»Ja. Und Joanna hat große Stücke auf Hierarchien gehalten.«

»Wie meinen Sie das?«

»Sie hat keine Gelegenheit ausgelassen, um hervorzukehren, dass sie länger dabei war und mehr Erfahrung hatte«, erklärte Rita. »Und es war ihr ein Dorn im Auge, dass ich Privatschulen besucht hatte. Als hätte das eine Rolle gespielt.« Kate verkniff sich einen Blick zu Tristan. *Natürlich spielt es eine Rolle*, dachte sie. Hocking fuhr fort. »Wir haben oft über Jugendliche berichtet, die durch den Rost gefallen sind. In einer Story ging es um Kids aus einem Hochhaus, deren Mütter es alle mit einem Drogendealer getrieben haben. Als er verhaftet wurde, haben sechs der Frauen Selbstmord begangen, und ihre Kinder wurden in ein Heim verfrachtet. Ich weiß noch, wie sie zu unserem Redakteur gesagt hat, darüber sollte sie berichten, weil sie die Arbeiterklasse authentischer vermitteln kann. Sie hat mit den Emotionen der Menschen gespielt. Sie manipuliert.« Hocking trank einen weiteren Schluck von dem riesigen Kaffee.

»Der Redakteur war Ashley Harris?«

»Ja. Er war gut. Hat sie schon früh durchschaut.«

»Wie meinen Sie das?«

»Journalisten brauchen Empathie. Auch wenn wir sie nicht immer einsetzen. Ist nicht der emphatischste Beruf. Oft schreibt man eine Story, um eine Facette von jemandem aufzudecken oder zu entlarven, aber man muss sich dabei in die Lage der anderen Person versetzen können. Man braucht Einfühlungsvermögen, und man muss auch wissen, wann man es bei der Arbeit einsetzt. Außerdem muss man immer einen Schritt vorausdenken. Wie beim Schachspielen. Man muss wissen, wann man sich zurückhalten sollte, weil jemand mehr als einmal eine wertvolle Quelle werden könnte. Wenn es sich um eine einflussreiche Person handelt, sollte man überlegen, nicht über ihre Untreue oder ein Bagatelldelikt zu schreiben, sondern sie bei der Stange zu halten, weil man sie für weitere pikante Insiderinformationen anzapfen kann«, erklärte Hocking.

»Und Joanna hat das nicht getan?«, fragte Kate.

»Die große Story war, dass Noah Huntley während seiner Zeit als Abgeordneter Bestechungsgeld für Regierungsaufträge angenommen hat. Es war eine gute Story. Hat ein breites Spektrum von Lesern angesprochen und hohe Wellen geschlagen. Aber als Joanna nicht den Ruhm dafür bekommen hat, als die Sache von den landesweiten Zeitungen aufgegriffen wurde, hat sie ihren journalistischen Instinkt aus den Augen verloren. Statt sich auf die Suche nach einer weiteren großen Story zu machen, von denen es viele gegeben hätte, wollte sie lieber im Dreck wühlen und Noah Huntley einen Strick aus seinen schwulen Affären drehen. Sie war wie ein Hund mit einem Knochen und hat all die jungen Kerle aufgestöbert, mit denen er es getrieben hat. Einen davon wollte sie sogar verkabeln! Vergessen Sie nicht, wir reden hier von einer Regionalzeitung. Joanna hatte nicht den Mumm, zu kündigen und ihr Glück in London zu versuchen – sie ist geblieben und dabei verbittert und rachsüchtig geworden.«

»Haben Sie Noah Huntley je kennengelernt?«, fragte Kate.

»Ja. Ich habe Zeit mit ihm bei seinem Wahlkampf für die Parlamentswahlen 2001 verbracht. Er hat seinen Sitz mit einer gewaltigen Mehrheit gewonnen. Der Umgang sowohl mit ihm als auch mit seiner Frau Helen war recht unterhaltsam. Noah ist ein charmanter Trottel, dabei aber liebenswert. Die Menschen halten Helen für einen Fußabtreter, der im Hintergrund leidet, aber niemand hat sich je die Mühe gemacht, hinter die Frau zu schauen, die auf offiziellen Fotos neben ihm steht. Die beiden haben sich in Cambridge kennengelernt. Er ist schwul, sie lesbisch. Die beiden haben vereinbart, zu heiraten, um sich gegenseitig Sicherheit und Gesellschaft zu bieten. Er wurde zum größeren Kaliber des Paars. Seine Vorliebe für Schwänze, wenn Sie die unverblümte Ausdrucksweise entschuldigen, war zwar guter Klatsch, trotzdem hätte ich nicht so viel Zeit dafür aufgewendet, der Story nachzugehen.«

»Wir haben unlängst mit Ihrem ehemaligen Redakteur gesprochen. Ihm zufolge hat er Joanna aufgefordert, die Sache mit den Callboys aus der ursprünglichen Story zu streichen«, sagte Kate.

»Richtig. Man ›outet‹ Leute nicht einfach zum Spaß. Es gab keinen Beweis dafür, dass Noah sein Spesenkonto benutzt hat, um besagte Schwänze zu finanzieren.«

»Er hat einem der Callboys einen Scheck ausgestellt«, merkte Tristan an.

»Ja, nur hätte er ihn damit auch für freiberufliche Forschung oder Sekretariatsarbeiten bezahlen können. Unwahrscheinlich, schon klar, aber viele Abgeordnete beschäftigen externe Bürohilfen und Rechercheassistenten. Vor Gericht hätte der Scheck nicht standgehalten, wenn der betroffene junge Mann die Aussage verweigert hätte.«

»Haben Sie gewusst, dass sich Joanna zwei Wochen vor ihrem Verschwinden mit Noah Huntley getroffen hat?«, fragte Kate.

»Nein. Das wusste ich nicht.«

»Haben Sie an dem Tag, an dem Joanna verschwunden ist, im Büro gearbeitet?«

»Am Vormittag. Gegen Mittag bin ich gegangen.«

»Ist Ihnen an dem Tag irgendetwas Merkwürdiges an Joanna aufgefallen?«

»Definieren Sie *merkwürdig*.«

»War sie wegen irgendetwas gestresst? Hat Sie sich untypisch verhalten?«

Rita lehnte sich zurück und überlegte eine Weile.

»Gott, das ist so lange her. Ich weiß noch, dass sie nett zu mir war ...« Sie schmunzelte. »Zwischen uns ist es normalerweise eher frostig zugegangen, aber an dem Tag hat sie mir einen Kaffee spendiert und fröhlich gewirkt, richtig aufgeregt. Sie hatte kurz davor einen Schwung Fotos von Boots abgeholt. Erinnern Sie sich noch daran, dass man Fotos früher entwickeln lassen musste?«

»Urlaubsfotos?«, hakte Kate nach und wechselte einen Blick mit Tristan.

»Nein, glaub ich nicht. Sie hat mich um ein Spesenabrechnungsformular gebeten. Das weiß ich noch, weil es das Letzte war, was sie je zu mir gesagt hat«, schilderte Rita.

»Was ist als Nächstes passiert?«, fragte Kate.

»Nichts. Ich bin noch zehn Minuten oder so geblieben, dann bin ich gegangen und hab mich mit meinem Freund zum Mittagessen getroffen.«

»Waren es viele Fotos?«, erkundigte sich Kate.

»Ich weiß nur, dass sie einen ganzen Stapel dieser Umschläge hatte, in denen man früher entwickelte Fotos zurückbekommen hat. War damals für Journalisten nicht ungewöhnlich, mit Fotos, Filmen und dergleichen zu arbeiten. Zu der Zeit war die digitale Revolution noch ein paar Jährchen entfernt.«

»Können Sie sich erinnern, wie viele dieser Umschläge sie hatte?«, fragte Kate.

»Das war vor langer Zeit. Ein ganzer Stapel eben, was weiß ich ... fünfzehn, zwanzig?«

»Wenn Joanna ein Foto in einer Story verwenden wollte, hätte sie es selbst eingescannt?«, fragte Tristan.

»Nein. Es wäre über den Kopierraum in die Bildredaktion geschickt worden«, antwortete Hocking.

»Hatten Sie bei der *West Country News* Laptops oder Desktops?«, wollte Kate wissen.

»Ich hatte einen Laptop. Wie die meisten von uns, damit wir auch zu Hause arbeiten konnten.«

»Also sind die Laptops nicht im Büro geblieben?«

»Nein. Joanna hat ihren nie im Büro gelassen. Sie hat ihn immer mitgenommen. Die Frau war unheimlich ehrgeizig. Sie war insofern eine gute Journalistin, dass sie genauso viel unterwegs war wie im Büro.«

»Hat die Polizei mit den Mitarbeitern der *West Country News* gesprochen?«, fragte Kate.

»Ja. Wir haben den Behörden alles an spärlichen Informationen gegeben, was wir hatten. Es war ein Schock für uns.« Hockings Züge verdüsterten sich. »Ich habe meine ehrliche Meinung über Joanna gesagt, aber es war nicht leicht für uns, dass jemand von uns selbst zu einer Story wurde. Den Großteil der Texte in den ersten Tagen nach Joannas Verschwinden habe ich geschrieben.«

»Wissen Sie, was aus den Fotos geworden ist?«, meldet sich Tristan zu Wort.

Rita schüttelte den Kopf. »Nein.«

»Was glauben Sie, was mit ihr passiert ist?«, fragte Kate.

»Ich denke, es war entweder jemand, der sie sehr gut kannte, oder ein Fremder.«

»Noah Huntley sticht aufgrund ihrer Vorgeschichte als Verdächtiger heraus. Hinzu kommt sein heimliches Treffen mit Joanna nachts auf dem Parkplatz einer Tankstelle. Und sie könnte kompromittierende Informationen über ihn gehabt haben.«

Rita dachte eine Weile darüber nach. Schließlich schüttelte sie den Kopf.

»Ich habe Noah Huntley immer ein wenig für einen Kasper gehalten. Er ist mir ziemlich chaotisch vorgekommen, hat im Wahlkampf regelmäßig zu viel getrunken. Natürlich hat es damals noch keine Kamerahandys gegeben, deshalb ist er damit leichter unbemerkt davongekommen. Außerdem glaub ich nicht, dass Joanna als Journalistin gut genug war, um derart brisante Informationen über ihn zu haben. Seine Vorliebe für jüngere Männer war ein offenes Geheimnis, und da er sein Mandat im Parlament bereits verloren hatte, war der Missbrauch seines Spesenkontos dort keine Story mehr wert.

Glauben Sie wirklich, Noah könnte diese Männer um die Ecke gebracht haben?«

»Es ist eine Theorie«, sagte Kate.

Schnaubend schüttelte Hocking den Kopf. »Haben Sie noch andere Spuren oder Verdächtige? Irgendeine Ahnung, wo ihre Leiche sein könnte?«

Kate und Tristan sahen sich gegenseitig an.

»Nein«, gestand Kate.

»Etwas weiß ich mit Sicherheit: Joanna ist nicht einfach durchgebrannt. Dafür war sie viel zu ehrgeizig. Sie wollte Ruhm und Ehre, um jeden Preis.«

»Wow. Diese von Joanna entwickelten Fotos – das scheint mir eine vielversprechende Spur zu sein«, meinte Tristan, nachdem sie das Skype-Gespräch beendet hatten.

Kate ergriff ihre Kaffeetasse und stellte fest, dass sie leer war. Sie stand auf, um sich einen neuen zuzubereiten. »Jorge hat gesagt, dass Joanna Ende August 2002 bei ihm zu Hause gewesen ist. Und eine Woche später, am Tag ihres Verschwindens, kriegt sie einen ganzen Stapel entwickelter Fotos. Die Polizei kann sie nicht beschlagnahmt haben, weil in den Akten nichts davon zu finden war. Wir müssen diese Fotos von Jorge bekommen. Ich habe deswegen schon getextet. Aber ich werd ihm noch eine Nachricht schicken und betonen, wie dringend wir sie bräuchten.« Kate holte ihr Handy heraus, das im selben Moment einen Piepton von sich gab. Eine Textnachricht. »Ist von Faye Stubbs«, verkündete sie mit einem Blick auf das Display. »Sie sagt, wir sollen den Nachrichtenkanal von BBC einschalten.«

Tristan griff nach der Fernbedienung und schaltete den kleinen Fernseher in der Ecke des Büros ein.

»Welcher ist der BBC-Nachrichtenkanal?«, fragte er, während er durch die Sender zappte. »Ah, da ist er.«

Es begann gerade ein Bericht, bei dem ein Bild des umgestürzten Baums im Dartmoor gezeigt wurde, wo man Haydens Leichnam gefunden hatte.

Leiche im Moor mit vier ungelösten Mordfällen verbunden lautete die Schlagzeile am unteren Bildschirmrand.

»Die Polizei sucht nach Zeugen, die helfen können, die letzten Aufenthaltsorte von Hayden Oakley zu klären, einem Einundzwanzigjährigen aus Torquay. Er wurde zuletzt in der Nacht von Montag, dem elften Mai, im Pub *Brewer's Arms* in der Stadt gesehen ...«

Ein Foto des Pubs wurde eingeblendet, dann folgten drei unscharfe Bilder einer Überwachungskamera auf dem Rücksitz eines Taxis: Hayden von oben erhellt auf der Rückbank, Hayden beim Vorbeugen, um den Fahrer zu bezahlen, Hayden beim Aussteigen aus dem Taxi.

»Die Polizei geht davon aus, dass der Mord mit vier weiteren ungeklärten Mordfällen in Verbindung steht: David Lamb, verschwunden im Juni 1999, Gabe Kemp, verschwunden im April 2002, und zwei weitere, noch nicht identifizierte junge Männer ...« Die Bilder von David und Gabe von der Website vermisster Personen wurden angezeigt. »Die Polizei vermutet ferner, dass diese ungelösten Morde mit dem Verschwinden der Journalistin Joanna Duncan aus Exeter im September 2002 in Verbindung stehen. Die örtliche Privatdetektivin Kathy Marshall hat sich mit der Polizei in Verbindung gesetzt und überzeugende Beweise dafür vorgelegt, dass Joanna Duncan über David Lamb und Gabe Kemp recherchiert hat, als sie selbst verschwand. Im Verlauf der Jahre erfolgten mehrere *Zeugenaufrufe, und im Januar 2003 wurde der Fall in der BBC-Sendung Crimewatch behandelt, dennoch wurde ihre Leiche bis heute nicht gefunden.«*

Joannas Foto wurde eingeblendet, danach folgte Archivmaterial der Sendung *Crimewatch,* in dem mit einer Joanna ähnlich sehenden Schauspielerin nachgestellt wurde, wie sie die High Street in Exeter entlang zum Parkhaus Deansgate ging. »Die Polizei von Devon und Cornwall hat eine spezielle Hotline eingerichtet und bittet etwaige Zeugen, sich unter dieser Nummer zu melden.«

»*Kathy* Marshall«, brummte Kate mit einem Blick zu Tristan, als die Nummer der Hotline auf dem Bildschirm erschien, aber er betrachtete gerade eine Nachricht auf seinem Handy.

»Noah Huntley hat angebissen«, verkündete er mit einem Grinsen. »Er ist damit einverstanden, sich morgen mit uns zu treffen.«

35

Toms Gefühl gottgleicher Macht hatte sich verflüchtigt, als man Haydens Leiche gefunden hatte. Er war überzeugt davon gewesen, dass der Regen und der Dreck das von dem Baum hinterlassene Loch füllen würden und dass die Stadtverwaltung den toten Baum zerkleinern, abtransportieren, den Rest des Lochs zuschütten und so Hayden ahnungslos in seinem schlammigen Grab beerdigen würde.

Anfangs stellte er erleichtert fest, dass die Entdeckung von Haydens Leiche nur eine kleine Meldung in den Lokalnachrichten ausgelöst hatte. Er hatte sorgfältig darauf geachtet, sämtliche DNA-Spuren zu beseitigen, und im Moor war er damals allein gewesen. Niemand hatte ihn gesehen.

Am späten Montagnachmittag fuhr er mit eingeschaltetem Radio und heruntergelassenen Fenstern auf der Autobahn in Richtung Exeter, als er in den Nachrichten hörte, dass die Polizei den Tod von Hayden mit vier weiteren, zuvor nicht identifizierten Leichen in Verbindung brachte. David Lamb und Gabe Kemp wurden erwähnt. Unwillkürlich verriss er das Lenkrad, konnte nur knapp einem großen Laster ausweichen und fuhr dann auf einen Rastplatz ab.

Dort saß er mehrere Minuten lang schwitzend im Auto, während der Motor in der Hitze lief. Die Nachrichten endeten, und ein Song begann. Er schaltete das Radio aus und blickte auf sein Handy. Mittlerweile befand sich die Geschichte groß auf der Website von BBC News. Dort hieß es, die Polizei gehe davon aus, dass der Tod der jungen Männer mit dem Fall der vermissten Journalistin Joanna Duncan aus dem Jahr 2002 zusammenhänge und dass man den Fall neu aufrollen werde. Es folgte eine Zusammenfassung aller Einzelheiten und eine Hotline-Nummer zur Meldung von Hinweisen an die Polizei.

»Eine Hotline. Scheiße!«, fluchte er laut.

Tom hatte befürchtet, dass so etwas passieren könnte. Dass die Polizei eines Tages die Verbindung herstellen würde. Er atmete mehrmals tief durch. Man mochte mittlerweile die Leichen der jungen Männer ein und demselben Täter zuschreiben, aber er war überzeugt davon, dass es keine DNA-Beweise gab, die zu ihm zurückführten …

Oder zu Joanna Duncan.

Ihre Leiche hatte er so gut versteckt, dass man sie mit Sicherheit niemals finden würde. Die Polizei brauchte erst einen Verdächtigen für ihre Ermittlungen, jemanden, den sie in die Mangel nehmen und beschuldigen konnte.

Ein Lastwagen dröhnte vorbei. Der Fahrtwind schüttelte sein Auto durch. Tom drehte den Innenspiegel zu sich und starrte hinein.

»Du musst ruhig bleiben. Mach dich nicht verrückt«, sagte er zu seinem Spiegelbild. Dabei klang er schwach und erbärmlich. »Peter Sutcliffe … Der Yorkshire Ripper wurde nur durch einen Zufall gefasst, als die Polizei ihn wegen eines Verkehrsdelikts angehalten hat. Genau wie bei Ted Bundy. Die Polizei hat einen Scheißdreck. Die wissen gar nichts. Und überhaupt … bist du nicht wie sie, du … bist nicht wie sie.«

Er hob die Hand und streichelte sein Gesicht, betastete die Konturen seiner Nase, seines Munds, seiner Lippen, zeichnete die Linie auf seiner Stirn nach, die bis zum Haaransatz reichte.

»Du bist hier der Unschuldige. Das solltest du wissen ... Diese jungen Kerle mögen äußerlich gut ausgesehen haben, aber sie hatten alle Probleme, schwere psychische Probleme. Sie haben ihr Aussehen genutzt, um andere zu manipulieren und zu verletzen. Du hast sie davon abgehalten. Du hast andere davor bewahrt, so wie du verletzt zu werden. Du hast die Tyrannen überlebt, und jetzt hast du eine Mission.«

Tom schloss die Augen gegen die gleißende Sonne, und einen Moment lang war er wieder dreizehn und lag in einem Krankenhausbett. Bei dem Angriff in den Duschen der Schule hatte er einen Kieferbruch, einen Bruch der Augenhöhle und Rippenbrüche erlitten. Er war so brutal niedergetrampelt worden, dass er innere Blutungen an der Niere hatte. Der mit einem Katheter am Ende seines Betts verbundene Beutel hatte sich zwei Wochen lang mit rosa Urin gefüllt.

Drei der beteiligten Jungen wurden von der Schule verwiesen, aber keiner der anderen, die an dem Tag dabei waren, hatte für ihn ausgesagt. Sie hatten sich alle abgesprochen und behauptet, sie hätten nichts gesehen. Sogar der Lehrer, Mr Pike, hatte der Polizei vorgelogen, er habe Tom erst danach blutend im Duschraum liegend gefunden.

Zwar hatte sich Tom vollständig von seinen Verletzungen erholt, aber dass er nie eine Antwort auf die Frage nach dem *Warum* erhalten hatte, schürte seitdem sowohl seine Wut als auch seine Angst. Auch mit Anfang zwanzig hatte er schlechte Erfahrungen gemacht. Die Männer, mit denen er damals schlief – oder es zumindest versuchte –, waren allesamt grausam. Sie hatten ihn benutzt, missbraucht und verprügelt. Nur, wenn er für Sex bezahlte, fand er Akzeptanz. Wer bezahlt wurde, hatte kein Recht, sich zu beschweren. Dann hatte er beschlossen, dass er jemand anders werden musste. Derjenige, der die Kontrolle hatte. Von da an hatte Toms gekaufter Sex eine dunklere Schattierung angenommen.

Eine Bewegung draußen vor dem Autofenster holte ihn in die Gegenwart zurück. Auf dem Seitenstreifen hinter ihm stand mittlerweile ein großer Lkw, und Autos rauschten vorbei. Tom senkte den Blick und stellte fest, dass er mit der Handfläche auf das Lenkrad eindrosch. Der Mann draußen war klein und korpulent. Schweiß glänzte auf seinem kahlen Schädel. Tom hielt inne und schnappte schwer atmend nach Luft.

»Alles in Ordnung da drin, Kumpel?«, erkundigte sich der Mann. Er wirkte besorgt – sogar ein wenig verängstigt.

Tom ließ das Fenster hoch und startete den Motor. Mit quietschenden Reifen raste er vom Rastplatz, beobachtete im Spiegel, wie der verwirrt dreinschauende Mann hinter ihm zurückblieb, und hoffte, er würde sich nicht an Toms Gesicht erinnern.

36

Sarah rief auf Tristans Handy an, als er gerade die Uferstraße von Ashdean entlangfuhr.

»Ich muss mit dir reden«, kündigte sie an. Ihr scharfer Tonfall ließ ihn instinktiv vermuten, er hätte etwas falsch gemacht.

»Du machst mich nervös, wenn du so klingst«, sagte er, als er vor seiner Wohnung eine Parklücke erspähte und darauf zusteuerte.

»Es ist ziemlich ernst«, erwiderte sie. »Dein Antrag auf die Hypothek wurde nicht bewilligt.«

Tristan schaltete den Motor aus. Sofort fing er zu schwitzen an.

»Du hast doch gesagt, es ist genehmigt.«

»Gary dachte, er könne das System als Filialleiter umgehen ... Nur hat jemand in der Zentrale den genehmigten Hypothekenantrag überprüft, und du verdienst nicht genug – zumindest auf dem Papier«, erklärte Sarah.

»Was soll das heißen? Ich habe doch ein Einkommen.«

»Die Detektei kann nicht berücksichtigt werden, weil sie ein neues Unternehmen ist. Es ist mindestens eine Jahressteuererklärung nötig, bevor das Einkommen mitgezählt werden kann.«

»Okay, und was mache ich jetzt?«

»Erst mal keine Panik. Das bedeutet, dass deine Hypothek für diesen Monat zum allgemeinen effektiven Jahreszins zurückkehrt, der zum Glück nicht viel höher ist.«

»Wie viel höher?«

»Einhundertfünfzig Pfund.«

»Das ist 'ne Menge«, erwiderte Tristan und ging die Beträge im Kopf durch. Das Geld war so schon knapp, und wenn die Polizei den Fall Joanna Duncan neu aufrollte, würde Bev die Dienste der Detektei vielleicht nicht mehr brauchen.

»Wir haben einen Monat Zeit, um die Sache zu klären, und das kriegen wir hin. Brauchst du Hilfe, was das Geld angeht?«, fragte Sarah.

»Nein. Danke.«

»Ich wünschte nur, du müsstest nicht irgendeinen Fremden bei dir wohnen lassen ...« Ein dumpfer Laut ertönte, als das Telefon weggelegt wurde, dann hörte Tristan, wie sich seine Schwester übergab.

»Sarah?«

»Oh. Tut mir leid«, sagte sie nach einer Weile.

»Bist du immer noch krank?«

Sarah atmete tief aus.

»Tris, ich muss dir noch was sagen ... Ich bin schwanger.«

»Wow! Das sind ja tolle Neuigkeiten!«, rief Tristan erfreut aus. »Ich dachte, ihr wolltet erst mal ein Weilchen verheiratet sein, bevor ...«

»Richtig. Das kommt total unverhofft. Ich hab's buchstäblich gerade erst erfahren. Hab eben den Test gemacht«, sagte Sarah.

»Wo ist Gary?«

»Bei der Arbeit. Du bist der Erste, dem ich es erzähle ...« Ihre Stimme klang melancholisch und weit entfernt.

»Aber das ist doch toll! Du bist mit jemandem verheiratet, den du liebst. Ihr habt beide einen Job und ein gemeinsames Zuhause. Mit einem freien Zimmer«, fügte Tristan hinzu.

»Ich weiß. Ich bin ja auch glücklich. Oder werde es sein. Nur mache ich mir auch Sorgen. Das kommt mir alles so erwachsen vor. Weiß ich überhaupt genug über mein eigenes Leben, um die Verantwortung für ein anderes zu übernehmen?«

»Sarah. Du bist mir genauso sehr eine Mutter wie eine Schwester gewesen. Du wirst als Mama super sein. Die Beste. Dein Kind kann sich glücklich schätzen.«

Er konnte hören, wie Sarah zu weinen begann.

»Und du wirst ein unheimlich lustiger und wunderbarer Onkel sein.«

»Daran hab ich noch gar nicht gedacht.« Tristan spürte, wie ihm selbst Tränen in die Augen stiegen. »Aber darauf kannst du dich verlassen. Meinst du, es wird ein Junge oder ein Mädchen?«

Sarah lachte. »Der Test zeigt nur eine blaue Linie an. Ich kann höchstens erst ein paar Wochen schwanger sein.«

Eine Pause entstand. Beide schluchzten.

»Das sind super Neuigkeiten! Du musst es sofort Gary sagen. Ruf ihn auf der Stelle an«, sagte Tristan.

Er hörte, wie seine Schwester schniefte und sich die Nase putzte.

»Okay. Mach ich. Hab dich lieb. Und das mit deiner Hypothek kriegen wir schon hin, hörst du?«

»Ist gut. Hab dich auch lieb.«

Nachdem Tristan aufgelegt hatte, ging er in die Wohnung. Es schien niemand zu Hause zu sein, und wie er feststellte, war die Scheibe der Hintertür repariert worden. Er ging ins Badezimmer und betrachtete sich dort im Spiegel. Sarah war schwanger. Sie würde ein Baby bekommen. Dabei musste er unwillkürlich an sein eigenes Leben denken. Seine Arbeit erfüllte ihn. Sehr sogar. Aber was war mit seinem Privatleben? Ein Lebensgefährte zeichnete sich nicht mal am Horizont ab. Und was war mit Kindern? Er hatte sich immer welche gewünscht, wusste jedoch nicht, wie es jemals dazu kommen sollte. Bei dem Gedanken fühlte er sich traurig und einsam.

Er zog seine Laufklamotten an. Es war ein lauer Abend, und er lief die Promenade entlang über den Strand zum Leuchtturm und zurück. Durch die Bewegung fühlte er sich besser. Seine Gedanken und Sorgen fielen von seinen Schultern ab. Die nächsten Monate würde das Wetter schön bleiben. Er würde für Sarah und Gary etwas kaufen müssen. Schenkte man zu einer Schwangerschaft überhaupt etwas? Der Gedanke an Geld bereitete ihm Kopfzerbrechen. Was, wenn Bev und Bill entschieden, sie nach dem ersten Monat nicht weiter zu beschäftigen, obwohl sie bei den Ermittlungen einige Fortschritte erzielt hatten? Über den Sommer hatte er an der Universität zusätzlich verringerte Arbeitsstunden. Er könnte seine Mitgliedschaft im Fitnessstudio kündigen, die sechzig Pfund im Monat kostete. Auch seine Gewohnheit, jeden Monat ein teures Paar Turnschuhe zu kaufen, könnte er einstellen. Oder er könnte anfangen, selbst gemachte Brötchen ins Büro mitzunehmen – allein damit würde er ein kleines Vermögen sparen. So könnte er das zusätzliche Geld für die Hypothek zusammenkratzen, falls es sich nicht anders regeln ließe. Sein Geburtstag stand bald vor der Tür, und er könnte sich ja freie Gewichte wünschen.

Als er wieder die Strandpromenade erreichte, triefte er vor Schweiß, deshalb zog er das T-Shirt aus, tupfte sich Gesicht und Brust damit ab und hielt beim Wasserbrunnen am Pier an, um einen ausgiebigen Schluck zu trinken. Er richtete sich gerade auf, als Ade mit einer großen Tüte voller Pommes und einer panierten Wurst aus dem Imbissladen am Pier vorbeikam. Seine Augen wurden riesig, als er auf Tristans Oberkörper starrte.

»Verdammt, ich hasse dich«, sagte er lächelnd.

»Wieso?«, fragte Tristan. »Und hallo, freut mich auch, dich zu sehen.«

»Schau sich nur einer deinen Körper an! Gott.« Ade zog die panierte Wurst heraus und fächelte sich damit zu. »Und ich bin gerade dabei, dreitausend Kalorien in mich reinzustopfen.« Er biss von der Wurst ab und bot Tristan eine Fritte an. Tristan nahm sie entgegen und kaute.

»Danke.«

»Was ist los? Siehst ein bisschen bedrückt aus. Na ja, eigentlich eher heiß und verschwitzt, aber ich seh's dir trotzdem am Gesicht an«, sagte Ade.

»Geldsorgen ... und meine Schwester ist schwanger.«

»Bist du der Vater?«

»Himmel, nein!«

»Wieso bedrückt es dich dann?«, fragte Ade und biss erneut von der Wurst ab.

»Irgendwann, bevor ... bevor mir klar geworden ist, dass ich schwul bin, hab ich gedacht, ich könnte vielleicht mal Kinder haben. Was jetzt wohl nicht mehr passieren wird.«

»Warum nicht? Du kannst ja online 'ne Eizelle kaufen ... Dir 'ne nette Schwulenmutti mit gebärfreudigen

Hüften suchen und sie mit 'ner Truthahnpipette befruchten. Oder du kannst adoptieren. Oder beides machen und die Mia Farrow von Ashdean werden!«

»Ade. Bleib mal ernst«, erwiderte Tristan.

»Ich weiß nicht, wie das funktioniert. Ich hab nie Kinder gewollt ... Komm, setzen wir uns auf den Pier. Ich komm mir so *gewöhnlich* dabei vor, Pommes auf dem Bürgersteig zu essen.«

Sie suchten sich eine freie Bank mit Blick aufs Meer.

»Der Fall geht mir unter die Haut. Diese vier jungen Männer, deren Leichen man gefunden hat, vergewaltigt und erwürgt ... Noah Huntley ist schwul, hat aber geheiratet, um nicht einsam zu sein ... Meine Schwester liebt mich, aber ich weiß, dass sie fürchtet, ich ende allein und finde kein Glück ... Und du hast erst vor ein paar Wochen im Pub gesagt, dass du etliche Freunde verloren hast, weil sie Eltern geworden sind. Ich weiß einfach nicht, wo ich reinpasse. Wie mein Leben aussehen wird.«

Ade legte seine Hand auf die von Tristan.

»Tris. Weißt du, du musst nirgendwo *reinpassen*. Es gibt auch jede Menge Heteros, die keine Kinder wollen oder bekommen können. Und das ist in Ordnung. Das Leben dreht sich nicht nur darum, Kinder zu haben. Ja, es gibt viele Schwule und Lesben, die Kinder haben oder adoptieren. Und dann gibt es popelige alte Tunten wie mich, die rundum zufrieden damit sind, allein zu leben ... Ich liebe meinen Freiraum. Und obwohl ich mit Freuden allein lebe, bin ich nicht einsam.«

»Wünschst du dir nicht, du hättest einen Lebensgefährten?«

»Manchmal. Aber das hab ich schon durchgemacht

und abgehakt. Ich bin wohl ein sehr guter Freund, aber ich glaub nicht, dass ich ein guter Lebensgefährte bin. Tris, wie alt bist du? Fünfundzwanzig?«

»Ja.«

»Du weißt, wer du bist, und du weißt, was du mit deinem Leben anfangen willst. Ich bin fest davon überzeugt, dass du ein erfolgreicher Privatdetektiv mit einer erfolgreichen Detektei wirst. Denk nur daran, wie glücklich du dich schätzen kannst, im Vergleich zu David Lamb und ... wie heißt er noch?«

»Gabe Kemp.«

»Sie hatten nicht deine Möglichkeiten oder Vorteile, und jetzt haben sie nicht mal mehr den Luxus des Lebens. Und du wirst der sein, der ihren Mörder schnappt. Okay?«, sagte Ade. Mittlerweile schaute er ernst drein.

»Ja, aber die Polizei will den Fall Joanna Duncan neu aufrollen, weil wir die Verbindung gefunden haben. Wir fürchten, dass Joannas Mutter uns nicht weitermachen lassen könnte«, erwiderte Tristan.

»Stimmt. Hab vorhin die Nachrichten gesehen. *Kathy* Marshall.«

»Ich weiß. Darüber war Kate gar nicht erfreut. Die Polizei hat zwar gesagt, sie würde die Detektei lobend erwähnen, hat dann aber ihren Namen falsch genannt. Nur dank uns konnten die Behörden die Ermittlungen miteinander verknüpfen.«

»Dann gebt nicht auf! Wenn Kate und du euer Unternehmen zum Erfolg führen wollt, dann macht es!«

»Danke. Du hast recht.« Tristan wischte sich über die Augen und zog sein T-Shirt wieder an.

»Tja, dann hätten wir das wohl geklärt«, meinte Ade. »Was hast du heute Abend vor? Lust auf ein paar

Bierchen im *Boar's Head?* Dort tritt dieser kanadische Cilla-Black-Imitator auf, der ›What's It All About, Alfie‹ singt.«

Tristan lächelte. »Okay. Aber nur ein paar. Morgen treffen wir uns nämlich mit Noah Huntley, und ich muss mich noch darauf vorbereiten.«

37

Nachdem Tristan nach Hause aufgebrochen war, bereitete Kate das Abendessen zu. Danach aß sie mit Jake, und sie sahen zusammen fern. Die Geschichte wurde in den Abendnachrichten erneut gebracht, wieder mit den Fotos von David und Gabe und einigen Ausschnitten des Berichts in *Crimewatch*.

Als sie fertig waren und Jake das Geschirr abräumte, überkam Kate das Verlangen nach einer Zigarette. Also holte sie sich das Päckchen, das sie auf einem Regal auf der hinteren Veranda aufbewahrte.

Es war ein lauer Abend. Die Dünen dämpften die Geräusche des Winds und der Wellen, als sie den Hang hinunterkletterte. Unten befanden sich immer noch die beiden rostigen Liegestühle, auf denen Myra und sie oft gesessen, geredet und dabei geraucht hatten. Einer der Stühle war umgekippt. Kate hob ihn auf, klopfte den Sand davon ab und stellte ihn wieder neben den anderen. Dann setzte sie sich, lehnte den Kopf zurück und schaute zu den Sternen empor, die sich funkelnd vom schwarzen Himmel abhoben. Müdigkeit überwältigte sie, und sie schloss die Augen.

Kate hörte ein rasselndes Husten und schlug die Lider auf. Ihre Freundin Myra bahnte sich langsam und nach vorn gebeugt einen Weg durch die Dünen, die Schultern angezogen. Sie trug einen langen, dunklen offenen Mantel, darunter einen alten grauen Trainingsanzug. Ihre Füße waren nackt, und ihr weißes Haar schimmerte selbst in der Dunkelheit, ihre Haut schien zu leuchten.

»*Guten Abend, Kate*«, *grüßte sie.* »*Lieber Himmel. Die Dünen sind gewandert, oder? Ist eine Weile her, dass ich zuletzt hier war.*«

Myra setzte sich neben sie. Der Liegestuhl knarrte. Das Meer hatte sich zur Ebbe weit zurückgezogen, der nasse Sand glitzerte im Mondlicht. Es war ein äußerst seltsames Gefühl. Kate wusste, dass sie schlief und träumte. Wie sonst könnte sie mit ihrer toten Freundin am Strand sitzen und reden?

»*Hallo*«, *sagte Kate.*

Myra lächelte, holte eine Flasche Jack Daniel's aus der Manteltasche und stellte sie in den Sand zwischen ihren Füßen. Dann kramte sie in der anderen Manteltasche nach einer Schachtel Zigaretten. Sie öffnete das Päckchen, klopfte eine Kippe heraus und klemmte sie sich zwischen die runzligen Lippen. Der flackernde Schein des Feuerzeugs erhellte das Gesicht der alten Frau und sorgte dafür, dass sich die Pupillen der großen braunen Augen schnell zusammenzogen.

»*Lust auf einen Drink?*«, *fragte Myra und deutete auf die Flasche Jack Daniel's im Sand.* »*Ich bin tot, und das ist ein Traum, also denke ich, du kannst dir einen Drink genehmigen.*«

So verlockend es sein mochte, selbst im Traum wusste Kate, was für sie auf dem Spiel stand. Und was passieren würde, wenn sie je wieder tränke. Sie schüttelte den Kopf.

»*Nein.*«

»*Braves Mädchen*«, *lobte Myra lächelnd und blies zwischen den Zähnen hindurch Rauch aus.*

»*Du fehlst mir*«, *gestand Kate und verspürte einen Anflug von Traurigkeit über den Tod ihrer Freundin.* »*Ich lege jeden*

Monat Blumen auf dein Grab.« Myra ergriff ihre Hand. Sie fühlte sich echt an, weich und warm.

Myra schmunzelte. »Und schöne noch dazu! Nicht der billige Scheiß von der Tanke.«

»Ich setze alles in den Sand«, klagte Kate. »Mein erster großer Fall mit der Detektei zerrinnt uns zwischen den Fingern ... Tristan hat einen guten Job aufgegeben, und ich weiß nicht, wie lange ich ihn noch bezahlen kann ... Derzeit verlasse ich mich darauf, dass Jake den Surfshop und den Wohnwagenplatz betreibt ... Keine Ahnung, wie ich das stemmen soll, wenn der Sommer vorbei ist.«

Myra nahm einen letzten Zug von der Zigarette und schnippte sie dann weg. Die rote Glut segelte durch die Luft, landete im nassen Sand und erlosch.

»Tja. Ich gehe dann mal besser«, meinte sie, tätschelte Kates Hand und stemmte sich aus dem Liegestuhl.

»Das ist alles?«, fragte Kate.

Myra zog den Mantel enger um sich. »Kate. Denk mal daran, was du im Leben schon alles durchgemacht hast. Jake lebt endlich bei dir. Und du machst mit deiner eigenen Detektei endlich, wovon du geträumt hast. Die Polizei konnte vier ungeklärte Morde miteinander verknüpfen. Ohne dich wären diese jungen Männer in namenlosen Gräbern geblieben. Du weigerst dich sogar im Traum, Jack Daniel's zu trinken. Und jetzt suhlst du dich hier im Elend und regst dich über Kleinigkeiten auf. Probleme mit dem Cashflow. Probleme bei der Arbeit.« Myra bückte sich und hob die Flasche Jack Daniel's auf. Sie tippte Kate mit der Hand auf die Schulter und zeigte mit dem Finger auf sie. »Du bist zurück aus der Wildnis, Mädel. Wirf das nicht weg.« Damit trat sie langsam den Weg zurück die Klippe hinauf an. Kate beobachtete, wie sie abbog und durch die Dünen verschwand.

Kate erwachte im Liegestuhl am Strand. Im Stuhl neben ihr befand sich niemand. Eine warme Brise wehte, und ihr Handy klingelte in der Tasche. Sie zog es heraus und ging rasch ran, um den Anruf nicht zu verpassen. Es war Tristan.

»Tut mir leid, dass ich so spät noch anrufe. Bei dir alles in Ordnung?«, fragte er. »Du klingst benommen.«

»Ja. Ich bin eingedöst. Worum geht's?«

»Noah Huntley. Ich sitze hier und überlege, was wir ihn fragen sollen. Oder besser gesagt, wie wir es anstellen sollen, ihn mit heiklen Fragen zu konfrontieren. Und ich weiß nicht, wo ich anfangen soll. Er wird uns ja nicht einfach gestehen, dass er junge Männer vergewaltigt und umbringt.«

»Darüber hab ich auch schon nachgedacht«, sagte Kate. »Wir werden ihm dazu keine Fragen stellen. Stattdessen konzentrieren wir uns darauf, herauszufinden, wie genau seine Beziehung zu Joanna aussah. Das ist der Schlüssel.«

38

Am nächsten Tag parkte Tom frühmorgens in einer ruhigen Wohnstraße am Stadtrand von Exeter. Er war von Kopf bis Fuß in Schwarz gekleidet. Obwohl es über Nacht kaum abgekühlt hatte, trug er schwarze Handschuhe und eine schwarze Sturmhaube mit Augenlöchern. Vom Beifahrersitz griff er sich eine Plastiktüte, die Haydens Unterwäsche enthielt. Er stopfte sie in einen schwarzen Rucksack und stieg aus dem Auto.

Die Straße mit gepflegten Reihenhäusern lagt still da. Die einzigen Geräusche stammten vom Summen der Motten, die im orangefarbenen Schein der Straßenlaternen umherflogen. Tom mied die Lichtkegel, als er zwei Straßen weiter zu einem schwarzen SUV im Schatten eines hohen Baums ging. In den Fenstern der umliegenden Häuser herrschte Dunkelheit. Er griff in die Tasche und holte den Funkschlüssel heraus. Es war ein teurer Online-Kauf gewesen, aber das Geld wert. Tom stellte sich neben den SUV und wappnete sich dafür, schnell zu verschwinden, falls es nicht klappte. Dann drückte er den Knopf auf dem Gerät. Mit einem leisen Surren und einem Aufblitzen der Scheinwerfer öffnete sich die Zentralverriegelung des Fahrzeugs.

Tom rechnete mit dem Autoalarm, als er die Beifahrertür öffnete und kurz wartete, doch nichts geschah. Es herrschte weiter wunderbare Stille. Tom achtete darauf, nichts zu berühren, als er mit einer langen Metallzange Haydens Unterwäsche aus der Plastiktüte in seinem Rucksack zog und mit dem Stoff über den Beifahrersitz, das Armaturenbrett und das Lenkrad rieb. Anschließend schob er die Unterwäsche unter den Beifahrersitz.

Er richtete sich auf, verstaute die Zange wieder im Rucksack und schloss die Beifahrertür des SUV. Er drückte den Knopf des Funkschlüssels erneut, und das Auto verriegelte sich. Wieder blinkten die Scheinwerfer kurz auf.

Der gesamte Vorgang hatte weniger als eine Minute gedauert. Tom stahl sich davon, zurück in den Schatten seines eigenen Autos.

Auf dem Heimweg legte er einen Zwischenstopp an einer alten Telefonzelle ein, die abgelegen an einem Feldweg stand. Von dort rief er die Hotline der Polizei an und hinterließ wichtige Informationen über den Mordfall Hayden Oakley.

39

Am Dienstagmorgen fanden sich Kate und Tristan in einem Starbucks in der Nähe des Universitätsgeländes in Exeter ein. Die Filiale lag auf einem Hügel mit Blick auf die Flussmündung inmitten einer belebten Ladenzeile. Und nicht weit von dort, wo Noah Huntley mit seiner Frau lebte.

Tristan fand es seltsam, den Mann persönlich eintreffen zu sehen, nachdem er wochenlang Überwachungskamerabilder von ihm mit Joanna gesehen und all die Geschichten und widersprüchlichen Meinungen über ihn gehört hatte.

Huntley erwies sich als großer, breiter Mann, wesentlich größer, als er auf den Fotos wirkte. Seit Anfang der 2000er Jahre hatte er zudem deutlich zugelegt. Mit einer leicht zerknitterten weißen Chinohose, einem blauen Leinenhemd und einem dünnen, locker um den Hals gewickelten Schal wirkte er wie ein Schauspieler in einer Drehpause.

Als er zu ihnen an den Tisch kam, wusste Tristan einen Moment lang nicht recht, was er sagen sollte.

»Hallo«, grüßte er schließlich, stand auf und streckte die Hand aus. »Ich bin Tristan Harper, und das ist meine Partnerin Kate Marshall.«

»Freut mich sehr, Sie beide kennenzulernen.« Lächelnd ergriff er Tristans Hand mit beiden Händen und schüttelte sie. Tristan fiel auf, dass er Kates Hand deutlich weniger herzlich ergriff und nur die linke benutzte.

»Danke, dass Sie sich die Zeit nehmen, sich mit uns zu treffen«, sagte Kate. »Ich wollte gerade bestellen gehen. Kann ich Ihnen einen Kaffee mitbringen?«

»Für einen großen Latte und ein Stück Gebäck, falls es welches gibt, würde ich glatt morden«, gab Noah zurück. Tristan fand, dass unter dem Selbstbewusstsein, das er ausstrahlte, ein Hauch von Nervosität durchschimmerte. Während Kate hinüber zum Tresen ging, schien Noah ihn zu mustern.

»Wo genau ist Ihre Detektei?«, erkundigte sich der Mann.

»In Thurlow Bay. Etwa acht Kilometer außerhalb von Ashdean.«

»Ach, Ashdean, so ein malerisches Städtchen! Als kleiner Junge habe ich dort oft die Wochenenden verbracht. Meine Tante hatte dort ein Haus oben auf dem Felsen. Tante Marie. Sie war eine lustige Person. Hat ihren Gin gemocht, falls Sie verstehen, was ich meine ...« Er deutete mit der Hand eine Trinkbewegung an.

»Klar«, erwiderte Tristan. Dann trat peinliche Stille ein, und er sah sich nach Kate um, wie sie vorankam. Sie hatte die Bestellung bereits aufgegeben und wartete auf die Getränke.

Huntley trommelte mit den Fingern auf den Tisch. »Also ... Ich bin hier, um mit Ihnen über Joanna Duncan zu reden, richtig?« Er zog die Augenbrauen hoch. »War eine schmerzhafte Zeit, als ich meinen Sitz im Parlament verloren habe. Und ziemlich peinlich für alle Beteiligten. Obwohl« – er lachte – »etliche andere Abgeordnete, die noch im Amt sind, weitaus Schlimmeres anstellen.«

Tristan war froh, als er sah, wie Kate ihre Bestellung

abholte. Gleich darauf kam sie mit dem Kaffee und dem Gebäck zurück an den Tisch.

»Wunderbar, danke«, sagte er.

»Tristan wollte gerade anfangen, mich über Joanna Duncan auszufragen«, erklärte Huntley. »Ich hab ihm gesagt, dass ich ein großer Junge bin und keinen Groll mehr hege. Das ist alles Schnee von gestern.«

Tristan ging unwillkürlich durch den Kopf, wie selbstsicher Noah wirkte, und er verfluchte sich dafür, dass er selbst sich so eingeschüchtert fühlte. Warum nur? Es war verrückt. Aber in Gegenwart von redegewandten Leuten kam er sich immer wie ein Bauerntölpel vor.

Kate hatte auch für sich selbst ein Brötchen gekauft und öffnete die kleine Packung Butter, die es dazu gegeben hatte. Ihr Blick wanderte zu Tristan. Sie hatten vereinbart, dass er die Befragung führen würde.

»Wir versuchen, Joanna Duncan zu finden«, begann Tristan.

»Ja, das haben Sie erwähnt«, sagte Noah und hielt den Blick gesenkt, während er sein Gebäck butterte.

»Genau. Wir haben bereits eine Menge Informationen über die letzten Tage vor ihrem Verschwinden zusammengetragen. Wir wissen zum Beispiel, dass Sie sich zwei Wochen davor, am 23. August 2002, abends mit ihr getroffen haben. An einer Tankstelle in der Nähe ihres Wohnorts Upton Pyne.«

»In diesen Miniportionen ist einfach nie genug Butter«, klagte Huntley und hielt die leere Verpackung hoch. »Tristan, wären Sie so nett, mir noch eine zu holen?«

Tristan sah, wie Kate kaum merklich die Augen verdrehte.

»Das kann ich übernehmen«, bot sie an.

»Nein. Tristan, seien Sie so nett. Ihre Partnerin hat schon einen Gang zur Kasse hinter sich.« Als er zu Tristan aufschaute, lag ein spöttischer Ausdruck in seinen Augen.

»Natürlich.«

Tristan stand auf, ging zur Barista-Station und bat um mehr Butter.

»Sicher, einen Moment«, erwiderte der Barista, der gerade Sahne auf einen großen Kaffee sprühte. Tristan schaute zurück, sah Kate mit Noah reden und kam sich dämlich vor. Bisher hatte er mit seiner Befragung rein gar nichts erreicht. Er musste zurück zum Tisch und von vorn anfangen. Es gab keinen Grund, sich eingeschüchtert zu fühlen. Er ließ den Blick durch das Café wandern. Die meisten Tische waren besetzt, es herrschte reger Betrieb. Plötzlich sichtete er an einem Platz am Fenster Detective Mona Lim. Sie trug Jeans, einen Wollpullover und Kopfhörer in den Ohren. Vor ihr lagen die typischen Utensilien einer Studentin: ein großes Lehrbuch, aufgeschlagen vor einem Laptop. Als sich ihre Blicke begegneten, wirkte Mona leicht panisch. Durch das Fenster hinter ihr erspähte Tristan einen Lieferwagen vor dem Bürgersteig. Darin saß ein Kurierfahrer, der in die Starbucks-Filiale schaute und in ein Funkgerät sprach. Auf der anderen Straßenseite parkte ein blaues Auto, in dem DCI Faye Stubbs saß und telefonierte.

Tristan richtete den Blick wieder auf Lim, die ihn eindringlich anstarrte.

Scheiße, er wird von der Polizei überwacht, dachte Tristan.

Abrupt stand Lim auf und griff in ihre Jacke, die über

der Stuhllehne hing. Stubbs stieg gerade aus dem Auto aus, als zwei Streifenwagen vor dem Starbucks hielten. Plötzlich ging alles ganz schnell. Vier uniformierte Polizisten stürmten in das Café und hinüber zu dem Tisch, an dem Kate mit Huntley saß. Lim erreichte den Tisch kurz vor Tristan und zeigte ihre Polizeimarke und ihren Ausweis vor.

»Noah Huntley, hiermit verhafte ich Sie wegen der Morde an David Lamb, Gabe Kemp und Hayden Oakley ...«

Noah schaute mit einem halb gebutterten Gebäckstück in der Hand auf. Kate lehnte sich auf dem Stuhl zurück und starrte die Beamten an.

»Das kann nicht Ihr Ernst sein«, erwiderte er und biss in das Gebäck.

»Sie müssen nichts sagen, aber es kann Ihrer Verteidigung schaden, wenn Sie beim Verhör etwas nicht erwähnen, auf das Sie sich später vor Gericht berufen. Alles, was Sie sagen, kann als Beweismittel verwendet werden«, sagte Lim. Als Stubbs am Tisch eintraf, hatte einer der Polizisten bereits ein Paar Handschellen geöffnet.

»Könnten Sie bitte aufstehen, Sir?«, sagte der Beamte.

»Das ist ... Das kann nicht Ihr Ernst sein!«, wiederholte Huntley. »Das also wollten Sie?«, wandte er sich an Kate. »Mich an einen öffentlichen Ort locken und eine riesige Szene veranstalten?«

»Es muss keine Szene geben«, meldete sich Stubbs zu Wort.

»Wer zum Teufel sind Sie?«, brüllte Huntley, der plötzlich vor Wut hochrot anlief.

»DCI Faye.«

»Zeigen Sie mir Ihren Scheißpolizeiausweis«, spie er

ihr entgegen und versprühte dabei halb gekautes Gebäck quer über den Tisch. Stubbs hatte ihren Ausweis bereits gezückt und streckte ihn vor.

»Ich bin DCI Faye Stubbs. Das ist DC Mona Lim, und ...«

»Ihre verdammten Namen interessieren mich nicht!«, schnitt Huntley ihr lautstark das Wort ab. »Warum müssen Sie das hier machen? Sie hätten ruhig warten können, bis ich mein verdammtes Gebäck aufgegessen habe!«

»Legen Sie ihm Handschellen an«, befahl Stubbs.

Huntleys Züge wirkten beinah violett, und Tristan fürchtete, er könnte einen Herzinfarkt erleiden. Huntley stand auf, trat den Stuhl gegen die Wand zurück und ließ sich dann die Handschellen anlegen.

»Hier entlang, Sir«, sagten die beiden uniformierten Polizisten, als sie ihn aus dem Starbucks führten, in dem es totenstill geworden war. Sämtliche Gäste starrten herüber.

»Was glotzen Sie so?«, herrschte Huntley eine Frau mit einem Kinderwagen an. »Ich will mit meiner Frau und meinem Anwalt reden. Sie brauchen mich nicht zu führen, ich kann die Scheißtür sehen!«, tobte er, als er zum Ausgang des Starbucks geschoben wurde.

»Das kommt auf meine Liste letzter Wünsche vor einer Verhaftung: *Lassen Sie mich mein Gebäck aufessen*«, merkte Stubbs trocken an.

»Sind neue Beweise aufgetaucht?«, fragte Kate.

Stubbs nickte. »Kommen Sie. Gehen wir nach draußen«.

Tristan und Kate folgten ihr auf die Straße, wo Huntley gerade in ein Polizeiauto verfrachtet wurde.

»Sie müssen mich nicht am Kopf anfassen. Ich bin kein Idiot. Ich bin schon hinten in Autos eingestiegen«, brüllte er. Eine ganze Gruppe Schaulustiger beobachtete vom Fenster der Starbucks-Filiale aus, wie er weggebracht wurde.

Tristan bemerkte, dass man weiter oben an der Straße einen schwarzen SUV abgesperrt hatte. Mehrere Spurensicherungsleute in weißen Anzügen arbeiteten an dem Wagen.

»Wir haben einen Tipp über die Hotline erhalten«, erklärte Stubbs. »Der Anrufer hat Noah Huntley genannt und gesagt, er habe einen großen schwarzen SUV mit Hayden darin gesehen. Während Sie mit Huntley im Café waren, haben wir in seinem Auto Kleidung gefunden, die mutmaßlich Hayden gehört hat«, fuhr Stubbs fort. »Das und die von Ihnen gelieferten Beweise haben uns davon überzeugt, ihn zu verhaften, damit wir ihn weiter verhören können.«

Eine Stimme rief Stubbs über ihr Funkgerät.

»Ich muss los. Das war gute Arbeit von Ihnen beiden. Wir hatten keine Ahnung, dass er sich mit Ihnen treffen würde. Wir haben ihn erst seit heute Morgen überwacht.«

Stubbs und Lim überquerten die Straße, stiegen in das blaue Auto und fuhren davon.

»Ich hab Lim erst am Fenster sitzen gesehen, als ich ihm die dämliche Butter holen wollte«, sagte Tristan. »Scheiße. Ich hab gar nichts aus ihm herausbekommen. Tut mir leid.«

»Du hast dich besser angestellt als ich. Verdammt, sie hätte mir auffallen müssen! Obwohl es ohnehin nichts geändert hätte«, sagte Kate.

»Hat er dir irgendwas erzählt, während ich weg war?«

»Nein. Er hat sich nur darüber beschwert, dass die Marmeladenportion zu klein war.«

»Ich hab's vermasselt«, klagte Tristan. Er spürte, wie Kate ihn an der Schulter berührte, und sah sie an.

»Nein, hast du nicht. Und er ist verhaftet worden. Er ist von Anfang an unser Hauptverdächtiger gewesen«, meinte Kate. Doch Tristan merkte ihr an, dass sie sich betrogen fühlte, weil sie ihn nicht mehr befragen konnten.

40

Am nächsten Tag wurden es drei Wochen, seit sie mit ihren Ermittlungen begonnen hatten. Kate und Tristan fuhren zu Bill und Bev nach Salcombe, um sie über den aktuellen Stand zu informieren.

Ein heißer Vormittag kündigte sich an. Sie brachen früh auf und erreichten Bills Villa kurz vor zehn Uhr. Das Meer und der Himmel präsentierten sich in makellos blauem Einklang. Eine Gruppe von Segelbooten kreuzte über das spiegelglatte Wasser der Bucht. Weiter draußen lag eine Jacht vor Anker, daneben hinterließ ein Jetski mit seinem Kielwasser einen großen Kreis.

Bevs und Bills Garten war seit Kates und Tristans ersten Besuch zum Leben erwacht und strotzte vor duftenden Sommerblumen und dem trägen Summen von Bienen. Als sie die Haustür erreichten, erwartete Bev sie bereits. Kate stellte etwas erschrocken fest, dass die Frau weinte. Aber als sie sich ihr näherten, lächelte sie und stürzte Kate entgegen, um sie zu umarmen.

»Danke, vielen Dank«, sagte sie. Sie streckte die Hand aus und zog auch Tristan in eine Umarmung. Die Frau roch nach Zigaretten und abgestandenem Alkohol, vermischt mit Pfefferminz. »Es war in den Nachrichten: Die Polizei hat Noah Huntley verhaftet ... Bill hat es für mich aufgenommen. Ich hab mir den Bericht schon zweimal angesehen. Kommen Sie rein.«

Sie folgten Bev durch die Eingangstür in den großen, von Marmor beherrschten Wohnbereich. Die Umgebung wirkte genauso leer und aufgeräumt wie zuletzt. Erneut dachte Kate unwillkürlich, wie fehl am Platz Bev wirkte, die in einem abgewetzten Paar rosa Crocs über den eleganten weiß-goldenen Marmorboden schlurfte. Bill saß mit einem Laptop an der großen Frühstückstheke. An einer der Wände in der Küche hing ein Flachbildfernseher.

»Hallo, Kate, hallo, Tristan«, grüßte Bill und lächelte dabei so breit wie Bev. Alle schüttelten sich die Hände.

»Das ist das Haus von Noah Huntley«, sagte Bev und griff nach der Fernbedienung. Das eingefrorene Bild auf dem Fernseher zeigte die Fassade eines Hauses in einer begrünten Vorstadtstraße. Eine ganze Reihe von Polizeiautos parkte davor. Die Sonne stand tief am Himmel, warf ihre Strahlen fast waagerecht und malte Gold auf die umliegenden Fenster. Kate fragte sich, wie früh oder spät die Behörden bei seinem Haus eingetroffen waren. Bev schaltete die Wiedergabe ein. Die Kameraperspektive wechselte zu Nachbarn, die von ihren Türen zu beiden Seiten der Straße beobachteten, wie ein Team der Spurensicherung mit Kleidungsstücken in durchsichtigen Plastikbeuteln durch den Eingang herauskam.

»Die Polizei hat einen Durchsuchungsbefehl für das Haus des ehemaligen Parlamentsabgeordneten Noah Huntley erwirkt«, kommentierte die Stimme des Nachrichtensprechers. »Gleichzeitig wurde er verhaftet.« Als Nächstes wurde auf Noah Huntley geblendet, wie er in Handschellen zur Vordertreppe des Polizeireviers von Exeter geführt wurde. Vor dem Gebäude drängten sich zahlreiche Journalisten mit Kameras und Smartphones. Huntley hielt den Kopf gesenkt, während die Polizei ihn durch die Menge eskortierte.

»Noah Huntley verlor 2002 seinen Sitz im Parlament bei einer Nachwahl, nachdem ihm vorgeworfen worden war, Bestechungsgelder für die Vergabe von Aufträgen der Stadtverwaltung angenommen zu haben. Die Polizei hat ihn nun im Zusammenhang mit dem Leichnam eines einundzwanzigjährigen Mannes verhaftet, der im Westen des Landes gefunden wurde. Außerdem will man ihn über vier andere ungelöste Mordfälle aus seiner Zeit als Abgeordneter und über Joanna Duncan verhören, eine Lokaljournalistin der *West Country News*, die über Noah Huntley recherchiert hatte, bevor sie spurlos verschwand«, fuhr der Nachrichtenreporter fort. Es wurde ein Foto von Joanna eingeblendet, auf dem sie mit einem Cocktail am Strand saß und lächelte.

»Oh, mein Schatz«, entfuhr es Bev, die ein Taschentuch zückte und es sich ans Gesicht hielt. »Sie haben ihn. Sie haben den Mistkerl«, fügte sie hinzu, ging näher zum Bildschirm und richtete die Worte an das Foto von Joanna. Tristan warf einen Blick zu Kate. Bevs Kummer war derart spürbar, dass es sich beinah aufdringlich anfühlte, neben ihr zu stehen.

»Anscheinend hatten die Reporter einen Tipp über Noah Huntleys Verhaftung bekommen«, meinte Tristan.

»Ist das gut? Es muss doch gut sein … Jetzt wird man nach Joanna suchen. Gibt es sonst noch Neuigkeiten über sie? Hat man gesagt, ob Joannas Fall neu aufgerollt wird?«, fragte Bev und drehte sich zu ihnen um.

Bill blieb beim Laptop an der Frühstückstheke sitzen. »Dafür ist es vielleicht noch zu früh, sie haben Noah ja gerade erst festgenommen. Ich nehme an, die Behörden haben nur wenige Tage Zeit, um Noah zu verhören, bevor sie ihn entweder anklagen oder freilassen müssen«, sagte er. Bev drehte sich um und schob Bill aus dem Weg. Sie legte die Finger aufs Touchpad und scrollte nach unten zu einem Bild von Joanna.

»Ich hab dir ja gesagt, dass wir herausfinden, wer dein Leben zerstört hat«, sagte sie zu dem Foto. Bill sah Kate und Tristan beinah entschuldigend an. »Ich weiß, dass es dieser widerliche Politiker war. Du hast ihn überführt, und das hat ihm gar nicht gefallen, stimmt's?«

Wie Bev mit Joannas Foto sprach, verursachte Kate ein merkwürdiges Unbehagen. Sie räusperte sich.

»Können wir mit Ihnen beiden reden und Sie über den aktuellen Stand des Falls informieren?«

Bev unterhielt sich immer noch mit dem Foto auf dem Bildschirm. Sie schien Kate und Tristan gar nicht wahrzunehmen. »Jetzt wird man diesen schrecklichen Mann verhören, und er wird uns verraten, wo du bist. Hörst du, Jo?«

»Warum setzen Sie sich nicht schon mal raus auf die Terrasse? Ich mache uns Kaffee, dann kommen wir gleich zu Ihnen«, sagte Bill und deutete damit zwischen den Zeilen an, dass er sich um Bev kümmern würde.

Kate nickte. Dann steuerten sie und Tristan auf die Glastüren zu und gingen nach draußen. Die Terrasse erstreckte sich über die gesamte Breite des Hauses, ebenso tief wie breit – Kate empfand sie als riesig. Die einzigen Möbel bestanden aus einem Holztisch und vier Stühlen unter einem weißen Sonnenschirm. Kate und Tristan setzten sich.

»Die Polizei muss sich wohl ziemlich sicher sein, wenn sie so schnell handelt und Huntley gleich verhaftet«, meinte Tristan.

»Die haben potenzielle DNA-Beweise. Wenn die ihn

tatsächlich mit Hayden oder einem der anderen jungen Männer in Verbindung bringen, haben sie genug, um ihn anzuklagen«, sagte Kate.

Bill trat mit Bev am Arm durch die Glastüren heraus. Im Sonnenschein wirkte die Frau mit ihrer blassen Haut regelrecht gebrechlich. Die beiden setzten sich an den Tisch.

Kate informierte sie über alles, was sie in den letzten drei Wochen herausgefunden hatten. Sie schilderte, wie sie durch den Abdruck der Namen von David Lamb und Gabe Kemp auf dem Deckel von Joannas Pappkarton auf Shelley Morden gekommen waren, die David Lamb gekannt und sie in Max Jespers Richtung geführt hatte.

»Wir haben in den letzten Wochen bei den Ermittlungen ein weites Netz ausgeworfen«, erklärte Kate abschließend. »Wir würden gern weitermachen und uns auf Max Jespers Kommune und die Leute konzentrieren, die dort ein und aus gegangen sind. Viele der Personen, die uns bei den Untersuchungen untergekommen sind, stehen mit der Kommune in Verbindung.«

»Von dem Ort hab ich noch nie gehört. Du etwa, Bill?«, fragte Bev.

Bill rieb sich das Gesicht.

»Ich hab von Max Jesper nur wegen der Hausbesetzergeschichte gehört. Das Gebäude ist heute ein Vermögen wert. Ich hatte dort schon mehrere Geschäftsbesprechungen. Manche meiner Kunden treffen sich gern in schicken Restaurants.«

»Und Sie glauben, Jo war Noah Huntley auf der Spur, weil er in die Kommune gegangen und es dort mit diesen jungen Burschen getrieben hat?«, fragte Bev.

»Wir denken, Noah Huntley könnte das getan haben. Er oder jemand anders hat diese jungen Männer jedenfalls aus irgendeinem Grund umgebracht und ihre Leichen entsorgt«, erwiderte Kate.

»Die Polizei mag glauben, den Täter mit Noah Huntley zu haben, aber das geht auf unsere Ermittlungen zurück«, fügte Tristan hinzu. »Kate hat die Verbindung zwischen Hayden Oakley und David Lamb, Gabe Kemp sowie zwei weiteren möglichen Opfern hergestellt. Dann mussten wir unsere Erkenntnisse und Joannas Fallakten an die Polizei übergeben.«

»Die Polizei muss eine eindeutige Verbindung zwischen dem Ableben all dieser jungen Männer finden. Im Augenblick sehen die Beweise zwar überzeugend aus, aber vor Gericht könnten sie ohne DNA-Beweise, die zu den Toten führen, als Indizien betrachtet werden«, erklärte Kate. »Die Leichen wurden stark verwest gefunden und längst eingeäschert.«

Bill und Bev schwiegen. Kate vermochte nicht abzuschätzen, was den beiden gerade durch den Kopf ging.

»Noah Huntley könnte also freikommen?«, fragte Bill.

»Wenn die Polizei keine DNA hat, die diese jungen Männer miteinander verbindet, wird es schwer, einen wasserdichten Fall zusammenzustellen.«

»Wir glauben, dass Joanna die Verbindung ist«, warf Tristan ein. »Sie haben uns damit beauftragt, Joanna zu finden, und wir würden gern weitermachen.«

»Was ist mit der Wiederaufnahme von Jos Fall durch die Polizei?«, fragte Bev.

»Natürlich würden wir mit den Behörden zusammenarbeiten, aber im Gegensatz zur Polizei könnten wir unsere gesamte Zeit darauf konzentrieren, herauszufinden, was mit ihr passiert ist.«

Bev nickte vor sich hin und tupfte sich die Augen ab. Bill saß dicht bei ihr und hielt ihre freie Hand. Kate fand, dass sie beide verzweifelt aussahen. Tristan und sie waren nach wie vor skeptisch wegen der widersprüchlichen Informationen, die sie über Bill gehört hatten. Sie hatten überlegt, ob sie ihm Fragen zu seinen Geschäften und zu der Geschichte mit dem Asbestbefall im Marco Polo House stellen sollten, die Joanna untersucht hatte. Aber am Ende hatten sie es für das Beste gehalten, zunächst zu erfahren, ob er sie weiterarbeiten lassen wollte. Sobald sie Bills Zustimmung dafür hätten, wollten sie unter vier Augen mit ihm reden und ihm erst dann die Fragen stellen. Für den Moment konnten sie nur feststellen, dass ihn die ganze Sache – insbesondere Bevs Kummer – sehr mitzunehmen schien.

»Ist schon gut, Schatz«, sagte er. Er legte die Arme um sie, und sie schluchzte an seiner Brust.

»Sollen wir Sie kurz allein lassen?«, bot Kate an.

»Nein«, entgegnete Bev und wischte sich die Augen ab. »Sie sind extra den weiten Weg hergekommen, und Sie haben mehr herausgefunden, als die Polizei je geschafft hat ... Ich möchte, dass sie weiter nach Joanna suchen«, fügte sie hinzu und sah Bill an. »Ich will mein Vertrauen nicht wieder auf die Polizei setzen und ewig warten müssen.«

Bill schaute ernst drein. Schließlich nickte er. »Na schön. Hängen wir einen weiteren Monat dran. Und diesmal halten Sie mich bitte alle paar Tage telefonisch auf dem Laufenden, ja?«

»Wir setzen unsere Ermittlungen gerne fort«, sagte

Kate und verspürte einen Anflug von Freude darüber, dass sie weitermachen durften.

Bill musste weg, um einen Anruf in seinem Arbeitszimmer entgegenzunehmen. Bev starrte aufs Meer und schien in eine andere Welt abzutauchen.

»Wir gehen dann mal«, meinte Kate und gab Tristan ein Zeichen.

»Wollen Sie ein Sandwich oder sonst irgendetwas?«, erkundigte sich Bev.

»Nein. Danke.«

Bev begleitete sie zurück ins Haus. Auf dem Weg nach draußen steckte Bill den Kopf aus dem Arbeitszimmer am Ende des Flurs und hielt die Hand über das Telefon.

»Ich kümmere mich um Ihre Bezahlung und melde mich«, sagte er und winkte.

Bev begleitete Kate und Tristan hinaus zum Auto.

»Geht es Ihnen gut?«, erkundigte sich Tristan, als sie sich mit der Hand an der Wand abstützte, um kurz zu verschnaufen.

»Ja, mein Lieber. Ich rauche bloß zu viel«, antwortete sie. »Mir gefällt Ihr Auto. Ist es neu?«

»Ja, ich hab es erst seit ein paar Monaten«, antwortete Tristan.

»Ist schön. Ich bin nicht mehr gefahren, seit man mir das Auto vor Jahren gestohlen hat«, sagte Bev. »Inzwischen wäre ich eine fürchterlich unsichere Fahrerin. Mein Auto ist damals in derselben Nacht verschwunden wie Jo … Tja, ein Tiefschlag kommt eben selten allein. Ich weiß, dass ich mich darüber beklage, hierhergezogen zu sein, trotzdem bin ich froh, dass ich nicht mehr in dieser schrecklichen Siedlung leben muss. Haben Sie ein Lenkradschloss?«

»Ja.«

»Gut. Bei meinem Auto damals hat die Polizei gemeint, jemand hätte das Schloss aufgebrochen und den Wagen kurzgeschlossen. Lenkradschlösser sind gut. So können die Mistkerle das Lenkrad nicht drehen, ohne das Glas der Windschutzscheibe zu zerschlagen.«

»Hat man Ihr Auto je gefunden?«

»Gott, nein. Die Polizei hat mir erklärt, dass weniger als die Hälfte gestohlener Autos wieder auftaucht. Die meisten werden umlackiert und weiterverkauft. Oder sie werden irgendwo im Brachland verbrannt oder im Wasser entsorgt. Inzwischen würde ich mich ohnehin nicht mehr trauen zu fahren. Wie auch immer, nochmals danke für alles. Sie haben mir den ersten Hoffnungsschimmer seit Jahren geschenkt. Sie melden sich? Sobald Sie etwas Neues haben?«

»Natürlich«, versprach Kate. Bev winkte ihnen nach, und Kate beobachtete im Rückspiegel, wie die Frau einsam und betrübt hinter ihnen zurückblieb.

»Ich bin so froh, dass sie uns weitermachen lassen«, sagte Tristan, und Kate wusste, er war erleichtert, dass zumindest einen weiteren Monat lang Geld in die Detektei fließen würde. »Hattest du den Eindruck, dass Bill gezögert hat, uns weiterhin zu beschäftigen?«

Kate nickte.

»Ich könnte mir vorstellen, dass er persönlich lieber der Polizei die weiteren Ermittlungen überlassen würde.« Mittlerweile fuhren sie über die kurvenreichen Straßen auf dem Hügel in Richtung der Autobahn. »Lass uns noch mal im *Jesper's* vorbeischauen. Ich würde zu gern diesen Nick Lacey kennenlernen.«

41

Tristan parkte gegenüber der Gastterrasse des *Jesper's*. Der Hochbetrieb zu Mittag hatte bereits eingesetzt, alle Tische waren besetzt. Zwei Gruppen von Leuten warteten sogar mit Speisekarten in den Händen auf der Straße. Das hatte Kate in Exeter noch nie erlebt.

Sie stiegen aus und liefen am Haupteingang Bishop über den Weg. Er trug ein Tablett mit Getränken.

»Hi, Tristan«, grüßte er. »Lust auf Mittagessen? Vielleicht könnte ich kurz nach eins einen Platz für euch ergattern ...«

»Nein, danke. Wir wollen mit Max reden«, erwiderte Tristan.

»Der ist nicht da. Ist auf Urlaub. Besucht seine Schwester in Spanien«, sagte Bishop.

»Weißt du, wie lange er weg sein wird?«

»Bis nächsten Donnerstag. Am vierten kommt er wieder.«

»Ist Nick Lacey hier?«, fragte Kate.

Bishop verzog das Gesicht.

»Nein. Nick ist nie hier ...« Ein grauhaariger Mann mit Brille hob die Hand. Bishop lächelte und zeigte auf das Tablett mit Getränken. »Ich muss los. Bist du sicher, dass du nichts essen willst? Ist meine letzte Schicht.«

»Nein, danke«, bekräftigte Tristan. Als sie zum Auto zurückkehrten, fühlte er sich entmutigt. Max Jespers Timing war alles andere als gut für sie. »Was machen wir jetzt?«, fragte er Kate.

»Eine Woche ist zu lang zum Warten. Wir haben doch aus dem Handelsregister die Privatadresse von Max Jesper, nicht wahr? Wie wär's, wenn wir hinfahren und uns mal umsehen? Vielleicht ist Nick Lacey ja dort«, schlug Kate vor.

»Okay. Geben wir die Adresse ins Navi ein.« Tristan tippte auf seinem Handy. »Burnham-on-Sea liegt eine Stunde von hier entfernt. Das geht ja.«

Den Großteil der Strecke legten sie auf der M5 nach Norden zurück. Dabei durchquerten sie das Dartmoor, das im Sonnenschein wunderschön aussah. In Somerset waren sie beide noch nie gewesen. Als sie von der Autobahn abfuhren, fehlte nur noch ein kurzes Stück nach Burnham-on-Sea, wo es einen langen Küstenstreifen gab. Sie fuhren durch die Touristengegend, wo die Strände und die Promenade vor Menschen strotzten, die sich sonnten und Eiscreme genossen. Eine Blaskapelle der Heilsarmee spielte ein beschwingtes Lied. In der sonnigen Brise vermischten sich die Gerüche von Fisch, Pommes und Zuckerwatte. Ein Stück weiter an der Uferstraße saß eine Gruppe von Kindern und Eltern vor einem Puppentheater in der Nähe einer Spielhalle.

Dann ging die Promenade in eine gewöhnliche Straße über. Die Menschenmassen lichteten sich, und der Strand wirkte wilder. An einer Gabelung wies Tristans Navi sie an, den Weg nach rechts zu nehmen. Die Straße führte von der Strandpromenade weg. Der Asphalt verschwand, und zwischen ihnen und dem Strand tauchte eine Reihe von Einfamilienhäusern auf. Sie fuhren an den großen Häusern auf noch größeren Grundstücken vorbei. Die Umgebung wirkte sehr ruhig, und schon bald erkannten sie, warum. Die Straße endete in einer Sackgasse an einem hohen Metalltor und einer hohen Mauer. Auf einem Schild am Tor stand *Wohnkomplex Landscombe*.

»In fünfhundert Metern erreichen Sie Ihr Ziel«, verkündete das Navi mit einer abgehackten, leicht überrascht klingenden Frauenstimme.

Neben dem Tor befand sich eine Gegensprechanlage. Dahinter konnten sie eine Reihe luxuriöser Häuser an der Küste ausmachen.

»Soll ich mal an der Gegensprechanlage klingeln?«, fragte Tristan. Kate sah sich um und warf einen Blick in den Rückspiegel.

»Lass uns zu der Gabelung zurückfahren. Sieht so aus, als würde die andere Straße zum Strand verlaufen. Mal sehen, ob wir zu Fuß näher an ihr Haus rankommen«, sagte Kate.

Tristan legte den Rückwärtsgang ein und wendete vor dem Tor.

Prompt forderte das Navi sie auf, wieder umzudrehen, und Tristan schaltete es stumm. Als sie die Gabelung wieder erreichten, nahm er die Straße nach links.

Sie führte an einem wilden, zerklüfteten Strand entlang, gesäumt von Dünen und Seehafer. Auf diesem Weg sahen sie die Reihe der Häuser von der Uferseite aus. Alle thronten elegant auf einem Hügel, vom Strand zurückversetzt.

»Es müsste gleich da oben sein.« Tristan betrachtete die Karte des Navigationsgeräts, als sie ein großes verfallendes graues Haus mit Säuleneingang passierten.

Es wies als einziges einen überwucherten Vorgarten auf.

Unmittelbar danach endete die asphaltierte Straße, und Tristans Auto holperte über einen unbefestigten Trampelpfad aus Sand und Gras. Er mündete in einen kleinen Parkplatz für drei oder vier Autos mit einer niedrigen Metallschranke, hinter der ein Fußweg zum Strand führte.

»Die Häuser dort müssen zu der geschlossenen Wohnanlage gehören.« Tristan zeigte zu dem Fußweg. Vier Häuser zeichneten sich mit großem Abstand zueinander auf einem Hügel ab, etwa hundert Meter vom Strand entfernt.

Als Kate und Tristan aus dem Auto stiegen, verschwand die Sonne hinter einer dicken Schicht silbriger Wolken, und es wurde kälter, als es in Exeter gewesen war. Direkt vor dem Auto erstreckten sich die Dünen und eine riesige leere Fläche aus orangefarbenem Sand. Der Wind verwehte die feinen Körnchen zu wellenförmigen Erhebungen. Hinter den Dünen sah der Sand dunkler und nass aus und schien sich über einen Kilometer oder mehr zu erstrecken. Genauer vermochte es Kate nicht abzuschätzen, jedenfalls konnte sie den Rand des Wassers nicht erkennen. Zahlreiche Pfützen aus Meerwasser übersäten die feuchte Sandfläche. Über einer besonders großen Lache kreiste kreischend ein Schwarm Möwen, die immer wieder herabstürzten, um sich Muscheln zu schnappen. Ein dünner Nebel waberte über das Wasser, und plötzlich fühlte es sich mehr nach Herbst als nach Frühsommer an.

Was für ein unheimlicher, verlassener Ort, dachte Kate. Auch der Strandabschnitt in Thurlow Bay lag abgeschnitten von Ashdean, fühlte sich aber nie so einsam an. Sie rief sich Jakes Besuche in Erinnerung, als er noch klein war, und daran, wie gern er bei Ebbe durch die Felsbecken gewatet war, um sie zu erkunden. Im Vergleich dazu fühlte sich dieser Strandabschnitt geradezu feindselig an.

Kate verschränkte die Arme vor der Brust und fröstelte in ihrer dünnen Jeans und dem T-Shirt. Sie holte einen Pullover aus dem Auto und zog ihn an. Tristan tat es ihr gleich.

Dann folgten sie dem Fußweg, der etwa hundert Meter weit zwischen dem Strand und einem Streifen aus Farn und Unkraut verlief. Sie gelangten zu einem großen, in den Sand gesteckten Schild aus Metall. Tristan kannte es von einem der Fotos, die Bishop ihm gezeigt hatte.

»*Warnung. Bei Ebbe niemals in den weichen Sand und Schlamm fahren oder gehen*«, las Kate laut vor. »Glaubst du, das ist schon die Ebbe? Das Meer scheint echt weit draußen zu sein.«

»Sieht ganz danach aus«, erwiderte Tristan. Er drehte sich um und zeigte auf einen großen weißen Klotz, der an eine Villa in Los Angeles erinnerte, samt gepflasterter Terrasse und gepflegtem Garten. »Und das sieht wie das Haus von Max Jesper aus.«

Dahinter befand sich ein weiteres Gebäude, ein kleiner Bungalow aus rotem Backstein, der im Vergleich dazu winzig wirkte. Eine hohe weiße Mauer umgab Jespers Anwesen. Ein steiler, sandiger Pfad verlief senkrecht zum Ufer die Seitenwand entlang hinauf, breit genug für ein Auto. Der Sand wirkte aufgewühlt von Schritten. In der Mitte befand sich ein Poller aus Metall mit einem Schild, auf dem stand: *Zutritt verboten. Sackgasse.*

»Ich wette, der Weg führt hinauf zum Haus und zur Privatstraße oben«, sagte Kate.

Sie gingen los, folgten dem Pfad entlang der Mauer, die das Grundstück begrenzte. Durch die Höhe von etwa zwei Metern konnte man nicht in den Garten dahinter sehen.

»Ganz schön mühsam, im Sand zu laufen«, stellte Kate schwer atmend fest. Sie trug ein dünnes Paar Turnschuhe.

»Gut für die Beinmuskeln«, erwiderte Tristan. Oben folgte ein weiterer Poller, nach dem der Pfad in die Privatstraße mündete. Die Mauer wurde durch ein großes Garagentor und eine kleine Stahltür daneben unterbrochen. Ohne Nummer und Griff, nur mit einem Schlüsselloch. An der Seite befand sich eine kleine Sprechanlage. Kate wollte sie gerade betätigen, als sich die Stahltür öffnete.

Eine ältere Dame kam heraus. Sie trug einen Rock mit Schottenmuster, einen Wollpulli und Gummistiefel. In einer Hand hielt sie eine mit Obst gefüllte Tragetasche, in der anderen einen Schlüssel. Sie schaute auf und erblickte Kate und Tristan.

»Oh. Sie haben mich erschreckt«, sagte sie. »Kann ich Ihnen helfen?« Man hörte einen leichten schottischen Akzent heraus. Misstrauisch musterte sie Kate und Tristan.

»Hi. Wir wollten gerade läuten und nach Nick fragen«, erfand Kate aus dem Stegreif eine Geschichte. »Wir sind Freunde aus Exeter, auf der Durchreise. Ist er da?«

»Genau. Hallo«, sagte Tristan und lächelte.

»Nein, er ist nicht da«, erwiderte die Frau.

»Oh. Wir wussten zwar, dass Max in Spanien ist, um seine Schwester zu besuchen ... Er kommt nächste Woche wieder, am vierten, nicht wahr?« Kate schickte ein stummes Dankgebet an Gott, dass sie Bishop bei *Jesper's* getroffen hatten.

Die ältere Dame entspannte sich ein wenig.

»Sie sind die Nachbarin, nicht wahr? Und Sie heißen ...« Kate zögerte.

»Elspeth«, sagte die Frau. Sie kam durch den Eingang heraus und schloss die Tür.

»Natürlich, hallo. Ich bin Maureen, und das ist John.«

»Hi«, grüßte Tristan erneut und sah Kate an.

Die beiden Namen waren ihr auf die Schnelle als Erstes in den Sinn gekommen.

»Freut mich, Sie kennenzulernen. Nick ist bis Montag verreist ... Wenn die beiden nicht da sind, bitten sie mich, vorbeizuschauen, um die Pflanzen zu gießen und die Post reinzubringen. Und die Fische zu füttern. Sie haben eine Menge davon in ihrem Teich«, erklärte Elspeth.

»Wohnen Sie in der Nähe?«, fragte Kate.

»Gleich nebenan in dem kleinen Bungalow neben diesem riesigen Grundstück ... Sie laden mich oft zu sich ein. Ein paar Mal die Woche darf ich vormittags sogar in ihrem Pool schwimmen. Ich hab also keinen Grund zur Klage. Die beiden sind wirklich nett ... Woher kennen Sie die zwei denn?«, fragte sie neugierig und schaute zu ihnen auf.

»Wir sind oft bei *Jesper's*, einer Bar in Exeter. Die beiden sagen immer, wir müssten unbedingt mal bei ihnen zu Hause vorbeikommen, wenn wir in der Gegend sind«, flunkerte Tristan. »Wir sind heute in Birmingham gewesen.«

Elspeth schloss die Tür ab und steckte den Schlüssel ein. »Soll ich ihnen etwas ausrichten? Obwohl ich wahrscheinlich eher nicht mit ihnen telefonieren werde«, sagte Elspeth. Sie wandte sich dem Pfad zum Strand hinunter zu. Kate und Tristan folgten ihr.

»Nein. Schon gut. Wir schicken ihnen eine E-Mail. Wahrscheinlich laufen wir Max ohnehin über den Weg, wenn er nächste Woche zurück ist«, sagte Kate.

»Na gut. Ist das Ihr Auto, das da unten parkt?«

»Ja. Der Strand hier ist völlig anders als weiter unten an der Promenade«, meinte Kate. »Das Meer zieht sich so weit zurück.«

Elspeth folgte Kates Blick hinunter zum Strand.

»Dabei hat die Ebbe noch gar nicht ganz eingesetzt. Die Leute denken immer, das wär's schon, aber das Wasser zieht sich noch viel weiter zurück. Burnham-on-Sea hat den zweithöchsten Tidenhub der Welt. Die Differenz zwischen Flut und Ebbe liegt bei elf Metern. Größer ist sie nur in der Bay of Fundy in Kanada«, erklärte sie.

»Wie weit kann man rausgehen?«, fragte Tristan.

»Ich würde nicht viel weiter rausgehen, als man von hier aus sehen kann«, antwortete Elspeth. »Und selbst dann muss man aufpassen, weil die Flut sehr schnell einsetzt, und da draußen gibt's ein paar Fleckchen mit Schwimmsand. In der Hochsaison wird die Küste entlang patrouilliert ... Nick, der Gute, wird immer unheimlich besorgt, wenn er jemanden sieht, der bei Ebbe spazieren geht ... Ich hab schon oft erlebt, wie er Leuten zugebrüllt hat, sie sollen zurückkommen. Hat er Ihnen von seinem Luftkissenboot erzählt?«

»Nein.«

»Er hat so ein kleines Luftkissenboot, wie man es für Rettungseinsätze benutzt. Mit so etwas kann man weit auf das Watt rausfahren, weil es schwebt.«

»Und wie viel kostet so was?«, fragte Kate.

»Keine Ahnung. Wahrscheinlich mehr, als ich in einem Jahr an Rente bekomme«, erwiderte Elspeth schmunzelnd. »Er hat letzten Sommer geholfen, ein kleines Hündchen zu retten. Selbst der seichtere Schlamm ist zäh wie Brei, und man bleibt leicht darin stecken wie damals diese Frau mit ihrem Basset … Bestimmt haben Sie die Berichte in den Lokalnachrichten gesehen, oder?«

»Die Geschichte über einen im Schlamm stecken gebliebenen Basset hat es in die Nachrichten geschafft?«, fragte Tristan ungläubig. Mittlerweile hatten sie das Ende des kurzen Pfads erreicht.

»Natürlich nicht«, erwiderte Elspeth und ließ für Tristan ein kokettes Lächeln aufblitzen. »Ich hab damit gemeint, dass über Menschen, die im Sand stecken bleiben, oft in den Lokalnachrichten berichtet wird … Es vergeht kein Sommer, ohne dass ahnungslose Picknicker über den Sand hinausfahren und dann ihr Auto zurücklassen müssen, wenn sie stecken bleiben und von der rasanten Flut überrascht werden.«

»Sind Nick und Max oft hier?«

»Ein paar Tage die Woche. Sie sind beide beruflich sehr eingespannt … Wie gut kennen Sie die beiden?« Elspeth schirmte die Augen gegen die Sonne ab, die gerade hinter einer Wolke hervorkam.

»Sie scheinen so viel herumzukommen – ich sehe sie normalerweise nur in Exeter«, erwiderte Kate.

»Aber Sie müssen bestimmt schon mal bei ihren Sommerfesten gewesen sein, oder?«

»Ja. Der Maskenball letzten August mit der Eisskulptur hat uns sehr gefallen ... Ich kann mich gar nicht erinnern, Sie dort gesehen zu haben«, sagte Tristan.

»Ich bin zu alt für so was. Ich treffe mich mit ihnen lieber zum Morgenkaffee. Obwohl Nick da immer unterwegs zu sein scheint. Ich bekomme die beiden nie zusammen zu sehen ... Nun denn. Ich muss dann mal los. War nett, Sie kennengelernt zu haben.«

»Hat uns auch sehr gefreut. Bis dann«, gab Kate zurück. Elspeth nickte ihnen zu, bevor sie den sandigen Fußweg zu ihrem Bungalow entlangmarschierte.

Während Kate und Tristan zum Auto zurückkehrten, beobachtete Kate, wie Elspeth ihrem Weg folgte. Zufrieden stellte sie fest, dass sich die Frau nicht umdrehte, um zu ihnen zurückzuschauen.

»Ich bin mir nicht sicher, ob ich zu dick aufgetragen habe.«

»Wie bist du auf Maureen und John gekommen?«, fragte Tristan.

»Keine Ahnung.«

»Aber super improvisiert. Klingt so, als wäre die Frau eine gute Freundin der beiden.«

»Oder sie ist bloß eine neugierige alte Schachtel, die ein Auge auf ihr Haus hat, während sie weg sind. Ich frage mich, warum sie mit einer Tüte voller Obst gegangen ist. Hat sie wahrscheinlich stibitzt. Komm, lass uns fahren«, sagte sie fröstelnd. Sie stiegen ins Auto.

»Hier ist es ja wie am Ende der Welt«, meinte Tristan.

Kaum hatte er den Motor gestartet, schaltete er die Heizung ein. Er wendete auf dem kleinen Parkplatz, dann fuhr er den sandigen Weg zurück. Dicke, watteartige Schwaden lösten sich vom Nebel über dem Watt und trieben vor das Auto.

»Wir müssen am Montag noch mal herkommen. Ich bin fest entschlossen, mit Nick Lacey zu reden«, verkündete Kate.

42

Auf der Heimfahrt besprachen Kate und Tristan ihre nächsten Schritte. Wegen des starken Verkehrs auf der M5 kamen sie erst um fünf Uhr nachmittags zurück. Bis dahin waren sie beide müde und hungrig.

»Lass uns ausschlafen und morgen zusammen weitersehen«, schlug Kate vor, als Tristan sie zu Hause absetzte.

Sie schrieb Jake eine Textnachricht, um herauszufinden, wo er sich gerade herumtrieb. Er antwortete, dass er sich auf dem Rückweg von einem Tauchausflug befinde und um sieben Uhr zu Hause sein werde.

Kate beschloss, zur Abwechslung selbst zu kochen, statt etwas aufzuwärmen oder zu bestellen. Sie konnte nur wenige Gerichte. Dazu gehörte Jakes Leibgericht, Chili con Carne. Kate hatte alles zu Hause, was sie brauchte. Sie machte sich an die Arbeit, froh über die Ablenkung von dem Fall. Als Jake kurz vor sieben Uhr hereinkam, freute sie sich über sein strahlendes Lächeln.

»Chili con Carne? Spitze!«, rief er. »Brauchst du Hilfe?«

»Nein, es ist in zehn Minuten fertig. Ich koche nur noch den Reis«, erwiderte sie. »Willst du draußen essen? Es ist noch wunderbar warm.«

»Gern«, erwiderte Jake. Er ging zum Kühlschrank, aus dem er ein Bier für sich und einen Eistee für Kate holte, dann ging er hinaus und setzte sich auf die Veranda.

Als sie mit zwei dampfenden Schüsseln Chili nach draußen ging, saß Jake auf einem der Stühle und betrachtete den herrlichen Sonnenuntergang.

»Mann, riecht das gut!«, sagte er und nahm ihr eine Schüssel ab.

Kate setzte sich ihm gegenüber.

»Wie war der Tauchausflug?«, erkundigte sie sich.

»War schön. Nur ich und dieses Mädchen, Becca. Sie ist die Blondine, die neulich bei der Gruppe war, als du im Auto gesessen hast. Sie wohnt mit ihren Freundinnen und Freunden auf dem Campingplatz.«

»Sie ist hübsch.«

»Und ob. Und ein Bikini steht ihr richtig gut«, meinte Jake. Er schob sich eine weitere Gabel voll Chili in den Mund und lächelte. »Ist schon das zweite Mal, dass sie mich gebeten hat, mit ihr zum Tauchen zu fahren.«

»Cool. Wie alt ist sie?«

Jake zuckte mit den Schultern. »Zwanzig, glaub ich. Sie ist im dritten Jahr an der Uni.«

»Ist es was Ernstes?«

»Nein. Sie reist am Samstagmorgen ab. Einfach nur nett und entspannt.«

»Bist du auch vorsichtig?« Kate stellte die Frage ungern, aber sie musste sich vergewissern.

»Herrgott, Ma, ich esse gerade«, erwiderte er und lief rot an.

»Sag einfach ja oder nein, dann können wir das Thema wechseln.«

»Ja, ich bin vorsichtig … Immerhin bin ich derjenige, der den Kondomautomaten in den Herrenduschen auffüllt. Bin also nie knapp dran damit.«

Kate brach in Gelächter aus. »Okay, ich bin deine Mutter – die Details will ich nicht hören.«

»Du bist Mutter und Vater in Personalunion, also muss ich mit dir über alles reden«, gab er zurück.

Kates Telefon klingelte. Sie erkannte die Nummer nicht und ging ran.

»Hi. Kate. Marnie hier. Jos Freundin.«

Kate schluckte einen Mundvoll Chili runter.

»Hallo«, sagte sie vorsichtig. Eine lange Pause entstand.

»Hören Sie, es tut mir leid, wenn ich Sie neulich in Verlegenheit gebracht habe, weil ich Sie gefragt habe, ob Sie das Buch für mich signieren ... Es ist nur so, dass ich von einer Invalidenrente lebe, und die wurde unlängst von der Regierung gekürzt. Der Vater der Kinder unterstützt mich auch nicht sonderlich. Ist schwer, mit wenig Geld zwei Kinder großzuziehen, und arbeiten kann ich nicht. Wenn ich eine Vollzeit annehmen könnte, würde ich es tun.«

Kate verspürte ein mulmiges Gefühl im Magen. Jakes Lippen bildeten: *Wer ist dran?* Kate schüttelte den Kopf.

»Marnie. Es tut mir leid. Ehrlich, es tut mir leid, aber an meiner Einstellung hat sich nichts geändert. Ich will dieses Buch nicht signieren. Mit dieser widerlichen Geldmacherei will ich nichts zu tun haben«, erklärte Kate.

Marnie schwieg am anderen Ende der Leitung. Kate rechnete mit einer Abfolge wüster Flüche. Stattdessen sagte Marnie schließlich nur: »Okay. Tja, was soll's? Ich dachte mir, den Versuch ist es wert.«

Damit war die Leitung tot. Angewidert starrte Kate einen Herzschlag lang auf ihr Handy.

»Worum ist es denn da gegangen?«, fragte Jake.

Kate erzählte ihm von Marnie und dem Exemplar von Nicht mein Sohn, das bereits die Unterschrift von Peter und Enid aufwies.

»Ich finde, du solltest es signieren, Ma«, sagte Jake.

»Aber das ist Geldmacherei ...« Weiter kam Kate vor lauter Verblüffung nicht. Mit einer solchen Äußerung von ihm hatte sie nicht gerechnet.

»Ma. Das liegt alles in der Vergangenheit. Peter hat getan, was er nun mal getan hat. Enid auch. Das Buch ist geschrieben. Es ist in der Öffentlichkeit. All die schrecklichen Dinge, die dir und diesen armen Frauen widerfahren sind. Du kannst noch etwas Gutes daraus machen. Du könntest dieser Marnie helfen, indem du einfach mit deinem Namen unterschreibst. Zwei Riesen könnte sie für das Buch kriegen?«

»Ja.«

»Und sie hat kleine Kinder?«

»Ja«, bestätigte Kate.

»Signier es doch einfach, Ma. Mit zwei Riesen kommt sie wahrscheinlich ziemlich weit«, meinte er. Während er noch den Rest seines Essens kaute, stand er auf. »Danke für das Chili, es war spitze.« Er küsste sie auf den Kopf. »Oh, entschuldige. Jetzt hast du ein bisschen Chili im Haar«, sagte er und wischte sich den Mund ab.

Kate griff nach oben und spürte ein Klümpchen zerkautes Hackfleisch an ihrem Scheitel. Jake zupfte es weg und schnippte es zu den Dünen.

»Was für eine reizende Art, sich zu bedanken.« Kate lachte.

»Igitt. Tut mir leid, Ma.« Dann klingelte Jakes Telefon, und er ging ran. »Ja. Ich kann euch sehen. Bin gleich da«, sagte er ins Telefon und legte auf. »Ich treffe mich noch mit den anderen am Strand. Danke noch mal fürs Essen.«

Bevor Kate etwas erwidern konnte, war Jake weg und kletterte den sandigen Felshang zwischen den Dünen hinunter. Sie sah, dass sich die Gruppe junger Männer und Frauen vom Campingplatz – darunter Becca – am Strand eingefunden hatte. Die Jungs bereiteten ein Lagerfeuer vor, zwei der Mädchen setzten sich auf den Rand eines riesigen Stücks Treibholz.

Kate beobachtete, wie Jake das letzte Stück des Hangs hinuntereilte und förmlich durch die Dünen rannte. Als er auf der anderen Seite auftauchte, wurde er langsamer.

»Wie bist du bloß so ein guter Junge geworden, Jake?«, murmelte Kate. Als Jake die Gruppe am Strand erreichte, stand Becca auf, umarmte ihn und küsste ihn. »Wenn du mir demnächst sagst, dass ich Oma werde, bringe ich dich um.«

Sie zupfte sich ein weiteres winziges Bröckchen Hackfleisch aus dem Haar, ergriff die Schüsseln und ging in die Küche. Dann rief sie Marnie an.

43

Am nächsten Morgen stand Kate früh auf. Um 6:30 Uhr war es bereits warm. Auf dem Weg hinunter zum Strand sah sie die Überreste des Lagerfeuers. Zufrieden stellte sie fest, dass kein Müll zurückgeblieben war – nur die schwelende Glut des Feuers, umgeben von einem grob angeordneten Ring aus Steinen. Da sie gehört hatte, dass Jake erst gegen 2:30 Uhr ins Haus gekommen war, hatte sie ihn schlafen lassen.

Das Wasser präsentierte sich wunderschön, und es wurde von Tag zu Tag wärmer. Nachdem sie gefrühstückt, geduscht und sich angezogen hatte, textete sie Tristan, dass sie etwas später ins Büro kommen würde. Danach fuhr sie zum Moorside Estate.

Der Parkplatz lag leer da. Nur die ausgebrannten Autos befanden sich noch darauf und zierten ihn wie moderne Kunstwerke. Kate traf Marnie am Eingang des Gebäudes. Die Frau bewegte sich langsam und auf ihre Krücke gestützt.

»Ich bin gerade zurückgekommen, hab die Kinder zur Schule gebracht«, erklärte sie und mied dabei Kates Blick. Der Weg die Treppe hinauf mutete bei Marnie schwerfällig und qualvoll an, und als sie ihre Eingangstür erreichten, war sie außer Atem.

»Möchten Sie eine Tasse Tee?«, fragte sie, als sie die Wohnung betraten.

»Ja, gern«, erwiderte Kate und bedauerte ihre Antwort, kaum dass sie ihren Mund verlassen hatte. In

Wirklichkeit wollte sie nur schnell das Buch signieren und wieder gehen.

Die Tür zum Wohnzimmer war geschlossen. Es herrschte derselbe bedrückende Mief von abgestandenem Zigarettenrauch und Lufterfrischern. Als sie die Küche betraten, lag das Buch bereits auf dem Tisch. Daneben wartete ein blauer Kugelschreiber.

Kate setzte sich, während Marnie den Wasserkocher auffüllte. Sie zog das Buch zu sich heran. Es handelte sich um die gebundene Ausgabe. Die Ränder des Schutzumschlags waren leicht vergilbt. Der Titel prangte in fetten schwarzen Buchstaben über dem Titelbild.

Nicht mein Sohn
Enid Conway

Das Cover bestand aus einem zweigeteilten Foto. Die rechte Seite zeigte die sechzehnjährige Enid Conway mit Peter als Baby in den Armen. Das Bild war nostalgisch verschwommen. Der kleine Peter schaute mit großen Augen in die Kamera, während Enid liebevoll auf ihn hinabblickte. Enid war eine junge Frau mit harten Gesichtszügen und langen dunklen Haaren. Sie trug ein wallendes Kleid. Hinter ihr erkannte man ein Schild mit der Aufschrift *Auldarn Heim für ledige Mütter*. Durch ein Fenster hinter Enid und Peter zeichnete sich undeutlich eine Nonne ab, die in voller Pinguinmontur zu ihnen herausstarrte.

Die andere Hälfte des Covers zeigte ein Polizeifoto von Peter Conway, aufgenommen an dem Tag, an dem er bei seinem Vorverfahren ausgesagt hatte. Auf dem Foto trug er Handschellen und grinste in die Kamera.

Seine Augen wirkten wild, die Pupillen geweitet. Die Aufnahme war entstanden, bevor man ihn auf einen Medikamentencocktail gegen seine Schizophrenie und seine dissoziative Identitätsstörung gesetzt hatte.

»Fällt es Ihnen schwer, sich das Cover anzusehen?«, fragte Marnie. Kate war nicht bewusst gewesen, wie lange und eindringlich sie darauf gestarrt hatte. Marnie hatte zwei Tassen Tee zubereitet und stellte eine vor Kate ab.

»Ja. Sehen Sie hier auf dem Verbrecherfoto die Naht über Peters linker Augenbraue?« Kate tippte mit dem Finger auf das Bild. »An der Stelle habe ich ihn mit einer Lampe getroffen, als er mich angegriffen hat.« Kate stand auf und zog ihr T-Shirt hoch, um Marnie die fünfzehn Zentimeter lange Narbe an ihrem Bauch zu zeigen, die in der Nähe des Bauchnabels verlief. »Und hier hat er mich aufgeschlitzt. Ich war damals im vierten Monat mit Jake schwanger, was ich zu dem Zeitpunkt jedoch nicht wusste. Der Arzt hat gesagt, das Messer hätte ihn nur um Millimeter verfehlt. Es war ein Wunder, dass er nicht in mir gestorben ist ...« Marnie nickte mit vor Entsetzen leicht geöffnetem Mund. »Ich finde also, ich hatte triftige Gründe, als ich abgelehnt habe, das Buch zu signieren, meinen Sie nicht?«

»Ja«, pflichtete Marnie ihr leise bei. »Was hat Ihre Meinung geändert?«

»Jake. Er ist mein kleines Wunder. Das hat mich dazu gebracht, über Ihre Kinder nachzudenken und darüber, dass Sie Hilfe brauchen.«

Kate holte tief Luft und schlug das Buch auf der Titelseite auf. Dann setzte sie ihren Namen zwischen die Unterschriften von Enid und Peter.

»Danke«, sagte Marnie.

»Sie sollten zweieinhalb Riesen verlangen. Ich hab gestern Abend nachgeschaut. Jemand aus Amerika hat das Buch nur mit Peters Unterschrift für dreitausend Dollar auf eBay verkauft«, sagte Kate.

Marnie nickte. Einen Moment lang nippten sie beide schweigend an ihrem Tee.

»Ich hab die Nachrichten über diesen jungen Burschen und Noah Huntley gesehen. Auch Jo ist dabei erwähnt worden. Glauben Sie, dass man die Ermittlungen wieder aufnimmt?«, fragte Marnie schließlich.

»Ich hoffe es. Wir arbeiten noch an dem Fall ... Ich glaube, dass sich die Antwort in der ehemaligen Kommune in der Walpole Street verbirgt. Dort haben die vermissten jungen Männer alle gewohnt, über die Joanna recherchiert hat. Einige der Männer, die wir uns genauer ansehen, haben früher die Kommune besucht und dann in das Hotel investiert. Aber der Eigentümer Max Jesper und sein Lebensgefährte Nick Lacey scheinen uns zu meiden.«

Marnie runzelte die Stirn und lehnte sich auf dem Stuhl zurück.

»Was ist?«, fragte Kate.

»Nick Lacey?«

»Ja. Hab ich ihn nicht schon mal erwähnt?«

»Nein.«

»Kennen Sie ihn?«

»Nein, aber der Name ist mir im Gedächtnis geblieben.«

»Warum das?«

»Wissen Sie noch, wie ich Ihnen erzählt habe, dass ich am Tag von Jos Verschwinden rückwärts in diesen nagelneuen BMW gefahren bin? Der Typ, dem er gehört hat, hieß Nick Lacey.«

»Wahrscheinlich gibt es mehr als einen Nick Lacey«, meinte Kate und bemühte sich, nicht allzu aufgeregt zu werden. »Wie hat er ausgesehen?«

Marnie zuckte mit den Schultern.

»Weiß ich nicht. Ich hab ihm meine Kontaktdaten unter dem Scheibenwischer hinterlassen. Und danach hab ich nur von seinem Anwalt gehört ... Keine Ahnung, was mich geritten hat, die Verantwortung zu übernehmen. Ich hätte einfach wegfahren sollen. Hat mich ein Vermögen gekostet, meine und seine Versicherung in Anspruch zu nehmen. Meinen Schadenfreiheitsrabatt hab ich auch verloren«, klagte Marnie.

»Erinnern Sie sich an Nick Laceys Adresse?«, fragte Kate, deren Verstand sich überschlug. *Wenn es derselbe Nick Lacey ist, warum sollte er dann nach Joannas Verschwinden draußen geparkt haben?*

»Nein, aber ich hebe solchen Krempel normalerweise auf. Vielleicht hab ich noch die Versicherungsformulare«, sagte Marnie. Sie stand auf und ging zu einer Schublade in der Küche. Kate konnte sehen, dass sie voll von Zetteln war. Marnie wühlte darin. Dann ging die Frau den Korridor hinunter zum Wohnzimmer und öffnete die Tür. Kate hörte, wie sie weitere Schubladen und Schränke öffnete. Einige Minuten später kam sie mit einem Zettel zurück.

»Hier ist es. Das Versicherungsformular«, verkündete Marnie und reichte Kate das Papier. »Nick Lacey ist aus der Gegend. Seine Adresse ist in Devon und Cornwall.«

44

Tristan war gerade im Büro angekommen und bereitete Kaffee zu, als Kate mit einem Zettel in der Hand hereinstürmte. Sie hastete direkt zu ihrem Laptop, klappte ihn auf und tippte drauflos.

»Guten Morgen?«, sagte Tristan verdattert im Frageton.

»Entschuldige! Guten Morgen«, gab Kate zurück. Er setzte sich zu ihr an den Laptop. »Sieh dir das an«, fügte sie hinzu und reichte ihm den Zettel.

»Das ist ein Autoversicherungsformular zwischen Marnie Prince und *Nick Lacey*«, sagte er, als er las. Er beobachtete, wie sich Kate auf der Website des britischen Handelsregisters anmeldete, wo man die Daten der Teilhaber von Gesellschaften mit beschränkter Haftung nachsehen konnte. Sie fand den Eintrag für Nick Lacey. Die Liste der Datenabgleiche reichte bis ins Jahr 1997 zurück.

»Was ist ein Datenabgleich?«, fragte Tristan.

»Die Gesellschafter müssen jedes Jahr entweder bestätigen, dass ihre Angaben unverändert geblieben sind, oder sie müssen Änderungen aktualisieren«, erklärte Kate. »Wie lautet seine Adresse auf dem Formular?«

»Maple Terrace 13, Exeter, EX14«, sagte Tristan. Er schaute auf. Kate hatte die gleiche Adresse auf dem Bildschirm.

»Großer Gott. Es ist derselbe Nick Lacey«, sagte Kate. »Was ist passiert?«

Kate erzählte ihm von ihrem Besuch bei Marnie, bei dem sie erfahren hatte, dass Nick Lacey das Auto gehörte, das Marnie nach Joannas Verschwinden gerammt hatte.

»Nick Lacey hatte einen sündteuren BMW. Maple Terrace liegt kilometerweit entfernt. Ist eine vornehme Gegend in Exeter. Warum sollte er sein Auto ausgerechnet beim Moorside Estate abstellen?«, fragte Kate. »Und Marnie hat gesagt, dass der Unfall am frühen Morgen nach Joannas Verschwinden passiert ist. Er könnte also in der Nacht davor dort geparkt haben.«

»Bev hat uns erzählt, dass ihr Auto in der Nacht, in der Joanna verschwunden ist, vom selben Ort gestohlen wurde«, sagte Tristan.

»Ein schier unglaublicher Zufall. Nick Lacey steht mit der Kommune in Verbindung, die wiederum mit David Lamb und möglicherweise Gabe Kemp, und deren Tod hängt mit Hayden Oakley zusammen.«

Kate rief die Fallakten auf dem Computer auf.

»Wonach suchst du?«, fragte Tristan.

»Ich möchte ein klares Bild davon bekommen, wo alle in der Nacht waren, in der Joanna verschwunden ist. Können wir die Aussagen von allen ausdrucken?«

»Wir haben keine Aussage von Nick.«

»Schon klar, aber ich will mir genau ansehen, wo Fred, Bev und Bill gewesen sind. Und Marnie ... Irgendetwas beschäftigt mich im Hinterkopf, eine Idee.«

Kate stand vom Stuhl auf, und Tristan setzte sich. Er rief die polizeilichen Aussagen von Fred, Bev, Marnie und Bill auf und druckte sie aus.

Kate ging zum Whiteboard und wischte es sauber.

»Okay. Fangen wir mit Joanna an. Am Samstag, dem

7. September 2002, war sie bei der Arbeit. Wie ist sie zur Arbeit gekommen?«

»Mit dem Auto, hat Fred gesagt, einem blauen Ford. Sie ist gegen halb neun Uhr von zu Hause aufgebrochen, und wir wissen, dass sie den ganzen Tag gearbeitet hat. Um 17:30 Uhr hat sie das Büro verlassen und ist zu Fuß zum Parkhaus Deansgate gegangen. Um 17:41 Uhr wurde sie in der Nähe der Bushaltestelle fotografiert. Das war ihre letzte bekannte Sichtung.«

»Okay, weiter zu Fred. Er ist den ganzen Tag zu Hause. Am Nachmittag treibt er es mit Famke. Er erwartet Joanna gegen sechs zu Hause, aber sie kommt nicht. Nach 18:00 Uhr ruft er mehrmals auf Joannas Handy an, aber es ist ausgeschaltet. Dann nimmt er Verbindung mit Bev auf, die zu Hause in ihrer Wohnung im Moorside Estate ist ...«

»Die beiden ...«, begann Tristan.

»Warte, sehen wir uns erst an, wo Bill und Bev bis zu dem Zeitpunkt gewesen sind«, fiel Kate ihm ins Wort.

Tristan blätterte die Aussagen durch, bis er die von Bev fand. »Okay. Am Samstag, dem 7. September, waren Bill und Bev beim Killerton House in Devon. Das ist ein denkmalgeschütztes Haus, etwa dreißig Kilometer von Exeter entfernt. Sie sind um neun Uhr morgens aufgebrochen ...«

»Wie sind sie hingekommen?«, fragte Kate.

»Mit dem Auto. Bev hat Bill mit ihrem Wagen abgeholt. Sie sind kurz nach zehn beim Killerton House angekommen. Dort haben sie den Tag bis vier Uhr nachmittags verbracht. Danach sind sie zurückgefahren, weil Bill zur Arbeit musste.«

»Wohin?«

Tristan merkte Kate an, dass sie ungeduldig wurde.

»Willst du tauschen? Soll ich an die Tafel schreiben?«, schlug er vor.

»Nein. Tut mir leid, ich bin nicht deinetwegen irritiert. Liegt nur an diesem nagenden Gefühl im Kopf. Kennst du das, wenn du spürst, dass du etwas weißt, aber nicht den Finger drauflegen kannst?«

»Bill musste zu einem Bürogebäude, an dem zu dem Zeitpunkt gearbeitet wurde, zum Teybridge House. Liegt ganz in der Nähe von Bevs damaliger Wohnung im Moorside Estate. Sie haben also das Killerton House um vier Uhr nachmittags verlassen und sind mit Bevs Auto zum Teybridge House gefahren … Bev ist danach zu Fuß vom Teybridge House nach Hause zum Moorside Estate gegangen und hat das Auto bei Bill gelassen. Laut seiner Aussage war er bis 20:30 Uhr beim Teybridge House, bevor er mit Bevs Auto zurück zu ihrer Wohnung gefahren ist.«

»Also hat Bevs Auto gegen 20:45 Uhr am Samstagabend wieder auf der Straße beim Moorside Estate geparkt?«, fragte Kate.

»Laut Bills Aussage. Ja.«

»Aber um acht war Bev schon nicht mehr zu Hause.«

»Richtig. Fred hat gegen sieben bei Bev angerufen und sie gefragt, ob Joanna bei ihr ist, weil sie nicht von der Arbeit nach Hause gekommen war. Bev versucht daraufhin mehrfach, Bill anzurufen, aber auch sein Handy ist ausgeschaltet. Bev bittet also Fred, sie mit seinem Auto abzuholen, um loszufahren und nach Joanna zu suchen«, sagte Tristan.

»Fred verlässt das Haus um 19:30 Uhr. Gegen 19:45 Uhr trifft er mit seinem Auto am Moorside Estate ein. Er holt Bev ab, und sie fahren zurück nach Exeter zum Parkhaus, wo sie Joannas Auto und ihr Handy darunter finden. Bev verständigt die Polizei. Dort bekommt sie die Auskunft, dass sie Joanna erst nach vierundzwanzig Stunden als vermisst melden kann. Also klappern Bev und Fred die Krankenhäuser in der Gegend auf der Suche nach Jo ab«, sagte Kate.

»Um Viertel vor neun ruft Bev bei sich zu Hause an. Aus einer Telefonzelle, weil damals weder sie noch Fred ein Handy besitzen. Bill geht am Festnetz ran und erklärt ihr, dass er gerade erst gekommen ist. Außerdem teilt er ihr mit, dass sein Handyakku leer ist. Bev erzählt ihm, dass Joanna verschwunden ist. Er ist damit einverstanden, in Bevs Wohnung zu bleiben, falls Joanna dort auftaucht. Fred und Bev fahren weiter die örtlichen Krankenhäuser ab, wo sie Joanna nicht finden. Fred bringt Bev kurz vor Mitternacht zurück in ihre Wohnung. Fred fährt nach Hause, für den Fall, dass Joanna dort aufgekreuzt ist, bestätigt Bev aber eine halbe Stunde später, dass sie nicht da war«, sagte Tristan.

Längere Stille trat ein, während sie den Zeitplan betrachteten, den Kate an die Tafel geschrieben hatte.

»Irgendwann in der Nacht oder am frühen Morgen stellt Nick Lacey seinen BMW vor dem Moorside Estate ab«, ergriff Kate schließlich das Wort. »Was, wenn sich Nick und Bill kennen? Bill war von 20:45 Uhr an allein in der Wohnung, bis Bev von Fred um Mitternacht dorthin zurückgebracht wurde. Hätten sich die beiden treffen können?«

»Bill hatte auch Zeit von 16:45 Uhr, als er zur Arbeit ging, bis er um 20:45 Uhr bei Bev in der Wohnung ankam. Und dann zwischen 20:45 Uhr und Mitternacht«, meinte Tristan.

»Um 20:45 Uhr hat er am Festnetztelefon in Bevs Wohnung abgehoben«, erwiderte Kate.

»Okay, Bev gibt in ihrer Aussage an, dass sie ihn um 22:30 Uhr noch mal angerufen hat. Auch da ist er rangegangen«, las Tristan aus der Fallakte vor.

Kate ging zum Computer hinüber und durchsuchte die Dateien.

»Sein Alibi hat Bill von zwei Arbeitern auf der Baustelle am Teybridge House. Sie haben angegeben, dass er am Samstag, dem 7. September, gegen 16:45 auf der Baustelle eingetroffen und etwa vier Stunden geblieben ist, bevor er sie kurz vor 20:40 Uhr wieder verlassen hat. Wo sind die beiden? Ah, hier. Die zwei Zeugen, die dort gearbeitet haben, heißen Raj Bilal und Malik Hopkirk ...«

Tristan beobachtete, wie Kate die gescannten Aussagen überflog.

»Sie sind beide unterschrieben, das hab ich überprüft«, merkte er an.

»Zwei Personen, die bereit sind, ein Alibi für Bill zu Protokoll zu geben. Beides Bauarbeiter, die für ihn gearbeitet haben, und vermutlich einkommensschwach. Könnten sie für ihn gelogen haben?«, dachte Kate laut nach.

»Ist die bedeutendere Frage nicht, warum Nick Lacey in derselben Nacht vor Bevs Wohnung geparkt hat?«, gab Tristan zu bedenken.

»Ja. Warum sollte ein sündteurer BMW über Nacht vor dieser zwielichtigen Siedlung parken?«

»Was, wenn Nick einen Lover hatte? Eine kleine Affäre in der Sozialsiedlung?«, schlug Tristan vor.

»Im Zusammenhang mit Nick Lacey scheinen wir ständig zu überlegen, was er getan haben könnte und wer er ist. Aber stellen wir damit die richtigen Fragen? Bisher haben wir gehört, dass er ein sehr erfolgreicher, wenn auch ziemlich skrupelloser Geschäftsmann ist. Seine Nachbarin Elspeth hält ihn für einen bezaubernden Mann. Er war schon im Bild, als Max noch die Kommune leitete. Das heißt, er könnte David Lamb, Gabe Kemp und Jorge Tomassini kennengelernt haben.«

Kates Telefon klingelte.

»Wenn man vom Teufel spricht. Das ist Jorge Tomassini«, sagte sie, nahm den Anruf entgegen und schaltete den Lautsprecher ein.

»Hallo, Kate«, grüßte Jorge. »Ich habe auf dem Dachboden nachgeschaut und meine Fotos aus meiner Zeit in England gefunden. Es sind acht Umschläge mit je vierundzwanzig Bildern. Ich hab sie alle eingescannt.«

Tristan ballte triumphierend die Hände zu Fäusten.

»Das ist sehr freundlich von Ihnen, danke«, sagte Kate.

»Ich habe sie in Achtergruppen bei der Arbeit gescannt. Das hat Zeit gespart. Sie werden die Fotos vergrößern müssen.«

»Solange es klare Bilder sind, ist das wunderbar«, erwiderte Kate.

»Es sind einige aus der Kommune darunter, von verschiedenen Partys dort. Ein paar zeigen mich mit meinem damaligen festen Freund Noah Huntley, ein paar sind von Max, und auf einem sieht man mich mit Max und seinem Lebensgefährten Nick Lacey auf dem Sofa in der Kommune sitzen.«

»Das ist unheimlich hilfreich. Danke«, sagte Kate.

»Gern. Ich schicke Ihnen die Bilder gleich per E-Mail«, kündigte er an.

Zehn Minuten später trafen die Fotos ein, verteilt auf zwei E-Mails. Kate und Tristan setzten sich an ihre Laptops. Jedes JPEG in den Ordnern enthielt acht eingescannte Fotos. Sie luden die Bilder herunter und begannen, sie durchzusehen. Ein Foto zeigte einen sichtlich betrunkenen Noah Huntley mit geröteten Zügen, die Arme um Jorge und einen muskulösen blonden jungen Mann gelegt.

»Grundgütiger«, entfuhr es Kate, als sie zu dem Bild gelangte, auf dem Jorge und Max mit einem dritten Mann auf einem Sofa saßen. »Tristan, komm her und sieh dir das an!«

Er stand auf und ging zu ihr, um einen Blick auf ihren Monitor zu werfen. »Grundgütiger kannst du aber laut sagen«, murmelte er. »Das ist Nick Lacey?«

»Ja ...« Kate zitterte vor Verblüffung. »Oh mein Gott. Dieses Foto ist der Jackpot. Der Schlüssel, durch den sich alles zusammenfügt.«

45

Am späten Samstagabend fuhr Nick Lacey auf dem Rückweg von einer Geschäftsreise durch Southampton.

Wann immer er Southampton besuchte, führte ihn der Heimweg durch sein eigenes, inoffizielles Rotlichtviertel. Die Lichter der geschäftigen Hafenanlage erhellten die Straße. Im Verlauf der Jahre hatte man mehrmals versucht, die Gegend zu säubern und die Bordsteinschwalben und Stricher zu vertreiben. Es war eine jener Straßen Großbritanniens, die sich alle hundert Meter neu erfanden. Verwahrloste Abschnitte und gepflegte Wohnbereiche wechselten sich mehrfach ab.

Er war zweimal um den Block gefahren, vorbei an demselben hell erleuchteten Schwulenlokal. Dabei hatte er überprüft, ob es in der Nähe irgendwelche Überwachungskameras gab.

Etwa hundert Meter von der Kneipe entfernt bemerkte er in den Schatten einer kaputten Straßenlaterne einen jungen Mann, der sich dort herumdrückte. Groß, athletisch, mit ausdrucksstarker Kieferpartie. Nach der dritten Fahrt um den Block hielt Nick neben der Straßenlaterne an und ließ das Fenster runter.

»Hi«, grüßte er.

»Hi«, erwiderte der junge Mann und musterte ihn von oben bis unten. »Schicke Karre.« Er trug blaue Skinny Jeans, teure, neu aussehende weiße Turnschuhe und ein dünnes T-Shirt mit V-Ausschnitt. Nick konnte breite, muskulöse Schultern und definierte Beinmuskeln erkennen.

»Schon was vor heute Abend?«, fragte Nick.

»Was denkst du wohl?«, fragte er, trat näher ans Fenster und spähte durch den Spalt herein. Er strahlte eine affektierte Aggressivität aus, die Nick zum Lachen brachte. Als würde er sich verstellen.

»Ich denke, du bist ein dreckiger Stricher, und genau das suche ich«, sagte Nick.

Der junge Mann wirkte leicht gekränkt, und Nick ließ den Eindruck genüsslich auf sich wirken. Plötzlich wollte er den Burschen unbedingt mitnehmen. Er hielt den Blickkontakt aufrecht, um zu sehen, ob der Kerl wegschauen würde. Was er nicht tat.

»Wie heißt du?«, fragte Nick.

»Mario.«

»Und wie heißt du *wirklich?* Ich zahle dir mehr, wenn ich deinen richtigen Namen benutzen kann …«

Eine längere Pause entstand. Ein Windstoß fegte um das Auto herum, wirbelte die Blätter und den Müll am Bordstein auf und wehte durch das braune Haar des jungen Mannes. Er blickte auf seine Füße, und Nick fragte sich, wofür er das Geld brauchte. Zum Leben? Um Drogen zu kaufen? Um sich noch mehr von diesen weißen Turnschuhen anzuschaffen?

»Ich bin Paul.«

»Hallo, Paul. Wie viel für die ganze Nacht?«

»Dreihundert in bar. Im Voraus.«

Paul roch nach Rasierwasser und Seife.

»Komm auf die Beifahrerseite herum«, forderte Nick ihn auf und schloss das Fenster. Er beobachtete, wie Paul hinten um das Auto herumging. Dabei fragte er sich, warum sich der Bursche in einem so rauen Abschnitt der Straße herumtrieb. Die Attraktiven gingen neuerdings dazu über, Apps auf dem Handy zu benutzen. Das war einfacher und bis zu einem gewissen Grad sicherer. Und natürlich gab es damit eine digitale Spur, der man folgen konnte, sollte die Polizei irgendwie ins Spiel kommen.

Weiter vorn tauchte ein Streifenwagen auf. Paul musste ihn bemerkt haben, denn er ging an Nicks Auto vorbei, überquerte die Straße und marschierte in die andere Richtung davon.

Nick öffnete die Konsole zwischen den Vordersitzen und betrachtete den ordentlichen Vorrat an Champagner und Cola in der Kühlbox. Wuchtig knallte er den Deckel zu.

In dem Moment kam er zur Besinnung und erkannte, dass er auf Autopilot agiert hatte. Er hätte Paul beinahe abgeschleppt. Noch nie zuvor hatte er junge Männer als er selbst mitgenommen. Okay, bei den ersten paar Malen schon, aber das lag Jahre zurück, und je öfter er ungestraft damit davonkam, desto mehr hatte er zu verlieren. Also hatte er angefangen, verschiedene Namen und Verkleidungen zu benutzen, kleine Anpassungen an seinem Äußeren vorzunehmen, um anders auszusehen. Steve, Graham, Frank. Und Tom, sein neuestes Alter Ego, als das er Hayden Oakley aufgegabelt hatte.

Er hatte jeden Tag die Nachrichten verfolgt, um herauszufinden, ob die Polizei Noah Huntley bereits angeklagt hatte. Derzeit wurde er aber nur verhört. Anscheinend wartete man noch auf die Ergebnisse der DNA an der Unterwäsche, die Nick in seinem Auto platziert hatte.

Das brachte ihn in eine Zwickmühle. Einerseits wäre

er aus dem Schneider, wenn Noah Huntley vor Gericht gezerrt und für die Morde an David Lamb, Gabe Kemp und den beiden anderen Männern verurteilt würde, deren Namen Nick mittlerweile entfallen waren. Andererseits müsste er dann auch seine Methoden ändern, wenn er weitermachen wollte.

Der Streifenwagen erreichte das Ende der langen Straße und bog nach rechts ab.

Paul kam aus der Gasse zurück, in der er gewartet hatte, und steuerte wieder auf ihn zu.

Nick umklammerte das Lenkrad. Der Drang, diesen jungen Hengst einzufangen und zu foltern, bis er sich unterwarf und starb, war schier überwältigend.

Mühsam riss er sich von dem Gedanken los, legte mit dem Geruch von Pauls Rasierwasser in der Nase den Gang ein und fuhr in Richtung Burnham-on-Sea.

46

Kate merkte Tristan an, dass er verängstigt war, als sie am frühen Montagmorgen nach Burnham-on-Sea fuhren, um Nick Lacey zur Rede zu stellen. Auch ihr war angesichts der bevorstehenden Konfrontation mulmig zumute. Den Vortag hatten sie damit verbracht, weitere Zeugen aufzuspüren und Einzelheiten zu überprüfen.

Als sie Ashdean verließen, war es sonnig und warm gewesen, aber auf der M5 verschlechterte sich das Wetter, und in Burnham-on-Sea war es stark bewölkt. Sie parkten an derselben Stelle wie zuvor. Der Wind toste über den weiten, leeren Strand und wehte ihnen den Sand in Schwaden entgegen.

»Bist du bereit?«, wandte sich Kate an Tristan.

»Nein«, antwortete er. »Hast du das Foto?«

Kate nickte.

Er verriegelte das Auto, dann traten sie den sandigen Weg hinauf zu Nick Laceys Haus an. Ein Teil von Kate hoffte, der Mann würde noch nicht von seiner Geschäftsreise zurück sein. Auf halbem Weg sahen sie, wie Elspeth aus dem Haus kam und sich mit schwingendem Stock in ihre Richtung in Bewegung setzte.

»Guten Morgen!«, rief die Frau vergnügt. Sie trug ein dickes Kopftuch und eine Sonnenbrille.

Kate und Tristan wünschten ihr ebenfalls einen guten Morgen und setzten den Weg fort.

»Wir scheinen den ärgsten Wind abzubekommen, der gerade über den Bristolkanal fegt«, meinte sie. »Aber wir haben auch ein paar schöne Tage!« Die Böen wurden zunehmend lauter. Den letzten Teil musste sie beinah brüllen. Zu ihrer Rechten befand sich ein Feld mit Farn und Unkraut, und der Sand verursachte ein knisterndes Geräusch, als er vom Strand heraufwirbelte und auf die Pflanzen traf. »Wollen Sie zu Nick?«, rief Elspeth hinter ihnen her.

»Ja«, bestätigte Kate.

»Er ist da. Ich komme gerade von einem Kaffee mit ihm«, rief Elspeth. Sie schwankte leicht, als hätte eine Bö sie erfasst. »Der Wind scheint ja gar nicht mehr nachzulassen«, sagte sie. Dann setzte sie mit eingezogenem Kopf den Weg zum Strand fort.

»Sie weiß es nicht, oder?«, sagte Tristan.

»Natürlich nicht«, erwiderte Kate.

Mit dem Wind im Rücken kamen sie leichter voran. Sie erreichten die Eingangstür entschieden zu schnell für Kates Geschmack.

»Das Wichtigste ist, dass wir ihn zum Reden bringen«, sagte sie. »Ich hab mein Pfefferspray dabei.«

»Meinst du, das werden wir brauchen? Könnte auch nach hinten losgehen, wenn wir es benutzen … Ist ja immerhin verboten, welches bei sich zu haben.«

»Das wäre der absolut letzte Ausweg.«

Tristan nickte und schluckte. »Glaubst du, er weiß, dass wir kommen?«

»Wir sind John und Maureen, weißt du noch?« Kate meinte es scherzhaft, allerdings lachten sie beide nicht darüber. »Okay?«

Tristan nickte erneut.

»Okay.«

Kate beugte sich vor und klingelte. Ein Moment verging. Dann ein weiterer. Der Wind schien vom Strand heraufzubrüllen.

Was, wenn er nicht aufmacht?, dachte Kate. *Was, wenn diese Nachbarin ihm erzählt hat, dass wir letzte Woche hier waren, und er sich die Lage zusammengereimt hat?*

Kate und Tristan zuckten erschrocken zusammen, als ein Bolzen klackend zurückgezogen wurde und sich die Tür langsam öffnete.

Bill stand vor ihnen und trug einen mit Wäsche gefüllten Korb.

Einen Moment lang erstarrten sie alle. Das 1998 bei der Party in der Kommune aufgenommene Foto zeigte Jorge auf einem Sofa ... zwischen Max und Bill. Sie hatten noch einmal mit Jorge gesprochen, und er hatte erneut bestätigt, dass es sich bei der Person, die bei ihm und Max Jesper saß, um Nick Lacey handelte. Die Erkenntnis, dass Bill und Nick Lacey ein und dieselbe Person waren, hatte sie schockiert. Als noch größeren Schock empfanden sie es, als Bill es höchstpersönlich bestätigte, indem er die Tür des Hauses öffnete, das er sich mit Max Jesper teilte.

Bill schaute zwischen Kate und Tristan hin und her. Sein Mund öffnete und schloss sich. Dann schien er sich zu fassen und lächelte. Wenngleich es ziemlich gezwungen wirkte. In seinen Augen funkelte ein leicht irrer Ausdruck.

»Hallo«, sagte er.

»Hallo, Bill«, erwiderte Kate. »Oder sollen wir Sie lieber Nick nennen?«

Hinter Bill erstreckte sich ein langer, luftiger Flur mit einem breiten Tisch unter einem Spiegel. Auf dem Tisch erspähte Kate eine Auswahl persönlicher Fotos in goldenen und silbernen Rahmen. Bill bemerkte, wohin Kate schaute, und schob sich vor den Spalt der Tür.

Sie holte das Foto aus der Tasche.

»Erinnern Sie sich an diese Party, Bill? 1998 in der Kommune in der Walpole Street?«

Auf dem Foto mit Jorge Tomassini auf dem Sofa hob Bill gerade die Hand, um sein Gesicht zu verbergen, allerdings nicht schnell genug. Es bestand kein Zweifel daran, wer sich auf dem Bild befand.

»Jorge Tomassini hat uns dieses Foto gestern am späten Nachmittag geschickt. Außerdem hat er Sie als Nick Lacey identifiziert. Max Jespers fester Freund«, sagte Tristan.

Bill stand stocksteif da und blockierte die Tür. Tristan streckte die Hand aus und schob die Tür wieder auf. Kate drängte sich an Bill vorbei in den Flur.

»Warten Sie!«, entfuhr es Bill. Er versuchte, Kate am Arm zu ergreifen, aber sie entwand sich seinem Griff. Tristan blieb auf seiner anderen Seite und blockierte nun seinerseits die Tür.

Kate ging zu dem Tisch im Flur und ergriff eines der Fotos in einem silbernen Rahmen. Es zeigte Bill und Max Jesper in einem Schlauchboot vor einem Hintergrund, der wie der Grand Canyon aussah. Bill hatte den Arm um Max' Schulter gelegt. Sie stellte das Foto zurück und ergriff ein zweites in einem goldenen Rahmen. Bill und Max in einem Garten. Beide trugen einen Anzug und eine Fliege. Wieder hatte Max den Arm um Bill, und sie lächelten.

»Sie haben mir nicht geantwortet. Wie sollen wir Sie nennen? Bill oder Nick?«, fragte Kate. »Wer war zuerst da? Bill oder Nick?«

Alle Farbe wich aus Bills Gesicht. Er trat einen Schritt zurück und lehnte sich an die Wand. Er ließ die Schultern hängen und den Wäschekorb fallen. Tristan betrat den Flur und schloss die Eingangstür hinter sich. Er bewegte sich an Bill vorbei zu dem Tisch mit den Fotos.

Der Augenblick wirkte surreal. Niemand sprach ein Wort.

»Sie verstehen das nicht«, kam schließlich leise von Bill. Er schluckte und schien zu versuchen, sich zu sammeln.

»Wie lange sind Sie schon Bill und Nick?«, fragte Tristan.

»Zu lange«, sagte der Entlarvte. »Bill ist mein Geburtsname. Nick kam später.«

Er spähte zum Festnetztelefon auf dem Tisch im Flur, dann preschte er los, drängte sich an Kate und Tristan vorbei, rannte tiefer ins Haus und verschwand um die Ecke.

»Lass ihn nicht entkommen«, rief Kate. Sie bewegten sich den Flur entlang, der in einen großen Küchen- und Wohnbereich mit bodentiefen Fenstern mündete, die zum Garten mit Pool und Terrasse sowie dem dahinterliegenden Strand wiesen. Hintertüren führten nach draußen, waren jedoch geschlossen.

»Oben.« Tristan deutete auf eine Treppe. Kate und er eilten zwei Stufen auf einmal nehmend hinauf. Oben erstreckte sich ein langer Korridor mit Zimmern zu beiden Seiten und einem Oberlicht. Sie hörten Geräusche aus dem zweiten Raum nach dem Treppenabsatz. Kate steckte die Hand in die Tasche und tastete nach der Dose mit Pfefferspray. Tristan ging voraus.

Die zweite Tür stand offen. Es handelte sich um ein

Arbeitszimmer, ähnlich eingerichtet wie das in Bills Haus in Salcombe. Allerdings enthielt es zusätzlich eine Glasvitrine mit einer Reihe schwarz-silbern glänzender Schrotflinten. Eine der Glastüren war geöffnet, und Bill hielt eine der Waffen in den Händen. Neben ihm befand sich ein Schreibtisch, auf dessen polierter Platte zwei Patronen lagen.

Kate versuchte, die Panik zu ignorieren, als ihr Herz zu rasen begann. Sie würde die Nerven behalten. Tristan packte sie am Arm und hielt sie an der Tür zurück.

Bill schaute zu ihnen auf. Dabei hatte er einen seltsamen leeren Ausdruck in den Augen. Er klappte die Schrotflinte auf. Tristan stürmte ins Zimmer und fegte die Patronen vom Schreibtisch. Sie landeten klirrend auf dem gefliesten Boden und rollten außer Sicht. Tristan kam auf der anderen Seite des Schreibtischs zum Stehen. Bill behielt die Schrotflinte in der Hand.

»Runter mit der Waffe«, forderte Kate den Mann auf und folgte Tristan ins Arbeitszimmer.

»Das können Sie sich abschminken«, gab Bill zurück.

»Bill. Geben Sie mir die Waffe«, verlangte Tristan und streckte die Hand aus.

»Und du kannst dich verpissen. Ihr werdet mich nicht tyrannisieren. ICH HABE DIE WAFFE!« Den letzten Teil schrie Bill, und Kate zuckte zusammen. Die beiden Männer waren annähernd gleich groß und beide gut gebaut. Tristan blieb mit dem Schreibtisch zwischen ihnen in der Nähe. Bill rührte sich mit der offenen Flinte in der Hand nicht von der Stelle.

Kate tastete erneut nach dem Pfefferspray in ihrer Tasche. *Wir müssen ihn zum Reden bringen.*

»Was ist mit Bev? Weiß sie von Ihrem Doppelleben?

Und dass Sie Ihr anderes Leben mit einem Mann führen?«

Lachend schüttelte Bill den Kopf.

»Weiß Max davon?«

»Lassen Sie Max da raus! Er weiß gar nichts. NICHTS!«

»Also ist es Max, den Sie lieben. Wie passt Bev bei all dem ins Bild?«

»Ich liebe Bev, aber ...«

»Aber was?«, hakte Kate nach.

»Ich muss mich vor Ihnen nicht rechtfertigen. Ihnen bin ich keine Erklärung schuldig!«, brüllte Bill.

»Bei der Polizei werden Sie sich sehr wohl rechtfertigen müssen«, merkte Tristan an. »Sie haben penibel diese beiden Identitäten erschaffen. Und vermutlich noch andere, unter denen Sie Ihre Opfer aufgegabelt haben. Nur ein großer Fehler ist Ihnen unterlaufen. Nick Lacey hat seinen BMW in der Nacht, in der Joanna verschwunden ist, in Bevs Straße abgestellt. Aber Bill hat bei der Polizei ausgesagt, er hätte Bevs Auto in derselben Nacht in derselben Straße geparkt. Nick hatte einen BMW der Oberklasse, Bev einen alten Renault. Trotzdem hat der ›Dieb‹ aus irgendeinem Grund entschieden, Bevs Auto zu stehlen.«

Darüber lachte Bill. »Das hat gar nichts zu bedeuten. Autos werden aus allen möglichen Gründen gestohlen. Auch kleine Drogendealer klauen Autos, und die wollen nichts Auffälliges.«

Kate nickte. »Ja, das stimmt. Wir sind noch einmal Ihre Aussage für den Tag durchgegangen, an dem Joanna verschwunden ist. Sie waren mit Bev beim Killerton House und haben kurz vor vier Uhr nachmittags einen Anruf erhalten, der Sie zu einem Bauprojekt am

Teybridge House gerufen hat. Sie sind mit Bev dorthin gefahren. Sie ist zu Fuß nach Hause gegangen und hat ihr Auto bei Ihnen gelassen. Zwei Bauarbeiter, Raj Bilal und Malik Hopkirk, haben Ihnen ein Alibi gegeben, indem sie ausgesagt haben, Sie seien um 16:45 gekommen und etwa vier Stunden lang geblieben.«

»Ja«, erwiderte Bill.

»Die letzten Tage haben wir damit verbracht, die beiden aufzuspüren«, sagte Kate. »Malik Hopkirk ist vor sechs Jahren an Lungenkrebs gestorben, aber Raj Bilal lebt noch. Wir haben ihm unsere Theorie und die Haftstrafe für eine Falschaussage bei der Polizei erklärt. Jetzt ist er sich nicht mehr so sicher, ob Sie *wirklich* vier Stunden auf der Baustelle beim Teybridge House waren. Er sagt, Sie haben ihn für die Lüge bezahlt.«

»Wo sind die Beweise?«, fragte Bill. »Das sind Indizien.«

»Wenn Bill am Abend des 7. Septembers zwischen 16:45 Uhr und 20:40 Uhr nicht beim Teybridge House war, was hat er dann fast vier Stunden lang gemacht?«

Bill starrte sie an, während er die Schrotflinte mit beiden Händen umklammerte. Sein Blick erinnerte Kate an einen Hund – einen verängstigten Hund, der zu entscheiden versuchte, ob er angreifen oder flüchten sollte. Ihre Hand ruhte verschwitzt auf dem Pfefferspray in ihrer Tasche.

»Joanna hat versucht, Dreck über Noah Huntley auszugraben, nicht wahr? Sie hat versucht aufzudecken, dass Huntley Callboys engagiert und seine Frau betrogen hat«, sagte Kate. »Durch einen dieser jungen Leute hat sie erfahren, dass Huntley gern Max Jespers Kommune in der Walpole Street besucht hat. Nicht gewusst hingegen hat sie, dass auch Sie als Nick Lacey gern in der Kommune waren. Hat Max Sie eigentlich schon immer als Nick gekannt?«

»Halten Sie die Klappe! Ich habe es schon gesagt, er hat nichts damit zu ...« Bill bremste sich, verstummte und starrte sie weiter an. Kate bemerkte, dass Tristan unauffällig näher zu Bill rückte, den Blick auf die Waffe gerichtet.

»Der Anruf, den Sie um 16 Uhr erhalten haben – der war gar nicht von der Arbeit, oder? Er war von Joanna. Unserer Vermutung nach hat sie zu dem Zeitpunkt herausgefunden, dass Sie und Nick ein und dieselbe Person sind. Und Nick hatte diese jungen Männer umgebracht.«

Bill umklammerte nach wie vor die Waffe, während er tief durchatmete. »Sie können nichts davon beweisen. Es gibt keine Leiche. Kein Auto.« Er leierte es beinah wie ein Mantra herunter. »Bevs Auto wurde vor ihrer Wohnung gestohlen. Sie können nicht das Gegenteil beweisen.«

»Wie ist Nicks BMW in jener Nacht vor Bevs Wohnung gelandet?«

»Ich hatte dort schon auf der Straße geparkt.« Bill lächelte triumphierend.

»Wieso? Am Samstagmorgen, dem 7. September, hat Bev Sie von Ihrer Wohnung am anderen Ende von Exeter abgeholt.«

»Okay, ich hatte das Auto am Tag zuvor dort abgestellt. An der Straße waren keine Überwachungskameras«, sagte er.

»Joanna hat Sie angerufen. Sie hatte herausgefunden, dass Sie Bill und Nick sind ...«

»Sie spekulieren doch bloß. Das können Sie nicht beweisen«, brüllte er zurück.

»Dieses Foto beweist es, Bill«, entgegnete Kate und hielt die in der Kommune entstandene Aufnahme hoch. »Wir haben dieses Foto von Jorge Tomassini. Joanna hat ihn wegen David Lamb befragt, und er hat ihr Fotos aus der Kommune gezeigt. Sie hat die Negative ohne seine Erlaubnis mitgenommen. Eine von Joannas Kolleginnen bei der Zeitung, Rita Hocking, hat uns erzählt, dass Joanna am Tag ihres Verschwindens Fotos abgeholt hat – entwickelt aus den Negativen, die sie Jorge Tomassini gestohlen hatte. Darunter war dieses Bild. Jorge hat uns erzählt, dass Sie sich nie fotografieren lassen wollten. Das ist die einzige Aufnahme, bei der Sie jemand überrascht und es geschafft hat, Ihr Gesicht einzufangen.«

»Joanna hat Sie an dem Nachmittag angerufen, nicht wahr?«, ergriff Tristan das Wort. »Wir wissen von Raj Bilal, dass die Baustelle am Teybridge House an dem Tag geschlossen war. Joanna hat das Foto gesehen, die Sache durchschaut und Sie angerufen. Sie haben um ein Treffen gebeten, um zu versuchen, es ihr zu erklären, bevor sie die Polizei einschaltet. Nachdem Sie sich von Bev beim Teybridge House getrennt hatten, sind Sie nach Exeter gefahren, um sich mit Joanna im Parkhaus Deansgate zu treffen. Sie haben gewusst, dass es menschenleer sein würde. Dort haben Sie sich Joanna geschnappt, sie umgebracht und Bevs Auto benutzt, um ihre Leiche zu entsorgen.«

Bill lachte und hob die Schrotflinte wieder an.

»Schwachsinn, sage ich. Und dasselbe werden die Geschworenen sagen.«

»Sie haben Joanna nahegestanden, nicht wahr?«, sagte Kate.

Bills Züge wurden ein wenig milder.

»Natürlich ... Ich hätte ihr nie auch nur ein Haar gekrümmt«, behauptete er und knallte die Waffe auf den Tisch.

»Deshalb muss es schwer gewesen sein, sie zu töten«, sagte Kate.

»Das hab ich nicht getan! Ich habe sie nicht umgebracht! Halten Sie Ihr verdammtes Maul!«

»Doch, haben Sie sehr wohl. Sie haben sie entführt und umgebracht, weil sie Informationen über Sie und Ihr Doppelleben hatte. Joanna hat gewusst, dass Sie David Lamb, Gabe Kemp und andere junge Männer auf dem Gewissen haben«, sagte Kate. »Sie haben sie in Bevs Auto verfrachtet und sind mit ihr hierhergefahren, nicht wahr, Bill? Sie haben sie zu diesem Haus gebracht. Niemand, der Bill gekannt hat, wusste von diesem Ort. Wir haben mit Leuten gesprochen, die auf Ihren Sommerpartys waren, und mit Ihrer Nachbarin. Alle haben uns erzählt, wie besorgt Nick immer ist, wenn irgendjemand bei Ebbe zu weit hinausgeht. Erst dachten wir, Sie wären ein barmherziger Samariter, der sich vor lauter Angst, jemand könnte ertrinken, sogar ein Luftkissenboot gekauft hat, um bei Ebbe über den Sand zu patrouillieren. Aber das stimmt gar nicht, oder? In Wirklichkeit haben Sie Angst, dass die Flut eines Tages den Sand umwälzt und die Stelle freilegt, an der Sie Joannas Leiche versteckt haben. Sie sind mit Bevs Auto hergefahren und hatten Joanna hinten drin. Sie haben gewartet, bis es dunkel war. Dann sind Sie mit dem Auto weit hinaus aufs Watt gefahren. Weiter, als es sich die meisten Leute trauen. So weit, dass sie sicher sein konnten, es würde mit der Leiche darin versinken. Danach mussten Sie zurück nach Exeter, um sich mit Bev zu treffen. Also haben Sie Nicks BMW genommen und ihn vor dem Moorside Estate abgestellt. Bevs Auto wurde überhaupt nicht gestohlen. Sie sind bloß in der Nacht nicht damit zurückgefahren, weil es mit Joannas Leiche irgendwo da draußen im Sand versunken ist.«

Bill starrte sie an. Alle Farbe war ihm aus dem Gesicht gewichen.

»So viele Jahre hüten Sie dieses schreckliche Geheimnis schon«, fügte Kate hinzu. »Vor Max. Vor Bev.«

»Dafür haben Sie keine Beweise! Sie sagen mir damit bloß, was Sie denken«, rief Bill. Er hob die Waffe wieder an, schloss die Augen und drückte sich die Schrotflinte an die Brust. Tränen liefen ihm über die Wangen. Dann wurde er ruhiger, still. Kate näherte sich ihm einen Schritt. Tristan auch. Plötzlich jedoch riss Bill die Augen wieder auf.

»Mit wem reden wir gerade? Mit Bill oder Nick?«, fragte Kate.

»So ist es nicht«, gab er zurück und sah sie an. Seine Stimme klang ruhig. »Nick war nur ein Name, den ich für Männerbekanntschaften benutzt habe. Damals habe ich gar nicht darüber nachgedacht. Ich wollte bloß nicht, dass die Kerle meinen richtigen Namen kennen. Irgendwie ist es außer Kontrolle geraten, und meine beiden Identitäten haben ein Eigenleben entwickelt.«

»Und wer hat Joanna umgebracht? Bill? Oder Nick, der auch diese jungen Männer auf dem Gewissen hat?«, fragte Kate.

»Aufhören!«, brüllte er.

»Ich weiß, es muss beängstigend gewesen sein«, fuhr Kate fort. »Da draußen in der Dunkelheit. Im Sand versinken. Bei nahender Flut ... Das lässt Ihnen keine Ruhe, nicht wahr? Sie fürchten, dass nach all den Jahren Bevs verrostetes Auto mit Joanna darin am Strand auftauchen könnte.«

»Warum haben Sie uns damit beauftragt, Joanna zu finden?«, fragte Tristan.

»Bev«, antwortete Bill leise. »Für Bev. Ich wollte einen Abschluss. Ich dachte, Sie würden nichts finden, und wir könnten endlich einen Schlussstrich darunter ziehen. Bev musste Joanna endgültig aufgeben. Es gut sein lassen.«

»Tief in ihrem Inneren muss Bev ahnen, dass Sie Joanna umgebracht haben«, kam von Tristan.

»Maul halten!«, brüllte Bill und drosch die Waffe mehrmals auf den Schreibtisch. »Das können Sie nicht beweisen. Sie können es nicht beweisen!«, rief er mit kindlicher Singsang-Stimme. Sein Gesicht war hochrot angelaufen, und er zitterte am ganzen Leib.

»Wenn wir hier mit Ihnen fertig sind, Bill, sorge ich dafür, dass die Polizei jeden Quadratzentimeter dieses verdammten Strands absucht. Die Behörden werden das Auto finden – und darin Joannas Leiche«, sagte Kate.

Ihr Herz hämmerte mittlerweile wild, ihr Mund war trocken. Bill bewegte sich blitzschnell. Er hob eine der Patronen vom Boden auf und lud sie in die Schrotflinte. Einen Moment lang dachte Kate, er würde auf sie zielen und schießen. Stattdessen klappte er die Waffe zu, drehte sie in den Händen herum und steckte sich die Mündung zwischen die Lippen.

Tristan schaffte es gerade noch rechtzeitig um den

Schreibtisch herum. Er schlug Bill die Waffe in dem Moment aus dem Mund, als er den Abzug drückte. Das Glas einer der Schranktüren hinter Kate zerbarst.

Bill und Tristan kämpften um die Waffe. Sie mochten etwa gleich groß sein, doch Tristan war stärker. Kate spürte knapp unter der Schulter einen Schmerz im rechten Arm. Als sie hinsah, stellte sie fest, dass sich ein roter Fleck auf dem Ärmel ihres T-Shirts ausbreitete.

Bill erlangte die Oberhand und versetzte Tristan einen Stoß. Er fiel mit dem Rücken gegen die Bücherregale. Bill schnappte sich die andere Patrone vom Boden und rannte mit der Schrotflinte aus dem Arbeitszimmer. Tristan rappelte sich auf und sah das Blut, das sich über Kates Arm ausbreitete.

»Kate, du bist getroffen!«

Die Schmerzen fühlten sich wie ein heißes Messer an, aber als sie den Ärmel hochkrempelte, stellte sie fest, dass es sich lediglich um einen tiefen Kratzer am Oberarm handelte. »Ist nur eine Fleischwunde«, sagte sie und drückte die Hand darauf. »Lauf ihm nach. Lass nicht zu, dass er die Patrone benutzt«, rief sie. »Los!« Tristan nickte und rannte hinter Bill her.

Kate zuckte zusammen und griff in ihre Tasche. Sie holte einen dünnen schwarzen Schal heraus und band ihn rasch um die Wunde. Dann atmete sie mehrmals tief durch, zückte ihr Handy und rief die Polizei an.

47

Tristan spürte einen heftigen Windstoß, als Sand durch die offene Tür in den Flur geweht wurde. Gleich darauf erreichte er die Tür und stürmte hinaus. Bill lief barfuß den sandigen Weg zum Strand hinunter, nach wie vor mit der Schrotflinte in den Händen.

Tristan nahm die Verfolgung auf. Am Ende des Wegs sprang Bill über die niedrige Schranke, vor der sie das Auto abgestellt hatten. Stolpernd landete er im Sand, fand das Gleichgewicht jedoch schnell wieder und flüchtete weiter.

Tristan holte auf und übersprang wenig nach ihm die niedrige Barriere. Bill rannte mittlerweile über den Sand zum Meer hinaus.

Was hat er vor?, schoss es Tristan durch den Kopf, während er über den feuchten Sand stapfte. In seinen Turnschuhen kam er auf dem nachgiebigen Untergrund nur mühsam voran. Bill bewegte sich barfuß deutlich schneller. Der Wind heulte über die Küste und blies eine Sandschicht über den Strand. Die feinen Körnchen peitschten gegen Tristans Kopf, gelangten in seine Augen und brannten auf der Haut.

»Bill! Halt!«, brüllte er, aber der Wind riss ihm die Worte förmlich aus dem Mund, und Tristan verschluckte sich an Sand. Bill rannte auf einen Schwarm Möwen zu. Erschrocken stoben die Vögel auf, flogen knapp über Tristan hinweg und erhoben sich kreischend in den Himmel.

Je weiter sie hinausliefen, desto nasser wurde der Sand. Bill hielt die Schrotflinte mit beiden Händen und schwenkte sie hin und her. Mittlerweile konnte Tristan in der Ferne erkennen, wo sich die Wellen auf dem nassen Sand brachen. Als er zurückschaute, stellte er fest, dass er die Häuser weit hinter sich gelassen hatte. Er war allein mit Bill, einer Schrotflinte und einer Patrone, allein im Niemandsland.

Bill warf einen Blick zurück und schien langsamer zu werden. Der Sand wurde immer nasser und war an manchen Stellen von Lachen aus Meerwasser durchzogen. Tristans Schuhe versanken bei jedem Schritt zunehmend tiefer im tückischen Untergrund.

Er holte weiter auf, verringerte den Abstand zu Bill um einige Meter. Bill schaute erneut zurück. Diesmal stolperte er dabei und stürzte in den Sand. Die Schrotflinte flog ihm aus den Händen. Tristan konnte nicht rechtzeitig bremsen und fiel über ihn. Schließlich lagen sie beide auf dem nassen Boden. Tristan wusste, dass er sich in eine dumme Situation gebracht hatte. Bill würde entweder sich selbst umbringen oder versuchen, Tristan zu töten. Oder sie würden beide im Schlamm versinken und ertrinken.

Tristan war auf dem Bauch gelandet. Bevor er sich aufrappeln konnte, packte Bill ihn und drehte ihn auf den Rücken. Bill kletterte auf ihn, drückte ihn nieder, und plötzlich spürte Tristan Bills Hände um den Hals.

»Du denkst, du kannst mich tyrannisieren? Mich herumschubsen?«, tobte Bill mit hochrotem Gesicht und irrem Blick. Tristan spürte, wie die Finger um seine Kehle zudrückten. Er hob die Beine an und versuchte, sich abzustützen, um Bill von sich zu hieven.

Doch der nasse Sand gab unter ihm nach, während sich Bill mit dem vollen Körpergewicht auf ihn lehnte. Die Geräusche des Winds und der Brandung wurden gedämpft, als sein Hinterkopf und seine Ohren in den nassen, schlammigen Sand sanken. Der Matsch flutete sein Gesicht, hüllte seinen Kopf in Dunkelheit und drang in seine Nase. Über sich spürte er nach wie vor Bill, der auf ihn herabdrückte. Zwar lockerte sich der Griff um Tristans Kehle, aber Bill würde ihn so tief in den nassen Sand drücken, dass er darin ersticken würde.

Als Tristan die Arme und Beine bewegen wollte, fühlte es sich an, als wäre er bereits halb im nassen Matsch untergetaucht. Die Luft wurde ihm aus der Lunge gepresst. Er würde ersticken.

Kate rannte über den Strand, so schnell sie konnte. Weit vorn sah sie Bills im Sand kauernde Gestalt. Ihr Arm schmerzte von dem Schal, den sie um die Wunde geknotet hatte, aber er hatte die Blutung verlangsamt. Als sie näher kam, stellte sie fest, dass Tristan von Bill in den weichen Sand gedrückt wurde. Sein gesamter Kopf und Oberkörper waren bereits untergetaucht. Bills Hände steckten tief in der matschigen Brühe. Tristans Füße strampelten in der Luft.

Bill konzentrierte sich wie gebannt darauf, Tristan im Sand zu ersticken. Die Adern an seinen Armen traten hervor, und er schwitzte und zitterte vor Anstrengung.

Kate sah die Schrotflinte im Sand liegen. Sie rannte hin, ergriff sie am Lauf, schwang sie in weitem Bogen und traf Bill mit dem Kolben am Hinterkopf. Ein dumpfer Knall ertönte beim Aufprall. Bill schrie auf, ließ von Tristan ab und landete benommen auf der Seite.

»Tristan!«, brüllte Kate. Sie fasste nach unten in den Matsch und tastete nach seinem darin untergetauchten Oberkörper. Kniend hakte sie die Arme unter ihn. Mit aller Kraft lehnte sie sich zurück und zog an ihm. Zuerst rührte er sich nicht von der Stelle, und sie dachte schon, sie würden beide nur noch tiefer sinken. Dann jedoch löste sich sein Körper mit einem schmatzenden Laut aus dem Sand, und sie fielen zusammen nach hinten.

»Alles gut«, murmelte sie und wischte ihm Dreck aus dem Gesicht. Er spuckte und röchelte. Eine dicke braune Schicht bedeckte seinen gesamten Körper. Schließlich atmete er tief und rasselnd durch.

»Wo ist er? Ich seh ihn nicht«, sagte Tristan. Bill lag immer noch auf der Seite.

»Ich hab ihn mit der Schrotflinte geschlagen«, sagte Kate. Sie ging zu einer der Lachen mit klarem Meerwasser, schöpfte etwas heraus, kehrte zu Tristan zurück und wusch damit sein Gesicht. Dann bemerkte sie, wie Bills Kopf zuckte. Bill kroch über den Sand, griff sich die Schrotflinte und rollte sich herum. Er richtete die Waffe auf Kate und drückte ab, aber es ertönte nur ein Klicken, als der Schlagbolzen auf das leere Patronenlager traf. Wieder drückte er ab, und Kate schrie unwillkürlich auf, doch es klickte erneut.

»Nein, nein, nein!«, brüllte Bill und suchte hektisch nach der einzigen Patrone, die er mitgenommen hatte. Kate erblickte sie unmittelbar hinter ihm, rannte hin, schnappte sie sich und steckte sie in ihre Tasche.

Erleichtert hörte sie Rufe vom Ufer, als eine Gruppe von Polizisten über den Sand in ihre Richtung gerannt kam.

Wenig später trafen die Beamten bei ihnen ein und verhafteten Bill.

»Bill Norris, Nick Lacey. Sie sind wegen Mordverdachts verhaftet«, verkündete der Polizist, der ihm Handschellen anlegte. »Sie müssen nichts sagen, aber es kann Ihrer Verteidigung schaden, wenn Sie beim Verhör etwas nicht erwähnen, auf das Sie sich später vor Gericht berufen. Alles, was Sie sagen, kann als Beweismittel verwendet werden.«

Kate ging zu Tristan, der noch immer nach Luft schnappte.

»Ich dachte schon, ich wäre erledigt«, sagte Tristan und spuckte weiteren Sand aus. »Großer Gott.«

Drei Polizisten führten Bill in Richtung der Häuser ab.

»Wir müssen uns beeilen«, sagte ein anderer Beamter, und berührte Kate an der Schulter. »Die Flut setzt gleich ein und ist schneller, als wir laufen können.«

Weit entfernt erblickte Kate einen schaumigen Wasserteppich, der sich auf sie zubewegte.

»Alles in Ordnung?«, fragte sie und half Tristan auf die Beine.

»Nein, aber es geht gleich wieder«, gab er zurück. »Was ist mit dir? Du musst deinen Arm verarzten lassen.«

Kate nickte, doch sie verspürte keinerlei Schmerzen. Nur Euphorie. Sie hatten den Täter gefasst. Zusammen hatten sie den Fall gelöst. Sie nahm Tristan am Arm, und zusammen traten sie den Weg zurück zur Sicherheit des Ufers an.

48

Vier Tage später kehrten Kate und Tristan morgens um vier Uhr zu Max' und Bills Haus in Burnham-on-Sea zurück.

Da noch Dunkelheit herrschte, hatten sie den gespenstischen Schimmer des hell erleuchteten Zelts der Spurensicherung schon von Weitem gesehen. Auf dem Parkplatz in der Nähe des Hauses standen zwei Polizeiwagen und ein schwarzes Fahrzeug der Spurensicherung. Kate rollte daran vorbei und stellte das Auto am Ende des sandigen Wegs ab.

Die vergangenen vier Tage hatten sich wie eine Ewigkeit angefühlt. Als Bill in Gewahrsam genommen wurde, war er in einem emotional aufgewühlten Zustand gewesen. Kate hatte naiv angenommen, er würde wiederholen, was er Tristan und ihr gestanden hatte. Man hatte ihn zum Polizeirevier in Exeter gebracht. Dort nutzte er den einen Anruf, der ihm zustand, um Bev zu kontaktieren. Sie wiederum rief einen Anwalt an. Bill weigerte sich, irgendwelche Fragen zu beantworten. Daher ruhte alle Hoffnung darauf, Joanna Duncans Überreste im Watt zu finden.

Kate hatte Bev angerufen. Statt sich dankbar für den Durchbruch in dem Fall zu zeigen, hatte Bev ihr nur wüste Beschuldigungen an den Kopf geworfen. Sie weigerte sich zu akzeptieren, dass Bill ein anderes Leben geführt hatte. Noch entschiedener weigerte sie sich zu glauben, dass er Joanna umgebracht hatte. Ein Teil von

Kate verstand die Verleugnung. Nachdem sich die Frau so viele Jahre lang an Bills Schulter ausgeweint und seine Unterstützung genossen hatte, musste es zwangsläufig schwer zu glauben sein.

Die Polizei hatte sich mit Max Jesper in Verbindung gesetzt, der ähnlich wie Bev reagiert hatte. Er war in Spanien geblieben und hatte seinen Rückflug verfallen lassen. Kate fragte sich, wie lange der Mann seine Rückkehr aufschieben würde.

DCI Faye Stubbs war mit Kate und Tristan in Verbindung geblieben. Es herrschte eine hochgradig angespannte Stimmung. Ihnen blieben nur wenige Stunden, um das Auto zu bergen und Bill anzuklagen, bevor ihre Zeit abliefe und sie ihn freilassen müssten. Noah Huntley hatte man bereits aus der Untersuchungshaft entlassen, während gegen Bill ermittelt wurde.

»Gott. Allein der Gedanke, an diesen Strand zurückzukehren ...«, murmelte Tristan, als Kate den Motor ausschaltete. In der pechschwarzen Finsternis draußen schüttelte der böige Wind das Auto durch. Kate ergriff seine Hand und drückte sie.

»Du kannst im Auto bleiben, wenn dir das zu viel ist«, sagte sie.

»Spinnst du? Ich will das bis zum Ende durchziehen«, entgegnete er lachend. Sie stiegen aus und zogen warme Jacken und Handschuhe an. Anschließend steuerten sie auf den Polizeiwagen zu, aus dem gerade Stubbs auftauchte.

»Morgen«, grüßte sie. »Möchten Sie eine Tasse Tee? Wir warten gerade auf die Ebbe, die in den nächsten zwanzig Minuten einsetzen sollte«, erklärte sie und warf einen Blick auf die Armbanduhr. »Ich muss los, um mit der Spurensicherung und der Küstenwache zu reden. Sie bereiten gerade alles am Strand vor.«

Stubbs stieg über die Absperrung neben dem Pfad und marschierte los. Kate und Tristan begaben sich in den warmen Van, wo zwei Beamte mit Tee in Styroporbechern saßen. Nach einer kurzen Begrüßung ging Tristan zu dem kleinen Tisch mit dem Wasserkocher und den Bechern, um für sie beide Tee zu machen.

Es war der dritte Morgen, an dem Kate und Tristan der Suche am Strand beiwohnten. Die Polizei hatte abzuschätzen versucht, über welche Route Bill mit dem Auto vom Haus den Hügel heruntergefahren sein könnte. Man ging davon aus, dass er den Pfad verlassen hatte und quer über den Strand ins Meer gerollt war. Aber selbst wenn Bill in gerader Linie hinausgefahren war, verblieb ein breiter Radius für sein mögliches Ziel. Die Suchmannschaft der Polizei hatte das Gebiet mit einem Bodenradar abgetastet. Man hatte mit einem von der Küstenwache geliehenen Luftkissenfahrzeug einen kleinen Transponder hinaus zum Rand der Brandung gebracht. Am Vortag hatte das Radar eine größere Masse am äußersten Rand des Gezeitenbereichs entdeckt. Die Zeit hatte gerade noch gereicht, um die Stelle mit einem Metallpflock zu markieren, bevor die Flut zurückkam und eine Bergung verhinderte. An diesem Morgen wollte man zur selben Stelle zurückkehren und hoffte, dort etwas zu finden.

Kate und Tristan tranken ihren Tee, während sie mit zwei Polizeibeamten vor dem Wagen standen.

»Ich hab gehört, Sie beide haben das Haus durchsucht«, sagte Kate zu den Männern.

»Ja. Ich bin Keir, und das ist Doug«, sagte einer der

Beamten. »Die Spurensicherung hat das Schlafzimmer und das Badezimmer unter die Lupe genommen. Beide Räume sind unlängst mit Bleichmittel und Ammoniak gereinigt worden. In seinem Auto hat man ein paar Fasern, Haare, Blut und Körperflüssigkeiten gefunden.«

Sie hörten einen Motor. Ein Streifenwagen kam den Pfad entlang und hielt neben Kates Auto. Mittlerweile herrschte schwaches Dämmerlicht, doch wer in dem frisch eingetroffenen Fahrzeug saß, erkannten sie erst, als der Polizist am Steuer seine Tür aufschwang und die Innenbeleuchtung anging. Kate erhaschte einen flüchtigen Blick auf Bev Ellis, die auf dem Beifahrersitz saß. Die Frau wirkte verhärmt und erschöpft. Der Beamte stieg aus, bevor er den Kopf wieder hineinsteckte, um mit ihr zu sprechen.

»Gott. Ich wüsste nicht, was ich an ihrer Stelle tun würde«, murmelte Doug.

»Ich würde hier sein wollen«, sagte Kate. »So schwer es auch sein mag. Bev braucht einen Abschluss, indem Joanna gefunden wird, so unerträglich schmerzhaft das auch sein mag.«

Ein Teil von Kate wollte hinübergehen und mit Bev reden, doch sie hielt es für das Beste, die Frau in Ruhe zu lassen. Es gab im Augenblick nichts Nützliches, was sie sagen könnte. Zusammen beobachteten sie, wie der Polizist Bev im Auto zurückließ und auf den Van zusteuerte.

»Ist der Wasserkocher voll? Ich glaube, sie braucht eine Tasse kräftigen Tee«, sagte er.

»Ich an Bevs Stelle würde was Stärkeres als Tee brauchen«, murmelte Kate. Sie schaute zurück zu dem Auto, in dem die Frau saß und wie in Trance zum Strand blickte, der sich im düsteren Schimmer der Morgendämmerung vor ihnen erstreckte.

Dreißig Minuten später war die Sonne aufgegangen und tauchte den Sand in bläulich-silbriges Licht. Der Wind hatte nachgelassen, trotzdem blieb es kalt. Als Kate und Tristan über die Absperrung kletterten, um sich Stubbs anzuschließen und bei der Bergung zuzusehen, bewegte sich das Luftkissenboot der Küstenwache mit fünf Männern darin bereits den Strand hinunter in Richtung des Wassers. Ein grüner Traktor mit überdimensionalen Reifen folgte dem Gefährt in einigem Abstand. Drei Beamte der Spurensicherung in weißen Tyvek-Anzügen und Wathosen gingen zu Fuß in Richtung des Bergungsbereichs, wo Kate den langen, dünnen Pflock aus dem Sand ragen sah.

»Wir haben weniger als eine Stunde, bevor der Gezeitenwechsel beginnt«, sagte Stubbs.

»Wird der Traktor nicht im Schlamm versinken?«, fragte Tristan. Das Luftkissenfahrzeug hatte wenige Meter von dem Pflock entfernt angehalten. Der Traktor tuckerte ein gutes Stück dahinter langsam darauf zu.

»Der Traktor ist mit extrabreiten Niederdruckreifen ausgestattet, die bestmögliche Traktion gewährleisten. Er wird so nah ranfahren, wie er kann«, erklärte Stubbs.

Kate und Tristan folgten ihr über den Sand, um näher zum Geschehen zu gelangen. Sie beobachteten, wie der Traktor die Fahrt verlangsamte und etwa fünfzig Meter vom Luftkissenboot entfernt zum Stehen kam. Einen Moment später hörten sie einen Ruf des Fahrers, der mit der Hand winkte. Weiter konnte er nicht.

Kate und Tristan standen bei Stubbs, während sie alle angespannt beobachteten, wie das Team der Küstenwache nach dem Auto suchte. Ein paar Mal schaute Kate zurück zu Bev, konnte jedoch nur ihre Umrisse erkennen.

Die Leute der Küstenwache kämpften sich in langen Wathosen durch den zähen, glitschigen Schlick um den langen Metallpflock herum. Drei der Männer hielten lange Schläuche aus Metall, mit denen sie Meerwasser mit hohem Druck in den Untergrund strahlten, um ihn zu lockern, während die beiden anderen Männer gruben. Nach zwanzig Minuten ertönte ein Ruf, gefolgt von einer Stimme aus Stubbs' Funkgerät, die bestätigte, dass sie die Stoßstange eines Autos entdeckt hatten.

»Sie müssen sich beeilen«, sagte Stubbs ins Funkgerät. »In dreißig Minuten setzt die Flut ein.«

»Was meinst du, wie Bill mit Bevs Auto so weit ins Watt hinausfahren konnte?«, fragte Tristan.

»Wenn er schnell genug von der Straße und über den Strand gerast ist, könnte ihn der Schwung weit hinaus zum Wasser befördert haben«, mutmaßte Kate. Der Gedanke, dass es sich tatsächlich um Bevs Auto handeln könnte, versetzte sie in Aufregung.

Sie beobachteten, wie eine lange Kette von der Front des Traktors über den Sand zum Team der Küstenwache gezogen und an dem Auto im Matsch befestigt wurde. Der Traktor setzte langsam, Zentimeter für Zentimeter zurück, bis sich die Kette straff spannte. Der Motor heulte auf und wurde lauter, während das mächtige Fahrzeug zog. Dann blieben die Räder stecken, drehten durch und spritzten nassen Sand hoch empor. Das Team der Küstenwache grub mit Spaten und benutzte die Metallschläuche, um den Schlick um das versunkene Fahrzeug herum zu bewässern.

»Oh nein. Die Flut kommt zurück«, sagte Kate, als sie sah, wie das schäumende Wasser auf die Stelle zukroch, an der die Mannschaft arbeitete.

Dann ertönten laute Rufe, als die Räder des Traktors wieder Halt fanden und er sich weiter rückwärts bewegte. Der Sand vor dem Metallpflock geriet in Bewegung und wölbte sich. Dann tauchte nach und nach die Form eines Autos daraus auf.

Kate schaute zurück zum Ufer und stellte fest, dass Bev mittlerweile vor dem Polizeiauto stand, die Hand an der offenen Tür, während sie zu dem Wrack starrte. Der Traktor setzte weiter zurück, zog es mit einem Ruck aus dem glitschigen Sand und schleppte es auf festeren Untergrund.

Zusammen folgten sie dem Auto, das zu den Zelten der Spurensicherung am Rand des Strands geschleppt wurde. Die Karosserie des Wagens war völlig verrostet. Die Gummireifen hatten sich längst aufgelöst. Geblieben waren nur die Felgen. Kate versuchte, hineinzuspähen, doch sie konnte nicht erkennen, wo sich die Fenster befunden hatten. Das Dach schien eingedrückt zu sein. Zwei Leute der Spurensicherung lösten die Kette, und der Traktor rumpelte den Strand entlang davon. Das weiße Zelt der Kriminaltechniker wurde angehoben und näher heranbewegt, bis es die rostige Karosserie bedeckte.

Eine angespannte Stunde verstrich. Kate und Tristan kehrten mit Stubbs zum Van der Polizei zurück, wo sie einen weiteren Tee tranken. Von dort konnten sie beobachten, wie Bev im Streifenwagen zunehmend unruhiger wurde, bis sie es nicht mehr aushielt, ausstieg und zum Zelt hinunterlief. Wenig später knisterte Stubbs' Funkgerät an ihrem Revers.

»Wir haben eine positive Identifizierung, Boss.«

»Okay, bin unterwegs.«

Stubbs bedeutete Tristan und Kate, dass sie mitkommen sollten. Als sie das Zelt erreichten, befand sich Bev in den Armen eines Polizisten mittleren Alters, der sie halb stützte und halb daran hinderte, das Zelt zu betreten. Ein leises Wimmern ging von ihr aus. Der klägliche Laut hörte sich wie von einem Tier an und fuhr Kate so tief ins Herz, dass sich ihr die Nackenhaare sträubten.

Die dem Parkplatz zugewandte Seite des Zelts war offen. Unter dem Baldachin erhellten grelle Lichter das verrostete Wrack. Den Innenraum des Fahrzeugs beherrschte ein Chaos aus Schlamm, Sand und verbogenem Metall.

Die Beamten der Spurensicherung hatten zwei große weiße Laken davor ausgebreitet. Auf dem ersten lagen die Überreste einer Ledertasche und eines Laptops, dessen Plastikgehäuse in erstaunlich gutem Zustand zu sein schien. Auf einem zweiten Laken erblickte Kate die vergilbten Knochen eines Skeletts. Die großen, leeren Augenhöhlen des Schädels starrten ihr entgegen. Die Zähne waren unversehrt. Neben dem Kopf lag ein Teil des Kieferknochens. Das Skelett wirkte so klein.

»Das Nummernschild passt. Es ist das Auto, das Bev Ellis gehört hat«, verkündete einer der Forensiker. »Wir haben die Zähne des Schädels mit zahnärztlichen Aufzeichnungen verglichen. Das Skelett, das wir im Auto gefunden haben, ist Joanna Duncan.«

Bev schrie gequält auf, riss sich los und wollte den Schädel berühren, doch Stubbs und Kate hielten sie gerade noch rechtzeitig zurück. Die Beine der armen Frau knickten ein, und sie klammerte sich an Kates Schulter.

»Mein kleines Mädchen ... Sie haben mein kleines Mädchen gefunden«, stieß sie hervor. Kate legte die Arme um die Frau und hielt sie fest.

»Es tut mir so leid, Bev«, murmelte sie. »So, so leid.«

Epilog

Zwei Wochen später befanden sich Kate, Tristan und Ade am Strand hinter Kates Haus. Die Sonne ging gerade unter, und sie saßen auf einem großen Holzstamm, der vor Jahren nach einem Sturm angeschwemmt und aus der Flut gezogen worden war. Vor sich hatten sie im Sand ein Lagerfeuer entfacht.

»Wisst ihr, dieser alkoholfreie, prickelnde Scheiß ist eigentlich gar nicht so übel«, meinte Ade. »Was ist der Anlass dafür, dass wir *nicht* trinken?«

»Du bist ganz schön vorlaut dafür, dass du einfach unser Barbecue gecrasht hast«, meinte Tristan.

»He, ich hab Fleisch mitgebracht«, rechtfertigte sich Ade.

»Danke, und du bist herzlich willkommen«, sagte Kate, nippte an dem kohlensäurehaltigen Fruchtgetränk und fand auch, dass es nicht übel schmeckte. »Wir feiern die Bezahlung für den gelösten Fall und das große Interview mit der *West Country News*.«

»Und wir hoffen, dass es zu weiteren Aufträgen führt«, fügte Tristan hinzu.

Jake stand neben dem großen Baumstamm und versuchte, den kleinen Grill in Gang zu bringen, den sie heruntergeschleppt hatten.

»Wir feiern auch, dass es uns endlich gelungen ist, Personal für den Campingplatz zu finden«, sagte er und kam mit seinem Glas zu Kate, Tristan und Ade herüber.

»Auf die Detektei, den Campingplatz und kein Toilettenschrubben mehr.« Darauf stießen sie alle an.

»Jake, du wirst schon noch lernen, dass es zum Leben gehört, auch mal die Toiletten zu schrubben«, meinte Ade anschließend. Er trank einen weiteren Schluck. »Ist Eis da?«

»Ich hab welches gekauft. Ich hole es«, bot Tristan an.

»Bring auch gleich das Fleisch aus dem Kühlschrank mit«, sagte Jake.

»Ich begleite dich«, sagte Kate. »Ist zu viel für einen zum Tragen.«

Sie ließen Jake und Ade plaudernd am Strand zurück und stiegen hinauf zum Haus. Als sie sich in der Küche befanden, klingelte es an der Tür. Kate runzelte die Stirn. Tristan begleitete sie, und als sie öffneten, stand Bev vor ihnen. Sie hatten die Frau nicht mehr gesehen, seit Joannas Skelett aus dem Wrack geborgen worden war.

»Tut mir leid, Sie zu stören«, sagte sie.

»Nein, bitte, Sie stören überhaupt nicht«, erwiderte Kate. Bev wirkte erschöpft. Sie trug einen langen schwarzen Lurex-Rock und einen schwarzen Rollkragenpullover. An den Wurzeln ihres dunklen Haars zeichnete sich ein guter Zentimeter Grau ab. »Wollen Sie reinkommen?«

»Nein. Nein, ich möchte mich nur bei Ihnen beiden entschuldigen ... Ich wollte die Sache mit Bill nicht wahrhaben ... Und Ihnen habe ich nie richtig dafür gedankt, dass Sie Jo gefunden haben ... Mittlerweile schäme ich mich dafür, wie ich reagiert habe. Ich hab unter Schock gestanden. Jetzt kann ich sie begraben und zur Ruhe betten«, sagte Bev.

Kate und Tristan nickten. Kurz nachdem die Spurensicherung bestätigt hatte, dass es sich bei dem Skelett am Strand um Joanna handelte, hatte Bev einen Zusammenbruch erlitten und musste mit einem schweren Schock ins Krankenhaus eingeliefert werden. Seither hatten sie keinen Kontakt mehr gehabt, aber Bev hatte den Restbetrag überwiesen, den sie ihnen für die Lösung des Falls geschuldet hatte.

»Es ist zwar eine dumme Frage, aber wie geht es Ihnen? Sie haben uns damals am Strand einen ganz schönen Schrecken eingejagt«, sagte Tristan.

Bev trat von einem Bein aufs andere, hievte die Handtasche höher und zuckte mit den Schultern.

»Ich weiß nicht recht, wie ich mich fühle … Er bekennt sich schuldig. Bill, Nick, oder wie auch immer er heißen mag. Das sollte er auch. Es liegen so viele Beweise gegen ihn vor … wegen dem Mord an Jo. Und den Morden an diesen armen jungen Männern. Oh Gott, Sie müssen mich für so dumm halten. Ich hab so viele Jahre mit ihm verbracht und hatte keine Ahnung von all dem … Ich nehme an, Sie haben es schon gehört. Man hat Joannas Laptop und einen USB-Stick, den die Polizei in ihrer Tasche im Auto gefunden hat, an das IT-Team der Kriminaltechnik übergeben.«

»Ja«, bestätigte Kate. »Den Laptop hatte das Salzwasser zerstört, aber vom USB-Stick konnten einige Daten gerettet werden. Darunter eine Kopie des Fotos, das uns geholfen hat, den Fall zu lösen – eines von Bill mit Max Jesper und einem Mann namens Jorge Tomassini in der Kommune.«

»Bitte«, sagte Bev und hob die Hand. »Bitte sagen Sie ihre Namen nicht. Ich musste schon von der Polizei hören, was man alles gefunden hat …« Sie hielt sich die Hand an den Mund, und ihre Unterlippe begann zu beben. »Zum Beispiel DNA von diesem Jungen namens Hayden ... Mir gegenüber war Bill immer so ein Gentleman. Dadurch ist es nur noch schlimmer, von all diesen Dingen zu hören, die er getan hat. Den Dingen, die Nick getan hat. Ich bin bei einer Therapeutin in Behandlung. Sie hat zu mir gemeint, dass ich wahrscheinlich vielen jungen Männern das Leben gerettet habe. Weil ich diese Seite von ihm geerdet habe. Die Seite, die Bill sein wollte, der heterosexuelle Mann. Was aber nur eine kostspielige Umschreibung dafür ist, was ich war: seine Alibi-Freundin. Ich hab ihn zu Arbeitsessen begleitet, damit er den Hetero vorzeigen konnte. Mit einer festen Beziehung. Anständig und gesittet ...«

»Bitte, Bev. Tun Sie sich das nicht an«, sagte Kate. »Sind Sie sicher, dass Sie nicht reinkommen und etwas trinken möchten?«

Bev zog ein Taschentuch hervor und wischte sich die Augen ab.

»Ja. Danke. Ich bin derzeit keine gute Gesellschaft, wie Sie sich bestimmt vorstellen können. Heute hatte ich ein langes Telefonat mit diesem Max Jesper. Wie sich herausgestellt hat, war er genauso ahnungslos wie ich ... Morgen treffe ich mich mit ihm. Verrückt, oder?«

»Nein«, entgegnete Tristan. »Auch er hat jemanden verloren. Das haben Sie gemeinsam.«

»Gott, mir ist den ganzen Tag lang schlecht. Ich will mich nicht mit Bill und all dem auseinandersetzen müssen. Ich will nur um meine Jo trauern ...« Bev kramte in ihrer Handtasche und holte ein kleines Päckchen aus zusammengefaltetem Seidenpapier heraus.

»Hören Sie. Ich möchte, dass Sie beide das hier bekommen. Es soll Sie daran erinnern, dass Sie mit Ihrer Arbeit weitermachen müssen. Ich weiß, dass es nicht leicht ist.« Sie reichte Kate das quadratische Päckchen. Als sie es auseinanderfaltete, befand sich darin ein kleiner silberner Anhänger in Form einer Lupe. »Jo hatte so ein Bettelarmband. Ich hab es ihr zu ihrem achtzehnten Geburtstag gekauft, und sie hat es immer getragen. Man hat es im Auto zusammen mit ihren Überresten gefunden, als es aus dem Schlamm geborgen wurde. Ich habe es reinigen lassen.«

»Das können wir nicht annehmen«, protestierte Kate.

»Doch. Ich möchte, dass Sie es haben. Bitte. Ein Stück von Jo, um Sie beide daran zu erinnern, dass Sie etwas schier Unglaubliches geschafft haben. Sie haben den Fall gelöst und sie zu mir zurückgebracht.«

»Danke«, sagte Tristan. Bev umarmte sie beide.

»Gott segne Sie«, sagte sie, bevor sie verhalten winkte und ging. Wenig später hörten sie, wie sie die Eingangstür hinter sich schloss.

Kate starrte den Anhänger einen Moment lang an.

»Dieser Fall bricht mir echt das Herz. Ich mag gar nicht daran denken, wie lang sie dort tief unter dem Sand in dem Auto gefangen gelegen hat«, murmelte sie.

»Du solltest stolz sein, Kate. Du hast in einem Monat geschafft, was die Polizei in dreizehn Jahren nicht hinbekommen hat.«

»Darauf können wir beide stolz sein. Ohne dich hätte ich das nie geschafft.«

Einen Moment lang betrachteten sie beide den kleinen silbernen Anhänger. Dann legte Kate ihn auf die Arbeitsplatte und wischte sich die Augen ab. Ihr ging durch den Kopf, dass sich der Anhänger all die Jahre an Joannas Handgelenk befunden und darauf gewartet hatte, gefunden zu werden.

Tristans Handy piepte in seiner Tasche. Er zog es heraus und spähte aufs Display.

»Ade will wissen, wo wir mit dem Eis bleiben.«

»Schon gut. Zum Glück haben wir im Augenblick keine größeren Sorgen – nur, dass Ades Getränk allmählich warm wird. Komm, gehen wir«, sagte Kate lächelnd.

Sie griffen sich das Eis und das Essen, verließen das Haus und traten den Rückweg zu Jake und Ade an, die am warmen, fröhlich knisternden Feuer auf sie warteten.

Anmerkung des Autors

Liebe Leserinnen und Leser:

Vielen Dank, dass Sie sich entschieden haben, *Seelendunkel* zu lesen. Falls Ihnen das Buch gefallen hat, wäre ich Ihnen sehr dankbar, wenn Sie Ihren Freunden und Ihrer Familie davon erzählen könnten. Mundpropaganda ist nach wie vor der wirkungsvollste Weg für neue Leser, auf eines meiner Bücher aufmerksam zu werden. Ihre Unterstützung bewirkt einen entscheidenden Unterschied! Sie könnten auch eine Produktbewertung schreiben. Sie muss nicht umfangreich sein, nur ein paar Worte. Aber auch das hilft neuen Lesern, zum ersten Mal eines meiner Bücher zu entdecken.

Ich lese unheimlich gern. Für mich gibt es kaum etwas Schöneres, als mich in eine gute Geschichte zu flüchten. Im vergangenen Jahr habe ich wohl mehr denn je zuvor auf Bücher gesetzt, um dem zu entfliehen, was auf der Welt vor sich gegangen ist. Vielen Dank an alle, die mir eine Nachricht geschickt und mitgeteilt haben, wie sehr ihnen eine solche Flucht mit meinen Büchern gefallen hat. Das bedeutet mir unendlich viel.

Um mehr über mich zu erfahren, können Sie meine Website besuchen: www.robertbryndza.com.

Kate und Tristan kehren in Kürze für eine weitere fesselnde Morduntersuchung zurück! Bis dahin …

Robert Bryndza

Danksagung

Vielen Dank an meine brillanten Verleger. In den USA und Kanada an das Team von Thomas & Mercer: Liz Pearsons, Charlotte Herscher, Laura Barrett, Sarah Shaw, Michael Jantze, Dennelle Catlett, Haley Miller Swan und Kellie Osborne.

Bei Sphere in Großbritannien: Cath Burke, Callum Kenny, Kirsteen Astor, Laura Vile, Tom Webster und Sean Garrehy.

Wie immer vielen Dank an das Team Bryndza: Janko, Vierka, Riky und Lola. Ich liebe euch alle so sehr und danke euch für eure anhaltende Liebe und Unterstützung!

Das größte Dankeschön geht an alle Buch-Blogger und Leser. Als ich angefangen habe, waren Sie es, die meine Bücher gelesen und sich für sie eingesetzt haben. Mundpropaganda ist die mächtigste Form der Werbung, und ich werde nie vergessen, wie wichtig meine Leser und die vielen wunderbaren Buch-Blogger sind. Es werden noch viele weitere Bücher folgen, und ich hoffe, Sie begleiten mich auch weiterhin!

Das Böse lauert in eisiger Tiefe …

Robert Bryndza
SO EISKALT DER TOD
Thriller
Aus dem Englischen
von Michael Krug
368 Seiten
ISBN 978-3-404-18497-2

Dartmoor im Spätsommer. Als die Ex-Polizistin Kate Marshall ins dunkle Wasser eines Stausees hinabtaucht, fällt der Schein ihrer Lampe plötzlich auf ein Paar grellroter Turnschuhe. Diese gehören zu der Leiche eines jungen Mannes, dessen Körper rätselhafte Wunden aufweist. Als Kate seinen rätselhaften Todesumständen gemeinsam mit ihrem Assistenten Tristan auf den Grund gehen will, stoßen die beiden auf eine Reihe von ungeklärten Vermisstenfällen, die schon bald einen entsetzlichen Verdacht heraufbeschwören: Der Tote scheint das jüngste Opfer eines Serienkillers zu sein, der bereits seit Jahrzehnten unentdeckt tötet …

Lübbe

Drei Schwestern. Ein einsames Cottage. Ein dunkles Geheimnis

Elizabeth Kay
DUNKLE TIEFEN
Psychothriller
Aus dem Englischen
von Rainer Schumacher
416 Seiten
ISBN 978-3-7857-2728-7

Ein abgelegenes Cottage an der Steilküste Englands. Es ist kurz vor Weihnachten, als die drei Schwestern Jess, Ella und Lydia in dem einstigen Ferienhaus der Familie eintreffen. Um kurz darauf festzustellen, dass keine von ihnen die Einladungen für das gemeinsame Weihnachtsfest verschickt hat. Doch wer sollte sie an diesen Ort gelockt haben, an dem vor zwanzig Jahren ihre jüngste Schwester Rose unter mysteriösen Umständen ums Leben kam? Hat ihr Tod etwas mit der rätselhaften Einladung zu tun? Als unheilvolle Erinnerungen alte Zweifel wecken, drängen lang gehütete Geheimnisse an die Oberfläche – und mit ihnen eine tödliche Gefahr ...

Lübbe

Ein toter Zeuge. Eine rätselhafte Botschaft.
Ein furchtbarer Verdacht ...

Romy Fölck
NEBELOPFER
Kriminalroman

400 Seiten
ISBN 978-3-7857-2783-6

An einem nebligen Februarmorgen wird zwischen den Dörfern der Geest an einem uralten Galgenbaum eine Leiche gefunden. Am Hals des Toten baumelt ein Schild, das Kommissarin Frida Paulsen Rätsel aufgibt: *Ich gestehe, im Prozess gegen Cord Johannsen falsch ausgesagt zu haben.* Ihr Kollege Haverkorn erinnert sich sofort an den Fall. Vor vielen Jahren wurde der Bauer Johannsen für den kaltblütigen Mord an seiner Familie verurteilt, seither sitzt er im Gefängnis. Als kurz nach dem Leichenfund ein weiterer Zeuge von damals getötet wird, ahnen die beiden Kommissare: Sie müssen den wahren Täter von damals finden, sonst wird es weitere Opfer geben ...

Lübbe

Die Community für alle, die Bücher lieben

In der Lesejury kannst du
- ★ Bücher lesen und rezensieren, die noch nicht erschienen sind
- ★ Gemeinsam mit anderen buchbegeisterten Menschen in Leserunden diskutieren
- ★ Autoren persönlich kennenlernen
- ★ An exklusiven Gewinnspielen und Aktionen teilnehmen
- ★ Bonuspunkte sammeln und diese gegen tolle Prämien eintauschen

Jetzt kostenlos registrieren: www.lesejury.de

Folge uns auf Instagram & Facebook:
www.instagram.com/lesejury
www.facebook.com/lesejury